FANNY KÖNIG

Blutwurst, Bier und Beichtgeheimnis

EIN DORFKRIMI

PENGUIN VERLAG

MIX
Papier aus verantwortungsvollen Quellen
FSC® C083411
FSC www.fsc.org

Penguin Random House Verlagsgruppe FSC® N001967

1. Auflage 2021

Vermittelt durch die Literarische Agentur Kossack
Umschlag: Hafen Werbeagentur, Hamburg
Umschlagmotiv: © SF photo/de2marco/Maglara/
shutterstock; Westend61/Chairat Poomsila/EyeEm/
Roi and Roi/ben phillips/Getty Images
Redaktion: Lisa Wolf
Satz: Greiner & Reichel, Köln
Druck und Bindung: CPI books GmbH, Leck
Printed in the Czech Republic
ISBN 978-3-328-10461-2
www.penguin-verlag.de

Dieses Buch ist auch als E-Book erhältlich.

PROLOG

Reinheitsgebot

Jetzt hat man als Metzger ja eigentlich schon von Berufs wegen recht viel mit Blut, Fleisch und furchtbar scharfen Messern zu tun. Da sollte man eigentlich meinen, abgestumpft, daran gewöhnt, so einen Fleischer haut nix um. Aber dann eben das *eigentlich*, weil es am Ende scheinbar doch einen Riesenunterschied macht, ob so ein Messer in einem Viech oder in einem Menschen drinsteckt. Zumindest für den Hofbauer Metzger. Den nämlich, den nahm das beim eigenen Artgenossen viel mehr mit als bei der eher weiter entfernt verwandten Sau zum Beispiel.

Es war aber auch ein furchtbar grober Anblick, das musste man schon zugeben. Metzger hin oder her, das hätte wahrscheinlich fast einen jeden wieder rückwärts aus dem Food Truck rausstolpern und erst einmal das Frühstück hinter die Mistkübel speiben lassen. Da brauchte sich der Mathias gar nichts vorwerfen lassen, als er sich mit dem Hemdsärmel über den Mund wischte und noch ein, zwei Mal würgen musste.

Vielleicht hatte er sich vertan? Vielleicht hatte ihm sein immer noch bös verkatertes Hirn einfach einen Streich gespielt. Eine blutig fleischige Fata Morgana sozusagen?

Mit den Fingerspitzen tastete er die frisch genähte Platzwunde an seiner Stirn ab. Vier Stiche, erst ein paar Stunden alt. Der Metzgers-Schädel brummte vom vielen Festbier, dem Schlag auf den Kopf und dem unnötigen Hineinstechen mit der Notarzt-Nadel immer noch. Recht viel Schlaf hatte er nicht erwischt, der Hofbauer, nach dem ganzen Aufruhr in der Nacht und dem Spontanbesuch im Krankenhaus. Da konnte es vielleicht schon einmal passieren, dass man einen Toten sah, wo es keinen gab, oder etwa nicht?

Langsam, mit schwitzenden Händen und zitternden Knien, näherte er sich tapfer noch einmal dem Sprinter. Warum bloß hatte er sich auch von der Claudia überreden lassen, hier in aller Herrgottsfrühe nach dem Rechten zu schauen? Geschwister, er fluchte innerlich, brauchte wirklich kein Mensch. Und überhaupt war ja eigentlich sie schuld an dem ganzen Schlamassel. Sie allein und sonst keiner. Das würde eh noch ein böses Nachspiel geben, das war so sicher wie das Amen in der Kirche.

Vorsichtig schob er den Kopf durch die schwere Wagentür und riskierte einen zweiten Blick in den Innenraum.

Der Metzger schluckte, obwohl es gar keine Spucke mehr gab, so trocken und ausgedörrt waren plötzlich Mund und Rachen. Bitter und sauer stieg ihm die Galle wieder aus dem Magen in den Hals. Der Schädel pochte, als würde man links und rechts mit einem Hammer dagegenschlagen. Bevor ihm endgültig schwarz vor Augen wurde, klammerte er sich mit beiden Händen an der Tür fest und ließ sich langsam zu Boden gleiten. Die Knie an die Brust gezogen, hockte er an die Kühlboxen gelehnt und atmete tief ein und wieder aus.

Jetzt irgendwie gute Position, weil das ohnmächtig Umfallen nicht mehr möglich, aber andererseits auch wieder nicht so schön, weil plötzlich direkt auf gleicher Höhe mit den glasig starren Augen der grob verstümmelten Leiche, die nur ein paar Zentimeter entfernt direkt gegenüber hockte. Kein Hirngespinst und keine Einbildung, grausame Wirklichkeit, ohne Zweifel. Aber trotzdem, ein wenig erleichtert war er doch. Weil so was Schlimmes, da musste man sich schon ehrlich Sorgen machen, wenn einem die eigene Fantasie so etwas vorschwindeln konnte.

Fünf lange Fleischermesser steckten in dem armen Berliner Bub. Ums Verrecken wollte dem Hofbauer nicht mehr einfallen, wie sie geheißen hatte, die Leich. Aber wäre auch ein wenig viel verlangt, gerade einmal achtundvierzig Stunden lebend gekannt und dann schon wieder tot. Da konnte so ein Name schnell verschwinden aus einem Hirn, das gerade mit recht vielen anderen Dingen beschäftigt war.

Zwei der Messer waren durch die Hände getrieben und spießten den Oberkörper der Leiche mit gespreizten Armen wie einen Jesus am Kruzifix an die Rückwand des Sprinters. Die anderen beiden Messer, die steckten tief in den Oberschenkeln des Toten und verschwanden durch die Beine im Wagenboden. Viermal fixiert, den Hofbauer schüttelte es am ganzen Körper. Das musste jemanden ganz schön viel Kraft gekostet haben. Und lieber wollte er gar nicht erst drüber nachdenken, in welcher Reihenfolge die Klingen ihr Opfer durchstochen hatten, weil tödlich war davon keine, nur furchtbar schmerzhaft sicher eine jede.

Den Tod, den hatte das fünfte Messer verursacht, da musste man kein Arzt oder Metzgermeister sein, um das zu erkennen. Weil das steckte dem Berliner quer im Hals, bis zum Griff.

Schwarzbraun verkrustetes Blut bedeckte die Brust, das zerrissene Hemd und die Hose des Leichnams bis zum Boden. Aufgespießt und massakriert hockte der Tote in einer Lache aus gestocktem Blut und im Todeskampf abgesonderten Fäkalien. Das roch die Metzgersnase sofort, und wieder würgte der zitternde Hofbauer. Was war hier bloß passiert? War doch nur eine harmlose Schlägerei gewesen? Wer war denn zu so etwas fähig? Freilich, wirklich Freunde hatten sich die vier Deppen aus Berlin nicht gemacht, in Eichenberg. Aber so was? So fremdenfeindlich war doch keiner hier im Dorf? Oder doch?

Jetzt ist es ja meistens so mit den Mördern, dass die sich schon etwas denken bei ihren grausamen Taten. Motiv nennt man das gern bei der Polizei, völliger Wahnsinn sagen oft die Laien und Opfer, falls sie noch reden können am Ende. Aber trotzdem, der Täter hätt schon gern, dass man ihn versteht in der Sache und der Motivation. Und wenn es der Hofbauer jetzt auch nicht auf gleich verstand, weil erstens nur eine sehr kurze Botschaft, und zweitens auch noch mit vielen Rechtschreibfehlern drin, zumindest lesen konnte er, was mit Blut hinter dem Toten an die Wand vom Food Truck geschmiert worden war.

JETZ IS SCHLUS
REINHEITSGEBOT

Die glasig leblosen Augen des Verstümmelten starrten ebenso verständnislos wie der plötzlich wieder recht lebendige Hofbauer. Dem sein Hirn fing nämlich endlich wieder an zu arbeiten. Hektisch zappelnd rappelte der Metzger sich aus der schlei-

migen Leichensiffe auf und griff in die Hosentasche. Gott sei Dank hatte er noch daran gedacht, das Handy einzustecken. Weil im ganzen Ort, da gab es eigentlich nur eine einzige Person, die ihm jetzt weiterhelfen konnte.

So schnell der Katerschädel es zuließ, tippten die blutverschmierten Wurstfinger die Nummer vom Eichenberger Pfarrhaus in das kleine Mobiltelefon.

Nur wenige Tage zuvor …

I

Internetz

Manchmal, wenn der Pfarrer Leopold Meininger am Sonntag nach dem Gottesdienst ein klein wenig Zeit hatte und ihm keine Kirchgänger auflauerten, dann schlenderte er gern besonders langsam und gemütlich nach Hause. Nicht dass er trödelte, nein, ganz im Gegenteil, es war eher die Vorfreude auf Heim und Herd, die er so lange wie möglich und mit jedem Schritt des Weges so richtig auskosten wollte.

Und wer schon mal Besucher im Pfarrhaus von Eichenberg gewesen war, der konnte ihn da auch ganz gut verstehen. Gerade am Tag des Herrn duftete es immer ganz besonders appetitlich aus allen Fenstern und Türen. Es lief einem das Wasser im Munde zusammen, wenn man sich nur auf zwanzig Schritte näherte. Weil Sonntag, das war nicht nur für den lieben Gott ein heiliger Tag, noch heiliger war er eigentlich der Pfarrersköchin Maria Huber. Endlich nämlich war einmal Zeit, alle Einkäufe der Woche zu verkochen und zu verbacken, bis sich die Tische bogen und der Pfarrerstalar noch ein wenig mehr spannte über dem runden Bauch. Und außerdem lief abends im ersten Programm der *Tatort*. Dann begann für die Maria die eigentliche Messe.

Gespannt wie ein Flitzebogen und mit gespitzten Ohren, von welchen der Pfarrer in der Kirche nur träumen konnte, saß seine Köchin Schlag acht Uhr im Wohnzimmer vor dem Fernseher. Ein Glas Wein in der Hand, die Flasche Roten griffbereit zum Nachschenken, eine Schale Nüsse oder Chips im Schoß, lauschte sie erst den echten Verbrechen auf der Welt in der *Tagesschau,* um dann im Anschluss, zusammen mit den berühmten deutschen Detektiven und Kommissaren, die erfundenen zu lösen.

Der Meininger war sich nicht ganz sicher, ob seine Maria dabei groß einen Unterschied machte zwischen dem tatsächlich Passierten und dem bloß Ausgedachten. Vor allem, weil das Zweite meist so viel spannender und echter daherkam als das Erste.

Wobei, eines, das musste man an dieser Stelle schon sagen. Im letzten Jahr war es im sonst so beschaulichen Eichenberg wirklich zugegangen, da konnte der grausigste *Tatort* nicht mithalten. Und, das war mehr als echt, ohne die fast schon Fachexpertise seiner geschätzten Köchin und Hausdame Maria, wer könnte da sicher sagen, ob die Ober- und Untereichenberger heute überhaupt noch einen Pfarrer hätten. Oder zumindest, ob der noch immer Leopold Meininger heißen würde.

Ein furchtbar grausamer Mord hatte das Dorf im letzten Herbst aus seinem friedlichen Schlaf gerissen. Der Hauptbrandmeister Ludwig Wimmer, gemetzelt, erstochen und, zu allem Überfluss, auch noch durchbohrt von einem Hirschgeweih. So was hatte es in Eichenberg vorher wirklich noch nie gegeben. Und ohne den tapferen Einsatz vom Pfarrer und seiner blitzgescheiten Maria wäre das ganze Ausmaß der Abscheulichkeiten rund um den Toten auch niemals nicht ans Tageslicht gekommen. Da war der Leopold sich sicher. Gut, mei, ein kleines bisserl hatte natürlich auch der Simeon Hirsch mitgeholfen, das musste man als Geistlicher mit beruflicher Verpflichtung zur Wahrheit schon zugeben. Aber der damals frisch aus München versetzte Jungpolizist hatte schon froh sein können, dass ihm der Leopold und die Maria so brav geholfen hatten beim Ausfragen und Ermitteln. Allein, ja, allein, da wäre der Grünschnabel aus der Stadt mit Sicherheit recht schnell zum nächsten Opfer geworden.

Eine wilde Zeit war das gewesen, und der Leopold musste dem lieben Gott immer noch in jedem Abend- und Morgengebet dafür danken, dass am Ende doch alles gut ausgegangen war. Freilich, manch eine Nacht verfolgte ihn schon noch der Hirsch mit blutigem Geweih durch den Wald. Dann wachte er jedes Mal schweißgebadet auf und musste plötzlich wieder dran denken, als wäre es erst gestern gewesen, wie die zwei Schulbuben den toten Brandmeister von einem noch viel toteren Hirschen aufgespießt am Jagerstand im Eichenberger Wäldchen gefunden hatten und was das für eine fürchterliche Hexenjagd ausgelöst hatte, im letzten Herbst.

Eigentlich war ja überhaupt alles der Maria ihre Schuld gewesen, immerhin hatte die ihren Pfarrer dazu überredet, dem Frischlings-Hirschen von einem Polizisten bei den Ermittlungen zu helfen. Und wer die Maria kannte, der wusste, diesem sanften Druck konnte man sich nicht lange widersetzen. Seine Pfarrersköchin war eben im Herzen eine echte Detektivin. Zu viel Krimi-Lesen, das ganze Mord-und-Totschlag im Fernsehen anschauen, da hatte die endlich ihre Chance auf einen richtigen Einsatz gewittert. Und ausbaden musste es natürlich am Ende der arme Leopold.

Wen hatten sie nicht alles verdächtigt und ausgefragt, bis nach

Passau waren sie gereist. Der Simeon im Polizeidienst, der Meininger ein bisserl Reise in die eigene Studentenvergangenheit, aber außer einem Haufen Schandtaten und viel Dreck unterm Eichenberger Teppich hatten der Polizist und der Pfarrer nichts gefunden. Am Ende war es natürlich die Maria gewesen, die zwischen den ganzen Falschbeschuldigungen und grausamen Geschichten aus der Dorfvergangenheit den wirklichen Täter gefunden hatte. Als der Leopold den messerscharfen Rückschlüssen seiner Köchin endlich hatte folgen können, wäre es dann beinahe auch schon wieder zu spät gewesen, und nur um Haaresbreite waren die beiden selbst dem Mörder entwischt. Ja, ja, auch dazu hatte der Simeon dann doch ein klein wenig beigetragen, zur Rettung in letzter Sekunde, wenn man so wollte. Und wahrscheinlich genau deswegen waren die drei dann auch richtig gute Freunde geworden. So ein Nahtod-Erlebnis schweißt eben doch irgendwie zusammen. Und auf der Welle der Erleichterung übers Kragen retten, da knüpfen sich gern auch mal ungewöhnliche Bande.

Der Meininger, wenn er ganz ehrlich zu sich selber war, der hätte den Simeon Hirsch jetzt gar nicht so dringend gebraucht in dem Bandlgeflecht, weil so im gefühlt letzten Atemzug, wenn das Leben am inneren Auge vorbeizieht, da merkt man plötzlich, wen man ganz besonders gernhat, und da war die Maria weit, weit vor dem Polizisten aufgetaucht.

Kein Wunder, waren sie nun auch schon fast zwanzig Jahre eine harmonische Wohngemeinschaft, die man sich schöner gar nicht erträumen könnte. Die Überraschung für den Leopold war eher gewesen, dass er sich, trotz katholischer Lebensverpflichtung, auf einmal sogar noch ein bisserl mehr Harmonie zwischen ihm und der schönen Köchin gewünscht hätte …

Aber wie gesagt, Extremsituation, und da passieren manchmal einfach komische Sachen im Hirn, die dann mit dem zurückkehrenden Alltag auch wieder verschwinden. Und war ja nicht so, dass sich der Leopold wahnsinnig gern an die Geschichte erinnerte, ganz im Gegenteil. Das meiste davon würde er am allerliebsten möglichst schnell wieder vergessen, damit er endlich zur gewohnten Nachtruhe zurückfinden könnte.

Und darum, wer wirklich furchtbar neugierig jetzt fast ein halbes Jahr nach der ganzen Geschichte immer noch ganz genau wissen musste, was da eigentlich passiert war, der war im Pfarrhaus an der falschen Stelle. Der musste schon im Wirtshaus beim Stammtisch nach der Eichenberger Brunftzeit fragen, weil da, da sprach man immer noch furchtbar gern über den Skandal. Beim Meininger daheim war endlich wieder der Frieden und die himmlische Ruhe eingezogen, so wie es sich gehörte für ein anständiges Kirchenhaus. Aber leider, oder vielleicht doch Gott sei Dank, konnte auch ein Pfarrer nicht in die Zukunft schauen. Weil sonst, sonst wäre der Leopold vermutlich trotz heiligem Sonntag ganz schön grantig geworden, auf seinen Chef und auf das, was der so die nächsten Wochen für ihn geplant hatte. Denn Gottes Prüfungen sind bekanntlich hart und nicht unbedingt für gemütliche Dorfpfarrer gemacht.

Auch wenn der Herr Pfarrer mittlerweile wieder seltener daran dachte, nach was vielleicht die zarten Lippen seiner Köchin schmecken könnten, so freute er sich doch, jeden Tag zu ihr nach Hause zu marschieren. Denn, von den Lippen mal abgesehen, alles, was die geschickten Hände der Maria in der Küche zauberten, das schmeckte ohne Ausnahme ein jedes Mal ganz ausgezeichnet.

Von wohliger Vorfreude gepackt, rieb er sich den Bauch, der sich gemütlich rund unter seinem Gewand abzeichnete. Dick, nein, dick war der Leopold Meininger nicht. Stattlich, das passte schon besser. Gesund halt, gesund und gut genährt. Für einen Mann Anfang fünfzig, sozusagen im allerbesten Alter und im Sommer, vielleicht Spätsommer des Lebens angekommen, geradezu perfekt geraten. Immerhin, er hatte noch alle Haare auf dem Kopf, und auch wenn die mittlerweile vom früheren Sonnenblond in ein durchgängiges Grau gewechselt hatten, dünner oder weniger waren sie dabei nicht geworden. In den blauen Augen blitzte noch oft, wenn der Ernst des Lebens oder die Regeln der Kirche nicht gerade zu sehr drückten, der Schalk der Jugend. Und wenn der Talar das nicht eh untersagen würde, könnte man den Meininger durchaus als attraktiven, stattlichen Herrn beschreiben. Das bisserl Rund in der Mitte störte da überhaupt nicht, ganz im Gegenteil. Dem Gesamtbild verlieh es gerade die notwendige Würde. Und darum freute sich der Pfarrer jetzt auch besonders, diese Würde bei einem ordentlichen Mittagstisch noch ein bisschen zu festigen. Das leise Knurren aus der Magengegend stimmte ihm eindeutig zu.

»Herr Pfarrer, sind Sie das?«, empfing ihn die Stimme seiner Lieblingsköchin schon in der Tür. »Wo bleiben Sie denn eigentlich die ganze Zeit? Kirch ist schon seit über einer Stunde vorbei! Und ich wart mit dem Essen. Das bleibt fei auch nicht von alleine warm, gell!«

Oje. Der Tonfall verhieß nichts Gutes. Trödeln, das mochte die Frau Huber gar nicht gerne, und schon zweimal nicht, wenn es ums Essen ging. So schnell es ging, schlüpfte der Pfarrer aus dem Mantel und trat schuldbewusst und mit gesenktem Haupt in die Küche. Lieber gleich nachgeben, sich reumütig zeigen, mea culpa und das Ganze, so konnte man oft die Schimpftirade abkürzen. So viel verstand selbst ein Pfarrer vom schönen Geschlecht. Oder besser, hatte er in den vielen Jahren brav gelernt. Je früher der Zorn der Hausdame verraucht war, desto schneller kam der Leopold an seinen Mittagsbraten. Und der, so die Maria, hatte ja eh schon lange genug auf ihn warten müssen.

»Es tut mir furchtbar leid, meine liebe Maria, ich wurd noch aufgehalten nach der Messe«, zuckte der Meininger hilflos mit den Schultern.

»Ach papperlapapp, Herr Pfarrer, Sie brauchen gar nicht lang schwindeln. Ich hab schon längst oben antelefoniert beim Messner. Da ist seit einer halben Stunde keine Menschenseele mehr, alle Kerzen gelöscht und Sie sind auch sofort nach der Kirch verschwunden, hat er gsagt.«

Der Meininger fluchte innerlich. Das war eben das Verflixte mit der Maria. Nix, aber auch gar nix konnte man länger als ein Amen lang vor ihr geheim halten. Seine Köchin hatte ihre Augen und Ohren noch weiter auf als der liebe Gott persönlich. Zumindest was den Ortskreis von Ober- unter Untereichenberg betraf. Da fanden die Neuigkeiten und Gerüchte ihren Weg schneller in die Pfarrküche als die Kirchgänger am Sonntag nach der Seligsprechung den Weg nach draußen. Lichtgeschwindigkeit eine Schneckenpost dagegen. Und mit dem Bartel, seinem braven Messner, würde er in naher Zukunft auch noch einmal ein ernstes Wörtchen zu reden haben. Loyalitätenlage und Informationspflicht klarstellen. Aber so was von.

»Ähm, ja, ähm, das war, weil ich ja gar nicht an der Kirche selber noch, sondern weil, auf dem Weg nach Hause …« Der Meininger begann zu stottern. Wie schaffte es diese Frau bloß jedes Mal wieder auf ein Neues, selbst nach so vielen Jahren, dass er sich fühlte wie ein kleiner Bub, den man bei weiß Gott welchem Unfug ertappt hatte?

»Ach, Herr Pfarrer, jetzt drucksen S' nicht lang rum, kommen S' rein, 's Essen wird nicht besser.«

Der Leopold schnaufte erleichtert auf. Das klang schon viel freundlicher. Glück gehabt. Bei der Maria wusste man nämlich nie so genau. Manchmal, da konnte die klitzekleinste Kleinigkeit sie so auf die Palme bringen, dass es einem jeden Christen angst und bange wurde vor lauter Zorn und Schimpf. Da reichte vielleicht schon ein benutzter Kuchenteller, der irgendwie unter die Papierstapel am Pfarrersschreibtisch gerutscht und ein paar Tage vergessen worden war. Oder ein ganz unauffälliger Senffleck auf dem weißen Talar, wo selbst der Meininger gar nicht wusste, wie der da hingekommen war. Menschlich eigentlich, sollte man meinen, kann jedem passieren, sogar einem Pfarrer. Kein Aufhebens machen. Aber das sah seine Köchin anders. Selbst nach über zwanzig Jahren hatte sie die Sache mit der Erziehung immer noch nicht aufgegeben. Und darum wurde der Leopold auch in aller Regelmäßigkeit ausgescholten und im schlimmsten Fall mit hartem Kochentzug bestraft. Zu viele Einzelsocken in der Dreckwäsche trotz mehrmaligem Ermahnen, zu wenig Schuhe abputzen an der Haustür und der Ofen blieb kalt. An solchen Tagen konnte sich der hungrige Meininger recht gut erklären, warum der Jesus am Ende ein Junggeselle geblieben war. Einfach Wasser zu Wein und das Brot selber vermehren, das war vielleicht doch die praktischere Lösung.

Aber heute hatte er Glück, und mit einem wohligen Seufzen schob er sich auf die gemütliche Eckbank in der Küche. An seinem Lieblingsplatzerl direkt unterm Kruzifix stand schon sein Teller, und vor ihm auf dem Tisch duftete es aus den Töpfen. Das wiederum, viel besser als immer bloß Brot, Fisch und ab und zu ein Manna.

»Hm, Maria, das riecht einfach wunderbar«, seufzte der Pfarrer. »Was gibt es denn heute?«

»Rindsrouladen, Herr Pfarrer. Genau wie Sie die am liebsten mögen. Mit Speck und Gurkerl. Dazu Semmelknödel und fürn Nachmittag eine Erdbeerroulade zum Kaffee.«

Der Meininger hob überrascht den Kopf.

Erdbeerroulade? Was war denn da los?

Normalerweise gab es am Sonntag immer den üblichen Sandkuchen aus Restl. Alles, was der Hausdame so beim Kastl-Durchstöbern in die Finger kam und den Test zum weiteren Aufenthalt nicht bestand. Rosinen, runzlige Äpfel, Kompott. Der ein oder andere schon weißlich gebleichte Schokolad, der sich ganz hinten verkrochen hatte. Meist eine eher abenteuerliche Angelegenheit, die mit viel Rum-Aroma pfarrerstauglich abgemischt und auch wirklich nur dem Meininger selbst serviert wurde. Einzig für den internen Gebrauch sozusagen. Erdbeerroulade, das konnte nur eines bedeuten.

»Kriegen wir noch Besuch heute?«

»Herr Pfarrer, tz, tz, tz.« Die Maria schnalzte mit der Zunge. »Dass Sie sich aber auch nix länger merken können als von zwölfe bis Mittag. Der Simeon kommt doch heut Nachmittag. Ihren neuen Computer einstecken. Haben Sie das schon wieder vergessen? Ihnen brennt es doch so unter den Nägeln mit diesem Internetz.« Sie schüttelte den Kopf. »Seit Wochen drangsalieren Sie den armen Burschen damit.«

Ach herrje. Das Weibsbild hatte ja vollkommen recht. Das war dem Leopold wirklich ganz entfallen. Dabei hatte die Maria den Nagel auf den Kopf getroffen. Er war wirklich schon ganz aufgeregt wegen dem neuen Computer und vor allem dem Internetanschluss, den das Gerät mit ins bisher doch eher altmodische Pfarrhaus bringen sollte.

Die ganze Woche über hatte er immer wieder auf den großen Paketkarton in seinem Büro gestarrt, wenn ihm beim Predigtschreiben oder Bistumsbrief Korrekturlesen zwischendurch ein wenig langweilig geworden war. Ganz unschuldig stand das Ding ordentlich verpackt in der Ecke und wartete auf seine große Aufgabe: die Modernisierung der Pfarrgemeinde Eichenberg. Das hatte sich Hochwürden Leopold Meininger für dieses Jahr fest vorgenommen. Es war Zeit für ihn und seine Schäfchen, endlich die digitale Welt zu betreten. Schluss mit der ewigen Briefeschreiberei und dem Warten auf Antwort. Wenn der Leopold etwas gelernt hatte aus der Katastrophe im letzten November, dann, dass das Leben viel zu kurz war, um es mit Warten zu verschwenden. Tempo musste her, Geschwindigkeit, Vernetzung, Informationen. All das, was das Internet so glorreich versprach. Und so hatte er gar nicht lange gefackelt und, kurz nachdem er Gevatter Tod entkommen war, eine Digitalausrüstung beim Bistum beantragt. Leider ging es dann erst mal weiter mit brav warten auf Antwort von der nächsthöheren Wolke. Vor ein paar Wochen aber endlich grünes Licht und die passende Hardware aus Passau. Einziges Problem: Der Meininger, so fortschrittlich und modern er in der Theorie auch war, in der Praxis wusste er leider hinten und vorne nicht, was er mit dem ganzen Kabelsalat anfangen sollte, damit der schwarze Monitor ihm die Welt zu Füßen legen konnte.

Auch von der Maria war da keine Hilfe zu erwarten, die war nämlich von Anfang an überhaupt total gegen diese Schnapsidee von ihrem Herrn Pfarrer gewesen. Was sie sehr laut und sehr deutlich klargemacht hatte. Da half alles Erklären und Predigen nix, die Maria wollte offline bleiben. Konnte der Meininger loben, preisen und Werbung machen, was er wollte. Selbst das Argument, der Computer wäre doch auch nix anderes als ein Fernseher, fiel auf steinigen Boden und traf eisigen Gegenwind.

»Na, Herr Pfarrer, na, aber wirklich nicht. Da brauchen Sie gar nicht erst anfangen damit«, hatte seine Köchin aufgebracht losgezetert, die Hände in die Hüften gestemmt. »Weil, Herr Pfarrer, den Fernseher, den schalt ich ein und dann schau ich mir mein Programm an und dann mach ich ihn wieder aus. Und das war's. Ein Computer, der läuft ja den ganzen Tag, und man weiß dabei überhaupt nicht, was der nicht alles ausspioniert im Hintergrund, während man das selbst überhaupt nicht mitbekommt. Ich hab da eine Reportage gesehen, im Dritten. Über Hacker und Viren und so Würmer, die sich in der E-Mail verstecken und dann bei Ihnen auf dem Computer herumkriechen. Das ist eine ganz gefährliche Sache, das sag ich Ihnen. Da kann Ihnen ein jeder reinschauen in Ihre sensiblen Daten, hat der Sprecher im Fernsehen gesagt. Und schneller, wie Sie meinen, ist dann Ihr Bankkonto leer geräumt und wahrscheinlich meines gleich mit …«

»Aber Maria …«, hatte er versucht, sie zu beruhigen. »Das passiert doch so schnell auch nicht. Dagegen gibt es doch ganz moderne Absicherungen und Vorkehrungen.«

»Ja, und die kennen Sie alle, oder wie? Ha, Herr Pfarrer? Ich wusste ja gar nicht, dass Sie da ein Experte sind?«

Schnippisch konnte dieses Weib sein, wenn sie wollte. Das musste man schon sagen.

»Na, na, ich sag's Ihnen, das wird böse enden, Herr Meininger. Und dann ist es im Nachhinein wieder zum Jammern. Ich, ich hab's Ihnen gesagt, gell? Aber am End müssen Sie das selber wissen. Sie sind der Chef.«

Da hätte der Leopold dann beinahe laut aufgelacht. Aber sich, trotz Chef sein, doch nicht getraut.

»Ich verspreche Ihnen, meine liebe Maria, es wird uns kein Schaden entstehen durch den Computer. Ihnen nicht und mir nicht. Ganz im Gegenteil. Eine neue Welt wird sich öffnen für unser wunderbares Eichenberg.«

Der Leopold war da schon sehr stolz.

»Eine neue Welt. Tz, tz, tz. Ich weiß nicht, was so falsch ist an der alten. Aber was weiß ich schon. Ich bin ja nur zum Arbeiten hier. Und eines, eines sag ich Ihnen, Herr Pfarrer, nur damit es einmal ausgesprochen worden ist: Am schlimmsten, das haben die auch im Fernseher gesagt, am schlimmsten ist es, wenn man sich auf diesen Erotikseiten herumtreibt. Einmal da draufgeklickt und …«

»Also Frau Huber …«, wurde der Leopold jetzt gleichzeitig sehr rot um die Nase und sehr förmlich. »…da muss ich jetzt aber schon sehr bitten. Was hätte ich denn auf solchen Seiten zu suchen? Bei allem Respekt. Dieses Projekt ist ausschließlich zum Wohle unserer Gemeinde gedacht, nicht mehr und nicht weniger!«

Und damit war die Diskussion um Computer und Internetz dann erst mal beendet gewesen. Kein Wort mehr von der Maria zu fraglichen Webseiten und erst recht nicht vom Pfarrer. Kampfpause auf beiden Seiten der Schützengräben.

Glücklicherweise gab es auch Menschen im Umfeld des Pfarrers, die der Zukunft positiver gesinnt waren als seine Haushälterin. Sein Polizistenfreund Simeon Hirsch war gleich ganz begeistert von der Idee gewesen.

»Super, einfach super finde ich das! Herr Pfarrer, das ist ein großer Schritt für Ihre Pfarrgemeinde, und ich will Sie da gerne unterstützen, wo ich kann.«

Und weil der Simeon auch zwanzig Jahre jünger war als der Meininger, konnte er tatsächlich recht gut helfen. Kurz nach seiner Versetzung von München nach Eichenberg hatte der junge Polizist ein ähnliches Packerl aus Passau geschickt bekommen. Zwar nicht vom Bistum, sondern von der Polizeiinspektion, Inhalt aber sozusagen identisch. Kabelsalat ohne Rezept oder Anleitung. Ganz auf sich alleine gestellt, im Hinterzimmer vom Eichenberger Bürgermeistersekretariat hatte der junge Hirsch sich als schlauer Fuchs entpuppt und wusste mittlerweile ganz genau, welche Leitung in welche Öffnung musste.

Große Freude also beim Leopold, dass er so schnell einen kompetenten und willigen Techniker gefunden hatte, nur mit dem Warten nahm es immer noch kein Ende. Weil der Simeon hatte im Moment gerade privat immens viele Verpflichtungen und sehr wenig Zeit. Grund dafür war das Fräulein Beierlein, nach dem Hirsch der zweite Münchner Import im niederbayerischen Eichenberg und seit nun schon ein paar Monaten die feste Freundin vom Simeon. Da hatten sich wirklich einmal Topf und Deckel gefunden, das konnte man ohne Lügen behaupten.

Wie den Polizisten, so hatte es auch die junge Lehrerin eher unfreiwillig und auf staatliches Geheiß in das winzige Dreitausend-Seelen-Dorf ans Ende der Welt verschlagen. Der Landeshauptstadt entrissen und im Exil, musste auch die Sandra Beierlein heftig um Anschluss und Anerkennung kämpfen. Da waren die Niederbayern eigen und vielleicht auch ein wenig schwierig. Leicht wurde die Umsiedelung hier niemandem gemacht. Aber im Gegensatz zum Simeon konnte die Sandra wenigstens ein paar blonde und kurvige Pluspunkte vorweisen. So war sie zumindest im männlichen Eichenberg recht schnell eingebürgert und der Elternabend plötzlich wieder gut besucht. Die halbe Feuerwehr und gleich der ganze Schützenverein waren bei ihr Schlange gestanden und hätten wahrscheinlich am liebsten alle vier Grundschulklassen wiederholt, nur um ein wenig Zeit mit der hübschen Münchnerin zu verbringen.

Für den ein oder anderen wäre das auch gar nicht so verkehrt gewesen, musste der Meininger ab und zu bei sich denken, wenn er sich die örtlichen Verehrer betrachtete.

Aber seit die Sandra ja nun sozusagen fest unter der Hirsch-Haube verstaut war, hatte sich das Balzen und Anwanzen endlich beruhigt. Der Pausenhof war wieder fest in Kinderhand, wie sich das gehörte. Keine Spur mehr von nachhilfewilligen Junggesellen. Konnten aber auch froh sein, die Burschen. Gerade noch mal davongekommen. Das dachte sich der Pfarrer ein jedes Mal, wenn er sich den Simeon in letzter Zeit anschauen musste. Vielleicht war das doch ein bisschen viel Lehrerin und ein

Haufen Nachhilfe für einen einzigen wehrlosen Polizisten. Gehetzt war er, immer auf dem Sprung. Noch schnell was einkaufen fürs gemeinsame Kochen und Abendessen. Nein, nicht zum Hofbauer Metzger, weil das Fräulein Beierlein lebte streng vegetarisch. Wie das in der Großstadt eben heutzutage Mode war. An so einer Lebenseinstellung änderte dann auch ein Umzug aufs Land erst mal überhaupt nichts. Selbstverständlich. Und der Hirsch musste mitmachen. Meistens, nach Feierabend, im Privaten. Jedenfalls immer, wenn die Sandra dabei war oder irgendwo im näheren Umfeld vermutet wurde. Dann rührte der Hirsch kein Fleisch nicht an.

Auch im Wirtshaus traf man ihn eigentlich überhaupt nicht mehr. Obwohl er da früher ganz gern herumgeschlichen war. Um Anschluss zu finden. *Weil man sich ja so selten sieht, wenn beide Partner berufstätig sind*, erklärte er auf neugieriges Nachfragen. Da musste man höllisch achtgeben, dass man auch genügend Wichtigkeit auf die Zweisamkeit legte. *Quality Time*, nannte das die Sandra und darum auch der Simeon. Was auch immer die beiden damit meinten. Für den Meininger bedeutete das jedenfalls, dass er auf seine Computer Quality ein paar Wochen warten musste. Bis eben zu diesem Sonntag, an dem der Hirsch von seiner Liebsten ein paar Stunden Freigang bekommen hatte. Und jetzt hätte der Pfarrer ihn tatsächlich beinahe vergessen.

»Meine Güte, Maria, Sie haben völlig recht. Wann wollte der noch vorbeikommen?«

Aber bevor die bessere Hälfte mit dem noch besseren Kalendergedächtnis antworten konnte, öffnete sich schon die Küchentür, und wie bestellt trat der Polizist in die gute Stube.

»Mahlzeit, die Herrschaften.« Grinsend hob er die Hand zum

Gruß. Ausnahmsweise sah der Hirsch heute mal nicht müde und gestresst drein, sondern ganz vergnügt. »Maria, Herr Pfarrer. Einen schönen Sonntag miteinander.«

Unaufgefordert schlüpfte er aus seiner Jacke und setzte sich zum Meininger an den Tisch. Störte aber hier niemanden, weil der Simeon ja so gut wie zur Familie gehörte seit den Vorfällen, die sie im letzten Herbst erlebt hatten.

»Mei, Simeon!« Die Maria schlug die Hände vor der Schürze zusammen. »Mit dir habe ich ja erst zum Nachmittag, zum Kaffee gerechnet. Erdbeerroulade gibt's, extra für dich, aber die ist noch gar nicht ausgekühlt.«

Das Kuchendilemma war dem Polizisten aber scheinbar recht wurst. Gierig schielte er in Richtung Rouladen auf dem Pfarrersteller. Schützend schob der Meininger die mit Messer und Gabel bewaffneten Fäuste vor sein Mittagessen. Das hatte gerade noch gefehlt. Dass ihm der Lackel hier sein Mittagessen stibitzen würde, noch bevor ein Handgriff Arbeit getan war. Na, auf keinen Fall. Demonstrativ stach er in das saftige Fleisch. Aber diese Rechnung hatte er ohne die Maria gemacht, die hatte nämlich einen fast magischen siebten Sinn, wenn es um das Füttern der Hungrigen ging. Die spürte über fünfhundert Meter weit, ob einer Appetit oder Durst hatte. Das lag der einfach im Blut. Genetisch fest programmiert sozusagen. Und bevor der Pfarrer das gesamte Mittagessen auf einen Happen in sich hineinschaufeln konnte, hatte sie dem Hirschen schon eingedeckt.

»Aber dann isst du doch sicher mit uns zu Mittag, gell? Seh ich doch, wie dich die Rouladen anlachen.«

Mütterlich streichelte sie dem Simeon über die Schulter und lud ihm gleich drei Rouladen auf. Der fassungslose Blick vom

Meininger wanderte zwischen seinen, nur noch anderthalb Rouladen und dem leeren Topf hin und her. Drei Stück für den Hirschen und nur zwei für ihn? Und kein Nachschlag? Normalerweise herrschten hier strenge Rouladengesetze im Pfarrershaushalt: zwei Stück für den Pfarrer, eine für die Maria, eine und vielleicht noch 'ne halbe als Nachschlag für den Leopold nach Drängeln der Köchin, ob es denn nicht schmecken würde. Und ein winzig kleines Anstandshäppchen zum Aufheben für später. So lief das am Rouladentag, so und nicht anders. Und niemals nicht drei für den Gast und nur zwei für den Hausherrn. Außerdem, der hatte doch eh seine eigene Roulade, die mit den Erdbeeren drin, was konnte denn der Leopold dafür, dass die noch nicht fertig war?

Aber was sollte er machen, der Simeon grinste von einem Ohr zum anderen, und die blauen Augen funkelten, als wäre es Weihnachten und Geburtstag zusammen.

»Maria, Mensch, ehrlich? Vielen Dank, die Einladung würde ich tatsächlich nicht ausschlagen!«

Einladung? Ausschlagen? Der hatte doch das Messer schon in der Hand, der Bursche.

»Und, so ganz unter uns, ich habe fast gehofft, ich würd hier ein so wunderbares Fleisch bekommen. Das macht keine so gut wie du, Ehrenwort!«

Schleimer, billiger. Die gelobte Maria bekam aber gleich ganz rote Wangen, und der Busen hob sich vor Stolz mindestens um einen Zentimeter nach oben.

»Aber ich will nichts wegessen, auf keinen Fall!«

»Ach wo, Simeon, überhaupt nicht, überhaupt nicht. Ich brauch nix. Ich ess eh immer schon beim Kochen viel zu viel!«

Lügnerin, gscherte. Passten schon gut zusammen die beiden, dachte der Pfarrer und wetzte mit dem Messer möglichst kleine Stückerl von seinem Fleisch, damit er ein bisschen länger was davon hatte, so ohne Aussicht auf zweite Portion. Musste man eben selber vorsorgen. Die Maria stellte dem Simeon ein kaltes Bier zum Essen und dafür bekam sie gleich noch so ein Zahnpastawerbegrinsen.

»Mensch, Maria, du kannst einfach Gedanken lesen. Genau das hat mir zum Glück noch gefehlt. Vielen Dank, du weißt wirklich, was ein Mann sich wünscht«, brachte der Hirsch zwischen dem Rouladenkauen hervor und spülte mit dem Bier nach. Dem Bier, das dem Meininger zu seinem Glück dringend fehlte.

»Und Pfarrer sind keine Männer? Oder warum krieg ich kein Bier?«, brummte der Meininger grantig und schämte sich gleich ein bisserl selbst. Er klang mehr wie ein kleiner Schulbub als ein ausgewachsener Mann.

Die Maria zog eine Augenbraue bis über den Haaransatz, fast zum Hinterkopf hoch. Das konnte sie besonders gut, es bedeutet nur meist nix Gutes.

»Manchmal mehr, manchmal weniger Mann, würd ich sagen«, beantwortete sie eisig seine Frage. »Und wo's Bier steht, wissen Sie ja, Herr Pfarrer.« Peitschenähnlich schwang sie ihr Geschirrtuch aus dem Handgelenk und stolzierte beleidigt aus der Küche. Knall, die Tür war zu.

Der Meininger starrte ihr verdutzt hinterher, während der Simeon zwischen Rinderfetzen und Bierschaum losprustete.

»Herr Pfarrer, also von den Frauen, von denen verstehen Sie mal wirklich überhaupt nichts. Das kann ich Ihnen sagen!«

Wenn das so weiterging, heute, dann brauchte der Meininger sich gar keine Sorgen mehr machen um den fehlenden Rouladen-Nachschlag, weil, dann war ihm der Appetit vergangen, noch bevor der Teller leer war. Jetzt wollte ihn auch noch der depperte Grünschnabel belehren. Grad weil er mal fünf Minuten eine Freundin hatte.

»Aber Sie, Herr Hirsch? Aber Sie, oder wie?«, pampte er seinen Tischgast wenig nächstenliebend an.

Dieser Sonntag wollte einfach so gar nicht zu der geliebten, gemütlichen Friedlichkeit finden, die der Leopold normalerweise gewohnt war. Und das ärgerte den Pfarrer sehr, weil, er hatte ja in jeder Woche immer nur den einen. Und der war darum besonders heilig.

Dem Simeon Hirsch war das Lachen endlich vergangen, aber nicht, weil der Pfarrer so grantig war, das kannte der Tischgast nur zu gut. Sondern eher, weil ihm wohl wieder eingefallen war, dass er tatsächlich langsam zum Frauenexperten wurde, oder schleunigst werden musste. Er schluckte Rouladenbrei und Bier in den Magen, schluckte nochmals und erklärte dem gesegneten Junggesellen.

»Herr Pfarrer, das mit den Frauen, ich sag es Ihnen. Einfach ist es nicht.« Er nahm einen tiefen Schluck aus seinem Willibecher und wischte sich den Bierschaum aus dem Gesicht. »Seien Sie froh um Ihre Maria.« Für einen Moment legte der Hirsch Messer und Gabel aus der Hand, um sich die Haare zu raufen und die Augen zu reiben. Dann stürzte er sich sofort wieder auf das Fleisch und schlang weiter, während er dem Meininger die Frauen, oder besser eine ganz spezielle Frau, erklärte.

»Sie haben ja keine Ahnung, Hochwürden, keine Ahnung. Aber wie auch, woher auch?«

Bei dem Essensbrei-Genuschel musste der Meininger sich ganz schön Mühe geben, den Kollegen überhaupt zu verstehen. Trotzdem, ein bisschen neugierig war er schon auf so einen Beziehungsschulterblick und darum spitzte er angestrengt die Ohren und vergaß erst mal tatsächlich den eigenen Teller.

»Dabei hat das alles so schön angefangen. Schöner hätte man sich das gar nicht vorstellen können, Herr Meininger. Wirklich. Ein Traum, die Sandra. Ganz reizend, ganz brav und immer lieb.« Ganz verklärt blickte der Simeon in die Ferne. »Ausflüge haben wir gemacht, in die Berge zum Wandern, und ins Kino sind wir fast jedes Wochenende. Sogar in richtig harte Actionfilme ist die Sandra mit, das hat ihr super gefallen. Und, Herr Pfarrer … so unter uns …« Er zwinkerte verschwörerisch mit den Augen. »Nicht, dass wir recht viel gesehen hätten, vom Film, gell. Hä, hä, hä.«

Ja. Hä, hä, hä … du mich auch, dachte sich der Leopold und gabelte dann doch lieber weiter in die Roulade, bevor er sie am Ende noch dem Hirsch ins Maul stopfte. Zu viel Neugier, für einen Pfarrer, merkte er gerade, sehr ungesund.

»Aber seit ein paar Wochen jetzt schon, da ist die Sandra plötzlich wie ausgewechselt. Als hätte man sie über Nacht einfach ausgetauscht. Außerirdische vielleicht. Ich weiß einfach nicht, was mit ihr passiert ist.«

Der Pfarrer blickte überrascht von seinem Teller hoch. Das klang jetzt gar nicht mehr nach Wolke sieben.

»Irgendwie kann ich in letzter Zeit gar nichts mehr richtig machen«, jammerte der Kollege. »Alles ist falsch, nie versteh ich sie und dauernd vergess ich furchtbar wichtige Sachen.«

»Wie zum Beispiel?«

»Na ja, zum Beispiel, dass ich noch Klopapier hätte einkaufen sollen. Oder dass die Sandra am Mittwochabend immer Chorprobe mit der Unterstufe hat und ich sie danach abholen soll, weil sie es doch nicht mag, so ganz allein im Dunkeln den weiten Weg nach Hause zu gehen.«

»Aber das Fräulein Beierlein wohnt doch nur zwei Straßen von der Schule entfernt und Sie am anderen Ende vom Ort, oder nicht?«, musste der Leopold da schon mal nachfragen. Kam ihm ein bisschen viel Abholweg für ein wenig Nachhauseweg vor, so von außen betrachtet.

»Ja, schon, aber die schlimmsten Verbrechen passieren gern recht nah am Zuhause, das sagt die Sandra. Und nach der Geschichte mit dem Wimmer, da fühlt sie sich einfach nicht mehr sicher hier im Ort, sagt sie. Wer weiß, was da noch so alles passieren kann. Und da will sie eben ungern allein sein, und wenn ich sie dann warten lasse oder vergesse, dann …«

Ja, was dann. Das wollte der Meininger jetzt schon wieder gern wissen. Da war die Neugier gleich geweckt. Gott sei Dank war der Simeon bei Bier und Fleischroulade in bester Herzausschütt-Redseligkeit.

»… dann ist das Geschimpfe immer riesengroß. Ganz erstaunlich eigentlich, wie viel Wut in so eine kleine und liebe Person reinpassen kann. Hätte ich mir nicht vorstellen können, so am Anfang. Aber schreien und schimpfen kann die, da möchte man sich am liebsten die Ohren zuhalten und davonlaufen.«

Der Simeon nahm einen kräftigen Schluck aus seinem Bierglas.

»Aber fast noch schlimmer, Herr Pfarrer, fast noch schlimmer ist es, wenn sie gar nichts mehr sagt und nur noch schaut. Ganz böse Augen bekommt sie dann, und die Lippen werden ganz dünn, da mag man nicht einmal mehr im Traum ans Küssen denken. Da kriegt man richtig Angst, das sag ich Ihnen.«

Ja, das wiederum brauchte ihm aber der Simeon gar nicht erst sagen, denn das kannte der Pfarrer selbst nur zu gut aus seinem Haushalt. Wenn die Maria einmal wirklich böse auf ihn war, dann genau der gleiche Blick, die gleichen schmalen Lippen und der gleiche eiskalte Angstschauer beim Hausherrn. Platonisch oder nicht, da machten die Weiber ausnahmsweise gar keinen großen Unterschied. Darum nickte der Leopold auch ganz verständnisvoll.

»Und sie wollen nicht wissen, was los ist, wenn die Sandra mich einmal mit einer Leberkässemmel erwischt. Herrgott, man könnte meinen, ich allein wäre für alle Tierquälereien dieser Erde verantwortlich, so schaut die mich dann an. Manchmal weint sie sogar ein bisschen, weil sie dermaßen enttäuscht ist von mir. Das hätte sie nicht erwartet von jemandem, der doch sonst so ein großes Herz hat, meint sie. Ja, was soll ich da noch sagen.«

Sprach's und stopfte sich genüsslich die letzte Fleischroulade zwischen die Zähne.

»Ich kamm doch auch mix dapfür, dass das einpfach so gut pfschmeckt!«, nuschelte er mit vollem Mund.

Nein, da konnte der Hirsch wirklich nichts dafür und auch nichts dagegen machen. Das musste der Leopold schon sagen, beim Fleischverbot, da hörte auch für ihn der Spaß auf. Das bisserl durch die Nacht begleiten, einkaufen und hofieren, das konnte man ja alles noch verkraften, aber ein dermaßener Einschnitt in das leibliche Wohl. Das käme ihm niemals nicht in die Tüte.

»Na, bei uns ist Ihnen jedenfalls immer ein Platz am Tisch sicher«, versprach er dem Leidenden und war plötzlich ganz gönnerisch mit der eigenen Fleischration. Unter Männern musste man eben doch zusammenhalten. »Und die Maria, die meint es mit mir eh immer viel zu gut und kauft den halben Metzger leer. Alles doppelt und dreifach, der Hofbauer, mein ich, der macht drei Viertel von seinem Geschäft mit uns. Also Simeon, unser Wurstfach ist auch Ihr Wurstfach, wann immer Sie es danach gelüstet.«

»Vielen Dank, Herr Pfarrer, vielen Dank. Das ist wirklich sehr nächstenlieb von Ihnen.«

»Was ist hier nächstenlieb?«, fragte die Maria, die beladen mit einem Körberl voller Bierflaschen in die Küche kam. »Weil, der Umgang in diesem Haus, der könnte ein bisschen was davon vertragen. Wo wir grad dabei sind.«

»Ach Maria, sei nicht so hart zu unserem Pfarrer ...«, sprang der Simeon zur Ehrenrettung ein. »... der hat das Herz schon am rechten Fleck. Eingeladen hat er mich zum Essen und zum Hofbauer-Vorräte-Verzehren, weil bei euch zu viel und bei mir leider gerade viel zu wenig.«

Und damit war die Stimmung dann gerettet, weil mit freiwilliger Gastfreundschaft konnte man sogar die schnippische Köchin besänftigen. Prompt öffnete sie, lang überfällig, nun auch dem Leopold ein Bier und lächelte ihn milde an.

»Ja, umso besser, ich hab gestern viel zu viel eingekauft, vor lauter Ratschen mit der Claudia.«

»Claudia?«, fragte der Meininger. »Welche Claudia?« Ihm wollte kein Schäfchen mit diesem Namen einfallen.

»Die Hofbauer Claudia. Die kleine Schwester vom Metzger. Die ist wieder daheim, seit letztem Wochenende.«

Die Schwester vom Hofbauer Mathias. Der Meininger kramte im hinteren Acker von seinem Hirn herum.

»War die nicht in Berlin beim Studieren?«

»Ja, genau. Aber da ist nichts draus geworden, und jetzt ist sie wieder hier.«

»Aha.«

»Ich wusste gar nicht, dass der Metzger eine Schwester hat. Was macht die denn so? Wie ist die denn so?«

Darum war der Hirsch so beliebt bei der Dame im Meininger Haushalt. Weil er für eine mehrsilbige Unterhaltung mit brav Fragen, Antworten und wieder Fragen und Antworten einfach so viel besser zu gebrauchen war als der maulfaule Pfarrer. Und mei, es freute die Maria halt so sehr, wenn sie ihr ganzes Eichenberger Insiderwissen und den tagesaktuellen Ratsch an dankbare Zuhörer weitergeben konnte.

»Also …«, holte sie einmal tief Luft und ratterte dann los. »… die Claudia, mei, wie alt wird die jetzt sein. Ein bisserl jünger vielleicht wie du. Siebenundzwanzig, achtundzwanzig würd ich sie spontan schätzen. Gell?«

Jetzt setzte sich die Köchin sogar zu ihren Gästen an den Tisch. Das würde wohl eine längere Geschichte werden.

»Vor neun Jahren ist die auf und davon nach Berlin. Raus aus der Provinz, in die Hauptstadtmetropole. Also so unter uns, hierher gepasst hat das Mädel nie so recht. Die war schon immer ein kleines bisserl anders als alle anderen.«

»Wie anders?«

»Was meinen Sie denn damit?«

Wollten es beide Herren jetzt etwas genauer wissen.

»Na, ein bisserl gspinnert eben. Schon als Kind. Nur Sorgen

gemacht hat sie den Eltern. Und nie wollt sie brav sein. Im Kindergarten ein furchtbarer Wildfang, dauernd ist sie weggelaufen. Die Fräulein dort haben sich gar nicht mehr zu helfen gewusst. Die anderen Kinder geärgert, Käfer im Essen versteckt und solche Sachen.«

Die Maria schüttelte den Kopf.

»Dabei war der Mathias immer so ein braver Bub. Aber die Claudia … mei, keine Ahnung, was da schiefgelaufen ist. Schad, eigentlich, weil dumm ist es nicht gewesen, das Mädel. Hat es auch aufs Gymnasium geschafft, das schon, aber das Lernen, das wollte ihr halt einfach so gar nicht gefallen. Den Kopf immer voller anderer Sachen. Nur in der Theatergruppe, da war sie voll engagiert. Ich erinner mich, irgendein furchtbar gescheites Stück haben die mal aufgeführt, da hatte sie die Hauptrolle. Fünfzehn Jahr war die damals erst, aber wie aus dem Fernsehen hat die gespielt, das glaubt man gar nicht. Ich weiß noch, ich hab mir gedacht, das Mädel, das hätte wirklich Talent fürs Kino.«

»Und dann?«, fragte der Meininger. Weil so ein Lob von der Maria, das hörte man selten.

Die Köchin seufzte. »Mei, Herr Pfarrer, wie das halt immer so ist, wenn man in so einem Dorf aufwächst, das auf keiner Landkarte nicht zu finden ist, und Eltern hat, die, sagen wir's mal vorsichtig, eher bodenständig sind. Nix. Nix ist draus geworden, und ewig schade ist es drum.« Wieder schüttelte die Hausherrin den Kopf. »Dass der Mathias die Metzgerei übernimmt, das war ja sonnenklar. Für die Claudia, für die hat man sich dann jetzt nicht so sehr interessiert. Irgendwie hat sie sich mit Ach und Krach durchs Abitur geschwindelt. Und dann ist sie auch recht schnell auf und davon nach Berlin. Ich glaub sogar, sie wollt eine

Schauspielschule besuchen, wenn ich mich recht erinnere. Aber die Eltern sind dann auch nie so wirklich damit rausgerückt, was das Mädel da droben jetzt eigentlich treibt. War nicht gerade das Lieblingsthema in der Metzgerei, versteht man schon auch irgendwo, oder?«

Ganz selbstverständlich nahm sie einen Schluck Bier aus dem Meininger-Glas und erzählte dann weiter.

»Die meisten im Dorf haben wahrscheinlich schon ganz vergessen, dass es die Claudia überhaupt gibt.« Und dann lächelte sie recht verschmitzt. »Aber das wird sich jetzt recht schnell ändern, das verspreche ich.«

»Warum?«

»Ha, wieso?« Die Maria lachte. »Weil erstens ist die Claudia immer noch genau wie früher. Ein Wildfang und ein Tausendsassa, wie man sich das fast kein zweites Mal vorstellen kann. Und zweitens … zweitens ist das Mädel wirklich um einiges fescher nach Hause gekommen, als wie sie weggegangen ist. Früher, früher da war die ja eher immer wie ein wilder Bub. Vor lauter zerzaustem Haar und dreckigem Gesicht und Hände. Wie ein kleiner Tarzan sah die immer aus, wenn sie aus dem Wald nach Hause gestiefelt kam.« Sie nahm noch einen Schluck Bier. »Aber das hat sich in Berlin schon geändert, das muss man sagen. Die wird hier noch den ein oder anderen Kopf verdrehen. Da können wir wetten drauf. Die muss der Hofbauer gut wegsperren auf d'Nacht.« Sie grinste und wischte sich den Bierschaum von der Oberlippe.

Tatsächlich war selbst der Pfarrer jetzt ganz schön gespannt auf das neue Gemeindemitglied, und so aufmerksam, wie der Simeon lauschte, ging es dem Polizisten nicht anders. Selten genug, dass man in Eichenberg jemanden traf, der nicht ins Dorf passte. Das war hier schon eher die Ausnahme.

»Ja, und wie ist diese Claudia sonst so?«, fragte der Simeon und machte gar kein großes Geheimnis aus seiner Neugier.

»Ja, wie ist denn die jetzt so …« Die Maria wollte gerade loslegen und war endlich einmal total in ihrem Element, als es in der Jackentasche vom Polizisten laut zu bimmeln begann. Wie von der Tarantel gestochen riss der Hirsch sein Handy heraus, dass er vor lauter hektisch beinah sein Bier umgestoßen hätte, und presste es an den plötzlich feuerroten Schädel.

»Schatzi? Ja, Schatzi. Nein, Schatzi. Nein, natürlich nicht. Beim Herrn Pfarrer bin ich noch, Schatzi …«

Im Hintergrund hörte man ein unangenehm hohes Gekeife aus dem Telefon. Den Meininger schüttelte es bei der Vorstellung, wie sich das Geschrei wohl direkt am eigenen Ohr anhören würde.

»… aber nein, Schatzi. Das hab ich doch gesagt, Schatzi. So was dauert eben seine Zeit, versteh doch. Das ist recht kompliziert. Verkabelung, die richtigen Anschlüsse, das geht nicht so von jetzt auf gleich …«

Der Hirsch atmete tief ein und aus und schloss die Augen. An seinem Hals, direkt überm Hemdkragen, konnte man ein paar rote Flecken erkennen. Stress. Ganz klares Anzeichen. Das kannte der Pfarrer nur zu gut vom eigenen Hals.

»Aber sicher, ich beeil mich. Nein, das kann der Herr Pfarrer nicht allein … Nein, so einfach ist das nicht … Aber Schatzi, das ist doch aber gar nicht seine Aufgabe … Nein, da hast du natürlich völlig recht, auch nicht meine, das stimmt. Aber, Schatzi, aber, du sagst doch immer, dass man helfen soll, wo man kann …«

Schweigen. In der Pfarrersküche und scheinbar auch am Schatzi-Ende der Leitung. Etwa drei Sekunden hielten alle die Luft an. Sogar der Meininger und die Maria.

»Versprochen, Sandralein, aber selbstverständlich. Direkt und ohne Umwege. Wir geben Gas. Tschüüüsss … ja, ich dich auch, Schatzi.«

Und dann gab es noch einen saftigen Schmatz in den Hörer, und die Sandra war wieder weg. Dreimal aufatmen in der Meininger Küche. Der Simeon hatte also kein bisserl übertrieben mit seinem Gejammer. Mitleidig sahen ihn die beiden Asylgeber über den Tisch hinweg an, aber noch bevor einer von ihnen tröstende Worte aussprechen konnte, hatte sich der Hirsch schon vom Tisch erhoben.

»Herr Pfarrer, wir müssten uns dann jetzt bitte schleunigst an die Arbeit machen, ähm, ähm, ähm«, hüstelte er nervös. »Ähm, ähm, weil, es ist ja Sonntag, und da will ich Ihnen gar nicht so lang zur Last fallen, und außerdem soll man da ja auch etwas Zeit mit den Lieben zu Hause verbringen.«

Das mit den Lieben wollte der Pfarrer jetzt trotz göttlichem Auftrag lieber nicht mit dem armen Würstel diskutieren und warf darum einen sehnsuchtsvollen Blick auf sein Bier, einen besorgten in Richtung Maria, erhob sich aber brav vom Tisch.

»Selbstverständlich, lieber Simeon, wir haben Sie ohnehin schon viel zu lange aufgehalten. Bitte entschuldigen Sie. Dann wollen wir mal.«

Übertrieben hatte der Polizist am Telefon bei seiner garstigen Partnerin aber leider nicht. Zwei Stunden später waren sie immer noch mit dem verflixten Internetz zu Gange. Oder besser gesagt, der Simeon kabelte, und der Meininger versuchte währenddessen den niemals kleiner werdenden Stapel Papierkram auf seinem Schreibtisch zu bearbeiten. Sisyphos hätte eine wahre Freude mit der unendlichen Flut an Bittbriefen, Anträgen, Vorschlägen für Verbesserungen in der Kirchengemeinde und allerhand anderem mehr oder weniger wichtigen Zeugs. So recht konzentrieren konnte der Pfarrer sich aber nicht auf die Grabrede, die er gerade für die Langeneder Elisabeth verfassen wollte, weil über seinen Schreibtisch hinweg musste er nun schon seit geraumer Zeit auf das wenig ansehnliche Bauarbeiterdekolleté vom Simeon schauen, der sich zwischen den Regalen an der Telefonbuchse zu schaffen machte. Wegignorieren konnte man die käsigen Halbmonde, die sich rhythmisch von links nach rechts schaukelten, leider auch nicht, weil der Hirsch in regelmäßigen Abständen so leidig schnaufte, dass man als fühlender Mitmensch einfach einen prüfenden Blick riskieren musste, ob schon noch alles in Ordnung war. Nachfragen, das traute sich der Meininger langsam nicht mehr. Hatte der Freund und Helfer anfangs noch ganz tapfer geantwortet: »Ja, ja, das schaffen wir schon. Ein Kinderspiel, Herr Pfarrer, das wäre doch gelacht.« So wurde mittlerweile nur noch grantig gebrummt oder leise vor sich hin geschimpft, was recht untypisch für den sonst immer sonnig gelaunten Polizisten war.

Aber aufgeben, das kam auf keinen Fall infrage. Da hatte der Meininger nur mal ganz kurz laut nachgedacht, ob es nicht vielleicht doch besser wäre, einen Spezialisten und so … Da hatte der Simeon den halb nackerten Arsch gegen einen feuerrot schwitzenden Kopf getauscht und mit ganzem Beamtenstolz den Auftraggeber in die Schranken verwiesen.

»Herr Pfarrer, ich hab Ihnen versprochen, dass ich Ihren Computer anschließe, und das werde ich auch machen. Vorher, vorher gehe ich nicht nach Hause. Basta. Kann die Sandra schimpfen, was sie will. Und jetzt lassen S' mich bittschön fertig arbeiten.«

Das fertig Arbeiten, das zog sich nun schon wieder über eine halbe Stunde, und ein Ende schien nicht in Sicht. Langsam knurrte dem Meininger auch wieder der Magen, und heimlich fragte er sich, was wohl aus der süßen Roulade geworden war. Aber selber Kaffeepause machen und den Hirschen am Boden weiter schuften lassen, das traute sich der hungrigste Pfarrer nicht. Und so beugte er sich seufzend wieder über seine Rede.

Während er krampfhaft nach ein paar netten Worten über die alte Langeneder Beißzange suchte, schweiften seine Gedanken, wahrscheinlich inspiriert vom Hirschschinken vor ihm am Boden, doch immer wieder zur jungen Metzgersschwester ab.

Die Claudia Hofbauer. Gekannt hatte der Meininger sie kaum. Dunkel erinnerte er sich an einen Firmling unter so vielen. Und gehört hatte er bisher rein gar nix über die verlorene Tochter. Die Maria schien ja, wie so oft, schon eine feste Meinung zu haben. Der Leopold wollte sich aber dann doch ein eigenes Bild von der Heimgekehrten machen, und so beschloss er, morgen einmal ausnahmsweise selbst zum Metzger zu laufen, um den Wocheneinkauf zu erledigen. Konnte man der Maria ja auch mal eine Arbeit abnehmen und gleichzeitig die Schäfchen im Blick haben, alte wie neue. Und anstatt einer Liste von guten Eigenschaften der Elisabeth, Gott hab sie selig, schrieb die Hand vom Pfarrer fast ganz von allein lieber einen fleischigen Einkaufszettel auf das Rednerpapier. Da fiel dem Leopold auch sofort allerhand ein, ganz ohne Hirn anstrengen.

II

Fleischeslust

In aller Herrgottsfrühe machte sich der Leopold am nächsten Morgen auf Richtung Hofbauer Metzgerei. Er selbst redete sich ein, dass es mehr die Unlust am Schlangestehen mit den ganzen Dorfratschen war und weniger die Neugier auf die Claudia, aber der liebe Gott wusste schon ganz genau, was da wirklich Sache war. Nichtsdestotrotz, genauso wie den sonntäglichen Heimweg aus der Kirche liebte es der Eichenberger Pfarrer, gemütlich und ganz ohne Stress durch sein Dörfchen zu spazieren. Vor allem, wenn wie an diesem Morgen schon der Frühling in der Luft lag, man die warmen Tage fast schon spüren konnte, aber das Schwitzen unter dem langen Talar noch nicht zu schlimm war. Dann machte er gern mal den ein oder anderen Umweg durch die engen Dorfgassen, schlenderte gemütlich übers Kopfsteinpflaster in Richtung Dorfplatz und ließ liebevoll, väterlich den Blick über Häuser und Geschäfte schweifen. Ja, es hätte ihn wirklich schlimmer treffen können. In solchen Momenten, da genoss er sein Pfarrersleben wirklich in vollen Zügen. Noch mehr sogar, wenn er an den ängstlichen Blick dachte, mit dem sich der Simeon Hirsch am Sonntag gegen zehn Uhr abends endlich nach

Hause verabschiedet hatte. Lange nach den fleißigen *Tatort*-Detektiven im ersten Programm war es dem Polizisten nämlich erst gelungen, den Übeltäter im nicht funktionierenden Meininger-System zu finden. Eine tote Telefonbuchse im Pfarrersbüro, das war das Problem. Da hatte der arme Kerl so fehlerfrei verkabeln können wie nur irgendwie, wo kein Netz in der Dose, da auch kein Netz im Kabel und erst recht nicht im Computer. Und weil am Sonntagabend die armen Teufel in der Telekom-Notfallstelle allesamt noch weniger eine Ahnung hatten wie der Hirsch selbst, hatte er alles einfach noch einmal mit tausend Verlängerungskabeln umgesteckt und wieder von vorne angefangen. Weil geschlagen geben, das wollte sich der Hirsch immer noch nicht. Und das, obwohl sein Handy mittlerweile im Zehn-Minuten-Takt furchtbar böse klingelte. Todesmutig hatte der Simeon es irgendwann einfach ausgestellt. Da war sogar der Leopold schwer beeindruckt gewesen. Die Angst, die den jungen Helden dann überkam, als es in Richtung Heimweg ging, konnte er nur zu gut verstehen. Hoffentlich hatte der arme Kerl die Nacht lebend überstanden. Einziger Dorfpolizist erschlagen wegen Nichteinhaltung der Ausgangssperre. Wer sollte da denn dann ermitteln? Der Pfarrer schmunzelte in sich hinein und freute sich über seine so partnerschaftliche und erwachsene Beziehung mit der Maria. Mei, was würde die Augen machen, wenn er die ganzen Einkäufe für sie erledigt hätte. Er rieb sich die Hände und gab ein bisschen Gas in Richtung Metzgerei. Fünf Minuten vor acht. Gleich würde der Hofbauer die Tore zum Wurstparadies öffnen.

Aber als der Pfarrer um die letzte Hausecke bog, das gratis Stückerl Gelbwurst, das eigentlich nur die kleinen Kunden bekamen schon geistig zwischen den erwachsenen Fingern haltend, da mochte er fast den eigenen Augen nicht trauen. Bei dem Anblick, der sich ihm da bot. Gleich eine ganze Menschentraube hatte sich schon versammelt vor der geschlossenen Metzgerei. Da war ja mehr los als bei ihm am Sonntag, wenn es ans Leib-Christi-Verteilen ging.

Der Pfarrer machte auf dem Absatz halt und runzelte verwundert die Stirn, weil noch etwas, das stimmte an dem Bild hinten und vorne nicht. Da standen nicht etwa die üblichen, vom Leopold so sehr gefürchteten Hausfrauen und Ratschen vor der Metzgerei. Das hätte er sich ja irgendwie noch eingehen lassen. Super Aufschnitt-Angebot, jetzt zuschlagen, der frühe Vogel fängt das Würstel oder so ähnlich. Aber nein, keine Schnäppchenjägerinnen hatten sich da beim Hofbauern versammelt. Ganz im Gegenteil. Männer und Burschen, durch die Bank. Aller Altersstufen. Vor der Metzgerei ging es zu wie beim Freibierausschank am Pfarrfest.

Der Meininger rieb sich die Augen. Alle waren sie da, angefangen bei den graubärtigen Kriegsveteranen samt ihren Gehwagerln bis hin zur Jugend der Freiwilligen Feuerwehr. Was hatte es denn mit dieser Männerrunde bloß auf sich?

Das wollte der Pfarrer jetzt aber doch genauer wissen. Er raffte seine langen Röcke und marschierte strammen Schrittes auf die Testosteron-Vollversammlung zu.

»Guten Morgen, die Herrschaften, alle miteinander«, grüßte er freundlich in die Runde. »Was ist denn hier heute schon los? Hab ich was verpasst? Spendiert der Hofbauer heute gratis Leberkässemmeln?«

Gut dreißig Köpfe drehten sich in Richtung Meininger, und alle liefen sie knallrot an. Ansonsten, Schweigen im Männerwald. Der Meininger kratzte sich am Hinterkopf. Seltsam, seltsam. Wortkarg, ja, freilich, das war er von den Mannsbildern in seiner Gemeinde gewohnt, das störte auch niemanden, weil die Frauen in Eichenberg eh genug redeten, den lieben langen Tag, aber stumm wie die Karpfen, das war dann doch neu.

»Hat der Herrgott euch die Zungen gelähmt, oder seit wann grüßt man sich hier nicht mehr?«, bohrte der Pfarrer langsam ein bisserl grantig. Er mochte das nämlich überhaupt gar nicht, so ungewohnte Situationen, in denen man nicht riechen konnte, was eigentlich los war. »Raus mit der Sprache!«, polterte er den Haufen an. »Was habts ihr hier beim Hofbauern verloren in aller Herrgottsfrühe?«

»Ähm ...«

»Ja, mei ...«

»Wissens, Herr Pfarrer ...«

»Also ...«

»Ein Pfund Aufschnitt soll ich holen!«, plärrte der uralte Gleixner Alfons zahnlos über seinem Gehwagen hängend. »Mei Oide hat mich gschickt. Die spürt das Wetter im Haxn.«

Und dem gefühlt hundertjährigen Rentner glaubte der Pfarrer sogar. Weil erstens, er kannte die Frau Gleixner auch sehr gut, und zweitens, was der Rest der Truppe hier suchte, das war dem Meininger plötzlich sonnenklar. Schlag acht Uhr öffnete sich die Tür zur Metzgerei, und heraus spaziert kam die viel besprochene Claudia Hofbauer.

Die Sachlage war eindeutig, da musste man überhaupt kein Detektiv sein und wahrscheinlich nicht mal besonders gescheit im Kopf, um das gleich auf den ersten Blick zu verstehen, warum plötzlich jeder Mann im einigermaßen paarungsfähigen

Alter noch vorm Frühstück zum Wursteinkaufen rannte. Selbst dem Meininger klappte die Kinnlade auf die Brust.

Das Mädel sah aus wie ihr Bruder, der Metzger, nur aber war sie so viel schöner und so eindeutig mehr Frau, dass einem fast der Kopf platzen wollte bei dermaßen viel Ähnlichkeit und noch mehr Unterschied auf einmal. Wie der Mathias hatte auch die Claudia einen Berg von wilden blonden Locken auf dem Kopf, die sich kaum bändigen lassen wollten.

Jetzt als Mann trägt man das Haupthaar ja meistens kurz und daher unauffällig und unkompliziert, als Frau aber lieber lang und wie eine Löwenmähne ums Gesicht. Das musste sicherlich furchtbar stören und jucken an den Wangen, aber egal, weil es sah einfach atemberaubend aus, wie sich das Mädel da so dauernd eine Strähne nach der anderen hinters Ohr stopfte, obwohl eh gleich wieder alles nach vorne rutschte, und die Haare von der linken auf die rechte Schulter warf und wieder zurück. Auch die blauen Augen und das verschmitzte Lachen teilten sich die Geschwister untereinander, nur bei der Claudia, da blitzte, strahlte und funkelte alles dreimal so sehr wie beim Bruder. Lag vielleicht daran, dass die Claudia einfach ein paar Jahre jünger war und noch nicht so viel vom inneren Leuchten aufgebraucht hatte, oder vielleicht, weil sie so viel kleiner war als der Metzger und darum alles mit viel mehr Druck rausmusste aus den maximal ein Meter sechzig.

Der Meininger musste sich höllisch drauf konzentrieren, endlich den Mund wieder zu schließen und nicht dauernd auf die vielen Kurven zu starren, die sich so um das Fräulein Hofbauer schmiegten. Schaute man sich das Mädel so an, wie sie da an der Tafel mit Tagesangeboten herumwischte und alles neu beschriftete, sich dabei reckte und streckte, was die Zehenspitzen hergaben, dann kam einem das Wort »schlank« plötzlich wie ein furchtbares Schimpfwort vor. Weil, schlank war da gar nix, aber anders oder gar dünner wollte man es auf gar keinen Fall haben, nie im Leben nicht.

Ihr enges T-Shirt war bei der Arbeit ein wenig nach oben gerutscht und gab den Blick frei auf schwarze Spitze, die aus dem Hosenbund der knallengen Jeans blitzte. Ein buntes Schmetterlingstattoo direkt über der Hose bewegte sich rhythmisch im Takt mit den Hüften und den Armen. Eine türkische Bauchtänzerin im Glitzerrock hätte das wahrscheinlich auch nicht viel verführerischer hinbekommen. Kein Wunder also, dass die allgemeine Fleischbeschau beim Hofbauer an diesem Montag nicht drinnen an der Wursttheke, sondern draußen vor der Tür stattfand.

»Na, meine Herren?«, grinste die Claudia die versammelte Meute über die Schulter weg frech an. »Habt's schon was gfunden? Oder soll ich euch eine besondere Spezialität des Hauses ans Herz legen?«

So viel Frech und Zweideutig, wie in diesem einen Satz versteckt war, da konnte sich der Meininger lebhaft vorstellen, was die Herrenrunde hier am liebsten mit nach Hause tragen wollte. Auf den Mund gefallen war die Metzgersgöre jedenfalls ebenso wenig wie ihr großer Bruder. Selbst der Meininger musste ein wenig schmunzeln. Wie die Ölgötzen standen sie da, seine Schäfchen, oder besser, seine Hammel, und keiner brachte auch nur einen Ton heraus.

»Na geh ma, geh ma«, nahm sich der Pfarrer ein Herz und begann, die Herde nach drinnen zu treiben. Sonst würde er heute gar nicht mehr zu seinem heiß ersehnten Leberkäse kommen.

»Extra frisch«, kritzelte die Claudia gerade schwungvoll auf die große Tafel, während die Herren wiederwillig und mit einem letzten Blick auf den Schmetterling in die Metzgerei trödelten.

Dem Meininger lief das Wasser im Mund zusammen. Selbstverständlich einzig und allein wegen der Ankündigung auf der Tafel und keineswegs der Botschafterin.

»LEBERKÄSE«, schrieb sie in großen Buchstaben und dann … Der Pfarrer musste gleich zweimal nachlesen, so wenig verstand er, was sie da druntersetzte:

»völlig frei von tierischen Produkten«.

Hä? Was sollte das denn bedeuten? Wie sollte das denn überhaupt möglich sein? Er kratzte sich den Kopf und kniff die Augen zusammen, ob er auch richtig gelesen hatte?

»Ja, ja, Sie sehen schon richtig, Hochwürden«, lächelte ihn die Claudia an wie ein kleiner Engel. »Vegan! Herr Pfarrer, vegan.«

Er schien wohl wirklich ein recht dummes Gesicht zu machen, denn die Claudia fasste ihn behutsam am Ellenbogen und geleitete ihn nach drinnen, während sie für den letzten Hinterwäldler weiter erklärte. »Haben wir ganz neu im Programm. Unser veganes Angebot. Frei von schlechten Fetten, tierischen Produkten und allem, was dem Körper schadet.« Sie drückte dabei leicht seinen Arm. »Sie müssen wissen, Herr Pfarrer, diese ganze Wurst und das viele Fleisch, das tut uns überhaupt nicht gut. Das ist eigentlich furchtbar schlecht für die Gesundheit. Gerade im Alter.« Dabei blickte sie ihm tief in die Augen. »Gerade dann. Gicht, Arthrose, Diabetes, das kann man sich gar nicht vorstellen, was das alles anrichtet mit den Organen und vor allem dem Organfett. Das Organfett, Herr Pfarrer, das ist das Schlimmste. Was das mit einem macht, davon möchte ich gar nicht erst anfangen.«

Ja, das wollte der Leopold auch nicht, auf keinen Fall! Er nickte mit dem Kopf und versuchte, den langsam glasig werdenden Blick zurück in den Aufmerksamkeitsmodus zu lenken. Wie ein Wasserfall plapperte die Claudia dabei in einem lustig weiter, dass es nur so plätscherte.

»Dieses ganze Fleisch, das wir täglich in uns hineinstopfen, das schadet nicht nur uns, das schadet auch der Umwelt. Wissen Sie, Herr Pfarrer, es gibt Studien, die beweisen schon lange, dass, wenn wir so weitermachen, wir uns alle miteinander zu Tode fressen. In Berlin, da hat man das schon längst begriffen, da ist man viel, viel weiter als hier am Land. Vegetarisch und vegan, das ist da längst gang und gäbe. Aber keine Sorge, Herr Pfarrer ...« Sie lächelte ihn wieder an, ganz unschuldig, ganz goldig. »... jetzt bin ich ja wieder da, ich werd schon dafür sorgen, dass wir hier bald ein neues Zeitalter ausrufen und auch endlich up to date sind. Kein Mensch sollte ein Tier ausbeuten zum Überleben. Das ist einfach total yesterday. Wir brauchen gar keine tierischen Produkte!«

Der Leopold hörte schon, was das Mädel ihm da erzählte, aber irgendwo auf dem Weg vom Ohrwaschel zum Hirn verstand er trotzdem nicht so richtig, wie das mit den fehlenden tierischen Produkten in der Metzgerei funktionieren sollte.

Dabei musste er nur einen Schritt in den Laden hineintun, und die Sache erklärte sich von ganz alleine. Scheinbar war der tierische Fleischverzicht gar nicht schwer durchzusetzen, wenn man dafür nur die richtige Alternative anbot. In diesem Fall ganz klar der, in die enge Jeans verpackte, Hinterschinken von der Claudia. Weil, der vegane Leberkäse, wie auch immer so was aussehen mochte, der konnte es ganz bestimmt nicht sein.

Was der Pfarrer da sah, als er, wie ein Schlachtlamm, ganz brav von der Claudia in die Metzgerei geführt wurde, das hätte er nicht mal seiner Maria geglaubt, wenn die es beim Mittagessen erzählt hätte. Das musste man einfach selber gesehen haben.

Vor der langen, wie immer auf Hochglanz polierten, meterlangen Wursttheke, an der sich normalerweise mindestens fünf bis acht Weiber versammelten und auf jeden Fall drei, vier Kinder die Nasen platt drückten, da stand an diesem Morgen tatsächlich, völlig einsam und verlassen, nur der alte Gleixner. Die kugelrunde Erna, die schon seit Menschengedenken zusammen mit den Hofbauer-Eheleuten den Laden schmiss, war fleißig am Aufschnitt-Schneiden, weil, das hatte der Gleixner ja schon erklärt, darum war er geschickt worden. Sonst, weit und breit keine Spur der mit Sicherheit ebenfalls wursthungrigen restlichen Mannsbilder. Kein Drängeln um ein paar Debreziner oder eine Landjäger auf die Hand, nix. Verwirrt schaute sich der Meininger im Laden um. Und wie immer recht praktisch, wer suchet, der findet.

Ganz hinten im letzten Eckerl des Ladens, gleich neben dem schweren Holzregal, in dem sich allerlei Nicht-Wurstiges, aber zum Gesamtgenuss Passendes, wie Senf, Nudeln, Blaukraut und Schmalz, zum Verkauf befand, gab es eine nigelnagelneue zweite Verkaufstheke. Und genau vor der hatte sich die gesammelte Schar Männer aufgebaut und wartete auf … ja, auf was warteten die da eigentlich?

»Aber bitte, aber bitte, meine Herren?«, schimpfte die Claudia lustig in die Runde. »Nicht alle auf einmal, schön anstellen, gibt für jeden etwas. Das haben wir doch die letzten Tage schon so brav geübt, immer einer nach dem anderen!«

Sie ließ den Arm vom Meininger los und schob sich an den aufgeregten Kerlen vorbei hinter die kleine Theke.

»So, wer war der Erste, wer kommt dran? Was darf es sein?«

Fünfzehn Männer hoben die Hand, und der Meininger blickte fassungslos fragend zur Erna hinüber. Vielleicht konnte die ihm erklären, was das hier eigentlich sollte, oder ihn einfach fest zwicken, damit er aus diesem verrückten Traum aufwachte. Wäre ihm jetzt auch beides gleich recht.

Die Erna aber, wie man es von ihr gewohnt war, wollte weder zwicken noch ratschen. Finster zog sie die Augenbrauen zusammen, während sie den Gleixner-Aufschnitt verpackte, und zuckte die Schultern.

»Brauchens mich gar nicht so anschauen, Hochwürden. Ich hab dazu nix zu sagen. Das haben sich der Chef und seine Schwester ausgedacht.« Sie reichte das Plastiktüterl über die Theke.

»Da schauens her, Herr Gleixner. Fünfhundert Gramm. Und von der Gelbwurst mit der Petersilie hab ich Ihnen extra viel reingepackt. Lassen Sie sich's schmecken und bestellens Grüße an die werte Gattin.«

Der Gleixner packte alles in die Vordertasche an seinem Gehwagerl und schob es stumm grüßend aus der Metzgerei. Den Trubel im hinteren Teil des Raumes würdigte er keines Blickes. Ganz sicher war sich der Meininger nicht, aber seine Ohren glaubten beim Hinausgehen noch ein leise gebrummeltes »Ah, so ein Kas, so ein blöder« gehört zu haben. Hätten aber auch die Gummireifen der Gehhilfe sein können … Wusste man oft nicht so genau, wer da quietschte.

Jetzt, weil ihm erstens das Ellenbogengerempel am Stand von

der Claudia eh viel zu gefährlich war und er zweitens auch gar nicht so genau wusste, was es mit dem Angebot so auf sich hatte, platzierte der Pfarrer wie gewohnt die eigene Bestellung bei der dicken Fachfrau.

»Erna, seins doch so nett und packens mir was ein vom Neuburger, vom roten Presssack, eine Halbe von der groben Streichwurst und einen Ring Lyoner bitte schön noch.«

Schon beim Bestellen lief dem Leopold das Wasser im Mund zusammen, und schlagartig fiel ihm wieder ein, dass er noch nicht einmal gefrühstückt hatte.

»Ach wissens was, legens mir noch drei Blutwürst dazu, oder besser mach ma fünf.«

Lieber für die Maria noch mit bevorraten, nicht dass es sonst einen Ärger gab. Und notfalls würde er die fünf auch selbst schaffen. Ganz ausnahmsweise. Die Erna nickte und machte sich profimäßig ans Einpacken. Während der Pfarrer auf sein Delikatessenpackerl wartete, beobachtete er das wilde Treiben an der Claudia-Theke. Während hinten recht gedrängelt und gemurrt wurde, als hätte man nicht fünf Minuten Zeit für den Einkauf, hatte man vorne am Tresen plötzlich alle Zeit der Welt. Mochte jetzt an der Auswahl der neuen und unbekannten Ware liegen, obwohl die eingeschweißten käsigen Packerl irgendwie alle gleich aussahen. Oder aber auch am Unterhaltungswert der Verkäuferin, in jedem Fall schien sich der aktuelle Kunde nur sehr schwer entscheiden und noch schwerer trennen zu können.

Der Schneider Basti, seines Zeichens Vorstand der Jungfeuerwehr, stand da jetzt schon geschlagene zehn Minuten und konnte gar nicht genug vegane Verkaufsberatung bekommen.

»Aha. Ja mei, das klingt ja alles echt gut. Ich weiß gar nicht, für was ich mich da entscheiden soll«, hörte der Meininger ihn mit seltsam hoher Stimme flöten.

Die Claudia lachte. »Ach Basti, du wieder. Wie hat dir denn die Soja-Bolognese geschmeckt von gestern?«

»Ja, gut, gut. Supergut.« Er nickte wild mit dem Kopf, dass der blonde Haarschippel nur so flog.

»Na dann, soll ich dir davon noch mal was einpacken?«

»Ja, ich weiß auch nicht. Vielleicht ... vielleicht ... gibt's was, was vielleicht noch ein bisserl mehr nach Wurst schmeckt?« Sichtlich nervös knetete er die Hände, als würde er nach einer verbotenen Substanz fragen. »Also, nicht, dass es mir nicht geschmeckt hat oder so, aber vielleicht ... ja, mei, vielleicht irgendwas mit noch mehr Gewürz?«

Die Claudia verzog die Mundwinkel. »Du weißt aber schon, dass die meisten Bestandteile in der Wurst vor allem aus Fett und Geschmacksverstärker bestehen, gell? Und dass das gar nicht gut ist für den Magen und den Darm!«

»Ja, ja, freilich«, nickte der Basti ganz einsichtig. »Ich will auch bloß gar nix Fettes nicht und auch nix mit diesen komischen Geschmacksverstärkern. Nur vielleicht ein bisserl mehr Geschmack ...?«

Fast flehend sah der die Verkaufsdame an. Die zeigte sich gnädig und reichte ihm eins der weiß-rosafarbenen Plastikpackerl.

»Die sind gestern ganz frisch aus Berlin gekommen. Tofu-Würstel mit Bärlauch. Ohne Zucker, ohne Zusatzstoffe, aber wirklich eine ganz intensive Kräuternote. Ich finde die einfach fantastisch.«

Der Basti atmete erleichtert auf und griff nach den Würsteln.

»Super!«, strahlte er.

»Das wäre dann alles?«

»Ja, erst mal alles. Danke.«

»Wunderbar. Neun Euro achtzig macht das dann bitte.«

Neun Euro achtzig? Der Meininger schnappte nach Luft. Für drei Würstel? Würstel, die noch nicht mal Würstel waren? Und Zucker gab es auch keinen bei dem Preis. Er schluckte. Und da sollte noch einmal einer ein böses Wort über den katholischen Ablasshandel verlieren. Sündenfreiheit, ein wahres Schnäppchen im Vergleich zu fleischfreiem Fleisch. Aber er schnalzte zufrieden mit der Zunge. Spätestens jetzt würde sich die Herrenrunde aus dem Staub machen. Wenn in Eichenberg auf etwas Verlass war, dann auf die Geizhälse! Schluss mit dem veganen Spuk. War ja ein netter Versuch, aber eben auch nur das. Berlin, vielleicht, aber Bayern … nein, in Bayern regierten die Pfennigfuchser und Fleischfresser, das war so sicher wie das Amen in seiner Kirche.

Da kann man sich recht gut vorstellen, wie verdutzt der Pfarrer aus der Wäsche geschaut hat, als der Basti ohne zu zögern und mit einem breiten Grinsen im Gesicht einen Zehneuroschein über die Theke reichte im Tausch gegen das kleine Packerl.

»Passt scho«, setzte er der Großzügigkeit noch die Krone auf. »Behalt den Rest.« Und während er noch die Hand von der Claudia ein wenig arg lang fest in der eigenen Pranke gefangen hielt. »Und wenn du heut Abend noch nix vorhast …« Jetzt lief der Feuerwehrler ein wenig rot an. »Dann bist du herzlich eingeladen zum Grillen. Drei Würstel, das ist mir ja fast schon ein bisserl zu viel. Da würd ich schon gern teilen.«

Der Meininger wusste gar nicht, ob er lachen sollte oder schreien bei so viel Schwindeln. Weil, in der Regel, da schaffte der Schneider Basti gut und gern fünf bis sechs Würstel ohne große Anstrengung. Jetzt andererseits, bei diesen Watte-Würsteln, oder was auch immer da drin war, da wäre dem Meininger eine allein schon viel zu viel.

Aber eh wurst, dem Pfarrer leuchtete das Schauspiel langsam ein. Junger, fescher Single-Bursche trifft junges, noch fescheres Single-Mädchen, und da kauft man dann eben gern mal einen rechten Krampf samt neuer Lebenseinstellung ein, nur um am Ende eine Telefonnummer und vielleicht ein Date sozusagen als Bonus mit dazu zu bekommen. Konnte man dem Basti ja nicht übel nehmen. Vor allem wenn man bedachte, dass die Auswahl an potenziellen Partnerinnen jetzt hier in Eichenberg auch nicht gerade üppig war. Gnade vor Recht, der Meininger beschloss, dem Basti den Ausflug in die vegane Welt nachzusehen. Waren die Beweggründe auch denkbar niederer Art, so doch irgendwo verständlich.

Aber zu seinem großen Staunen, ja fast schon Entsetzen musste der Pfarrer gleich drauf feststellen, dass der Basti nicht das einzige Opfer der veganen Venusfliegenfalle war. Einer nach dem anderen, egal ob jung oder alt, egal ob frauensuchend oder fest vergeben, ließen sich die Mannsbilder mit rotem Kopf und schwitzenden Händen zu Sojaschnitzel und Kichererbsenbratlingen beraten und tauschten den Großteil vom monatlichen Haushaltsgeld gegen erschreckend wenig und vor allem furchtbar unappetitlich aussehende Ersatznahrungsmittel.

Obwohl die Claudia immer wieder betonte, dass das alles »furchtbar lecker« schmecken würde und »ja, natürlich auch zum Grillen bestens geeignet wäre«, sahen die grau-beigen Klumpen einfach viel zu gesund aus, als dass man ihr mit gesundem Menschenverstand glauben mochte. Und während so ein Tüterl nach dem anderen über die Theke wanderte und die Claudia mit jedem Trinkgeld mindestens eine Einladung zum gemeinsamen Verzehr oder zumindest ein gestottertes Kompliment erhielt, verging dem Pfarrer fast ein bisschen der Appetit auf die echte Wurst in seiner Tasche.

»Ekelhaft! Zum Schämen! Rausschmeißen müsste man den Haufen, alle miteinander …«, stimmte die Erna seinen Gedanken zu, nachdem sie beide das Schauspiel eine Weile beobachtet hatten. »So geht das jetzt schon seit drei Tagen, seit das Trutscherl hier ihr Zeug angeschleppt hat.« Sie stemmte die Hände in die von Leberkäse und Schweinsbraten geformten Hüften und schüttelte erbost den Kopf. »Der Chef war am Anfang auch nicht begeistert. Ganz ehrlich, was für eine narrische Idee? Vegetarisch in der Metzgerei … Pfff.« Wie ein Walross schnaubte sie die Luft aus Nase und Mund. »Aber das Fräulein Claudia aus Berlin weiß ja alles besser! Und dann hat sie so lang auf den Bruder eingeredet, bis der endlich nachgegeben hat. Soll sie's halt ausprobieren, hat er gemeint.« Sie verdrehte die Augen zum Himmel. »So schnell konnte der gar nicht schauen, da hatte das kleine Luder schon ein Riesen-Packerl aus Berlin bestellt und sich da in der Ecke eingenistet. »Und jetzt?«

Ja, was jetzt? Der Meininger sah sie fragend an.

»Jetzt ham mir den Salat. Schauen Sie sich die Deppen doch an. Wie die verliebten Teenager raufen sie sich um das greisliche Zeug. Und ich steh mir hier die Beine in den Bauch und verkauf nix.« Sie wackelte böse mit dem Finger von links nach rechts. »Aber das sag ich Ihnen, Hochwürden, das sag ich Ihnen. Lange wird das nicht gut gehen. Da wird sich die Claudia schon noch umschauen, die kommen schon zurück zu mir, das versprech ich Ihnen. Und dann schauen wir mal, wie viel von diesem ekelhaften Zeug sie dann noch verkauft.«

Und ohne ein weiteres Wort knallte die Erna das große Fleischermesser auf die Arbeitsplatte und verschwand beleidigt in der Kühlkammer.

Der Meininger blickte ihrem breiten weiß-bekittelten Rücken noch ein paar Minuten hinterher, drehte sich dann wieder zur Claudia-Ecke, wo die Käuferschlange noch immer ein paar Meter machte. So viel Aufregung für so wenig Wurst. Wurst. Hier konnte er jetzt erst mal eh nix ausrichten. Und trotz veganer Überforderung knurrte sein Magen immer noch. Zeit für ein ordentliches Frühstück, dachte sich der Pfarrer und ab nach Hause, wo die Welt und der Kühlschrankinhalt noch in Ordnung waren.

Die Maria bewies überraschend viel Humor angesichts der veganen Bedrohung aus der Metzgerei. Vielleicht lag es aber auch einfach an dem gemeinsamen Weißwurstfrühstück, weil es hatte sie schon sehr gefreut, dass der Leopold an der Wursttheke ausnahmsweise einmal an sie gedacht hatte und nicht andersherum. Und so lachte sie nur ein wenig und legte ihrem Chef beruhigend die Hand auf den Unterarm.

»Jetzt haben Sie sich doch nicht so, Herr Pfarrer. Lassens sie's halt spinnen, die Männer. Die kriegen sich schon wieder ein. Ein, zwei Wochen Fleischentzug, das schadet keinem von denen. Und dann ist entweder die Begeisterung für die faden Tofu-Fetzen dahin, oder die Metzgerin hat sich von irgendeinem von den Lumpen einfangen lassen. Spätestens dann regiert wieder der

Leberkäs. Glauben Sie mir. Alles halb so schlimm.« Genussvoll stippte sie ihre Wurst in den Senf und zuzelte das Innenleben heraus, dass es nur so eine Freude war beim Zuschauen. »Und Sie? Sie sind gar nicht in Versuchung geraten, ein bisserl was vom Tofu zu probieren?«, fragte die Köchin und grinste recht frech.

»Ich? Ach wo, jetzt hör aber bloß auf, Maria!«, protestierte der Leopold lautstark und vielleicht ein bisserl zu vehement. »I wo, ich doch nicht. Ich weiß überhaupt nicht, wie du nur auf so was kommen kannst. Dieses neumodische Zeugs da. Schmeckt nicht und interessiert mich auch überhaupt nicht!«

»Nicht mal ein kleines bisserl?«, bohrte sie noch mal nach. »Wo es doch allen anderen Männern so furchtbar gut schmeckt, dass sie gar nicht genug bekommen können?«

»Nein, nein und nochmals nein. In meinem Alter, da weiß man, was man mag und was nicht. Da muss man nicht mehr dauernd links und rechts schauen, ob es vielleicht noch was Besseres gäbe. Ich weiß, was mir schmeckt, und dabei bleib ich. Basta.«

Mit der flachen Hand schlug er neben seinem Teller auf den Tisch, dass das Bierglas wackelte. Die Maria grinste noch mehr.

»Na dann. Wäre das ja geklärt.«

Der Meininger aber schien immer noch ziemlich grantig zu schauen, weil sie ihm gleich noch mal die Hand drückte.

»Die ist doch furchtbar harmlos, die kleine Claudia. Die wird Ihnen schon nicht die Wurst vom Brot stehlen, ein paar Mal schlafen, und dann ist der Spuk wieder vorbei.«

Und das ist halt eben das Problem mit Leuten wie der Maria, die normalerweise immer recht hatten. Weil, wenn die dann einmal falschliegen, dann geht alles gleich so was von in die Hose, dass am Ende … Man mag eigentlich gar nicht weiterdenken. Also eigentlich ganz gut, dass das mit der Vorsehung so ein Blinde-Kuh-Spiel ist, weil jetzt im Moment ahnten weder die Maria noch der Meininger, was für eine Riesenkatastrophe die Claudia in Eichenberg verursachen würde. Und so konnte der Pfarrer nach dem friedlichen Frühstücksmittagessen erst mal ganz entspannt in sein Büro marschieren, um ein bisschen mit dem neuen Internetz zu spielen.

Es war halt nur einfach nicht sein Tag. Kaum hatte der Leopold das PC-Ungetüm endlich, nachdem er wirklich jedes Knöpfchen mehrmals gedrückt hatte, zum Leben erweckt, starrte ihm ein toter Bildschirm entgegen. Grüne Leere anstelle von digitaler Erleuchtung. Sosehr er auch auf der Tastatur herumklopfte und die arme Maus links und rechts malträtierte wie ein Wilder, es tat sich nichts im Fenster zur Welt. Nur trüber Ozean. Das konnte doch einfach nicht wahr sein. Wütend griff er zum Telefon, um seinen Techniker zur Verantwortung zu ziehen.

»Bürgermeisterbüro Eichenberg. Hintermeier. Wer spricht denn da bitte?«

Der Meininger schnaufte in den Hörer. Vor lauter Aufregung hatte er den Simeon nicht am Handy angerufen, sondern seine Dienstnummer gewählt. Problem nur, dass das im Grunde gar nicht die Leitung vom Hirsch war, sondern der Apparat von Bürgermeistersekretärin Elfi Hintermeier. Mit der nämlich, schlicht und einfach aus Ressourcen- und Budget-Gründen, musste sich der einzige Polizist im Ort ein Büro teilen.

Wobei von teilen eigentlich nicht die Rede sein konnte, betrachtete man das fenster- und telefonlose Besenkammerl, in das die Elfi den Simeon verfrachtet hatte.

Eingepfercht zwischen Ordnern und Unterlagen hauste der Hirsch auf etwa zwei Quadratmetern, und nicht einmal besuchen konnte man ihn, ohne am Vorzimmerdrachen vom Bürgermeister Munzinger vorbeizumüssen. Zwar tat die neugierige Elfi immer so, als wäre es eine furchtbare Bürde und zusätzliche Belastung zum ohnehin schon so stressigen Sekretärinnenalltag, auch noch mit den Besuchern und Anrufen für die Polizeistelle belästigt zu werden, aber insgeheim, da war sich der Meininger sicher, war es ihr gerade recht, ihre lange Nase auch dort noch hineinstecken zu können. Weil nix passierte beim Simeon, ohne dass es die Elfi mitbekam.

»Hallo? Sind Sie noch dran? Wer spricht denn jetzt da?«

»Guten Tag, Frau Hintermeier. Meininger am Apparat. Den Herrn Hirsch hätte ich gern gesprochen.«

»Herr Pfarrer, ach mei, wie gut, dass Sie anrufen. Gerade heut Morgen, da hab ich noch an Sie gedacht. Und wollt mich eh bei Ihnen melden. Als hätten Sie es gewusst … hihihi … aber haben Sie wahrscheinlich auch, direkter Tipp von ganz oben, gell? Es geht nämlich um die Kommunion von unserer Enkelin, Herr Pfarrer, da wollt ich noch einmal mit Ihnen direkt sprechen …«

Der Meininger verdrehte die Augen nach oben und seufzte still sein Leid gen Himmel. Warum nur hatte er diese Nummer gewählt? Das konnte jetzt ewig gehen und vielleicht noch länger.

»Frau Hintermeier, ich bräucht wirklich dringend …«

»Weil, Herr Pfarrer, meine Tochter, die hat mir erzählt, dass Sie dieses Jahr die Kommunionkinder wieder in Kutten schicken wollen. Herr Pfarrer, ich versteh das einfach nicht. Warum muss man die armen kleinen Butzerl in diese furchtbaren Sackerl stopfen? Das schaut doch nach nix aus. So eine schöne Feier und immer alles so schön geschmückt, die Kirch, die Leut, grad im Frühling … und dann die Kinder, die Kinder, die ja die Hauptpersonen sind, die Stars an dem Tag. In den braunen Dingern. Herr Pfarrer, allein die Fotos nachher, die mag man sich doch gar nicht mehr anschauen.« Sie seufzte theatralisch in den Hörer. »Bei meiner Elisabeth damals, da hatten wir so schöne Kleiderl, so fein sahen die Mäderl aus, wie kleine Prinzessinnen. Das war festlich, Herr Pfarrer …«

»Ja, aber Frau Hintermeier, wir wollen doch an diesem Tag nicht der Oberflächlichkeit frönen, sondern uns auf den wahren Grund des Feierns konzentrieren.«

»Ach papperlapapp!«, schimpfte die Elfi in sein linkes Ohr. »Was hat denn das mit Oberflächlichkeit zu tun? Ha? Das ist doch Tradition, dass man die Kinder schön anzieht an so einem ehrwürdigen Tag.«

»Na ja, Tradition hat es eigentlich, dass …«

»Herr Pfarrer, ich sag Ihnen jetzt mal was. Seit über zwanzig Jahren heb ich jetzt schon das Kommunionkleid von meiner Elisabeth auf. Keinen Fleck, kein Faden gezogen, wie neu. Und warum? Weil ich immer schon geträumt hab, dass irgendwann ein Enkerl damit wieder die Erstkommunion feiert. Und jetzt soll ich das Kind in eine Kutte stecken. Nein. Nein. Und nochmals nein. Und, Herr Pfarrer, ich bin nicht allein. Das sollen Sie nur wissen. Das geht uns allen so, und wir werden da auch nicht nachgeben. Machen Sie sich darauf gefasst, Herr Pfarrer, wir Damen vom Frauenbund und auch die Landfrauen, wir kommen noch auf Sie zu. So. Einen schönen Tag noch, Herr Pfarrer.«

Es knallte der Hörer, und weg war sie. Genauso der Simeon, der gar nicht erst dran gewesen war. Und der Meininger starrte am anderen Ende der Leitung auf den grünen Bildschirm und wusste nicht so recht, was ihm da gerade widerfahren war. Vom kaputten Internet zum Kuttenstreit der Kommunion-Omas.

Eigentlich ein Montag wie jeder andere, und trotzdem ging ihm alles gewaltig auf die Nerven. Jedes Jahr der gleiche Streit, wenn die Kommunion vor der Tür stand. Die Mütter von den Buben, wahrscheinlich einfach furchtbar neidisch, weil sie kein kleines Brautkleid kaufen durften, wollten unbedingt die Kinder in schlichte Kutten stecken und begründeten alles scheinheilig mit der »eigentlichen Sache«. Die Mamas von den Prinzessinnen schrien Zeter und Mordio nach den großen Roben. Und jetzt hatte er auch noch die Großmütter am Hals. Na, prost Mahlzeit. Gern hätte er im Internet nach einer Kommunionkleider-Selbsthilfegruppe gesucht, aber, ging ja nicht. Diesmal genau auf die Telefonnummer achtend wählte er das Mobiltelefon vom Simeon an. Dank sei Gott, der antwortete brav und in persona sofort nach dem zweiten Klingeln.

»Hirsch.«

»Er ist tot«, knirschte der Meininger in den Hörer.

»Wer? Wer ist tot? Hallo? Wer spricht denn da? Wollen Sie eine Anzeige machen? Hallo?« Der Simeon sprang ihm fast durch die Leitung, so aufgeregt war der.

»Der Computer. Der ist tot. Nix, kein Internet, kein gar nix.«

»Herr Meininger?«

»Ja, wer denn sonst? Oder haben Sie noch irgendwo tote PCs aufgestellt am Wochenende?«

»Also wirklich, Herr Pfarrer, das können Sie doch nicht machen. Einen Toten melden, am Handy. Einen Riesenschreck haben Sie mir eingejagt.«

»Ich hab's ja auch am Festnetz probiert«, brummte der Pfarrer, und die Laune wurde immer schlechter. Es wollte ihn aber heute auch einfach niemand verstehen. Und offenbar auch niemand helfen. Weil der Hirsch, der versuchte auch gleich wieder, ihn abzuwimmeln.

»Herr Pfarrer, sorry, aber ich kann Ihnen da jetzt leider nicht helfen, ich bin im Dienst und hab den ganzen Schreibtisch voll mit …«

»Aber es funktioniert nicht. Gar nichts.«

»Herr Pfarrer, wirklich, ich …«

»Sie haben mir versprochen, dass Sie das hinbekommen. Ich wollte mich dringend heute auf der Bistumsseite in die Priestergemeinschaft eintragen. Und jetzt geht nichts. Gar nichts. Ich bestehe darauf, dass Sie mir …«

»Schon gut, schon gut«, gab der Simeon im Besenkammerl nach. »Ich mach hier noch ein paar Sachen fertig, muss einige Anrufe erledigen, dann komm ich vorbei.«

Wenigstens auf ein paar Dinge war noch Verlass. Erleichtert legte der Pfarrer den Hörer auf und lehnte sich im Sessel zurück. Internet geklärt, vielleicht blieb sogar Zeit für eine Tasse Kaffee und einen Keks.

Gerade als er sich auf den Weg in die Küche machen wollte, sicher gab es irgendwo auch noch einen Keks oder vielleicht sogar ein Stückerl Kuchen, klingelte es an der Tür. Himmel, da hatte er dem Simeon aber Beine gemacht, der musste ja alles stehen und liegen gelassen haben und ins Pfarrhaus geflogen sein, oder wenigstens mit Martinshorn …

Aber erstens hatte der Meininger gar kein Auto vorfahren gehört, und zweitens klingelte der Simeon schon lang nicht mehr.

Der kam einfach hereinspaziert, so wie es sich gehörte. Leider lüftete sich das Geheimnis um das Schellen nur zu schnell.

»Ja, Claudia! Was für eine nette Überraschung«, rief die Maria im Flur. »Was führt dich denn hierher?«

Und zum Entsetzen vom Pfarrer erwiderte seine Köchin, ganz ohne Rücksprache und Nachfragen auf das nicht verständliche Geträller der veganen Berlinerin. »Freilich, freilich, der ist in seinem Büro, der hat sicher Zeit für dich, der sitzt eh nur am Computer und vertrödelt den Tag.«

Und bevor der Leopold noch entscheiden konnte, ob er lieber unter den Tisch kriechen oder aus dem Fenster klettern wollte, öffnete sich schon die Tür, und beide Damen strahlten ihn an, als wäre das der freudigste Besuch seit mindestens hundert Jahren.

»Herr Pfarrer, schauns bloß, wer Sie gern sprechen möchte.« Die Maria grinste von einem Ohr zum anderen.

Garstiges Weib. »Die Hofbauer Claudia, wer hätte das gedacht?«

Vielleicht konnte er, wenn dieses Internet endlich funktionierte, auch eine Anzeige nach einer neuen Haushälterin aufgeben. Bis dahin, helfe ihm der liebe Gott.

»Herr Pfarrer, ich wollt Sie gar nicht stören, aber heut Vormittag, Sie waren ja so schnell weg …«, flötete das junge Ding und strich sich die Haare aus der Stirn.

Unaufgefordert setzte sie sich auf einen der Stühle an der gegenüberliegenden Seite vom Schreibtisch. Mit einem letzten Grinsen und gemeinem Augenzwinkern verschwand die Maria und überließ ihren Chef gnadenlos seinem Schicksal.

»Aber Sie haben ja gesehen, was da los war. Mir sind am Ende tatsächlich die Tofu-Würste ausgegangen. Puh.«

Sie lehnte sich leicht nach vorne, sodass der Leopold ganz ungewollt einen tiefen Einblick in das wohlgerundete Dekolleté seines Besuches erhielt.

»Das hätte ich gar nicht erwartet, so ein Riesenerfolg, gleich zum Start. Damit hab ich wirklich nicht gerechnet. Normalerweise wehren sich die Fleischfresser immer furchtbar lang gegen alles, was gesund ist.« Sie lächelte verschmitzt. »Aber hier in Eichenberg, da scheint man viel fortschrittlicher zu sein, als ich gemeint hab.«

Allerdings, dachte sich der Meininger. Sehr fortschrittlich. Vor allem wenn der Fortschritt so rund und knackig verpackt daherkam. Irgendwie, er konnte es sich selbst gar nicht erklären, war alles in ihm drin in höchster Alarmbereitschaft. Ja schon, vor ihm da saß dieses kleine Mädel mit den großen … Augen und dem unschuldigen Lächeln. Und doch, wie schon vorher in der Metzgerei, er fühlte sich ganz furchtbar unwohl in ihrer Nähe. Und jetzt noch ganz allein und ausgeliefert der lockigen Verführerin. Wie Samson vor der Delila, so fühlte er sich. Aber was für ein Schmarrn, was konnte die Claudia schon wollen? Weder sein Haar noch seine Kraft waren überdurchschnittlich beeindruckend. So kannte sich der Leopold gar nicht. So furchtbar misstrauisch, nur weil eine mal was Neues mit in den Ort brachte. Innerlich schüttelte er den Kopf und schimpfte sich selbst. Wenn er so weitermachte, dann würden ihn die Veteranen bald zum Ehrenmitglied ernennen vor lauter vorbildlichem Kampf gegen alles Moderne. Er nahm sich fest vor, jetzt mal alle inneren Stimmen zu ignorieren und ein bisschen weniger Eichenberger, dafür ein wenig mehr Pfarrer zu sein. So wie sich das gehörte. Basta.

»Ja, liebes Fräulein Hofbauer, das kann ich mir vorstellen, das war für mich auch eine echte Überraschung. Aber freut mich ganz ungemein, dass Sie hier gleich so gut durchstarten konnten.« Er gab sich allerbeste Mühe, ganz freundlich zu lächeln und alle Abneigung gegen vegane Wurst erst mal zu verdrängen.

»Claudia! Bitte, Herr Pfarrer, ich bin die Claudia.« Strahlend streckte sie ihm die Hand über den Tisch und schüttelte seine willenlose Pfote mit überraschend festem Griff.

»Ja, dann, Claudia. Wirklich schön, dass du hier jetzt auch wieder richtig angekommen bist in der Heimat und auch gleich eine Aufgabe gefunden hast. Sehr schön.«

»Herr Pfarrer, genau deswegen bin ich auch hergekommen. Sie haben völlig recht. Ich habe unbedingt eine Aufgabe gebraucht.« Sie zwinkerte verschwörerisch. »Mit Ihrem Beruf und Ihrer Menschenkenntnis, da hätt ich mir gleich denken können, dass ich gar nicht lang erklären muss, dass sie so was eh gleich selber spüren.«

Jetzt fühlte sich der Leopold doch ein wenig geschmeichelt. Vielleicht war sie gar nicht so verkehrt, die Claudia.

»In Berlin, das war schon echt cool, super Stadt, total weltoffen und wirklich mit einem ganz besonderen Flair. Aber …«, und wieder gab es ein zuckersüßes Lächeln, »… aber dahoam ist eben dahoam, gell, Herr Pfarrer. Da kann selbst die tollste Weltstadt nicht mithalten. Irgendwann zieht es einen zurück.«

Also doch, das Mädel hatte sich Herz und Verstand bewahrt. Der Meininger atmete erleichtert auf. Man sollte auch nicht immer gleich jedem Magengrummeln vertrauen. Manchmal, da war es vielleicht mehr Hunger als Vorahnung.

»Das kann ich nur zu gut verstehen, liebe Claudia. Und ich

freu mich, dass du Eichenberg nicht vergessen und wieder nach Hause gefunden hast.«

»Danke schön, Herr Pfarrer, ich dank Ihnen recht schön. Und weil ich mich hier auch so schnell wieder heimisch gefühlt hab und auch alles so super läuft mit unserer VeMeat-Theke, da hab ich mir gedacht …«

»Wiemiet?«, musste der Leopold nachfragen. »Was ist denn das?«

Die Claudia lachte und sah ihn mit so einem Lehrerinnenblick an, da wäre sogar die Sandra Beierlein neidisch geworden.

»Veee Meeeet, Herr Pfarrer VeMeat! Das ist der Brand Name, den ich mir für meine Produkte ausgedacht habe. ›Ve‹ als Abkürzung von ›Vegetarisch‹ oder ›Vegan‹ und in Englisch ausgesprochen auch gleich für ›we‹ also ›wir‹. Und ›Meat‹ aus dem Englischen für Fleisch, aber auch we ›meet‹ also ›treffen‹. Megacool, oder? Bedeutet also gleichzeitig ›vegetarisches Fleisch‹ und ›wir treffen uns‹. Weil, das soll es ja auch sein. Nicht nur essen, sondern eine Lebenseinstellung, ein Öffnen für das Neue und ein ganz großer Gemeinschaftsgedanke, weil man ja nicht mehr die armen Tiere ausbeutet. Verstehen Sie, Herr Pfarrer?«

Der Meininger nickte. In seinem Hirn tanzten die VeMeat-Würstel Hand in Hand mit den Eichenberger Mannsbildern Ringelreihen um die Claudia herum.

»Der Hammer, oder? So viel Botschaft in so einem kurzen Wort. Da beauftragen große Firmen ganze Marketingagenturen, und oft kommt nix Besseres dabei heraus. Ein Wort, so viel Bedeutung.«

Sie rieb sich vor Freude die Hände. Und der Meininger verkniff sich jeden weiteren Kommentar. Weil ja, das mit dem einen

Wort völlig richtig, aber ob in Eichenberg auch nur ein einziger Wurstkäufer überhaupt verstand, was damit gemeint war, das bezweifelte er sehr. Wenn sie sich aber so freute, da wollte er sie jetzt auch nicht groß enttäuschen. Und so lächelte er brav und lobte, was das Zeug hielt.

»Ja, ganz toll, sehr schlau, liebe Claudia. Da merkt man gleich, dass sich das Studium gelohnt hat!«

Ganz kurz nur verdunkelte sich da der Blick seines hübschen Besuchs, und dem Meininger war, als hätte er eben genau das Falsche gesagt. Aber sofort hatte sie sich wieder im Griff, und das Sonnenstrahlen war zurück.

»Herr Meininger, und genau deswegen wollte ich heute mit Ihnen reden.«

Sie lehnte sich noch ein wenig weiter über den Schreibtisch, sodass der Busen fast auf den Predigtunterlagen für den kommenden Sonntag ruhte. Der Pfarrer schwitzte ein wenig.

»Wir haben doch in zwei Wochen das Eichenberger Dorffest, gell? Hat mein Bruder erzählt.«

Daran hätte die Claudia ihn wirklich nicht erinnern müssen, weil den Festkalender seiner Gemeinde, den kannte der Meininger in- und auswendig. Da könnte man ihn nachts um halb drei aus dem Bett schmeißen, und wie aus der Pistole geschossen würde er alle Termine aufsagen. Von Ostern bis Weihnachten. Schützenfest, Erntedank, Pfarrfest und was die Liste nicht alles hergab. Weil das mit dem Feiern, das nahm man in Eichenberg wirklich ernst. Da gab es nix. Und somit hatte das Fräulein Metzgerin völlig recht, Dorffest war in zwei Wochen. Freitagabend bis Sonntagabend, ein ganzes Wochenende lang. Mit vollem Programm, Musik, Wein und Tanz.

Marktplatz schmücken, Bühne für die musikalischen Einlagen aufbauen, Bierbänke aufstellen – da gab es genügend Aufgaben für jeden, und jeder half mit. Was den Pfarrer immer besonders stolz machte. Und natürlich gingen alle brav in die Kirche, weil dann machte das Feiern danach gleich doppelt so viel Spaß. Vor lauter Vorfreude breitete sich jetzt wirklich ein Grinsen im Pfarrersgesicht aus, und er nickte.

»Selbstverständlich, liebe Claudia. In zwei Wochen haben wir Dorffest.«

Sie nickte aufgeregt und dann endlich platzte sie mit dem eigentlichen Grund ihres Besuches heraus.

»Genau, Herr Pfarrer, das hat mir mein Bruder auch gesagt. Und der hat ja wie immer seinen Grill- und Würstelstand auf dem Fest …«

Da wurde das Grinsen vom Pfarrer gleich noch viel breiter, und fast lief ihm schon beim Gedanken an den übernächsten Samstag das Wasser im Mund zusammen. Weil, das Highlight auf dem Dorffest, das waren natürlich neben den super Coverbands, die am Abend auftraten, vor allem die knapp ein Dutzend Fress-Standerl, die den ganzen Dorfplatz umringten. Die ließen wirklich ein jedes kulinarische Herz höherschlagen. Der Hofbauer mit seinen eigens dafür hergestellten Feuerbeißern, Blut- und Bratwürsten war nur einer von vielen, und so musste man sich schon Tage vorher taktisch genau überlegen, wo man überall zuschlagen wollte. Magen hatte man ja leider nur einen, und selbst wenn der so gut trainiert war wie beim Meininger, alles war auf keinen Fall zu schaffen in den drei Tagen. Da gab es den Frauenbund mit seinen Tortenbergen und einen Pferdemetzger, der hatte die besten Rossknacker, die man sich nur denken konnte. Einen Stand mit gebrannten Nusserln, einen Stand mit nur Schmalzgebackenem und, und, und … Man musste wirklich höllisch aufpassen, dass man vor lauter Essen nicht den Rest vom Fest total vergaß. Die Claudia räusperte sich leise. Vor lauter Träumen von den Delikatessen hatte der Pfarrer seinen Besuch völlig vergessen.

»Ja, ja, freilich, der Würstelstand vom Mathias, freilich«, nickte der Meininger schuldbewusst wieder ganz im Hier und Jetzt.

»Genau. Und eigentlich hatte ich mit meinem Bruder ausgemacht, dass ich meine VeMeat-Sachen einfach bei ihm mitverkaufen kann …«

Der Meininger nickte, sprach ja nix dagegen. Durfte ja immer noch jeder selbst entscheiden, was aus dem Wagen raus er sich dann auf die Semmel legen wollte.

»… aber jetzt ist das Ganze eben doch gleich so gut angelaufen, dass ich mir gedacht habe, es wäre doch schön, gerade wenn man bedenkt, dass VeMeat ja so viel mehr ist als nur ein Lebensmittel, ja, es wäre doch schön, wenn ich gleich einen eigenen Stand aufstellen würde. Bei so viel begeisterten und treuen Stammkunden schon nach so kurzer Zeit, oder? Oder? Herr Pfarrer, das wäre doch eine ganz großartige Sache?«

Der Pfarrer schluckte. In seinem Hirn tanzten schon wieder die blassen Würste mit den Eichenberger Stammkunden von der Claudia. Immer im Kreis, händchenhaltend um einen Verkaufsstand am Dorffest. Drinnen die lachende Claudia, draußen die furchtbar grantig dreinschauenden Frauenbund-Damen, Ehefrauen und alle restlichen, nicht bekehrten Eichenberger. Angeführt von einer noch viel zornigeren Metzger-Erna.

Ihm schwante Übles. Fieberhaft überlegte er, wie man sich

jetzt hier amtskorrekt verhalten sollte. Die Stimme der üblen Vorahnung in seinem Magen protestierte furchtbar gegen den Alleingang von der Claudia, aber dem kleinen rationalen Teil seines Hirns wollte kein gescheiter Grund einfallen, warum man dem Mädel das jetzt nicht erlauben sollte. Die Maria konnte er jetzt auch schlecht um ihre Meinung fragen, weil, das war erstens sehr auffällig, und zweitens war er der Pfarrer und nicht der Pantoffelheld vom Dienst. Die Claudia schaute ihn erwartungsvoll aus großen blauen Augen an, und das Schweigen im Bürokammerl wurde langsam unangenehm.

»Ja, ähm, also …«, hüstelte der Meininger und wollte sich gerade mit einer Notlüge auf Rücksprache mit dem Bürgermeister Munzinger rausreden, als es an der Tür klopfte. Manchmal lässt sich der Herrgott eben ganz spontan und auf die Schnelle irgendwas einfallen, damit seine Angestellten nicht gegen Dienstvorschriften verstoßen müssen und ums Schwindeln herumkommen. Der Pfarrer atmete erleichtert auf und dankte stumm für den Besuch. Genau so lang, bis derselbige den hochroten Kopf durch die Tür steckte. Der Hirsch, ohne Geweih.

»Grüß Gott, Herr Pfarrer. Entschuldigung, dass ich störe, aber die Maria hat gesagt, ich kann klopfen kommen. Ich hab leider nur eine halbe Stunde Zeit, und wenn wir das mit dem Internet …«

»Schon gut, schon, gut.«

Der Blick vom Meininger wanderte von der Claudia zum Simeon. Eigentlich auch egal, wer ihn vor der VeMeat-Entscheidung bewahrte, Hauptsache Ablenkung.

»Herein mit Ihnen. Wenn es nur jetzt geht, dann geht es eben nur jetzt.«

Der Simeon trat in das kleine Büro, und sein Blick fiel auf die Claudia. Jetzt wieder gut, dass die im Moment keine veganen Würstel dabeihatte, weil so wie der Hirsch fleischeslustig glotzte, hätte sie gleich den nächsten Stammkunden gewonnen. Wenn das die Sandra sehen könnte, dachte sich der Meininger.

»Oberwachtmeister Simeon Hirsch, darf ich vorstellen, Claudia Hofbauer, unsere verlorene Metzgerstochter. Frisch zurück in der Heimat«, versuchte der Pfarrer ein wenig die Situation zu entschärfen, weil zwischen den beiden, da knisterte plötzlich die Luft, dass man nur noch auf den Funkenschlag warten musste. So war das nicht gedacht. Überhaupt nicht.

»Äh, ähm, hocherfreut, hocherfreut, ähm, äh«, stotterte der Hirsch und streckte der Metzgerin die Hand entgegen. Die Claudia, im Bezirzen und auch in allen anderen zwischenmenschlichen Basisanforderungen wesentlich geübter, griff fest zu, schüttelte und schenkte dem Simeon ihr schönstes Glockenlachen.

»Mensch, der Simeon Hirsch, das freut mich. Von dir habe ich ja schon so viel gehört. Du bist ja ein richtiger Held, hier im Ort, stimmt's?«

Der eh schon knallrote Kopf vom Polizisten leuchtete wie eine Sturmboje. Am liebsten hätte sich der Pfarrer hinter dem Schreibtisch verkrochen, aus lauter Sorge, dass der Schädel gleich platzen würde.

»Ähm … äh … ich … äh … ja, also …«

Aha. Heldensprache. Aber die Claudia übernahm netterweise das Reden.

»Nicht so bescheiden, ich weiß alles.« Sie grinste. »Lebensretter, Mordkommissar, ganz schön coole Sache!« Sie hielt immer noch seine Hand fest. »Wahrscheinlich genau deswegen schlaf ich so gut, seit ich wieder hier bin in Eichenberg. Weil ich weiß, wie sicher es hier ist und dass ich auch nachts jederzeit so starke Helfer rufen könnte zu mir nach Hause.«

Sie zwinkerte dem Polizisten zu, und der Meininger fürchtete gewaltig um den Geisteszustand seines Kollegen, der sah aus, als würde er gleich umkippen.

»Ja, ja, der Simeon ist wirklich ein Lebensretter«, hakte er darum geschwind ein. »Aber neben Leben muss er manchmal auch noch andere Dinge retten, wie heute zum Beispiel ganz dringend mein Internet und meinen Computer. Herr Hirsch?«

Der starrte einfach weiter auf die Claudia. Augen oder Busen, das konnte der Meininger nicht so genau erkennen, war aber auch egal. Beides ganz gemeine Fallen.

»HERR HIRSCH?«

»Äh, ja?«

»DAS INTERNET?«

»Äh ...«

»Weswegen Sie eigentlich hier sind, Herr Hirsch, und auch nicht lange Zeit haben?«

Der Polizist schüttelte sich, als würde er aus einer tiefen Trance erwachen.

»Ach ja, genau, das Internet. Bitte entschuldigen Sie, ich habe tatsächlich nicht lange Zeit, weil ...« Er drehte sich zur Claudia. »... furchtbar wichtiges Meeting am Nachmittag mit dem Bürgermeister.«

Der Meininger schnaubte durch die Nase. Er konnte sich schon vorstellen, wie furchtbar wichtig das war. Der Munzinger, noch im Schnitzel- und Weißbier-Koma vom Mittagessen und in

Gedanken schon beim Kaffee und Bienenstich, würde sich das Wochenprotokoll vom Hirsch vorbeten lassen und halb schlafend durchnicken. Aber die Claudia schluckte den Köder brav hinunter.

»Wow, das kann ich mir vorstellen, megaspannend! Da wäre ich auch gern dabei.« Sie lachte. »Und dazwischen auch noch dem lieben Herrn Meininger helfen. Du bist echt toll.«

Dem lieben Herrn Meininger wurde schlecht. Das war jetzt wirklich genug.

»Ja, das ist kaum zu glauben, so viel Einsatz von nur einem Polizisten. Und darum, darum, liebe Claudia, lassen wir den Herrn Hirsch jetzt hier ans Werk gehen und hindern ihn nicht länger am Arbeiten.«

Er trat um den Tisch und breitet die Arme aus, um das Mädel aus dem Büro zu schieben. Aber da hatte er sich ein wenig zu früh gefreut.

»Ach, das stört mich doch gar nicht«, stammelte der Hirsch, der die neue Bekanntschaft nicht so schnell aus den Augen verlieren wollte.

»Und mich auch gar nicht, Herr Pfarrer«, flötete die Claudia. »Ganz im Gegenteil, vielleicht kann ich helfen?«

Der unschuldigste Blick seit Mariä Empfängnis, ganz sicher. »Ich hab in Berlin bei ein paar Start-ups gearbeitet, da hab ich ziemlich viel mitbekommen mit Anschlüssen und Computern und so. Allerneuester Standard. Und bei meinem Bruder hab ich erst letzte Woche das WLAN eingerichtet. Was meinst, Simeon, zu zweit schaffen wir das doch im Handumdrehen?« Der Hirsch strahlte, als hätte man ihm gerade seine eigene Polizeiinspektion versprochen. »Ja, wenn du Zeit hast, Claudia?«

»Aber klaro! Das ist doch selbstverständlich. Für jemanden, der sich so für andere einsetzt wie du?!? Nichts lieber als das! Dann schaun wir uns das mal an!«

Und ohne weitere Widerworte der Herren abzuwarten, kroch sie unter den Schreibtisch, um die Rechnerverkabelung zu inspizieren. Sprachlos blickten die beiden Männer auf den runden Jeanshintern, der sich ihnen von seiner schönsten Seite präsentierte. Der Leopold kannte die Höschenspitze ja schon vom Vormittag und war einigermaßen gefasst, aber den armen Simeon traf das Spektakel völlig unvorbereitet. Als der Pfarrer den jungen Kerl vorsichtig am Arm berührte, selber nicht wissend, ob er ihn im Falle einer Ohnmacht stützen oder einfach auf den Boden der Tatsachen zurückholen wollte, sprang dieser vor Schreck fast einen halben Meter in die Luft.

»Um Himmels willen, Herr Meininger, haben Sie mich erschreckt. Sich so anschleichen.«

Der Pfarrer verzog die Mundwinkel. Der Hirsch war wirklich irgendwo zwischen Nirwana und Delirium verschollen gewesen.

»Herr Meininger, am besten, Sie lassen uns Profis jetzt mal hier arbeiten, hm? Was meinen Sie? Ist doch sicher Zeit für Ihren Kaffee oder so? In dem kleinen Zimmer, wir gehen uns doch hier nur im Weg um. Wir machen das schon, versprochen. Und holen Sie, wenn wir fertig sind. Gell!«

Und anstatt die Claudia, den eigentlichen Störenfried, hinauszuschieben, wurde der Meininger nun selbst ziemlich unsanft vor die Tür befördert. Da stand er und wusste nicht so recht, was er von der Sache halten sollte. Aus seinem, SEINEM, Büro hörte er gedämpftes Gemurmel und Gekicher, ob damit das Internet schneller funktionieren würde? Fraglich, höchst fraglich.

Aber hinein traute er sich gerade auch nicht. Wer weiß, wie viel Spitze und Kurven man da sonst noch so zu sehen bekäme. Gott sei Dank, im Hausflur duftete es wohlig nach frischem Kaffee, endlich eine Versuchung, der sich auch ein Pfarrer ganz ohne schlechtes Gewissen hingeben konnte. Auf die Maria war eben Verlass. Und so rettete er sich als Vertriebener im eigenen Land erst mal in den sicheren Hafen seiner Küche.

»Aber Leopold, ich weiß wirklich nicht, warum du dich da so anstellst.«

Wie immer, wenn es dem Pfarrer besonders schlecht ging oder die Maria besonders gut gelaunt war, dann wechselte sie ins »Du«. Angestellten-Verhältnis pausiert, bedeutete das.

»Die Claudia meint es doch nur gut. Du tust ja fast so, als wäre sie eine biblische Prüfung für uns alle.« Seine Köchin runzelte fragend die Stirn. »Oder gibt es da noch was, etwas, das du nicht sagen willst?«

»Nein, gar nix.« Der Pfarrer erwiderte ihren fragenden Blick mit heftigem Kopfschütteln. »Wirklich nicht. Ich weiß ja selbst nicht, warum ich so ein komisches Gefühl hab im Magen.« Wobei, man musste sagen, nach zwei Stückerl Marillenschnitte, natürlich von der Maria selbst gebacken, einem Haferl Milchkaffee mit extra Zucker, von der Maria schon vorbereitet, und einer halben Stunde Herz ausschütten, von der Maria aufmerksam aufgesogen und liebevoll kommentiert, ging es dem Pfarrermagen schon wieder um einiges besser. Der vegane Schmankerl-Wagen und die beiden IT-Experten, die auf seinem Teppich herumrollten, kamen ihm auf einmal gar nicht mehr so bedrohlich vor. Apropos, was war da eigentlich los, in seinem Büro? Verdächtig lange hatte man von den beiden nun schon so gar nix gehört, wo es der Simeon doch eigentlich so eilig gehabt hatte.

»Es sei dir von Herzen gedankt, Maria. Du hast ja so recht. Ich bin halt ein altmodischer Hund, dem man nur schwer neue Kunststücke beibringt. Aber die Zukunft gehört den jungen Leuten, und die soll man nicht hindern.« Der Pfarrer seufzte und warf einen sehnsüchtigen Blick auf das letzte Resterl Kuchen. »Dann schau ich jetzt mal nach den beiden schwer schaffenden Menschlein und werd mich am Riemen reißen, der Zukunft keine Steine in den Weg zu legen.«

Die Maria lächelte ihn an, ganz lieb, und hielt ihn am Arm fest.

»Leopold, so gefällst du mir schon viel besser. Und wirst sehen, recht hab ich gehabt, am End.«

»Wie immer.«

»Wie immer«, lachte sie. »Und weil du dieses Mal gleich gehört hast, hier …« Sie lud ihm das letzte Stückerl Kuchen auf den Teller. »… iss das zam, und ich schau mal bei unseren Gästen nach dem Rechten. Und ob dein verflixtes Internet jetzt endlich läuft.«

Seine Maria war wirklich ein Schatz. Manchmal glaubte er schon, dass er sie eigentlich gar nicht verdient hatte. Im rechten Augenblick immer mit einem guten Rat helfend an seiner Seite. Selbst wenn sie, wie beim Internet, so gar nicht seiner Meinung war. Um Himmels willen, sollte die Claudia eben ihren vegetarischen Wagen bekommen. Wenn das dann alle glücklich machte. Der Pfarrer stopfte sich den Kuchen in den Mund, Stückerl für Stückerl, und wurde dabei selber ganz glücklich und zufrieden. So zufrieden gleich, dass er trotz Kaffee für ein paar Minuten auf der Eckbank wegdöste.

Von einem lauten Schrei aus seinem Büro wurde er aus dem Nickerchen gerissen. Wie lang er geschlafen hatte, das konnte er nur am steifen Nacken erahnen, aber ein Weilchen musste es schon gewesen sein. Ein zweiter Schrei, ganz aufgeregt, eindeutig die Maria. Um Gottes willen, was war denn da bloß los? Mühsam zwängte der Leopold sich und den Kuchenbauch hinterm Tisch hervor und eilte rettend in Richtung Büro.

Was auch immer passiert war, hier kam der eigentliche Lebensretter von Eichenberg. Schwungvoll und für alles gewappnet riss er die Tür zu seinem Kammerl auf und stolperte ins Zimmer.

Wirklich mit allem, allem hatte er gerechnet, aber nicht damit. Dicht gedrängt hinter seinem Schreibtisch, alle drei den Blick fest auf den Monitor gerichtet, hockten die Maria, der Simeon und die Claudia. Drei Stühle eng aneinandergerückt, damit auch jeder einen guten Blick hatte auf den Bildschirm vor ihnen. So fasziniert von dem, was sich da im Computer tat, waren sie, dass sie den Leopold anscheinend gar nicht bemerkten.

Und jetzt komisch, weil, die Maria hatte ja so laut geschrien, fast Todesschreck für den Pfarrer, aber das hier sah überhaupt nicht nach Gefahr aus, ganz im Gegenteil. Alle drei grinsten in den Bildschirm hinein, die Maria sogar von einem Ohr bis zum anderen hinüber.

»Und jetzt, hier unten …« Die Claudia beugte sich vor und deutete auf einen Punkt in der unteren Bildschirmecke. »… da kannst du klicken, und dann geht ein kleines Fenster auf mit einem Chat.«

Die Maria, seine MARIA, klickte auf der Maus, den Blick fest konzentriert am PC.

»Ja, genau so«, lobte die Metzgerin stolz wie eine Lehrerin. »Und da kannst ihm jetzt schreiben, und dann wird er per E-Mail benachrichtigt und kann deine Freundschaftsanfrage annehmen. Und wenn ihr dann Freunde seid, dann kannst du alle seine Fotos anschauen und sehen, was er so macht, und ihr könnt euch gegenseitig kontaktieren.« Sie strahlte die Maria an. »Und wer weiß, am Ende …«

WAS?

WAS AM ENDE?

Was war denn hier überhaupt los? Mit wem konnte die Maria sich da im Computer befreunden? Dem Meininger reichte es jetzt aber endgültig. Kam hierher zum Retten, und keinen interessierte es.

»Entschuldigung, ähm, ähm«, hüstelte er ziemlich beleidigt. »Darf ich vielleicht einmal vorsichtig fragen, was hier eigentlich gespielt wird?«

Na endlich, alle drei Köpfe drehten sich zu ihm um.

»Herr Pfarrer, das glauben Sie nie im Leben!« Die Maria hatte vor Aufregung ganz rosa Backen, die anderen zwei konnten nicht aufhören zu grinsen.

»Was? Was glaub ich nie im Leben?« Er wurde langsam wirklich grantig. Die drei Geheimniskrämer gingen ihm ganz gewaltig auf die Nerven, auch wenn die Augen seiner Köchin gerade besonders schön leuchteten.

»Den Franz! Herr Pfarrer, wir haben den Franz gefunden! Im Internet!«

Franz?

Wer zum Teufel war der Franz?

Und was hatte der im Internet zu suchen?

Und noch viel wichtiger, wie hatte es der unbekannte Franz aus dem Netz geschafft, der größten Online-Gegnerin aller Zeiten so ein Strahlen ins Gesicht zu zaubern? Trotz drei Stück Marille war der Leopold plötzlich überhaupt nicht mehr glücklich, sondern ganz im Gegenteil, die böse Vorahnung kam mit solcher Wucht zurück, dass er es gerade noch bis ins Klo schaffte, bevor sie in einem Schwung aus ihm herausdrückte.

III

Berlinvasion

Als der Meininger dann endlich herausfand, was es mit diesem Franz aus dem Internetz tatsächlich auf sich hatte, wurde es mit dem Magen keineswegs besser. Ganz im Gegenteil. Zur ausgewachsenen Magen-Darm-Verstimmung mutierte sein Innenleben. Weil der Franz, der war nicht einfach irgendwer im Datendschungel oder im entfernten Bekanntenkreis von der Maria. Der Franz, der war nämlich kein Geringerer als die allererste riesengroße Liebe seiner Haushälterin. Und das erklärte dann auch das jugendliche Leuchten, welches sich von den Augen aus über das ganze Gesicht der Maria ausbreitete und gar nicht mehr weggehen wollte.

»Ach, du meine Güte!«, seufzte sie und schenkte sich doch glatt einen Melissengeist ein, den sie in einem Zug hinunterstürzte, während der Besuch, immer noch hartnäckig anwesend, mit Kaffee und Marillenschnitte beglückt wurde.

Viel zu viel Nächstenliebe gerade im Moment, wenn es nach dem Pfarrer ging, tat es aber nicht. Die Claudia grinste, der Simeon auch. Der schaffte es aber nebenbei sogar noch, sich Gebäck und Getränk gleichzeitig in den Mund zu schieben.

»Ach, du meine Güte. Der Franz!« Die Maria ließ sich mit einem Seufzer in der Küche auf die Bank plumpsen, und weil dem Leopold nichts Dümmeres einfiel, hockte er sich eben auch noch mit dazu.

»Im Leben hätte ich nicht geglaubt, dass es den noch gibt.« Sie lachte verlegen. »Dumm eigentlich, gell. Muss ja irgendwo sein. Aber aus den Augen, aus dem Sinn.« Sie rührte gedankenverloren in der Tasse vor sich. »Jetzt schäm ich mich fast ein bisschen, dass ich überhaupt nie an ihn gedacht habe, all die Jahre. Dabei ... dabei ... Wir hatten schon eine sehr schöne Zeit miteinander. Damals.«

Der Blick wurde glasig und verlor sich im schwarzen Kaffeemeer. Ein Lächeln huschte über ihre roten Lippen. Der Leopold wollte jetzt gern ein wenig Gedanken lesen können und dann auch gleich wieder lieber doch nicht. Wer weiß, was man da am Ende so alles erfuhr, das einen gleich wieder zurück zur Kloschüssel treiben könnte. Sein Magen krampfte sich schmerzhaft zusammen.

»Jetzt wollen wir aber auch die ganze Geschichte hören!«, platzte die Claudia neugierig heraus. »Sonst ist das wirklich gemein!«

»Ach geh, das ist doch schon so viele Jahre her. Das langweilt euch junge Leute doch nur.«

»Aber nein, aber nein.« Die Claudia war nicht zu bremsen. »Ganz im Gegenteil. Das klingt ja jetzt schon wie eine romantische Hollywood-Geschichte! Stimmt's, Simeon? Wir wollen das unbedingt hören!«

Der Simeon nickte mit vollem Mund. Der würde sich im Moment wahrscheinlich sogar drei Sonntagspredigten hintereinander anhören, nur um zwischen Kuchen und Claudia noch ein wenig hocken zu dürfen.

»Stimmt's? Herr Meininger? Das interessiert uns doch alle brennend? Oder nicht?«

Ja, das tat es allerdings, aber ob man es trotzdem hören und wissen wollte … ganz andere Frage. Trotzdem nickte der Pfarrer, und die Maria holte einmal tief Luft.

»Na gut, wenn ihr alle drauf besteht. Aber ich sag es euch gleich. Eigentlich eine ganz langweilige und uralte Geschichte, mit mir und dem Franz.«

Schon komisch, dass sie sich dann trotzdem noch mal einen Schnaps eingoss, bevor sie loserzählte.

»Sechzehn war ich damals und noch total grün hinter den Ohren.«

So rosig wie die Wangen von der Maria dabei schimmerten, konnte der Leopold sich plötzlich nur zu gut vorstellen, wie sie damals ausgesehen hatte. Jung und voller Vertrauen in die Menschen. Gern hätte er sie damals gekannt. Vielleicht, vielleicht wäre dann das Leben einen ganz anderen Weg gegangen. Aber lieber nicht zu viel drüber nachdenken. Lange her, und eh viel zu spät.

»Der Franz, der war ein bisschen älter und damals schon raus aus der Schule und in der Lehre. Bei seinem Vater in der Schreinerei. Eigentlich ewig schad, ein blitzgescheiter war er, der Franz, der hätte auch aufs Gymnasium gehen können. Aber war ja von Anfang an klar. Betrieb der Eltern übernehmen. Hauptschule, und das war's. Damals, da hat man so was noch nicht diskutiert. Wenn die Eltern das wollten, dann hatte das auch so zu sein, und basta.«

Die Claudia schnaufte empört durch die Nase, sagte aber nix, auch sie wollte lieber die Geschichte weiter hören.

»Na ja, jedenfalls, der Franz war nicht nur gscheit, der war auch noch richtig fesch und nett war er obendrein.« Die Maria seufzte, und dem Leopold wurde schwer ums Herz. »Und wie selten so was vorkommt, dass man das gleich alles drei ist, das brauch ich ja nicht erklären, oder?«

Nein, brauchte sie nicht.

»Bei uns an der Schule, da war eine jede ein bisschen verliebt in den Franz. Ganz ohne Ausnahme, die jüngeren wie die älteren. Selbst die Mädels vom Gymnasium sind ihm hinterhergestiegen auf jedem Fest und im Freibad. Keine, die sich den nicht hatte angeln wollen.« Sie verdrehte die Augen. »Fast schon peinlich war das, aber mei, jung und dumm eben.«

»Und der Franz?«, fragte die Claudia, ganz aufgeregt vor lauter Traummann und überhaupt, Liebesgeschichte.

Die Maria lachte. »Der Franz, der hat sich für keine interessiert. Für den gab es Fußball und die Lehre und die Feuerwehr. Und das war's dann. Trainieren, arbeiten, zu Hause helfen und wieder arbeiten. Ein grundanständiger Kerl, den hat man nie beim Biersaufen erwischt oder bei sonst irgendeinem dummen Jungenstreich. So was wie den Franz, so was findet man heute wahrscheinlich gar nicht mehr.«

Sie seufzte wieder.

»Und du? Du warst auch verliebt in den Franz?«, brachte der Simeon hinter seinem Kuchen hervor.

Da sieht man es mal wieder. Polizist, todesmutig, hätte sich der Leopold nämlich niemals nicht getraut, so eine Frage zu stellen. Die Maria aber schmunzelte nur.

»Ja, ich war auch ein bisserl verliebt in den Franz. Kann man schon sagen. Aber Chancen hätte ich mir nie ausgerechnet. Ein ganzes Jahr jünger und fortgehen durfte ich auch nicht. Auf den Dorffesten hatte der Vater immer ein Auge drauf, dass ich auch brav früh zu Hause war und nie irgendwo allein. Ich hatte schon meine Freundinnen, aber zu den beliebten Fegern hab ich sicher nie gehört. Ich hätte ja nie gedacht, dass der Franz überhaupt wusste, dass es mich gibt. Bis ...«

»Bis? Bis was? Was ist dann passiert?« Die Claudia hielt es nicht mehr auf dem Hosenboden. Vor lauter Aufregung hatte sie die Beine unter den Hintern gezogen und hing halb über dem Küchentisch, nur um der Maria besser zuhören zu können. »Mensch, ist das spannend.«

Die Backen von der Maria färbten sich noch ein bisschen röter. Und sie lächelte wie ein Engel.

»Das Maifest kurz vor meinem siebzehnten Geburtstag.« Ihr Blick schweifte in die Ferne, und der Leopold spürte, wie die ganze Maria hinterher weit in die Vergangenheit verschwand.

»Wir haben damals einen Bändertanz aufgeführt, die Mädchen aus meiner Klasse, alle miteinander. Und ich habe mir ein neues Dirndlgwand gewünscht, eigentlich erst zum Geburtstag. Aber als Überraschung hat es die Mutter schon zum Maifest fertig gemacht. Ganz heimlich. Und es mir am Morgen aufs Bett gelegt, mit einem passenden Blumenkranz dazu. Mei, ich hab mich noch nie so schön gefühlt. Herumgetanzt bin ich um die Mutter und den Vater, wie ein kleines Kind, vor lauter Freuen. Was so ein neues Kleid nicht alles anstellt mit einem. Na ja, jedenfalls haben wir dann getanzt um den Baum, und ich kam mir vor, als wäre das ganze Fest nur für mich, in dem schönen roten Dirndl mit den roten Blumen im Haar. Mehr hätt ich gar nicht gebraucht. Und dann, nach dem Tanzen, da stand dann auf einmal der Franz vor mir. Ich weiß noch, vor lauter im Kreis Drehen, mir war noch ganz schwindelig, und ich konnte kaum atmen, und alles hat sich überhaupt angefühlt, als würd ich träumen. ›Fesch‹, hat er nur gemeint und mich angelacht. Mir eine Haarsträhne aus dem Gesicht gestrichen …« Gedankenverloren strich sich die erwachsene Maria über die junge Wange. »… eine Blume aus meinem Kranz gebrochen und sie sich ins Knopfloch von seinem Janker gesteckt. ›Tanzt eins mit mir?‹, hat er gefragt und mich schon im Kreis gedreht, bevor ich überhaupt Ja hätt sagen können.«

Die Claudia seufzte, als würd sie gerade im Kino die schlimmste Liebesschnulze mitverfolgen.

»Und dann? Was ist dann passiert?«

»Na ja, was halt dann so passiert. Getanzt haben wir, eigentlich den ganzen Tag, bis abends, bis die Musik eingepackt hat.«

»Und? Und? Hat er dich geküsst?«

Die Maria, die noch immer fest im Damals gefangen war, nickte, ohne jemanden anzuschauen.

»Und? War's gut?«

Da musste sie jetzt gar nicht antworten, weil, das Lächeln sagte eh schon alles. Alles, was der Leopold einfach gar nicht hören wollte.

»Und weiter?«, bohrte der Simeon, mittlerweile auch gefangen im Schmonzetten-Spektakel.

»Na ja, ab dann waren wir halt ein Paar. Sind fest miteinander gegangen. Glauben konnt ich das die ersten Wochen ja selbst nicht. Jeden Tag dachte ich, heute, Maria, heute wachst du auf aus dem Traum, und alles ist wieder wie vorher. Aber jeden Abend nach der Arbeit stand der Franz bei uns vor der Tür. Immer, egal wie müd er war, wie sehr es auch geregnet hatte oder was sonst los war. Für die Mutter hatte er immer ein paar Blümerl dabei, für den Vater einen guten Witz auf den Lippen. Und dann sind wir geradelt, an den See oder in den Wald, spazieren, reden, manchmal tanzen, oft aber auch einfach nix. Nur in der Wiese liegen und beieinander sein. Das war eigentlich am schönsten.«

»Hach, das klingt einfach so romantisch, nach ganz großer Liebe!« Die Claudia hatte den Busen auf den Tisch gelegt und den Kopf in die Hände gestützt.

»Ja, das war es, die ganz große Liebe. Eh viel zu schön, um wahr zu sein.«

Und plötzlich verschwand der Glanz aus den Augen von der Maria, und ihr Blick kehrte zurück ins Hier und Jetzt. Verschwunden war die junge Liebende, und am Tisch saß wieder die Pfarrersköchin Maria Huber. Ihre Miene wurde ernst.

»Und das hätte ich am besten auch damals schon gewusst. Dass solche Sachen, die sich einfach anfühlen, als würde man träumen, nicht halten und niemals nicht gut ausgehen können.«

»Aber warum?« Die Claudia war ganz enttäuscht, das sichere Hollywood-Happy-End gerade noch zum Greifen nah und dann, futsch, weg, aus der Traum.

Der Leopold atmete innerlich auf. War aber auch wirklich zu perfekt, um wahr zu sein, dieser Franz.

»Was hätte euch denn trennen können?«

»Das Leben, mein liebes Kind, das Leben. Und die Jugend, wir waren halt einfach jung und naiv.«

»Aber das klang doch alles so wunderbar!«

»Ja, aber im echten Leben gibt es so was nicht.« Die Maria rührte wieder in der Tasse, der Blick jetzt traurig und düster. »Da gibt es nur Enttäuschung und Schmerz. Besser, man lässt sich gleich auf gar nichts ein.«

»Was hat er denn angestellt, der Franz?«, wollte jetzt aber auch der Meininger wissen und machte sich gefasst auf die große Enttäuschung, Fremdgehen sicher, Lügen, Schwindeln, was die Männer halt so anstellen, wenn es ihnen zu gut geht mit ein und derselben Frau.

»Eigentlich war es ja gar nicht seine Schuld«, erzählte die Maria weiter. »Oder erst mal zumindest nicht. Erst mal war es einfach nur ein furchtbares Unglück. Der Vater vom Franz. Den hat's erwischt. Beim Holzabladen in der Schreinerei. Irgendein Depp auf dem Anhänger hat nicht aufgepasst. Wie es halt immer so ist. Nicht geschaut, geschlampt, schnell, schnell, damit man weiterkommt. Beim Abladen einer großen Holzlieferung. Hat die Gurte um die Stämme gelöst, als der alte Schreiner noch direkt drunterstand. Knapp fünfzig Baumstämme. Ungebremst auf ihn runtergekracht. Mausetot, im selben Moment. Da war nix mehr zu machen.«

Sie schüttelte den Kopf, so traurig hatte der Meininger seine Köchin lang nicht mehr gesehen. Von der Geschichte hatte sie ihm noch nie erzählt. Die musste wirklich ganz tief vergraben gewesen sein.

»Die Mutter vom Franz war ab dem Tag nicht mehr bei sich. Hat aufgehört zu reden, von einem Tag auf den anderen. Kein Doktor, kein Pfarrer, keiner konnt da was machen. Nicht mal der Franz. Obwohl er Tag und Nacht für sie da war. Aufgearbeitet hat er sich, zwischen der Schreinerei und dem Haushalt. Ich glaub, der hat nicht einmal mehr geschlafen.« Ihre Finger hatten sich fest ineinander geknotet, und der Blick war starr auf den Tisch gerichtet. »Ich hab versucht zu helfen, wo es ging. Aber der Franz war einfach zu stolz, wollt nicht, dass man seine Mutter sieht in dem Zustand, und hat sich immer mehr zurückgezogen. Ich war ja auch noch so jung. Ich wusst gar nicht, wie weiter. Ich hab ihn kaum mehr gesehen.« Sie wurde immer leiser. »Dann sind die ersten Aufträge ausgeblieben in der Schreinerei und Kunden auf einmal abgesprungen. Der Franz war ja noch nicht mal fertig mit der Lehre, kein Meisterbrief, nix. Und dann das Ganze mit der Familie. Da hatten die Leut einfach bald kein Vertrauen mehr. Das Geld ging furchtbar schnell aus. Egal, was er versucht und wie sehr er sich bemüht hat, es half nichts. Und dann, von heut auf morgen, war es vorbei mit der Mutter. Einfach nicht mehr aufgewacht. Am End haben alle gesagt, dass es so das Beste war. Aber ich weiß nicht … für den Franz? Wer kann das schon sagen nach so vielen Jahren.«

Plötzlich schimmerten die Augen feucht, und die immer gefasste Maria blinzelte verdächtig schnell. Am liebsten hätte der Leopold nach ihrer Hand gegriffen, aber das traute er sich nicht vor den Zeugen in der Küche.

»Nach der Beerdigung haben wir uns nur noch zweimal gesehen. Der Franz war ja grad erst achtzehn geworden. Ja mei, volljährig, aber was heißt das schon, ohne Ausbildung, ohne Geld.« Sie schloss für einen Moment die Augen. »Die Schreinerei wurde verkauft, musste ja alles bezahlt werden. Offene Posten, Begräbnis, ich glaub, auf dem Haus war auch noch eine Bankschuld. Jedenfalls ging das dann alles irgendwie ganz schnell. Die Mutter hatte eine Schwester in Hamburg, zu der sollte der Franz dann.

Erst mal. Das hat er mir noch versprochen. Erst mal und überhaupt nur für kurz, bis er seinen Meisterbrief hatte oder wenigstens eine neue Lehrstelle. Dann würde er wieder zurückkommen, zu mir, zu uns. Dann würde unser Leben erst richtig beginnen. Ich weiß gar nicht, ob ich's damals geglaubt hab oder einfach nur glauben wollte. Schreiben würd er mir, jeden Tag, morgens und abends, bis wir uns wiedersehen.« Die Fingerknöchel traten jetzt weiß unter ihrer Haut hervor. »Keinen einzigen Brief habe ich jemals bekommen, nicht einen.«

Und dem Meininger brach beinahe das Herz, als eine dicke Träne über die Wange von der Maria kullerte und auf der Tischplatte einen kleinen dunklen Fleck hinterließ.

»Ich hatte ja nicht einmal eine Adresse, an die ich hätte schreiben könnten. Jeden Tag bin ich zum Briefkasterl gelaufen, wochenlang, monatelang. Morgens und abends. Sogar auf der Post hab ich nachgefragt, ob sie vielleicht was für mich haben, aus Hamburg. Mei, was müssen die sich das Maul zerrissen haben über mich, das dumme Trutscherl.« Sie rieb sich verstohlen die Augen. »Heut noch schäm ich mich, wenn ich dran denke. Was war ich bloß für ein … Um Himmels willen!?!« Wie von der wilden Hummel gebissen sprang sie plötzlich vom Stuhl hoch. »Ich hätt mich niemals bei ihm melden dürfen! Meine Herren, was hab ich nur gemacht! O Gott, o Gott!«

Auf dem Absatz machte sie kehrt und stürmte aus der Küche. Die drei braven Zuhörer blickten sich ratlos an.

»Wie geht das denn weg? Wo kann ich das denn löschen? Jetzt schaut's nicht so saudumm alle miteinander! Mag mir vielleicht mal jemand helfen?«

Der Leopold, die Claudia und der Simeon drängelten sich alle drei im Türrahmen zum Pfarrersbüro. Hineingehen traute sich so recht niemand, weil die Maria sah ein wenig zum Fürchten aus. Hektisch mit der Computermaus hin und her rutschend und wild in die Tastatur klopfend, die Haare zerrupft und rote Stressflecken am Hals, keifte sie die drei Ölgötzen an.

»Na, wird es jetzt bald? Das muss sofort wieder raus, das war ein Riesenfehler! Niemals hätte ich diesem treulosen, diesem Lügner, diesem Hallodri schreiben dürfen. Niemals!«

Bevor der Meininger einschreiten konnte, fasste sich Gott sei Dank die Claudia ein Herz. Todesmutig näherte sie sich der aufgebrachten Köchin und legte ihr beruhigend die Hände auf die Schultern.

»Aber Maria, geh, ist doch nicht so wild …«

Da musste der Pfarrer ein wenig im Inneren schmunzeln, weil die Claudia seine Maria wirklich so wenig kannte, dass sie tatsächlich glaubte, ein bisserl tätscheln und gut zureden würde da jetzt helfen.

»Halb so wild? Halb so wild? Ich glaub, es hackt! Was hab ich mir da nur einreden lassen von euch? Mach das jetzt sofort weg, ich will nicht, dass der Franz das sieht! JETZT! SOFORT! ABER FLOTT!«

Nun war das eben so eine Sache mit dem starken Willen. Bei den lieben Mitmenschen, da konnte man das gut zum Vorteil spielen, weil die gaben dann meistens nach, bei der Technik aber leider nutzlos. Digitale Mauer, da konnte man noch so oft dagegen rumpeln. Half am Ende gar nix. Und das musste die arme Claudia jetzt irgendwie der Maria erklären, ohne vom Zorn hinweggefegt zu werden.

»Ähm, also, wie soll ich das sagen, mei, das geht nicht.«

»Wie, das geht nicht?«

»Na ja, das haben wir ja schon gesendet, über die Seite, das ist schon drin, im Internet. Das kann man nicht mehr rauslöschen.«

Die Maria wurde kreidebleich und starrte mit entsetzten Augen auf den Bildschirm.

»Nicht mehr rauslöschen?«

»Nein.«

»Der Franz kann das also lesen?«

»Ja.«

»Egal wann?«

»Ja.«

Die Köchin schlug die Hände vorm Gesicht zusammen und krümmte die Schultern nach vorne. Ein bisschen befürchtete der Leopold, jetzt würde gleich der Maria-Magen rebellieren, und sorgenvoll blickte er auf die Predigt-Papiere vor ihr auf dem Tisch. Schämte sich zwar ein bisschen, aber das war ordentliche Arbeit gewesen, die ganzen Bibelstellen … und so.

PLING!

Ein leises Klingeln ertönte im mucksmäuschenstillen Raum.

PLING!

Da war es gleich noch mal, eindeutig kam das aus dem grundbösen PC heraus.

PLING!

PLING!

»Maria, schau! Schau, Maria, schau doch! Der Franz!«, rief die Claudia und hüpfte aufgeregt auf und ab, dass der Busen nur so wackelte. »Der Franz, der hat schon geantwortet. Da, schau.«

Die Köchin sprang ebenfalls vom Stuhl auf und, plötzlich wieder siebzehn Jahre jung, packte ihre neue beste Freundin an den Händen.

»Um Himmels willen, Claudia, ich kann gar nicht hinschauen. Ich kann nicht. Ich mag's nicht lesen, lies du!«

Pfarrer und Polizist blickten von einer zur anderen und schauten sich ratlos an. Was sollte man dazu sagen. Gerade noch war das Erwachsenenleben völlig in Ordnung, und plötzlich ging es zu wie bei den Teenagern am Pausenhof. Lieber Klappe halten und gar nicht groß auffallen. Hatte damals schon gut funktioniert, würde vielleicht jetzt auch das Beste sein.

»Meine liebste Maria, ich kann dir gar nicht sagen, wie sehr ich mich freue, von dir zu hören«, las die Claudia brav aus dem Internet vor. »Wie oft habe ich über die letzten Jahre immer wieder an dich gedacht und mich gefragt, was wohl aus dir geworden ist.« Die Claudia griff nach der Hand von der Maria. »Schau, er hat sich gefragt, was wohl aus dir geworden ist.«

»Ja, ja, lies weiter! Lies weiter vor!«, drängelte die andere.

»Dass du hier plötzlich auftauchst, damit hätte ich ja nie gerechnet. Aber du warst ja schon immer voller Überraschungen. Vielleicht magst du mir ja einfach mal schreiben, wie es dir so ergangen ist all die Jahre, hier meine E-Mail-Adresse.«

Die Claudia strahlte übers ganze Gesicht. Den Gesichtsausdruck von der Maria konnte nicht einmal der Meininger wirklich deuten.

Freude? Aufregung? Angst?

»Seine E-Mail-Adresse?«, fragte sie.

»Ja, steht hier. Schreiben sollst du ihm. Ach, Maria, wirst sehen, das wird alles doch noch ganz, ganz wunderbar ausgehen!«

Die Metzgerin war schon wieder in Hollywood unterwegs. Der Meininger im Sorgenloch.

»Aber wie soll ich ihm denn dahin schreiben? An so eine E-Mail? Und was soll ich erzählen?«

Die sonst so resolute und patente Hausdame schien plötzlich völlig ratlos. Leider standen zwei hilfsbereite Experten für das Digitale wie das Emotionale Gewehr bei Fuß.

»Na, mit einer eigenen E-Mail-Adresse, fand der Simeon endlich die Sprache wieder. »Maria, das ist doch das Einfachste der Welt, die richte ich dir in fünf Minuten ein. Und dann kannst du sofort ... AUA, Herr Meininger, was soll denn das? Sie können doch nicht einfach nach mir treten!«

Der Leopold hätte ihm am liebsten gleich noch eine gepfeffert, dem Hirsch, dem depperten. Was war denn hier plötzlich in alle gefahren? Noch ein Amor, der dabei helfen wollte, die Maria in die Arme von diesem Franz zu treiben. Wo der doch schon vor Jahren bewiesen hatte, dass er ein Lump war.

Aber die beiden Liebeshelfer waren nicht zu stoppen, nicht vom Pfarrer, und auch der liebe Gott zeigte kein Erbarmen. Der Simeon klickte im Computer herum, während die Claudia vor lauter Tipps zum Was-man-erzählen-könnte, Wie-man-locker-und-lustig-schreiben-könnte nur so sprudelte. Die Maria sagte nix, schaute nur immer noch, als wüsste sie selbst nicht, was sie von der ganzen Sache eigentlich halten sollte.

»Ui, weißt du, was du machen solltest?!« Die Claudia packte die Maria am Arm. »Du solltest ihn einladen! Nach Eichenberg! Zum Dorffest! Das wäre doch eine supercoole Sache! Da kommen auch viele Freunde von mir aus Berlin, und der liebe Herr Pfarrer hat mir einen eigenen Food Truck versprochen. Das wird der Hammer, ich sag's euch.« Sie klopfte dem Simeon auf die Schulter. »Richtig lässig wird das Ganze, da wird dein Franz sicher total beeindruckt sein, wie sich das alles hier verändert hat! Ich versprech dir, dem wird es die Schuhe ausziehen vor lauter Überraschung!«

Food Truck??? Der Meininger konnte sich gar nicht erinnern, wann er denn einen Food Truck versprochen hatte. Was war das denn überhaupt? Und lässig? Cool? Die Freunde aus Berlin? Der Franz aus der Vergangenheit?

Ja, das war allerdings genügend Veränderung, um einem die Schuhe auszuziehen. Jedenfalls für einen Pfarrer, der es lieber ordentlich, gemütlich und wie immer haben wollte. Grußlos verschwand er aus seinem Arbeitszimmer in sein Schlafzimmer. Für heute hatte er genug von Internet und Fortschritt.

Irgendwie hatte sich das Blatt im Pfarrershaushalt über Nacht gewendet. Wie ein süchtiger Teenager hing die ehemalige Internetz-Gegnerin plötzlich, wann immer es die Zeit zuließ, vorm Computer im Chefbüro. Wenn sie nicht gerade tippte und tippte, dann wartete sie auf das in regelmäßigen Abständen bis in die Küche zu hörende: PLING! Saß sie nicht gerade ohnehin vor dem Flimmerschirm, ließ sie in solchen Momenten alles stehen und liegen, um sofort an den Kasten zu rennen. Zweimal war ihr deswegen schon das Mittagessen angebrannt, einmal die Milch übergekocht, und bald würde das auch dem Meininger selbst passieren. Der hatte nämlich die Schnauze gestrichen voll vom Computer, vom Internet und von den neuen Sitten in seinem Haushalt. Täglich, stündlich, eigentlich jede Minute bereute er die Anschaffung des Kabelsalates samt Unheilskiste. Am meisten aber ärgerte ihn, dass er keinen blassen Schimmer davon hatte, welche Romane sich die beiden Jugendfreunde tagtäglich hin und her schrieben. War er mal mutig genug, um vorsichtig nachzufragen, was man sich denn da noch zu sagen hätte, nach all der Zeit, dann gab sich die Maria überraschend wortkarg.

»Ach, nix Besonderes, Herr Pfarrer. Mei, so dies und das. Was man sich halt so schreibt. Wissen Sie?«

Nein, wusste er nicht. Der Leopold schrieb nämlich mit niemandem. Zumindest nicht privat. Nicht auf dem Papier und schon gar nicht in der Teufelskiste, die er am liebsten aus dem Fenster geworfen hätte. Aber dafür hätte man erst mal an der Maria vorbeigemusst, und daran war aktuell nicht zu denken. Zum Arbeiten hatte sich der Pfarrer grummelig in sein Schlafzimmer zurückgezogen. Da stapelten sich Papier und Bücher um ihn herum, und er kam sich vor wie in der Klosterschreibstube. Vergangenheit statt Zukunft. So schnell konnte es gehen.

Beim Essen saß er meistens allein, weil die Maria lieber die virtuelle Gesellschaft genoss als die tatsächlich am Tisch sitzende Leopold-Präsenz, und das zwickte ihn ordentlich im Magen, auch wenn er es nie zugeben würde.

Still geworden war es im Pfarrhaus, und viel, viel seltener roch es nach frischem Kuchen oder Braten oder sonst irgendwelchen Leckereien aus der Küche. Und während das Dorffest langsam näher rückte, wurde der Leopold immer ratloser, wie es denn nun weitergehen sollte mit der Maria und mit ihm und dem Zusammenleben. Weil, obwohl sie ja da war, er vermisste sie einfach fürchterlich. Und dünner wurde er obendrein mit jedem Tag. So konnte es nicht weitergehen.

Nach dem Fest, da sprech ich ein ernstes Wort mit ihr. Das

hatte er sich am Mittwoch vor dem Feierwochenende vorgenommen. Weil immerhin ist sie hier ja auch eine Angestellte, und da hat man irgendwo eine Verantwortung und eine Erfüllungspflicht, oder nicht?

Wie genau er ihr das erklären sollte, mit der Pflicht zur Zweisamkeit und zum Kümmern, das wusste er noch nicht so recht, aber das würde mit Gottes Hilfe dann schon noch werden. So hoffte er. Und mit dieser Hoffnung schlief er zum ersten Mal seit vielen Tagen endlich wieder einmal eine Nacht tief und fest durch.

»Einen ganz wunderbaren Morgen wünsche ich Ihnen, Herr Pfarrer.« So empfing ihn die Maria am nächsten Tag mehr als gut gelaunt in der Küche. Endlich einmal wieder ausgeruht, war der Leopold gegen sieben Uhr von einem wunderbaren Duft geweckt worden. Aus der Küche herauf zog nicht nur der unwiderstehliche Geruch von frisch gebrühtem Kaffee, nein, obendrein lag auch noch Zucker in der Luft.

Die Maria hatte gebacken, das schmeckte der Pfarrer sofort. Wie eine lange vermisste Geliebte umhüllten ihn die Schwaden, und das Wasser lief ihm im Mund zusammen. So schnell war kein Vaterunser aufgesagt, da stand der Meininger schon gestriegelt und gestiefelt mit knurrendem Magen in der Küche. Tatsache, seine Nase hatte ihn nicht getäuscht. Auf dem Küchentisch türmte sich das schlaraffenlandigste Frühstück, das der Pfarrershaushalt seit Wochen gesehen hatte. Käse, Wurst, frische Rohrnudeln, sogar ein Stapel Pfannkuchen dampfte appetitlich vor sich hin. Schlagsahne, Honig, Marmelade, der Leopold wusste gar nicht, wo er zuerst hinschauen oder besser gesagt hingreifen wollte.

Zum Anbeißen sah das alles aus. Genauso wie die Heldin hinter dem Ganzen, die fröhlich trällernd durchs Zimmer tanzte, um immer noch mehr auf den übervollen Tisch zu laden. Eine bunt geblümte Schürze trug sie, die schwarzen Locken waren im Nacken zusammengebunden, aber ein paar wilde Strähnen umrahmten ihr hübsches Gesicht.

Mit einem bezaubernden Lächeln bedeutete sie ihrem Chef, sich an den Tisch zu setzen, und schenkte ihm einen großen Kaffee ein. Sogar Schlagsahne gab es dazu, einen riesigen Löffel voll. Der Leopold hätte sich beinah selber in den Arm gezwickt, nur um sicherzugehen, dass er auch wirklich schon unten am Küchentisch saß und nicht immer noch friedlich in den Kissen lag. Weil, das kam ihm fast wie ein Traum vor. Zu schön, um wahr zu sein. Schnell griff er nach einem der wunderbar warmen Pfannkuchen und beschmierte ihn ordentlich mit Erdbeermarmelade. Sollte er wirklich gleich aufwachen, dann wollt er wenigstens noch frühstücken vorher.

»Herr Pfarrer, Sie glauben nicht, was passiert ist«, flötete die Maria fröhlich, während sie ihm sogar noch ein Schälchen Zimtzucker reichte. »Mei, ich glaub es ja selbst kaum, aber …« Verlegen rieb sie sich die Hände an ihrer Schürze.

Eigentlich war der Leopold nach den letzten Tagen voller Hiobsbotschaften ja nun nicht so erpicht auf schon wieder irgendwelche Neuigkeiten, aber was auch immer dafür gesorgt hatte, dass sich seine Maria endlich vom Computer trennte, konnte so schlecht nicht sein.

»Ja, was denn, liebe Maria. Du platzt ja fast vor lauter Glück, dann spann mich nicht so auf die Folter. Raus mit der Sprache.«

Was so ein Frühstück und eine gut gelaunte Hausdame nicht

alles ausmachten. Der Leopold war selbst wie ausgewechselt. Keine Spur mehr von Trübsal und Einsamkeit. Bester Dinge lud er sich ordentlich Pfannkuchen mit Marmelade auf die Gabel und stopfte sich alles genüsslich in den Mund.

»Der Franz, Herr Pfarrer, der Franz. Er kommt!«

»Kchä, kchä, kchä!«

Vor lauter Schreck blieb dem Meininger der ganze Erdbeerbaz auf halbem Weg zwischen Hals und Magen stecken. Er bekam kaum noch Luft vor lauter Husten.

»Um Himmels willen, Leopold!«

Blitzschnell war die Maria an seiner Seite und schlug ihm mit der flachen Hand so fest auf den Rücken, dass der arme Pfarrer gar nicht anders konnte und die halbe Portion wieder auf den Teller ausspuckte.

»Sei doch nicht immer gleich so gierig!«, schimpfte ihn die Lebensretterin, strich ihm aber tröstend über die Schulter, während der Leopold immer noch hustete. »Geh, alles wieder gut. Nur ein wenig verschluckt haben wir uns, gell. Alles wieder in Ordnung.«

Sie drückte ihm ein Glas Wasser in die Hand. Völlig missverstehend, dass es überhaupt nicht die Pfannkuchengier oder das hastige Schlingen, sondern viel mehr die Franz-Ankündigung gewesen war, die dem Meininger den Atem geraubt hatte.

»Der Franz?«, keuchte er darum mit letzter Kraft zwischen den Teigbröseln hustend hervor. »Wie? Wann? Wo? Warum?«

Eiskalt lief es ihm den Buckel hinunter, und trotz strahlender Maria drinnen und strahlender Sonne draußen wurde es ihm zappenduster am Frühstückstisch. Dieser Franz entwickelte sich langsam zum Albtraum.

»Was will der denn hier?«, fragte der Meininger drum noch mal extra dumm nach. Die Maria verzog auch prompt spöttisch das gut gelaunte Gesicht.

»Na, geh, Herr Pfarrer. Was wird der schon wollen. Mich wiedersehen.«

Und dabei glänzten ihre Augen so voller Vorfreude, dass es dem Meininger gleich doppelt schwer ums Herz wurde. Noch nie hatte er seine Köchin so erlebt. Sicher, oft hatten sie gemeinsam gelacht und auch mal gescherzt, aber diese pure Freude … ganz neu war das. Und tief drinnen, irgendwo zwischen Herz und Bauch, sehnte sich ein kleiner Teil vom Leopold danach, dass er der Grund für so viel Glanz in den Augen wäre. Ein um einiges größerer Teil vom Pfarrer wünschte den Franz bis zum Pfeffer und am liebsten gleich noch weiter fort.

»Jetzt auf einmal«, knurrte er böse. »Nach all den Jahren? Ich dachte, der hat dir das Kraut ausgschütt, damals?«

Die Köchin zuckte zusammen wie unter einem Peitschenhieb. Aber sie wäre nicht die Maria, hätte sie sich nicht auch sofort wieder im Griff gehabt. Deutlich kühler, aber gefasst antwortete sie ihrem Chef. »Er will das erklären. Persönlich. Sagt, das war ein Missverständnis. Damals.«

»Und das glaubst du ihm so einfach? Kennst den doch gar nicht mehr, nach all den Jahren.«

Sie stemmte die Hände in die Hüften und funkelte den Leopold böse an.

»Herr Meininger, jetzt muss ich mich aber schon wundern. Wer von uns ist denn hier der Pfarrer? Göttliche Nächstenliebe und so, das predigen Sie doch immer, oder nicht? Und jetzt? Plötzlich nur das Schlechteste denken von einem Menschen, den vor allem Sie ja überhaupt nicht kennen. Also na, das hätte ich von Ihnen nicht gedacht, nicht von Ihnen.«

Wo sie recht hatte, da hatte sie recht. Ein bisserl mehr Hochwürden und etwas weniger Leopold wäre jetzt dringend angebracht.

»Da stimme ich mit Ihnen ja völlig überein«, entschuldigte er sich fast förmlich. »In dubio pro Franz«, versuchte er es mit einem kleinen Scherz und weil der Blick immer noch recht eisig war. »Ich denke halt in erster Linie an Ihr Wohl. Weil, Sie kenn ich, und darum ist mir genau daran sehr viel gelegen.« Schnell noch einen braven Dackelblick aufsetzen und dann der Hausdame in allem recht geben. »Aber sicher, sicher gibt es für die alten Geschichten eine recht plausible Erklärung. Und wenn er schon mal herkommen will, der Franz, dann zeugt das ja vor allem von einem guten Willen, gell. Dann schauen wir ihn uns eben mal an, wenn's sein soll. Wann kommt er denn? Gibt's einen Kaffee? Kuchen? Oder ein Abendessen? Mittagessen? Soll mir alles recht sein, wenn es Sie am End glücklich macht.«

So ein paar Stunden würden ja irgendwie auszuhalten sein. Und er als Hausherr selbstverständlich mit dabei und Zeuge der Vergangenheitsbewältigung. Und dann, verheilte Wunden bei der Maria, der Franz wieder in Hamburg und alles beim Alten. Keine Sorge, keine Aufregung …

»Mei, ich wusst doch, dass Sie das verstehen.« Schon lächelte sie wieder, die Gute. »Morgen, morgen Mittag kommt er, ich hab ihm das Gästezimmer oben schon gerichtet. Ist doch in Ordnung, oder? Braucht ja sonst keiner.«

»Gästezimmer?« Warum brauchte der denn ein Gästezimmer für einen Kaffee-und-Kuchen-Besuch?

»Ja freilich, wo soll der Franz denn sonst schlafen? Hat ja hier niemanden mehr.«

»Schlafen?« Warum sollte der überhaupt hier schlafen? Wenn er doch zum Reden und Erklären kam?

»Jetzt, Herr Pfarrer, stellen Sie sich doch nicht dümmer, als …« Die Maria biss sich gerade noch auf die Lippen, atmete einmal tief durch und setzte neu an. »Herr Meininger. Der Franz kommt am Freitagmittag und bleibt erst mal eine Woche hier. In Eichenberg. Als unser Gast. Und selbstverständlich öffnet das Pfarrhaus für Reisende und vor allem für ehemalige Gemeindemitglieder die Türen und gewährt Obdach. Oder hab ich da was falsch verstanden, Hochwürden?«

Dünnes Eis, ganz dünnes Eis. Der Meininger schüttelte stumm den Kopf.

»Und die ganze Arbeit, die hab ja sowieso ich, oder seh ich da was falsch?«

Kopf schütteln oder nicken? Wusste der Leopold jetzt auch nicht so genau. Lieber vorsichtig den Hals kreisen lassen.

»Also, sehen Sie. Hätten wir das auch geklärt. Und wie es sich für einen Pfarrer gehört, werden Sie sich dann auch freundlich um unseren Besuch kümmern und bemühen. Damit auch kein falscher Eindruck entsteht von diesem Haushalt. Haben wir uns verstanden?« Jetzt ganz klar nicken, fleißig nicken.

»Na, wunderbar. Dann wünsch ich noch ein gutes Frühstück, und ich bin unten am Dorfplatz, falls was gebraucht wird.«

»Dorfplatz?«

»Dorfplatz. Falls Sie es vergessen haben, wir haben am Wochenende ein Fest, und dafür sind noch tausend Sachen zu erledigen. Wir bekommen ja nicht nur Besuch aus Hamburg, sondern auch aus Berlin. Und, Herr Meininger, es wäre schon eine schöne Sache, wenn Eichenberg da einen guten Eindruck machen würde. Wir wollen uns doch nicht nachsagen lassen, dass wir hier ein Haufen Hinterwäldler sind, oder?«

Kopf lieber wieder schütteln, das wollten sie natürlich nicht. Oder vielleicht der Meininger doch ein kleines bisschen, aber das war jetzt der falsche Moment, so was zuzugeben.

»Na also. Schön, dass wir da einer Meinung sind und das klarstellen konnten.«

Sie schlüpfte aus der Kochschürze und warf ihm einen letzten drohenden Blick zu, bevor sie zur Tür hinausrauschte.

»Ich zähl auf Sie, Herr Pfarrer. Dass Sie uns nicht enttäuschen!«

Ob damit jetzt die königliche Maria gemeint war oder das ganze Dorf, das wusste der Leopold nicht so genau, aber war auch egal. In der Patsche saß er so oder so. Weil sein Interesse, es dem Franz aus Hamburg oder dem Anhang von der Claudia aus Berlin in Eichenberg wirklich einladend und gemütlich zu machen, das tendierte wirklich gegen null.

Vielleicht wäre er ein wenig entspannter gewesen, hätte er gewusst, wie ungemütlich der ganze Ort schon bald werden würde. Vielleicht wäre ihm aber auch noch viel mehr angst und bange geworden, weil so blutig und grausam hätte es sich selbst der fremdenfeindlichste Eichenberger wahrscheinlich nicht gewünscht. Wahrscheinlich.

Das Frühstück wollte alleine und nach den ganzen Hiobsbotschaften einfach nicht mehr wirklich schmecken, und auch im Büro kam er nicht wirklich voran. Wie ein drohender Franz-Vorbote starrte die schwarze Computer-Mattscheibe den armen

Pfarrer so bedrohlich an, dass er nach zwei Stunden Predigt ausdenken und auf Stiften herumkauen, ohne auch nur ein Wort zu Papier zu bringen, schließlich aufgab und sich auch auf den Weg zum Festplatz machte, um dort ein bisschen nach dem Rechten zu schauen.

Als der Pfarrer wenig später am Dorfplatz eintraf, herrschte dort bereits Eichenberger Festvorbereitungschaos. An jeder Ecke wurde fleißig gehämmert und gebaut, was die Handwerker-Ehre so hergab. Ohne große Eile, weil, eigentlich wusste der Meininger selbst nicht so recht, was er hier eigentlich wollte außer Zeit und schlechte Laune totschlagen, schlenderte er herum. Bereits am Vortag hatte der Simeon schon alles für den Autoverkehr gesperrt. Nur zur Sicherheit, um die Aufbauarbeiten nicht zu behindern. Links und rechts der Hauptstraße entlang wuchsen die kleinen Büdchen in den blauen Himmel, und wie in jedem Jahr waren es vor allem kulinarische Köstlichkeiten, die mal mehr, mal weniger professionell feilgeboten wurden.

Kuchen, Torten und alles Backwerk, das war schon aus der Tradition heraus fest in Eichenberger Frauenbund-Hand, da sollte sich bloß keiner von auswärts trauen, dieses Revier in Anspruch zu nehmen. Einen riesigen Holzstand mit sicherlich vier Meter langer Verkaufstheke nannten die tüchtigen Damen seit Jahren ihr Eigen. Entworfen, gebaut und tipptopp in Schuss gehalten vom Zimmermeister Gschwentner höchstpersönlich. Große Handwerkskunst sozusagen. Der konnte aber auch gar nicht anders, weil seine werte Gattin, die Gschwentner Margit, die war die ehemalige, die aktuelle und vermutlich auch für viele Jahre in die Zukunft die Vorstandsvorsitzende vom Frauenbund,

und die hatte nicht nur ihre Weiber, sondern auch ihren Mann fest im Griff. Und darum konnte sich der wuchtige Bretterverschlag wirklich sehen lassen. Links und rechts von Holzwänden vor dem Wind geschützt, mit einem schönen breiten Dach, das bei Regen auch die kaufwilligen Kuchenhungrigen noch trocken hielt und hinten schön mit einer blau-weiß gestreiften Plane verschlossen. Damit auch ja ausschließlich zutrittsberechtigte Personen ins heilige Innere gelangten. Wer da rein und raus marschieren durfte, darüber wachte die Gschwentnerin mit Adleraugen. Denn auch beim Verkaufspersonal wie bei der Auslage ging es hoch professionell zu am Eichenberger Frauenbund-Stand, da konnte selbst der ambitionierteste Konditor nur schwer mithalten. Mindestens zwei bis drei Kuchen, Torten oder Teilchen mussten von jeder Dame an so einem Anlass beigesteuert werden. Schon Monate vorher, so wusste der Meininger von Insidern, hingen im Frauenbund-Hauptquartier bei der Gschwentnerin zu Hause die Listen aus, in welche sich alle Bäckerinnen einzutragen hatten, damit es weder zu Dopplungen noch zu Ausflüchten kommen konnte. Wer da nicht brav sein Spezialitäten-Arsenal hinkritzelte, der musste schon eine besonders gute Ausrede parat haben. Mindestens Pflegestufe drei bei der Oma oder eine ganz schlimme Virusinfektion selber. Dann brauchte es allerdings in jedem Fall ein ärztliches Attest. Sonst war keine Gnade von der Vereinskönigin zu erwarten.

»Ach, was für eine Freude, der Herr Pfarrer schaut bei uns vorbei!«, zwitscherte es auch schon gut gelaunt aus dem Inneren des Kuchenkäfigs, kaum dass sich der Leopold ein paar Schritte herangewagt hatte. Eine kleine Schar emsiger Vögelchen war bereits dabei, frisch gebügelte Tischdecken aufzuziehen, Servietten zu stapeln und Berge von Alufolie in den Untiefen des Standes zu verstauen.

»Mögen's eine Tasse Kaffee, Hochwürden? Die erste Ladung wäre gleich fertig, wenn's ein paar Minuten Zeit haben?«

Etwas ungelenk kroch die Reisinger Evelin zwischen der riesigen Zehn-Liter-Kaffeemaschine und dem noch größeren Tankspender hervor. Angenehmer Brühduft stieg dem Meininger in die Nase. Warum eigentlich nicht. Ein frischer Kaffee, der kam ihm gerade recht. Und gratis mit dazu gäbe es sicher auch den neuesten Tratsch und Klatsch rund um das Festtreiben. Er nickte begeistert.

»Mei, das wäre jetzt wirklich eine feine Sache. Da würden Sie Ihrem Pfarrer eine große Freude machen, liebe Frau Reisinger.«

Die strahlende Frau Reisinger schnappte sich zwei Tassen, zapfte das schwarze Gold aus der Maschine und drückte dem Meininger eine davon zusammen mit zwei Würfelzuckern und einer Packung Kaffeesahne in die Hand.

»Und schauns, was ich noch für Sie hab.« Sie grinste verschwörerisch und griff unter ein paar karierte Geschirrtücher, die sauber über den ersten Kuchenlieferungen ausgebreitet waren. »Aber, bitte gell, verzählens das nicht der Margit, sonst kommen wir beide in Teufels Küche!«, blinzelte sie frech und reichte dem Pfarrer eine vor lauter Puderzucker schneeweiße Auszogne.

Der Leopold seufzte, noch ganz warm war das süße Teilchen und so weich, wie es wirklich nur die Reisingerin konnte. Hatte sich sein Ausflug schon gelohnt, die schlechte Laune war plötzlich wie weggeblasen.

»Mmmmh, Frau Reisinger, also eins, das muss ich Ihnen schon sagen, Ihre Auszognen, die sind fast jede Sünde wert«, brachte der Pfarrer mampfend hervor, und seine edle Spenderin strahlte, als hätte er sie gerade von allen Sünden dieser Welt freigesprochen und ihr eine Blanko-Eintrittskarte für das Himmelreich gewährt. Hausfrauenehre, das war schon was ganz Spezielles.

»Ach geh, Herr Pfarrer, jetzt hörns doch auf. Das bisserl Teigfetzen, da ist doch nix dran und nix dabei.«

Ganz brav und bescheiden blinzelte sie den Pfarrer an, und der reagierte natürlich wie erhofft.

»Also für mich, Frau Reisinger, für mich dürfte es immer lieber das Einfache sein als das ganz Komplizierte. Weil darin, darin liegt das wahre Können. Da kommt für mich nicht die beste Buttercremetorte ran, das könnens mir glauben.«

Sollte sie vielleicht lieber nicht, denn auch ein Pfarrer ist nicht immer von vorgestern und wäre er hier mit der Buttercremetortenbäckerin gestanden, er hätte vermutlich Ähnliches nur andersrum erzählt. Aber so lange es die Damen freut und es keine der anderen weitersagt, solange ist die Welt ja in Ordnung. Und sogar mehr als in Ordnung. Weil, wie gehofft, aus lauter Dankbarkeit und vor lauter Stolz mogelte die Reisingerin gleich noch zwei ihrer Wecken in ein Plastiksackerl für den weiteren Pfarrersmarsch. Natürlich ganz geheim und nicht zum Weitersagen, und dann erzählte sie ihm tatsächlich auch gleich noch allerhand Interessantes vom geschäftigen Vormittag am Marktplatz.

Dass es zum Beispiel wie in jedem Jahr einen ganz ordentlichen Streit gegeben hatte um den besten Platz neben der Bühne für die Musik. Weil, natürlich wollten alle ihr Häusel genau da aufstellen, wo sich die Besucher gar nicht erst entscheiden mussten zwischen: Wollte man jetzt die AC/DC-Revival-Band anhören, wenn vielleicht gleich das Lieblingslied »Highway to Hell« gespielt würde, oder wollte man lieber dem knurrenden Magen oder der jammernden Freundin nachgeben und um eine Steak-Semmel anstehen. Schon super, wenn man vielleicht beides konnte. Dann, ganz schnell raus aus der Schlange ums Essen, dann war Hunger und Frauen-Grant auch egal, und hin an die Bühne zum Mitsingen und wilden Kopf-hin-und-her-Beuteln.

Also, nicht weiter zum Wundern, dass diesen Platz ein jeder haben wollte. Auch weiter keine Überraschung, dass ihn wie immer der Hofbauer Metzger für sich in Beschlag genommen hatte. Ehrlicherweise nur fair, weil, das beste Essen gab es schon immer bei ihm. Und in diesem Jahr sogar, ganz neu mit dabei, der Grillmeister 2000. Das fahrende Ungetüm, Anhänger samt Grillaufbau, hatte schon beim Pfarrfest im November gezeigt, was es alles konnte. Von Spanferkel zur Flugsau in unter hundert Sekunden. Da war natürlich ganz Eichenberg gespannt, was er sich dieses Mal einfallen lassen würde, der Metzger.

Und auch die Feuerwehr hatte sich mit ihren scharfen Bosner-Würsteln schon taktisch klug direkt am Festeingang positioniert. Gleich daneben, der Rosswurst Rudi mit seinem fahrenden Verkaufswagen, ebenfalls Stammplatz, wie jedes Jahr. Zuckerwatte und gebrannte Nüsse gab es gleich daneben, die Tombola vom Roten Kreuz kündigte sich ebenfalls mit allerhand sinnlosem Gelump und Graffel an, das man gewinnen konnte für den guten Zweck. Meist ließen sich Haupt- und Trostpreis nur sehr schwer unterscheiden, aber für die Sache, für die Sache, da kaufte man halt einfach mal zehn Lose für fünf Euro. Half den Mitmenschen, schadete der Umwelt, was soll's.

Am Ende vom langen Redeschwall der lieben Frau Reisinger,

den der Pfarrer mit schwarzem Kaffee und Zucker geduldig aushielt, war das einzig tatsächlich Interessante dann doch der neue Stand von der Claudia Hofbauer, der Food Truck, wie ihn brav auch schon die Frauenbund-Dame nannte.

»Das war dem Fräulein Claudia recht wichtig, dass wir dieses Englische sagen«, erklärte sie und zog ein wenig die Augenbrauen nach oben. »Weil ein einfaches Standl, wie man es hierzulande kennt, das ist den Berlinern nicht modern genug. Das muss schon mindestens was Internationales sein und ganz anders als der Rest. Aber ich bin ja mal gespannt, wie viel von dem komischen Zeug sie noch verkauft, jetzt, wo auch das Gschpusi samt Anhang aufgetaucht ist.«

Sie spitzte die Lippen und der Pfarrer plötzlich die Ohren.

»Gschpusi?«, fragte er bei seiner Informantin nach. »Was für ein Gschpusi?«

»Na, der Freund oder Lebensgefährte, oder wie man so was nennt. Aus Berlin. Der ist heut Nacht angereist und einen Haufen Lumpen hat er auch gleich noch mitgebracht aus der Stadt. Ich sag's Ihnen, Herr Pfarrer, also wenn da unsere Regierung sitzt ... ich weiß auch nicht, wundern braucht einen da nix mehr.«

»Lumpen?«

»Ja, allesamt, unrasiert, lange Zotteln, ausschaun tun die, wie seit Tagen nicht gewaschen, total verschlampt. Also wirklich, so kann man doch nicht auf einem Fest auftauchen ...« Sie schüttelte den Kopf. »Na, wirklich nicht.«

»Aber Frau Reisinger, noch hat das Fest ja gar nicht begonnen«, versuchte der Meininger fremdenfreundlich einzulenken. »Ist ja erst morgen so weit. Zum Arbeiten kann man ja auch ein wenig legerer herumlaufen, oder nicht?«

Die Reisingerin zog wieder die Augenbrauen nach oben. Das konnten die Weiber schon alle besonders gut. »Na, wenn Sie meinen, Hochwürden, wenn Sie meinen. Wir werden ja sehen. Jedenfalls, gespannt bin ich schon, ob ihre Fangemeinde dann immer noch so begeistert ist von dem vegetarischen Krampf. Ich persönlich, ich glaube ja nicht. Da kann der Food Truck noch so modern daherkommen, am Ende zählt, was drin ist. Oder?«

Der Meininger nickte brav und war langsam ganz schön neugierig aufs Gschpusi, die zerlumpten Berliner und den Food Truck sowieso. Wurde Zeit, dass er sich das Ganze einmal aus der Nähe anschaute. Immerhin hatte er ja die offizielle Einwilligung zu dem fleischlosen Spaß erteilt.

Lange suchen brauchte er gar nicht, weil der Food Truck stach wirklich raus aus all den kleinen und großen Holzbuden. Ein leuchtend grün lackierter Sprinter von sicher vier bis fünf Metern Länge stand da direkt vor dem Marienbrunnen geparkt. Die eine Seite war komplett als Theke ausgeklappt, sodass man schön ins Innere blicken konnte. Eine orange-weiß gestreifte Markise reichte gut einen Meter in die Straße hinein. Davor verteilt waren ein paar runde Bistrotische, die zum gemütlichen Stehimbiss einluden. Sah wirklich hoch professionell aus, das musste der Meininger zugeben. Die Claudia hatte nicht zu viel versprochen, internationales Flair und sogar ein bisschen amerikanisch. Kein Wunder, dass sich halb Eichenberg um das eindrucksvolle Fahrzeug scharte und verstohlen beobachtete, was da so vor sich ging. Vor allem die alten Veteranen, die sich wie immer zu ihrem täglichen Stammtisch rund um den Marienbrunnen versammelt hatten, wussten so gar nicht, was sie von dem fahrenden Ungetüm halten sollten.

»Wos soll denn des überhaupt bedeuten? VEEEMEEEAAAT?«, plärrte der Gleixner Alfons seinen greisen Kollegen aus vollem Hals in die Hörgeräte.

VEMEAT – in leuchtend roten Buchstaben und riesengroß prangte der genialistische Claudia-Hofbauer-Slogan auf Vorder- wie Rückseite des Sprinters. Und darunter:

»Gemeinsam genießen mit gutem Gewissen«.

Aha. Erklärte ja alles, oder etwa nicht? Scheinbar nicht, denn die Rentner schüttelten nur die Köpfe und zuckten mit den Schultern.

»Wos weiß denn ich?«

»Keine Ahnung, irgendwas Englisches vielleicht?«

»Wird schon ein rechter Schmarrn sein, wenn man was hinschreibt, was dann doch keiner versteht.«

Die Weisheit des Alters, dachte der Meininger, man konnte sich nur ehrfürchtig verbeugen. Und das tat er auch sofort.

»Einen schönen guten Tag, die Herren.«

Seit dem grausigen Mordfall im letzten Herbst war der Meininger trotz Robe und offiziellem Amt immer noch ein wenig unsicher, wie die Herren auf ihn zu sprechen waren. Immerhin hatte er sie, wenn auch nicht durch seine Schuld und auch nicht allein, ihres wichtigsten Kameraden beraubt. Da konnte man, sooft man wollte, von Gerechtigkeit und Vergebung predigen, den ewigen Zorn der Veteranen, den fürchtete der Pfarrer wie der Teufel das Weihwasser.

»Ja, da schau her, der Herr Pfarrer«, grüßte der alte Samberg, weder freundlich noch feindselig, sondern einfach nur laut und schwerhörig. »Ich hab gehört, dieses Wunder der Moderne haben wir Ihnen zu verdanken. Sagt jedenfalls die kleine Metzgerin. Dann können Sie uns vielleicht auch erklären, was das eigentlich soll?« Er legte die hundertjährige Faltenstirn in Falten.

Der Meininger schluckte. Jetzt wollte man ihm auch noch die Schuld für den veganen Würstel-Bus in die Schuhe schieben. Er hüstelte nervös.

»Nun ja, also … ähm … ich konnte der Claudia ja auch nicht wirklich die Existenzgrundlage verwehren, oder? Das junge Mädel. Gerade frisch zurück in der Heimat, da will man den Start auch nicht schwerer machen, als es sein muss … ähm … das, also das ist ja schon fast eine Pflicht, so aus der reinen Nächstenliebe heraus betrachtet.«

Die vier Rentner grinsten ihn aus zahnlosen Mäulern an.

»Aber freilich, Hochwürden, die Nächstenliebe. Eine ganz wichtige Sache. Und gerade bei so jungen und feschen Madeln wie der Hofbauerin, da fällt das auch ganz besonders leicht, nicht wahr?«

Der Hinterleutner Erich zwinkerte, was die runzeligen Augen hergaben. »Da würd ich mich auch nicht zweimal bitten lassen, wenn so ein Fräulein ein bisschen Nächstenliebe von mir haben wollte. Gell, he, he, he.« Er boxte den halb schlafenden Stürmer Max neben sich in die Rippen, dass dieser zusammenzuckte und erschrocken hochfuhr.

»Ha, wos is los? Wos willst du von mir? Wos für Liebe?«

»Also, meine Herren, ich bitt Sie. Das … ähm … das hat mit der … ähm … der Optik … also, das hat mit … also … allein schon von Amts wegen bin ich für so etwas … ähm … also, ist es vor allem schon meine erste Pflicht zu helfen, wo es nur geht. Und auch Fremde willkommen zu heißen. Da brauchen Sie nur die Frau Huber zu fragen, die sieht das ganz genauso.«

So, basta. Das hatten sie davon, diese Halunken. Ihm hier Gott weiß was zu unterstellen, wo er doch nur ausführte, was man ihm aufgetragen hatte. So nicht, nicht mit ihm, da musste er die Maria-Trumpfkarte spielen. Aber die Alten grinsten nur blöd weiter.

»Ja, ja, Herr Pfarrer, is scho recht. Is scho recht.« Wieder blinzelte der Samberg, als hätte er eine Fliege im Auge, und präsentierte die zahnlosen Kiefer. »Wir sind zu alt für den Schmarrn und Sie zu katholisch, aber tief drin, da sind wir doch alle Männer. Wir verstehen uns schon, gell.«

Der Meininger sparte sich jeden Kommentar. Im Grunde war er vor allem froh, dass die weißhaarige Meute ihm wieder einigermaßen gewogen war und nicht heimlich seinen Lynchmord oder noch Schlimmeres plante. Da nahm man notgedrungen auch die ein oder andere unpassend anzügliche Witzelei in Kauf, nur um von den vier Hackelstecken verschont zu bleiben. Vorausschauende Notwehr sozusagen.

Und ganz unrecht hatten sie ja nicht, die Weisen aus dem Abendland, ebenso wie die Ratschn vom Frauenbund. Auch wenn der Pfarrer selbst tatsächlich recht immun war gegen die Reize der drallen blonden Metzgerin, es stimmte schon, zum bisherigen Erfolg an der veganen Bekehrungsfront hatten die Claudia-Kurven einen großen Teil beigetragen.

»Ham Sie mal eins probiert von diesen Würsteln?«, fragte der Hinterleutner den Pfarrer. »Weil, interessieren würd's mich schon, wie denn so was schmeckt, so ein Fleisch ohne Fleisch. Ausschauen tun's recht weich, gut zum Beißen, könnt ich mir vorstellen. Die Hofbauer Knacker, die haben immer so eine dicke Haut, die kann ich nur essen, wenn ich meine Zähn drin hab.

Vielleicht würd das mit denen ohne Fleisch einfacher gehen. Wie bei 'ner Gschwollnen. Ha? Was meinen Sie, Herr Pfarrer?«

Die vier blickten fragend, hoffnungsvoll zu ihm auf. Das war also der Kreislauf des Lebens, selbst bei der Wurst. Für die Jungen rund und knackig, für die alten weich und lätschert.

»Ich muss Sie leider enttäuschen, meine Herren, ich habe mich noch nicht an den Genuss gewagt. Ich bleib dann doch lieber beim Leberkäs.« Aber weil der Meininger erstens nicht schon wieder für Unmut und Enttäuschung bei den Rentnern sorgen wollte und zweitens ja ohnehin vorhatte, der Claudia einen Besuch abzustatten, lenkte er sofort ein. »Aber ich würd zur Feier des Tages eine Runde VeMeat-Tofu-Würstel spendieren. Was halten Sie davon? Mit Gottes Segen und von mir bezahlt?«

»Ja, wenn Sie meinen, Hochwürden?«

»Könnt ma schon mal probieren.«

»Aber weich müssen's sein, recht weich.«

»HA? WOS IS WEICH? WOS IS LOS?«

Erleichtert nickend und mit der Rentnerbestellung im Gepäck marschierte der Meininger los, den internationalen Neuzugang aus Berlin zu inspizieren.

»Herr Meininger!« Die Claudia winkte ihm übers ganze Gesicht strahlend zu, als der Leopold auf das riesige Gefährt zumarschierte. »Und? Was sagen Sie?«

Das Mädel stemmte die Hände in die Hüften und blickte voller Stolz von links nach rechts. »Megacool, oder? Mal was ganz anderes als diese ewigen Würstelbuden. Den haben wir secondhand in Berlin gekauft. In seinem ersten Leben war das ein Burger Truck, aber jetzt hat er eine bessere Zukunft bei uns gefunden.« Sie grinste. »Von oben bis unten alles selfmade. Neuer Lack, neuer Schriftzug und innen restlos alle toten Tiere entfernt. Super, oder?«

Der Meininger nickte. Ja, schon super. Wie sie so dastand in ihrer grünen Schürze, die Haare wild um den Kopf gesteckt, das VeMeat-Logo auf der Brust prangend, konnte man sich ihrer Begeisterung nur schwer entziehen. Vollblutunternehmerin.

»Ja, dann also, dann würde ich gleich mal vier …«

»Hey, Clodi, Clodi, wo steckste denn schon wieder? Kannste mal helfen? Ick heb mir hier gleich zu Tode an den Kisten?«

Da waren sie also tatsächlich, die Berliner, das verriet schon der exotische Dialekt. Neugierig reckte der Pfarrer den Hals und spähte zu dem kleinen Kühllaster, der direkt neben dem VeMeat-Sprinter stand. Im Inneren des Fahrzeugs waren offenbar die Zottelfreunde am Werk.

Wie von der Tarantel gestochen machte die Claudia einen Satz aus dem Wagen und hüpfte in Richtung der fremden Stimme.

»Komme!«, rief sie und verschwand ebenfalls im Inneren des zweiten Wagens. So viel also zur Würstel-Bestellung vom Meininger.

»Hey Mann, kann ich helfen?«

Eine schwere Hand legte sich auf die Schulter vom neugierig spitzelnden Pfarrer. Ertappt drehte der sich erschrocken um. Hinter ihm standen wie aus dem Boden geschossen drei junge Burschen. Sie passten relativ genau auf die Beschreibung der Reisingerin und kamen ganz eindeutig nicht aus Eichenberg. Wildes, wuscheliges Haar, jeder einen mindestens fünf Tage alten Bart im Gesicht, und einer der drei hatte sogar eine braun-rot karierte Schiebermütze seitlich auf dem Kopf sitzen. Genau dessen

Hand löste sich jetzt von seiner Schulter und wurde dem Meininger mit einem freundlichen Grinsen entgegengestreckt.

»Sie müssen der Dorfpriester sein, nicht? Herr Meininger, richtig?« Der Mützenträger zwinkerte dem Pfarrer mit strahlend blauen Augen zu. »Claudia hat uns schon verraten, dass wir uns bei Ihnen für das Entgegenkommen bedanken dürfen. Wirklich sehr fein von Ihnen, uns hier so freundlich aufzunehmen.« Er hielt immer noch den Arm ausgestreckt, bunte Freundschaftsbändchen und Lederriemen waren um das Handgelenk geschlungen.

»Ja, also, ich weiß ja nicht …« Zögernd griff der Pfarrer nach der Hand. Sofort wurde mit festem Griff sein Arm durchgeschüttelt.

»Keine falsche Bescheidenheit, lieber Pater Meininger. Wir wissen durchaus, wie kompliziert es sein kann, so ein kleines Dorf für die moderne Welt zu öffnen. Darum sei Ihnen doppelt gedankt.« Er schüttelte weiter den Arm samt Pfarrer. »Mein Name ist übrigens Ben. Ben Schuhmann und das hier …« Er deutete auf seine beiden Begleiter. »… sind Alex Birkenstein und Marc Schlewin. Wir sind alle Freunde von Claudia aus Berlin. Aber das wissen Sie sicher schon.«

»Hallo, ich bin der Alex. Freut mich.« Der zweite junge Mann, wie seine Freunde in schlabberig schwarzgraue Leinenstoffe gekleidet, hatte eine runde Nickelbrille auf der Nase sitzen, die ihn irgendwie antiquiert intellektuell wirken ließ. Diese schob er sich mit einem verlegenen Lächeln zum Gruß ein wenig weiter die Nase hoch.

Der Dritte im Bunde, »Marc Schlewin. Angenehm, Herr Meininger«, packte sich die andere Pfarrershand und schüttelte ebenfalls kräftig. Er war um einiges kleiner als seine beiden Kollegen und kräftiger gebaut. Auf den ersten Blick sah er gar nicht nach fleischverzichtendem Spargeltarzan aus. Vielleicht wirkte auch darum die Berliner Uniform der dunkel verblichenen Lumpen an ihm etwas verkleidet.

»Dürfen wir Ihnen als kleines Dankeschön eine Kostprobe anbieten?«, fragte der große blonde Ben, ließ endlich den ausgeleierten Arm vom Meininger los und rückte sich die Mütze zurecht. »Sie sind selbstverständlich unser Gast.« Ohne eine Antwort abzuwarten, schob er den Meininger an die Wagentheke und verschwand in der fahrbaren Kombüse. Der kleine Marc schlurfte hinterher, während sich Alex Birkenstein lässig an einen der Stehtische lehnte.

»Na dann, bitte, Monsieur Meininger. Was dürfen wir Ihnen servieren?«

Und weil dem Meininger endlich auch wieder die alten Herren hinten am Brunnen einfielen, war er ausnahmsweise wirklich nicht bescheiden.

»Also, wenns mich schon so nett fragen und bitten. Dann hätte ich tatsächlich gern viermal eine Tofu-Wurst, bittschön extra weich. Für unsere ehrwürdigen Dorfsenioren, denn auch die sind dem Neuen nicht abgeneigt.« Er überlegte kurz, wie man die vegane Internationalität vielleicht ein bisschen heimatfreundlicher gestalten könnte. »Und wenns sowas habt, vielleicht ein Bier dazu?«, schob er hoffnungsvoll hinterher.

»Einwandfrei, Herr Meininger. Dreimal VeMeat-Spezial kommt sofort.« Die beiden Jungs machten sich ans Werk.

»Ach wie toll, Herr Meininger, ihr habt euch also schon bekannt gemacht. Wunderbar, großartig.« Bepackt mit riesigen blauen Plastiksäcken, schleppte sich die Claudia vom Kühlwagen in Richtung Sprinter. »Und versorgt werden Sie auch schon. Super.«

Der lässige Alex am Stehtisch neben dem Pfarrer machte keinerlei Anstalten, seiner Kollegin zu helfen, ganz im Gegenteil, in aller Seelenruhe zündete er sich eine Zigarette an. Kurz wunderte sich der Meininger, wie das denn nun zum gesunden Leben so passte, aber vielleicht erlaubte ja der Verzicht in die eine Richtung ein bisschen Schlendrian in die andere? Was wusste er denn schon.

»Ey, Alex, wat ist denn dat? Weg mit der Kippe und schwing ma die Hufe rüber. Pennen kannste später! Tu mal war für deenen Mindestlohn!«

Hinter der kleinen Hofbauerin sprang ein vierter Mann aus dem Wagen, schon auf den ersten Blick um einiges älter als der Rest der Truppe. Späte dreißig, schätzte der Meininger, konnte sich aber täuschen, weil, auch dieser Berliner hatte relativ viel Gesichtsbehaarung. Im Gegensatz zu den anderen aber fehlte ihm einiges vom lässigen Retro-Stil. Die schulterlangen, dunklen, fettig glänzenden Haare waren nach hinten gegelt und zu einem dünnen Pferdeschwanz im Nacken gebunden. Das markante Kinn überwucherte der Schatten eines Dreitagebartes, der auf der Oberlippe zu einem ausgewachsenen Schnauzer mutierte. Als Einziger trug er keine Öko-Kluft, was ihn trotzdem nicht anständiger wirken ließ. Die dünnen langen Beine steckten in einer hautengen ausgewaschenen Jeanshose, ein mitgenommenes Rocker-Shirt hing ihm aus dem Hosenbund. Darüber trug er eine speckige Lederjacke mit deutlich abgeschrappten Ellenbogen. Sah irgendwie aus wie ein total abgerissener Knight

Rider, der sein Leben ohne Autofreund Kit als tschechischer Zuhälter bestreiten musste. Zu den anderen Typen passte dieser Kerl irgendwie so gar nicht. Zur sonnigen Claudia aber noch viel weniger. Doch die schien das überhaupt nicht zu stören, weil, gerade in dem Moment griff der schmierige Rocker dem Mädel in den Nacken, drehte ihren Kopf zu sich um und drückte ihr einen unanständig langen Kuss auf die Lippen. Aha, das war er also, der Lover. Der Meininger fühlte sich ziemlich fehl am Platz und hätte er nicht noch die offene Wurstbestellung, er wäre schleunigst weitergezogen. So aber räusperte er sich mit einem verlegenen Hüsteln.

»Ah, wat sehen meine Augen denn da? Ist dat am Ende der Pfaffe?« Der Rocker ließ von seiner Claudia ab und war mit zwei langen Schritten beim Meininger.

»Juten Tach, juten Tach! Jestatten, Rene. Det is mein Name.«

Aus der Nähe betrachtet, wirkte der Neuzugang sogar noch ungepflegter. Außerdem war er alterstechnisch den Vierzigern deutlich näher als den Dreißigern. Grobe Hautporen glänzten auf speckig fahlen Wangen, und tiefe Falten zerklüfteten die Augen- und Stirnpartie. Die gelben Zähne zu einem fast bedrohlichen Lachen gebleckt, hätte der Meininger vor allem wegen dem fahlen Mundgeruch gern ein wenig mehr Abstand zwischen sich und den aufdringlichen Rene gebracht.

»Ick seh schon, die Atzen ham se schon kennengelernt. Ick hoff, die haben sich auch anständig benommen?« Sein Blick wanderte zu dem immer noch rauchenden Alex und verdüsterte sich zu einer finsteren Wolke. »Hab ick nicht jesagt, du sollst die Beene schwingen?«

Als hätte er einen Befehl erhalten, schnippte Alex seine Zigarette auf den Boden und verschwand in Richtung Kühlwagen. Wieder dem Meininger zugewandt, verschwand das Wolkengewitter, und das nikotingelbe Lächeln kehrte zurück.

»Ist ja wirklich en feines Dörfchen, det Sie hier haben, mein Lieber. Jefällt mir richtig jut, richtig jut.« Mit zwei Fingern strich er sich den Schnauzer. »Lässt sich jut aushalten hier in so ner Klitsche. Mal sehen, vielleicht bleiben wir ja och etwas länger …«

Länger? Wie länger? Der Meininger tat sich immer noch schwer, die Sprache wiederzufinden. Dieser Rene, irgendwas Ungutes hatte seine Gegenwart. Was meinte der denn mit länger bleiben? Dem Pfarrer lief es kalt den Rücken runter, bloß nicht.

»Hey, hallo, Sie, Herr Meininger. All ready, ihre Bier und ihr Essen ist fertig.«

Heilfroh über die Ablenkung flüchtete der Meininger zur Essensabholung. Als er aber sah, was die zwei Berliner Bus-Köche für seine niederbayerischen Veteranen vorbereitet hatten, da wusste er selbst nicht so genau, was nun schlimmer war, der unheimliche Rene oder das gruselige Mahl vor ihm. Fein säuberlich in drei schlammfarbene Styroporschälchen geschnetzelt lagen die bekannten farb- und darmlosen Würstel. So ungesund wie schon in der Metzgerei sah das aus. Darüber und daneben, vermutlich um alles noch unappetitlicher zu gestalten, hatte irgendein Wahnsinniger dunkelrotes Erbrochenes gekippt. Eine schleimige pinke Schlonze mit kleinen Bröckerln drin. Auf jeder Wurst eine schöpflöffelgroße Portion. Dem Meininger kam vor lauter Würgen fast die gute Auszogne wieder nach oben.

»Um Himmels willen, wos is denn des?«, fragte er entsetzt die beiden Küchenchefs.

Verdutzte Blicke aus dem Inneren des Wagens.

»Na, Ihre Würste, was denn sonst?«

»Ja, hat denn da jemand drauf gspieben oder was is des für ein ekelhafter Brei?«

Die beiden blickten ihn entgeistert an. Entweder hatten sie ihn nicht verstanden oder wollten das Missgeschick nicht kapieren.

»Wie bitte?«

»Was meinen Sie?«

»Ha, ha, ha, aber Herr Meininger …«, lachte die Claudia und hielt sich den Bauch. »… jetzt spinnens doch nicht. Das ist unsere Spezialsoße. Unser VeMeat-Chutney. Rote Bete, Meerrettich, Cashew-Nuss. Alles total vegan, bio und supergesund. Voll lecker und passt perfekt zur Wurst.«

Der Meininger starrte weiter auf den leuchtenden Brei über der farblosen Wurst. Dass das schmecken sollte, das wollte er nie im Leben glauben. Einfach grausig das Ganze, wie ein blutiger Autounfall.

»Aha.« Mehr fiel ihm dazu nicht ein. »Und die drei Bier?«, fragte er und spähte nach einem Silberstreifen am Horizont.

»Na da, da stehen's doch …«

Er folgte dem Fingerzeig von der Claudia, die auf drei winzig kleine braune Flascherl mit grell bunten Etiketten zeigte. Bier? Wo sollte das denn ein Bier sein. So winzig, das waren ja maximal dreihundert Milliliter? Ein Bier, das schenkte man doch niemals nicht unter einem halben Liter aus. Das sah ja eher aus wie ein Kinder-Limo.

Bahnhof, stand anscheinend so groß auf der Stirn vom armen Meininger, dass sich die Claudia noch mal erbarmte.

»Brauchens gar nicht so kritisch zu schauen, das ist ein voll super Craftbier, Herr Meininger. So was finden Sie hier sonst nirgends. Eine ganz spezielle Mischung aus Sauerbier und Berliner Weiße, aber mit einer leichten Kirschnote …«

Dem Meininger stellten sich die Nackenhaare auf. Kirschnote? Berliner Weiße? Rote Bete? Rene aus Berlin?

Eiskalter Schweiß sammelte sich unter seinen Armen. In der Hoffnung, das alles wäre nur ein schlechter Scherz, raffte er die Würstelteller zusammen, klemmte sich das Teufelsbier unter den Arm und rannte davon. Vielleicht konnten ihn die kampferprobten Rentner aus diesem Albtraum retten. Wer einen Weltkrieg überlebt hatte, der würde vielleicht sogar mit dieser Henkersmahlzeit fertigwerden.

Vier runzelige Gesichter blickten misstrauisch auf die internationalen Leckereien.

»Wos soll des sein?«, fragte der Gleixner jetzt zum dritten Mal und stocherte mit der biologisch abbaubaren Gabel aus hundert Prozent Biokunststoff in dem Brei herum.

»Schaut aus wie eine explodierte Blutwurst.«

»ROTE-BETE-CHUTNEY!«, plärrte der Pfarrer ebenfalls zum dritten Mal und wusste auch nicht, wie er den Tellerinhalt sonst erklären sollte.

»Rahner sind des«, erklärte der Samberg. »Weißt schon, diese Rüben, die's früher immer gab, die schmecken, als wäre immer noch die halbe Erden mit dran.«

»Ah.«

»Ja.«

»Aha. Und zu der Wurst schmecken die dann besser, oder wie?«

»Na, des glaub ich jetzt ned.«

»Aber warum isst man die dann dazu?«

»Des weiß ich doch auch nicht, aber vielleicht weil, wenn die Wurst schon nicht schmeckt, dann passt das super, wenn der Rest auch nicht schmeckt. Dann merkt man es insgesamt nicht so schlimm, als wenn da was dabei wäre, was super schmecken tät?«

Und wieder einmal konnte der Meininger ehrfürchtig verstummen vor der ganz eigenen Logik seiner Mitbürger.

»Aha.«

»Ja, dann.«

»Dann probieren wir halt einmal.«

Mit einem Todesmut, den der Pfarrer nie im Leben aufgebracht hätte, schaufelten sich die vier Greise den Wurst- und Rote-Bete-Brei in die zahnlosen Münder. Wenigstens von der Konsistenz her absolut kein Problem. Vom Geschmack her dann aber doch irgendwie.

»Bäh!«

»Pfui Deifel.«

»Ja, bist du deppert, ist des greislich.«

»Schnell, gib mir 's Bier.«

Auch wenn rein theoretisch Nicht-Schmecken und Nicht-Schmecken furchtbar gut zusammenpasste, in der Praxis führte es in diesem Fall zu einer Runde wildem Ausspucken.

Wie so oft, letzte Rettung ein kühles Bier, um die Welt wieder in Ordnung zu bringen. Aber auch hier hatte man die Rechnung ohne das kreative Berliner Küchenpack gemacht. Im selben hohen Bogen wie schon die Wurst, schoss auch das Craftbier aus den vieren heraus. Das anschließende Geschimpfe war weder für Kinder- noch für Pfarrersohren geeignet.

»Herrgottsakrament, bluad saure Mari, was is denn des?«

»Kruzinesn, haben denn die noch nie was vom REINHEITSGEBOT gehört? Die Berliner Beidl, die spinnerten?«

Demonstrativ kippte der Gleixner seine restlichen zweihundertvierzig Milliliter Kirsch-Bier vor sich in den Straßengully und blickte den Pfarrer vorwurfsvoll an.

»Also, Hochwürden, was haben Sie sich denn dabei gedacht? Wir hier in Bayern, wir haben eine so eine schöne Kultur, grad was des Essen und des Trinken angeht, oder ned?« Fragend blickte er in die Runde seiner Kumpanen, und alle nickten brav.

»Das Bier ist rein, die Wurst mit Fleisch, und über alles wacht der liebe Herrgott. Und Sie, gerade Sie, sollten eigentlich dafür sorgen, dass das so bleibt. Wir wollen hier dieses neumodische Zeug nicht. A Wurst is a Wurst, und ein Bier ist ein Bier, basta. Craftbier, so ein Schmarrn, wir haben doch ein Starkbier, das reicht doch, oder nicht?«

Wieder nickten alle, selbst der Meininger.

»Und eine jede Gschwollne ohne Haut, eine jede Blutwurst is besser als dieser Unfall da.« Er deutete auf die veganen Schnipsel. »Und wer's kasig mag, der nimmt halt an Weißen.« Zustimmendes Gebrummel. »Hochwürden, nach all dem, was Sie uns im letzten Jahr eingebrockt haben, und das wirklich mit jedem Respekt. Das ist zu viel.«

Jetzt brach dem Leopold tatsächlich der Angstschweiß aus. Sie hatten also doch nicht vergeben und vergessen.

»Herr Pfarrer, Sie haben uns das eingebrockt, jetzt schaun Sie zu, dass Sie uns diese narrischen Grasfresser wieder vom Hals schaffen. Sonst wird das hier ein böses Ende nehmen, das verspreche ich Ihnen. Wir sind schon mit ganz anderem Zeug fertiggeworden. Haben wir uns verstanden?«

Vier Augenpaare waren streng auf den Pfarrer gerichtet, dem es davon sehr heiß wurde unter dem Talar. Er nickte stumm, weil, erstens, dicker Kloß im Hals, und zweitens, keinen blassen Schimmer, wie er aus dieser Nummer wieder rauskommen sollte.

Den ganzen Heimweg lang zerbrach er sich seinen geistlichen Schädel, wie er die vegane Bedrohung von seinem Dorf abwehren könnte. Auf die Maria, die ihm normalerweise aus jeder noch so schlimmen Bredouille half, war aktuell auch nicht zu hoffen. Viel zu international war die ja selber gerade unterwegs, wegen ihrem Franz. Ein Stoßgebet nach dem anderen schickte der Pfarrer gen weiß-blauen Himmel, nicht wissend, dass er dies keine achtundvierzig Stunden später fürchterlich bereuen würde. Weil, wenn man dann so draufschaut auf ein Problem, das sich wie durch ein Wunder von ganz allein erledigte und auf einmal mausetot vor einem lag, dann musste man sich schon fragen, ob man nicht irgendwo mit Schuld dran hatte vor lauter Beten und Wünschen.

IV
Mordsgaudi

Am Freitagmorgen wachte der Meininger schon in aller Herrgottsfrühe mit einem Riesenappetit auf. Sein eigenes Magenknurren hatte ihn regelrecht aus dem Tiefschlaf gerissen. Als hätte sich ein hungriger Bär irgendwo unter seiner Bettdecke versteckt. Richtig zum Fürchten. Wundern musste es einen aber nicht, weil, am Abend vorher war der Meininger seit ungefähr ewigen Zeiten tatsächlich ganz ohne Abendbrot zu Bett gegangen. Die Auszogne am Festplatz war tatsächlich das Letzte, was er an diesem Tag zwischen die Zähne bekommen hatte.

Jetzt vielleicht gar nicht die ungesündeste Entscheidung, aber trotzdem keine freiwillige, viel eher eine recht beleidigte. Denn seine Köchin, die hatte ihn samt seiner Vesper doch glatt vergessen. Vor lauter Putzen und Herrichten für den zum Freitag angekündigten Franz. Nicht einmal kalte Küche, sondern absolut leere Küche und die strenge Anweisung, jetzt bloß nicht wieder alles dreckig zu machen, wo die Hausdame doch gerade fertig geworden war mit letzten Ecken wienern, hatten den Leopold dann samt seinem leeren Bauch schnurstracks in seine Kammer getrieben.

So nicht.

Ums Essen betteln, das würde er auf keinen Fall. Wo käme man denn da hin? Immerhin, auch ein Pfarrer hatte irgendwo ein männliches Ehrgefühl. Und an dem hielt er sich dann tapfer fest, als ihn der beleidigte, hungrige Magen einfach nicht einschlafen lassen wollte. Je später die Stunde, umso appetitlicher kam ihm sogar die Tofu-Wurst im Bete-Brei vor. Irgendwann hatte dann aber doch die Müdigkeit gesiegt, und der Pfarrer war eingeschlafen. Im Traum tanzten die echten Fleischwürstel zusammen mit einer ehrlichen Maß Bier um ihn herum, dass es grad lustig war. Bayern, das Land, wo Milch und Honig oder eben Fleischbrät und Weißbier fließen. So, wie es sich gehört. Und dementsprechend groß dann auch der Appetit beim Aufwachen.

Was für ein Glück, dass mit dem Start vom Dorffest ein ganzes Kulinarium nur darauf wartete, den Weg in den Pfarrersmagen zu finden. Unter diesen Umständen war ein kleines Zwangsfasten vielleicht gar nicht so schlecht, dachte sich der Leopold und war schon wieder voller Vorfreude. VeMeat hin oder her, und selbst der Franz aus Hamburg würde ihm heute nicht das Feiern verderben, das wäre ja gelacht.

Obwohl wirklich noch viel zu früh, eigentlich fast noch Vogelstunde, wechselte der Meininger vom Nachthemd in die Pfarrersrobe und marschierte die Treppe hinunter. Einen Kaffee wollte er sich noch gedulden, Eichenberg Zeit zum Aufstehen geben, und dann los.

Wie erwartet, keine Spur von der Maria. Schon am Vorabend hatte sie angekündigt, dass sie ausnahmsweise auch einmal ausschlafen wollte. Schönheitsschlaf für den Franz, das brauchte sie gar nicht extra zu erwähnen, das war dem Meininger auch so

klar. Ganz auf den Kopf gefallen war er ja nun nicht. Und die Eitelkeit der Weiber, die war ja weithin bekannt, selbst bis ins Junggesellen-Zölibat. Also bitte schön, bloß keine Augenringe beim Wiedersehen nach so vielen Jahren.

Ob die zwei Stunden länger im Bett liegen bleiben jetzt die Maria auf wundersame Weise über Nacht wieder zum Teenager machen würden, das wagte der Pfarrer zwar zu bezweifeln, aber sicherheitshalber hatte er lieber den Mund gehalten. Und auch sicherheitshalber war er jetzt ganz besonders leise und vorsichtig, als er sich auf Zehenspitzen schleichend seinen Kaffee braute, um bloß nicht am Ende Schuld zu haben, wenn es doch nicht geklappt hatte mit der nächtlichen Spontanverjüngung. Für zehn Uhr am Vormittag hatte der Ehrengast sein Eintreffen angekündigt, und bis dahin musste der Leopold bitte schön dreimal aus dem Haus sein. Wie viel Wiedersehensfreude zwischen den beiden er so live ertragen konnte, das wollte er lieber nicht herausfinden.

Mit dem schwärzesten Kaffee seit Christi Geburt in den Adern war der Meininger zehn Minuten später, immer noch hungrig, aber Herzinfarkt-wach, unterwegs durch das friedlich ruhende Eichenberg. Um sieben in der Früh sammelten außer ihm scheinbar alle anderen Dorfbewohner ihre Kräfte für den bevorstehenden Feiermarathon. Gott sei Dank wusste der Meininger aber eine Adresse, an der zu jeder noch so unchristlichen Uhrzeit die Türen geöffnet waren. Schnurstracks trugen ihn seine Beine darum brav zum Wirtshaus Stroblinger. Die Theres, unter deren Regierung diese Eichenberger Institution seit Jahr und Tag geführt wurde, war meist noch vor den Vögeln auf den Beinen und immer erst mit der letzten Nachteule im Bett. Eine vom alten Schlag.

Wie alt genau, das konnte keiner wirklich sagen, vom vielen Schnaps-Ausschenken, Schweinsbraten-Einfetten und den Rauchschwaden im Wirtshaus war die Theres über die Jahre quasi passiv konserviert worden. Von außen nach innen sozusagen.

»Die müsstest schon aufschneiden und Baumringe zählen«, hatte der Wimmer einmal vorgeschlagen, als die Feuerwehr auf das Alter der Wirtin die Zeche wetten wollte. »Freiwillig wird sie es nicht verraten.«

Der Leopold vermutete, dass die Stroblinger Theres die Achtzig mittlerweile gut überschritten hatte, auf die gesammelte Feuerwehrrechnung von einem Freitagabend hätte er es aber auch nicht ankommen lassen. Außerhalb ihrer Wirtsstube war sie eigentlich nie anzutreffen, dafür konnte sich Alt und Jung drauf verlassen, dass es bei ihr immer mindestens ein Paar Debreziner, eine Gulaschsuppe oder einen Teufelstoast zum Essen gab, egal wann und in welchem Zustand man sich durch die Tür schleppte. Und auch an diesem frühen Morgen wurde die alte Wirtin ihrem Ruf gerecht.

»Hochwürden Meininger. Ja, da schau einer an. Was treibt Sie denn schon in aller Früh zu mir? Ist es am End an der Zeit? Ruft mich der Herrgott zu sich?« Krächzendes Hexenlachen gefolgt von bellendem Raucherhusten.

Gerade als der Meininger sich fragte, ob das vielleicht tatsächlich der Grund für seinen Besuch war und ihn sein Unterbewusstsein unter Vorspiegelung falscher Hungertatsachen herangelockt hatte, um die Theres auf ihrem letzten Weg zu begleiten, da hatte die alte Wirtin ihre Atmung wieder im Griff. Pfeifend schnaubte sie ihn an. »Bestellens Ihrem Chef einen schönen Gruß von mir, noch bin ich nicht so weit. Noch braucht sein Handlanger die knochigen Finger nicht nach mir ausstrecken. Verstanden?« Drohend wackelte sie mit dem Zeigefinger von links nach rechts.

Jawohl, hatte er verstanden. Und wenn sein Chef auch nur einen Funken auf den Frieden in seinem himmlischen Reich gab, dann würde er die alte Stroblingerin tatsächlich bis zum Sankt Nimmerleinstag hier unten sitzen lassen. Der Pfarrer nickte brav und hievte sich auf einen der hölzernen Hocker an der Bar. Tisch wär ihm freilich lieber gewesen zum Frühstücken, aber irgendwie doch recht unhöflich so als einziger Gast und die Wirtin hinterm Tresen ganz allein.

»Keine Sorge, Frau Stroblinger, ich hab Sie noch nicht auf der Liste entdeckt.«

»Na, das will ich aber auch hoffen, und sorgens bittschön dafür, dass das auch so bleibt. Viel zu viel Arbeit hab ich hier noch und keinen, der mir dabei hilft.« Sie schnaufte tief durch die Nase ein und aus. »Aber das kennen Sie ja, Herr Pfarrer, ist ja nicht anders bei Ihnen, gell?« Und ohne eine Antwort auf ihre Frage zu erwarten, wusste die Theres von ganz allein, warum der Meininger so früh bei ihr in der Wirtschaft aufgetaucht war.

»Und jetzt lässt Sie auch noch Ihre Köchin hungern, stimmt's? Drum sind Sie doch hier, hab ich recht? Weil Sie einen rechten Hunger haben und die Frau Huber vor lauter Franz ganz vergessen hat, für was sie eigentlich auf der Welt ist.« Wieder das verrauchte Hexenlachen. »Brauchens mich gar nicht so entgeistert anschauen, Hochwürden. Da muss man nicht so alt werden wie ich, um das zu erraten. Ganz Eichenberg tratscht über die Rückkehr des verlorenen Sohnes und dass er rein zufällig bei Ihnen im Pfarrhaus unterkommt. Und dass Ihre liebe Frau Huber seit Tagen mehr im Gästezimmer putzt und wienert als im Rest vom Haus, das ist auch kein Geheimnis. Das dumme Ding. Sollt eigentlich auch langsam aus dem Alter raus sein, wo man sich noch von einem dahergelaufenen Lackel wie dem Franz narrisch machen lässt. Da hätte ich ihr ein bisserl mehr Hirn zugetraut. Aber am End, mei, das konnte der Franz schon immer am besten, den Weibern den letzten Funken Verstand rauben.« Sie seufzte schwer und strich sich mit den alten fleckigen Händen über die speckige Schürze. »Also, Hochwürden, was mögens denn? Ein Bier?« Sie warf einen Blick auf die tickende Wanduhr. Kurz vor acht Uhr morgens. »Oder lieber erst mal einen Kaffee? Von gestern ist noch Schweinsbraten übrig, den kann ich Ihnen kalt aufschneiden, oder lieber eine Tellersülze? Hab ich auch noch eine hinten stehen.«

Fragend blickte sie ihren frühen Gast an. Der Meininger-Magen knurrte, halb Hunger, halb Protest gegen Bier und Tellersülze so früh am Morgen. Das war dann doch ein wenig zu viel des Guten. Selbst für ihn.

»Gern einen Kaffee und vielleicht, wenn's nicht zu viel Umstände macht, lieber was Süßes? Eine Semmel mit Marmelade oder einen Wecken zum Tunken?«

Von ihren üblichen Stammgästen war die Wirtin vermutlich anderes gewohnt, aber sie nickte stumm und verschwand in die Wirtshausküche.

Müde von der kurzen Nacht ließ der Pfarrer den Blick durch die deutlich in die Jahre gekommene Wirtsstube schweifen. Die zwölf langen Tische, die sich über den Raum verteilten, ebenso die jeweils fünf schmucklosen Holzstühle an jeder Seite hätte man schon vor zehn Jahren schleifen und lasieren müssen. Ein Wunder, dass sie immer noch regelmäßig die Last der breiten Feuerwehrhintern trugen. Und nur den dicken Baumwolluniformen war es zu verdanken, dass es zu keinen Splittern an diversen delikaten Stellen kam.

Auf den Tischen lagen viereckige rot-weiß karierte Tischdecken, von Rauch und Alter schon recht gelb und verblichen. Schwere Aschenbecher und alte Bierfetzenstapeln, die einzige Dekoration, die diese Tische kannten. Irgendwann einmal waren die Wände sicherlich weiß gewesen, vermutete der Meininger, mittlerweile hatte auch hier der Zigarettenrauch alles in ein sonnenhelles Uringelb gefärbt. Etwas blasser an den Stellen, die die Sonne durch staubige Fensterscheiben ab und an erreichte, dunkler in den Ecken und unter der Decke, wo Schimmel und Feuchtigkeit langsam den Putz bröckeln ließen.

Überdeckt wurde das Batikgelb der Wände von einem wilden Sammelsurium an bayerischer Dorfkultur. Die Seite direkt neben dem Eingang gehörte den Eichenberger Sportschützen. Unzählige Turnier-Schießscheiben der letzten hundert Jahre berichteten vom Erfolg der örtlichen Mannschaft, dazwischen Medaillen, ein paar Geweihe und eine Vitrine mit den gravierten Bierkrügen vom Stammtisch. Nicht weniger bunt und eindrucksvoll die gegenüberliegende Wand der Freiwilligen Feuerwehr. Urkunden, ausgeschnittene Zeitungsartikel zu Großeinsätzen aus der Vergangenheit und, natürlich sorgfältig gerahmt für die Ahnentafel, das jährliche Gruppenfoto in Festtagsuniform. Über fünfzig Jahre zurück konnte man die Helden im Kampf gegen die Feuersbrunst hier bestaunen.

Nur ein einziges Bild stach aus der immer gleichen Vereinsaufstellung heraus, das Porträtfoto eines jungen Mannes. Gut aussehend, blond, blaue Augen, etwa zwanzig Jahre alt, ebenfalls in Feuerwehruniform gekleidet, lächelte er verschmitzt in die Kamera. Den goldenen Rahmen zierte ein schwarzes Trauerband in der linken oberen Ecke. Und obwohl es in ganz Eichenberg niemanden gab, der nicht um den tragischen Tod vom Stroblinger Ferdinand wusste, hatte man sicherheitshalber den Bericht aus der Lokalzeitung noch danebengehängt. So musste die Theres nicht ein jedes Mal aufs Neue vom Tod ihres einzigen Sohnes erzählen, sondern konnte einfach stumm mit dem Finger auf die Wand deuten.

Der Meininger seufzte schwer. Er erinnerte sich noch gut an die Beerdigung vor etwa vierzehn Jahren, einer der traurigsten Tage in der Geschichte von Eichenberg. Nicht ein Auge war trocken geblieben, als man den blutjungen Helden ins kalte Grab hinabgelassen hatte. Nur die Mutter, die war wie versteinert vor dem Erdloch gestanden. Keine Regung, kein Mucks. Die Maria hatte sie irgendwann heimgeführt, die Theres. Stunden nachdem der letzte Gast gegangen und der Leichenschmaus längst verputzt gewesen war.

Gerade einmal fünfundzwanzig Jahre alt war der Ferdinand geworden. Beim Einsatz hatte es ihn erwischt. Autounfall, was sonst. Furchtbar geregnet hatte es, die ganze Nacht und bis in den Morgen an jenem tragischen Tag. Eine junge Fahranfängerin war von der Straße abgekommen, zu schnell in die Kurve, den Wagen nicht mehr im Griff auf dem nassen Teer. Zweimal überschlagen und in den Straßengraben. Gott sei Dank war dem Mädchen nichts passiert, nur rausgekommen war sie nicht aus den gequetschten Türen. Vom Handy aus konnte sie aber den Notruf absetzen.

Auf die Eichenberger Feuerwehr war wie immer Verlass gewesen. Schon wenige Minuten später waren sie am Einsatzort. Die einen mit dem Seitenschneider dem Mädel helfen, die anderen schnell die Unfallstelle sichern. Und dabei hatte es den Ferdinand erwischt. Im nebeligen Grau hatte er das große Warndreieck in einer uneinsichtigen Kurve vor der Unfallstelle aufstellen wollen, als ihn ein ebenfalls viel zu schnelles Fahrzeug umgemäht hatte. Scheiß Berufsverkehr. Scheiß Raser. Der junge Retter war tot, noch bevor die Rettung eingetroffen war.

Das ganze Dorf stand tagelang unter Schock. Ein jeder hatte den jungen Wirtsbuben gern gehabt, obwohl er ein Bankert gewesen war, ein uneheliches Kind. Von wem, das wusste selbst in Eichenberg ausnahmsweise einmal niemand. Ein Kind der Liebe, das die Theres in fortgeschrittenem Alter noch bekommen hatte. Über den Vater verlor sie nie auch nur ein Wort.

Niemand hatte die Stroblingerin je mit einem Mannsbild gesehen, nicht seit sie mit gerade einmal zwanzig Jahren das Geschäft übernommen hatte. Freilich, sie war jung und fesch und freundlich zu allen Gästen, aber mehr auch nicht und mit niemandem. Über die Jahre war sie dann immer mehr Wirtin und immer weniger Theres geworden. Für Liebe sei kein Platz hinter der Schanktheke, das antwortete sie den allzu aufdringlichen Besoffenen so ausnahmslos, dass sich irgendwann keiner mehr bemühen wollte. Und lange glaubte man, dass es für die Liebe im Leben von der Stroblinger Theres überhaupt keinen Platz gäbe, bis auf einmal der Ferdinand kam.

Und den, den liebte die Wirtin bis zum Herrgott und zurück, und das gleich zweimal hin und her. Von klein auf war der Bub im Wirtshaus mit dabei, und vielleicht war er am End deshalb so freundlich und gesellig geraten, weil er die Gastlichkeit ja quasi mit der Muttermilch zusammen aufgesogen hatte. Witze konnte er erzählen, der Bub, schon mit fünf Jahren, dass sich die härtesten Stammtischbrüder in die Hosen brunzten vor lauter Lachen. Schlagfertig, wie sonst keiner, und blitzgescheit. Nicht selten, dass man sich in Eichenberg fragte, warum sich da kein Vater zu erkennen gab bei so einem Prachtkerl. Aber keiner wollte es gewesen sein, und die Theres schwieg eisern. Selbst als sie den goldenen Bub dann verlor, selbst dann, in ihrer größten Trauer, suchte sie nicht Trost beim Kindsvater, sondern ertrug ihr Leid stumm und allein. Dem Pfarrer wurd ganz schwer ums Herz. So etwas sollte niemand ohne Beistand aushalten müssen.

Nach all dem, was im letzten Jahr passiert war, glaubte der Leopold mittlerweile felsenfest, dass nur der alte Wimmer Karl als Vater vom Ferdinand infrage kam. Das würde auch alles erklären. Warum sich nie einer bekannt hatte zu dem Bub, warum kein anderer jemals die Theres angefasst und warum sie selbst so tapfer geschwiegen hatte. Die beiden waren ungefähr gleich alt, vielleicht ganz jung sogar ein bisserl verliebt ineinander. Aber Großbauernerbe und arme Wirtstochter, das geht halt einfach nicht. Später dann, in den besten Jahren, waren sie vielleicht doch schwach geworden, dann aber eben schon in festen Ehe- und Familienarmen, also wieder nix. Nur der Ferdinand, der war rausgekommen dabei. Das machte schon Sinn alles, so im Pfarrerskopf. Nur, den alten Wimmer, den konnte man dazu ja im Moment leider nicht fragen.

Beinah hätte dann der Meininger vor lauter Neugier doch tatsächlich die Theres gefragt, ganz spontan, nach so vielen Jahren. Aber als sie aus der Küche schlurfte, mit einem Riesenbecher Kaffee und einer noch größeren Zuckernudel in der Hand, und ihn ganz freundlich anlachte, da blieb er dann doch lieber stumm.

Warum in den alten Wunden bohren? Wenn's nix brachte als Schmerz und traurige Erinnerungen? Lieber den Wecken in den Mund stopfen, damit kein Schmarrn rauskommen konnte, und freundlich zurücklachen. Weil, dass es der alte Wimmer gewesen war, das war ja eh klar.

»Sie sind ein Engel, Frau Stroblinger. Ich wusst es doch, bei Ihnen, da bin ich gut aufgehoben.«

Mit einem tiefen Schluck aus dem Becher füllte der Pfarrer seine Koffeinreserven wieder auf. Und obwohl die Nudel wirklich köstlich schmeckte, wuchs seine Wut auf die Maria mit jedem Bissen. War ja wohl nicht so schwer, einen armen Pfarrer zu versorgen, könnte man meinen. Das bisserl Teig und Bohnenwasser sollte zu schaffen sein. Besuch hin oder her. Und trotzdem saß er jetzt hier mutterseelenallein im Wirtshaus herum wie der letzte Bierschädel. Als hätte er kein Zuhause, als gäbe es niemanden, der sich um ihn scherte. Grantig brummte er in seine Tasse. Die Gastgeberin, mit jahrelang auf promillschwangeres Gelalle trainierten Ohren, verstand gleich, wo ihn der Schuh drückte.

»Jetzt tuns mir bitte nicht ganz so beleidigt, Herr Pfarrer, und seins nicht so undankbar, bloß weil Ihre Maria einmal nicht nur an Sie denkt.«

Der Meininger hob verwundert den Kopf. So kannte er die Wirtin gar nicht. Nie ergriff die Theres Partei, noch seltener mischte sie sich in häusliche Streitereien ein. Aber die Maria hatte bei der Alten schon lange einen Stein im Brett. Vielleicht, weil sie beide ein Kind verloren hatten.

Damals, nach der Geschichte mit dem Ferdi, hatte die Maria viel Zeit bei der Theres verbracht. Hatte in den ersten Tagen im Wirtshaus mit angepackt, bis die Stroblingerin wieder einigermaßen auf die Beine gekommen war. Eine Freundschaft war daraus nie entstanden, zu groß der Altersunterschied, zu dickköpfig und eigenbrötlerisch beide Damen und wahrscheinlich auch zu tief der Schmerz, an den sie sich gegenseitig erinnerten, aber irgendetwas war geblieben. Und deswegen jetzt tatsächlich eine Fürsprache von der Wirtin für die Köchin.

»Herr Pfarrer, ich versteh ja, dass Sie das wurmt, diese ganze Geschichte. Taucht plötzlich der Franz wieder auf, wie ein Geist aus der Vergangenheit, und bringt alles durcheinander bei Ihnen daheim.« Sie schüttelte ungläubig den Kopf. »Na, nie im Leben hätt ich gedacht, dass es den noch mal hierher verschlägt. Aber es is halt so mit dem Leben. Das Gute, das geht meistens für immer, das Schlechte, das kommt viel zu oft zurück.«

Verwundert blickte der Meininger vom Wecken auf. Was sollte das denn bedeuten? Woher wusste denn die Stroblingerin, dass er dem Franz so gar nicht gewogen war.

»Jetzt schauns mich nicht so an, als hätte ich den Heiligen Geist über mir schweben. Ich weiß schon ganz genau und vielleicht sogar noch ein wenig mehr, wie es Ihnen geht.« Sie griff den Meininger bei der Hand. »Ihre Maria, die wird schneller wieder an Ihrem Rockzipfel hängen, als Sie denken, das verspreche ich Ihnen. Die wird Sie brauchen, früher oder später.« Sie warf einen Blick am Pfarrer vorbei hin zum Sterbebild von ihrem

Sohn. »Und dann, Hochwürden, dann tuns mir bittschön einen Gefallen und stehens ihr zur Seite. Kein falscher Stolz und kein langes Beleidigtsein, helfen Sie ihr einfach, wenn Sie gebraucht werden, versprechens mir das.«

Ihr Blick kehrte zurück zum Meininger und bohrte sich in ihn, während die Hände noch fester zupackten.

»Es ist nicht alles Gold, was glänzt, und das falsche Fuchzgerl, das glänzt meist am schlimmsten. Wenn alle anderen geblendet sind, dann schauen Sie bitte ganz genau hin, merken Sie sich das. Und, Herr Meininger, lassen Sie sich nicht von der Eifersucht den Blick verschleiern.«

Eifersucht? Welche Eifersucht?

Und was sollte denn das ganze Gerede von falschen Fuchzgerln und der Hilfe suchenden Maria? Der Meininger verstand nur Bahnhof. Vielleicht hatten der Kummer und das Alter langsam doch ein wenig das Hirn der Stroblingerin angefressen, und der Putz bröckelte auch bei der Hausherrin. Ihr Griff um seine Hände schmerzte langsam. Drum nickte der Meininger brav und versprach in der Hoffnung auf Freiheit alles, was man von ihm verlangte.

»Ist schon recht, Frau Stroblinger, ich bin der Maria ja gar nicht bös. Ich versteh das schon. Nun ja …« Er lächelte versöhnlich. »Vielleicht versteh Ich's nicht ganz so gut wie alle anderen, aber das Grundsätzliche, das schon. Ich pass auf, auf die Fuchzgerl und auf die Maria. Aber jetzt, jetzt muss ich dann auch langsam …«

Die Theres ließ seine Hände los und griff nach der leeren Kaffeetasse. Sie musterte ihn mit einem bedeutungsschweren Blick. »Sie verstehen schon sehr gut, Herr Pfarrer. Vielleicht sogar ein bisschen besser als alle andern. Und irgendwann einmal, da sollten Sie sich vielleicht überlegen, ob Sie nicht sogar ein bisschen mehr wollen als nur das Grundsätzliche. Bevor es am End zu spät ist dafür. Glaubens mir, eine alte Frau weiß, wovon sie spricht.«

Und damit verschwand sie in die Küche und ließ den Pfarrer mit grübelndem Kopf zurück.

Wenn die alte Frau wusste, wovon sie sprach, der Meininger selbst hatte keinen blassen Schimmer. Aber immerhin, einen genug gefüllten Magen, um sich auf zur nächsten Fest-Delikatesse zu machen.

Als der Meininger gut zwei Stunden später zwischen den Büdchen auf den Dorfplatz einbog, war das Treiben schon ordentlich im Gang. Wer noch nicht fertig war mit Aufbauen, der legte gerade letzte Hand an. Es konnte losgehen.

Die Warnung von der Stroblinger Wirtin, denn nichts anderes hatten ihre Worte bedeutet, das war dem Pfarrer mittlerweile klar, hatten ihn so beschäftigt, dass er erst noch einen kleinen Spaziergang durch das Eichenberger Wäldchen gebraucht hatte, um die Gedanken in seinem Kopf zu sortieren. Was hatte die Theres gemeint mit den falschen Fuchzgerln und dem glänzenden Gold? Vermutlich eine Anspielung auf ihre eigene Geschichte mit dem Wimmer, der sich am Ende nie zu ihr und dem Buben bekannt hatte. Vielleicht war ja aber auch der Franz doch nicht so perfekt, wie alle dachten?

Die Theres musste den Franz als jungen Burschen eigentlich gut gekannt haben, früher. So beliebt, wie der gewesen war im Dorf, musste er auch im Stroblinger aus und ein gegangen sein. Vielleicht hatte die Theres da ja auch andere Seiten von ihm kennengelernt? Im Wirtshaus zeigt man sich ja bekanntlich nicht immer nur von seiner besten Seite. Vielleicht, ja vielleicht lag das Bauchgefühl vom Leopold näher an der Wahrheit, als man meinen würde. Weil Eifersucht, das war ja lächerlich. Das konnte ja nun wirklich nicht der Grund sein, warum er den Franz, ganz unbekannterweise, so gar nicht leiden mochte. Da wollte er schon eher an den siebten Sinn glauben. Ein Pfarrer und eifersüchtig, so ein Schmarrn.

Aber aufpassen würde er jetzt erst recht, ob Bauchgefühl, göttliche Eingebung oder Wirtshausgerede, das war im Grunde ganz egal. Die Theres hatte schon recht, seine Maria hatte es mehr als verdient, dass sich auch einmal jemand um sie kümmerte. Und das würde der Leopold in jedem Fall machen. Aufpassen, auf die Köchin und ihren Besuch gleich mit. Familienehre sozusagen.

Bereits am Eingang vom Dorfplatz stieg ihm das unverwechselbare Aroma von den hofbauerschen Feuerknackern in die Nase. Zusammen mit dem Geruch vom frisch gebrauten Festbier und dem Duft nach gebrannten Nüssen und Kuchen entstand das für Eichenberger Feiertage typische Festtagsparfum, das wirklich auch den letzten Dorfbewohner in Lederhose oder Dirndlgwand hüpfen ließ.

Der Pfarrer atmete tief ein und wieder aus und fragte sich, ob man vom Kalorienschnaufen allein schon dicker werden konnte. Er wählte dann aber doch lieber den klassischen Weg und machte sich ohne weitere Umwege auf zum Würstelstand.

»Da schauns her, Herr Meininger. Ihre Knacker. Mit scharfem Senf und extra Zwiebel. Aber Achtung, ist noch ganz heiß vom Grill. Nicht dass Sie sich 's Maul verbrennen.«

Der Hofbauer Mathias war einfach ein Profi vorm Herrn, das musste selbst der Pfarrer neidlos anerkennen. Noch vorm ersten Hallo wusste der immer schon ganz genau, was seine Kunden wünschten. Im Wurst-Wunsch-Gedankenlesen gab es keinen, der ihm das Wasser reichen konnte.

»Vergelt's Ihnen Gott, das ist genau, was ich jetzt brauch«, bedankte sich der Leopold brav und griff nach der Wurstsemmel.

Gefährlich rot leuchtete das fettige Paprika-Würstel zwischen den zwei kasigen Brotscheiben. Links und rechts saugte sich die dünne Serviette schon köstlichst mit Fett, Bratsaft und gelbem Senf voll. Auch wenn das sicher wieder einmal Flecken auf seiner Kutte zur Folge hatte, dem Meininger lief vor lauter Vorfreude das Wasser nur so im Munde zusammen. Wursthimmel. Wahrhaftig.

»Ja, da schauns, ha, Herr Pfarrer.« Besser noch als die Gedanken konnte der Hofbauer den Blick vom Pfarrer deuten. Gierig starrte der auf die knusprigen Knacker.

»Mit dem Grillmeister 2000 sind sie in diesem Jahr sogar noch besser als sonst. Und schneller sind wir auch. Das ist wirklich eine Pfundsmaschine, ich sag's Ihnen. Beste Anschaffung meines Lebens. Mir sind schon wieder bis zum Herbst ausgebucht.« Er grinste von einem Ohr zum anderen. »Aber keine Sorge, Hochwürden, keine Sorge. Das Spanferkel fürs Pfarrfest, das ist natürlich reserviert. Hä, hä, hä, da sind wir ja noch was schuldig, gell. Hä, hä. Sie können sich auf uns verlassen, dieses Jahr keine Flugsau, hä, hä, hä.«

Pustend und die Backen blähend stopfte sich der Meininger eifrig einen ersten Bissen Wurst in den Mund, um nicht schon wieder das Sau-Debakel vom letzten Jahr diskutieren zu müssen. Wieder so eine Geschichte, über die er gern die Decke des Vergessens breiten würde, auch wenn am Ende ja alles gut ausgegangen war. Lobend deutete er da lieber mit dem Finger auf den Grillmeister 2000 und schaffte es tatsächlich gleichzeitig zu kauen, in den Mund zu pusten, Wurstbrei zu zerkleinern und noch ein anerkennendes Brummen von sich zu geben.

»Mmmmhh, Hmmmm, mmmmmhhhh«, nickte er und streckte den freien Daumen nach oben.

Das freute den Hofbauer natürlich mächtig, weil der riesige fahrbare Grill war sein ganzer Stolz. Vom Spanferkel über Hendl-Batterie bis hin zur Hundertschaft an Knackern gab es kaum etwas, das dieses Profi-Gerät nicht heiß und knusprig grillen konnte. Und wenn der Hofbauer das Teufelsding nicht gerade selbst im Einsatz hatte, brachte es ihm zusätzlich schöne Mieteinnahmen. Vom Schützenverein bis zur Feuerwehr und dem Lehrerbeirat vom Gymnasium, kaum einer, der mittlerweile den neuen Metzger-Partyservice nicht schon einmal in Anspruch genommen hätte. Ein voller Erfolg. Da konnte man sich dann auch schon mal ein paar Experimente der kleinen Schwester leisten, sozusagen rein wegen dem Familienfrieden.

»Ja und jetzt, wo auch noch das Gschäft von der Claudi so super anläuft, hä, hä, hä. Wer weiß, vielleicht brauchen wir ja sogar noch einen veganen Grillmeister. Hä, hä, hä.«

Der Meininger schluckte seine Knacker hinunter und war tatsächlich gerade so milde gestimmt von diesem köstlichen Zweitfrühstück, dass er die Claudia mit ihrem neumodernen Zeug gern ein bisschen in Schutz nehmen wollte gegen die gemeinen Hänseleien vom großen Bruder. Immerhin, war ja auch ein wenig auf seinem Mist gewachsen. Und dass der VeMeat-Wagen heute Abend mit leerer Kasse nach Hause fahren würde, daran bestand kein Zweifel. Da würden die Veteranen und der Frauenbund-Ratsch wohl recht behalten. Jetzt, wo die männliche Konkurrenz aus Berlin den niederbayerischen Neu-Vegetariern deutlich gezeigt hatte, welche Würstel bei der Claudia eine Chance hatten und welche nicht, würde freiwillig kein veganer Hotdog mehr in einen Eichenberger Feuerwehrmagen wandern. Sicherlich nicht.

»Aber Herr Hofbauer …«, warf er darum ein, »… Ihre Schwester, die hat es doch nur gut gemeint mit uns. Freilich, ein bisserl naiv vielleicht zu glauben, man könnte hier ganz entgegen der Kultur und so … aber man sollte sie dafür jetzt auch nicht zu sehr an den Pranger stellen. Auch nicht unter Geschwistern …«, fügte er dann noch etwas strenger und mit wackelndem Zeigefinger hinzu. »Weil prinzipiell ist es ja eine gute Sache, sich dem Neuen nicht zu verschließen.«

Was so eine Feuerknacker nicht alles bewirken konnte, selbst bei einem traditionsbeharrenden Pfarrer.

»Aber Hochwürden, wie käm ich denn dazu?« Der Mathias zog fragend die Augenbrauen bis zum Haaransatz nach oben. »Das war bierernst gemeint mit dem zweiten Grill. Das läuft super mit dem vegetarischen Schmarrn. Ich hab's ja am Anfang auch nicht glauben wollen, aber mittlerweile …« Er zuckte mit den Schultern. »Scheinbar hat meine Schwester da den besseren Riecher. Die Leut reißen sich ja grad so drum.«

Die Leut … Der Meininger seufzte. Armer Mathias. Als Bruder war ihm vermutlich die physikalische Werbefläche der Claudia einfach nicht bewusst. Ihm als Geistlicher ja eigentlich auch nicht. Eigentlich.

»Herr Hofbauer, ich befürchte, das war eine erste Begeisterung, die da um sich gegriffen hat. Und ich will Sie auch gar nicht beunruhigen, aber ich glaub, damit ist es langsam vorbei, und die Leut kehren wieder zum Guten und Altbewährten zurück. Ich würd mir da für heute keine so großen Hoffnungen machen. Und Ihrer Schwester bitte schön keine Vorwürfe.«

»Vorwürfe? Aber wo denken Sie denn hin, Herr Meininger? Ganz im Gegenteil. Asche auf mein Haupt müsst ich mir eigentlich streuen, weil ich ihr nicht geglaubt hab. Aber da, da schauns doch mal rüber! Der Laden brummt. Geht ja zu wie sonst noch was. Fünfmal mehr los als bei mir hier …«

Der Blick vom Meininger folgte dem ausgestreckten Hofbauer-Arm einmal quer über den Festplatz in Richtung Food Truck. Beinah wäre dem Pfarrer tatsächlich die Knacker samt Semmel aus der Hand gefallen, so erstaunt war er über den Anblick, der sich ihm bot. Weil der Hofbauer, der hatte tatsächlich recht. Vor dem Wagen von der Claudia und ihren Berliner Freunden hatte sich bereits eine ganze Traube von Menschen versammelt. Wobei Menschen in dem Fall jetzt nicht ganz richtig war, wie dem Pfarrer schnell klar wurde, bei den ganzen bunten Stoffröcken, die sich da fesch um die Bistrotische drängelten. Während sich in der Metzgerei vor ein paar Tagen noch die Eichenberger Jungburschen um die Claudia mit ihrem Tofu-Schmarrn bemüht hatten, kicherte und tippelte jetzt das schöne Geschlecht um die Berliner Würste herum. Und das im wahrsten Sinne des Wortes. So viel verstand sogar ein Pfarrer vom Balzen und ein bisschen konnte er sich sogar noch an die eigne Jugend zurückerinnern, dass ihm sehr schnell klar war, warum jetzt schlagartig die Liebe zum Vegetarischen bei den jungen Damen entbrannt war.

Mehr als die Würstel waren es nämlich vor allem die Würstelverkäufer im besten heiratsfähigen Alter aus der exotischen Großstadt, die den Umschwung in der Fangemeinde verursacht hatten. So ein wilder Bart, ein bisserl komischer Dialekt und dann noch das seltsame Gwand, auch wenn man das als Mann nicht verstand, bei den Frauen löste das meist ein sofortiges Interesse aus. Einfach weil es anders war als das, was es hier sonst so zum Anschauen und Anfassen gab. So waren sie eben, die Weiber.

Aufgebrezelt von oben bis unten, die Dirndlschürzen und Dekolletés so eng geschnürt, dass man sich wundern musste, wie da überhaupt eine Wurst, vegan oder nicht, noch hineingehen sollte. Die Haare in feschen Zöpfen um die Köpfe gelegt und mit Blumen gespickt, war das schon ein sehr prächtiges Bild. Eine wunderbare Eichenberger Brautschau. Machten schon ordentlich was her, die Dorfmädels.

Der Pfarrer schüttelte stumm den Kopf. So viel Gebalze und Getänzel für diese seltsamen Gockel aus Berlin. Das musste ja nun wirklich nicht sein.

»Na, was hab ich Ihnen gesagt, Herr Pfarrer?« Dem Hofbauer war es natürlich völlig egal, wer da bei seiner Schwester einkaufte und warum. Hauptsache, der Umsatz stimmte am Ende. »Da drüben, da steppt der Bär.«

Ja, der Berliner Bär, dachte sich der Meininger. Hoffentlich würd der nicht zu sehr steppen an diesem Wochenende. Weil, diese plötzliche Lust am veganen Würstel bei den Mädels, die würde den Eichenberger Mannsbildern sicher nicht so gut gefallen. Vor allem nach ein paar Maß Bier. Dem Pfarrer schwante Übles. Ob das gut gehen würde mit der Völkervereinigung, der

Fremdenfreundlichkeit und dem Eichenberger Festbier? Sicherheitshalber schickte er ein Stoßgebet zum Himmel.

»Herr Meininger, Mahlzeit!«, kam auch gleich die beim himmlischen Chef bestellte Unterstützung anmarschiert. Simeon Hirsch samt zauberhafter Lebensgefährtin Sandra Beierlein. Wunderbar, Ordnungshüter im Doppelback. Auf den Herrgott war eben Verlass, ab und zu wenigstens.

»Schmeckt's? Schaut ganz hervorragend aus!« Sehnsüchtig warf der Hirsch einen Blick auf die Feuerknacker.

»Aber freilich!«, versicherte der Hofbauer, ganz vorbildlicher Verkäufer, bevor der Meininger das ebenfalls bestätigen konnte. »Meine besten Knacker dieses Jahr. Mögens eine? Oder gleich zwei? Für die liebe Freundin?«

Die glänzenden Augen vom Hirsch verrieten eigentlich schon die Antwort, aber die liebe Freundin hatte da auch noch ein Wörtchen mitzureden.

»Nein, vielen Dank, Herr Hofbauer, erstens, wir essen kein Fleisch, und zweitens sind wir verabredet.« Sie hakte sich sicherheitshalber bei ihrem Polizisten unter, nicht dass der noch im Autopilot nach der verbotenen Frucht greifen würde.

»Aha. Na, schade, sind wirklich ganz hervorragend.«

»Sie brauchen sich keine Sorgen machen, Herr Hofbauer …«, lächelte die Sandra etwas versöhnlicher. »… weil Ihrer Familie bleiben wir treu. Ganz toll, was Ihre Schwester da auf die Beine gestellt hat. So modern und so gesund. Das muss man unbedingt unterstützen. Darum essen wir drüben bei VeMeat. Gell, Schatzi?«

Der arme Simeon nickte tapfer und löste zögernd den Blick von den roten Paprika-Teufeln.

»Ja, richtig.« Und dann, an den Pfarrer gewandt. »Aber kommen Sie doch mit, Herr Meininger. Wir treffen gleich die Maria und den Franz. Drüben, bei der Claudia.«

Jetzt wieder gut, dass der Leopold gerade keine Wurst im Mund hatte, weil die wäre ihm wahrscheinlich grob im Hals stecken geblieben vor lauter Schreck. Die Maria und der Franz? Jetzt war ihm schon klar, dass er die beiden früher oder später getroffen hätte, hier am Fest oder spätestens zu Hause in der neu eröffneten Fremdenpension. Aber dass die sich hier gleich verabreden würden? Zu einem Doppeldate mit seinem Kollegen Simeon Hirsch? Auf keinen Fall!

»Aber unbedingt, Herr Meininger«, flötete die Sandra ganz begeistert. »Auch Ihnen täte so ein bisschen gesundes Essen gar nicht schlecht.« Sie warf einen kritischen Blick auf den kuttenverhüllten Wanst. »Und dann lernen Sie auch gleich Ihren neuen Hausgast kennen. Hi, hi, hi, was ist eigentlich der Franz zu Ihnen, wenn die beiden nun endlich doch noch ein Happy End bekommen? Ist das so was wie Ihr Schwager? Hi, hi, hi. Mensch, das ist ja alles so romantisch. Diese ganze Geschichte.« Wie die Claudia war auch die Sandra ganz wild vor lauter Hollywood. »Nur für Sie, Herr Meininger, für Sie wäre das natürlich schon sehr traurig, wenn die Maria Sie verlassen würde? Oder?«

Dem Meininger zog sich der Magen krampfhaft um die Feuerknacker zusammen, und plötzlich war ihm der Appetit auf den Rest der Wurst völlig vergangen. Am liebsten hätte er sie aus lauter Wut auf die Sandra gleich dem Simeon in die Hand gedrückt. Aber der Feigling hätte wahrscheinlich eh nix davon gegessen. Mit zusammengepressten Lippen warf er das schöne Ding in den Mistkübel und hoffte, dass der Hofbauer nix davon mitbekam.

Die Sandra deutete das frauentypisch natürlich völlig falsch. Lobend hakte sie sich jetzt mit dem anderen Arm auch bei ihm unter.

»So ist es recht, Herr Pfarrer, weg mit der Arterien-Atombombe.« Energisch schob sie ihre beiden Opfer in Richtung Food Truck. »Zeit für Veränderung!«

Hatte der Meininger eigentlich noch nicht oft genug verlauten lassen, was genau er von Veränderungen im Allgemeinen hielt? Nichts, überhaupt gar nichts. Und von dieser speziellen schon doppelt und dreifach nichts. Schwarzes-Wurmloch-Nichts, wenn man es genau wissen wollte. Den Franz hätte er am liebsten einmal ins Universum und bis in eine fremde Galaxie gewünscht. Aber es half ihm nicht weiter, das innere Wehren. Der eiserne Klammergriff von der Lehrerin, tausendmal geübt an bockigen Schülerarmen, zerrte den Simeon und ihn schnurstracks in Richtung veganes Paradies.

Schon aus der Ferne konnte der Leopold die Maria erspähen. Unter tausend Frauen hätte er innerhalb eines Sekundenbruchteils ihren schwarz glänzenden Haarschopf und die schlanke, aufrechte Figur erkannt. Niemand sonst, der es schaffte, schon allein durchs Herumstehen eine solche Autorität auszustrahlen. Ganz automatisch wollte man gleich die Hände waschen, das Hemd glatt ziehen und die Nase nach irgendwelchen Ekelhaftigkeiten kontrollieren, die vielleicht heraushängen könnten. Der Leopold strich sich die Kutte glatt und inspizierte, aus sicherer Entfernung, den Begleiter seiner Köchin.

Gleich auf den ersten Blick wurde ihm dabei recht schwer ums Pfarrersherz, denn selbst er musste zugeben, dass der schneidige

Franz einfach fürchterlich gut zu seiner Hausdame passte. Und tatsächlich, die beiden gaben ein filmreifes Paar ab, wie sie da so standen und bereits viel zu vertraut miteinander lachten. Der verlorene Eichenberger Sohn hatte sich aber auch alle Mühe gegeben, die Wiedereingliederung so leicht wie möglich zu machen. Von den blitzblank polierten Haferlschuhen über die fesche Lederhosen mit passendem Geschirr bis hin zum Trachtenhut mit Gamsbart stimmte einfach alles. Sogar die selbst gestrickten Loferl an den Waden hatte er aus dem Hamburger Exil mitgebracht. Alle Achtung. Alle Register gezogen. Und die Maria strahlte ihren alten Neu-Bayern an, als hätten ihn ihr der Nikolaus und das Christkind zusammen so prächtig eingepackt. Mit Gamsbart auf dem Kopf überragte der Jugendschwarm nicht nur die Pfarrersköchin, sondern auch alle restlichen um den Food Truck versammelten Eichenberger. Eine richtige Menschentraube hatte sich da mittlerweile gebildet, man konnte den Wagen kaum mehr sehen. Was wieder einmal bewies, fesche Mädels waren eben der beste Publikumsmagnet. Umso näher die drei dem Paar kamen, desto mehr musste der Leopold schlucken. Die Jahre im Exil hatten dem Franz in keinem Fall geschadet, ganz im Gegenteil, eher wie ein guter Wein war der Schreiner prächtig gereift. Weiße Zähne blitzten in einem sonnengebräunten Gesicht mit den blauen Augen um die Wette, und die vielen Lachfalten zeigten gleich einer jeden Dame, dass man mit diesem Herrn sicherlich eine recht gute Zeit verbringen konnte. Ganz zutraulich beugte sich der Franz zur Maria hinunter und flüsterte ihr irgendetwas ins Ohr hinein, das der Köchin die Farbe in die Wangen und ein Strahlen auf die Lippen zauberte. Der Meininger hätte am liebsten seine Röcke gerafft und Reißaus genommen. Aber dafür war es zu spät.

»Sandra, Simeon, Herr Meininger!«, rief die Maria voller Freude und winkte mit den Armen. »Da schaut's her, hier sind wir! Kommt's rüber, kommt's doch her zu uns!«

Der Franz hob langsam den Kopf aus der Ohr-Hals-Gegend seiner Begleiterin und drehte sich zu ihnen um.

Und jetzt ist es ja manchmal so im Leben, da gibt es Momente, in denen kann man sich einfach nicht verstellen oder zusammenreißen. Da drückt sozusagen die Wahrheit von ganz innendrin nach außen durch, ohne dass man recht weiß, warum und weshalb und wie man es vielleicht hätte verhindern können, damit am End nicht alles so schlimm ausgegangen wäre.

Und genau so ein Moment war das, als sich zum ersten Mal die Blicke vom Leopold und dem Franz trafen. Eh nur recht kurz und mit noch ein paar Metern gesundem Abstand, aber eben trotzdem: unverstellt und nicht zu ändern. Da wusste sofort ein jeder der beiden, dass das nix werden würde mit der Freundschaft und der Sympathie. Dass man sich hier sozusagen Aug in Aug gegenüberstand mit dem größten Erzfeind. Komme, was wolle, und egal, welche Katastrophen das mit sich bringen würde. Alles gesagt, alles klar, gleich ganz am Anfang, ohne auch nur ein Wort zu wechseln. Ist halt manchmal doch recht einfach zwischen Männern.

»Franz, das ist der Simeon, unser Dorfpolizist, und seine Freundin, die Sandra. Lehrerin am Maxl-Gymnasium, aber eine ganz Nette.« Die Maria grinste wie ein kleines Schulmädchen, während der Franz brav die Hände schüttelte. »Und …« Sie zog den Leopold an der Kutte zu sich. »… das ist unser lieber Pfarrer, Hochwürden Meininger, mein Chef und guter Freund seit so vielen Jahren.«

Chef und guter Freund. Das waren sie also, die beiden Stempel, die ihm die Maria verpasste. Den Leopold zwickte es irgendwo in der Gegend um sein Herz.

»Lieber Herr Meininger, und das ist er, der Franz.« Der Franz bekam keine weitere Erklärung mit, brauchte es aber auch nicht, weil so, wie die Köchin durch und durch leuchtete, war eh alles klar. »Ich freu mich so, dass ihr euch jetzt auch endlich kennenlernt.«

Der Franz schüttelte dem Pfarrer fest die Hand, lachte von einem Ohrwaschel zum anderen und blickte ihm tief und fest in die Augen. Für die hatte nur leider das Lachen nicht mehr gereicht. Eiskalter Blick.

»Hochwürden, das freut mich wirklich ganz besonders, Sie endlich leibhaftig kennenzulernen. Die Maria, die hat mir ja schon so viel von Ihnen erzählt. Und ich muss schon sagen, ich bin Ihnen zu tiefstem Dank verpflichtet, dass Sie mir diesen Schatz die letzten Jahre so brav gehütet und sozusagen fast klösterlich vorm Rest der Welt verborgen haben.« Zu allem Überfluss klopfte der dankbare Neuling ihm jetzt auch noch kameradschaftlich auf die Schulter, mit einer Wucht, die den Pfarrer gleich zwei Schritte nach vorne stolpern ließ. »Ich möchte gar nicht dran denken, wie tragisch das gewesen wäre, wenn die Maria wieder einen Neuen … aber so … bei Ihnen …« Er zwinkerte verschwörerisch in die Runde. »Auf der ganzen Welt gäb's wahrscheinlich keinen Mann, der es schaffen würde, mit dieser Wahnsinnsfrau unter einem Dach zu leben und sich nicht fürchterlich zu verlieben. Was hab ich bloß für ein Glück.«

Er stierte den Meininger noch mal tief in die Augen, frostig wie die schlimmste Raunacht.

»Ein so ein Glück. Ein Pfarrer ohne Fehl und Tadel, dem nichts ferner läge, als so ein bisserl Dings zwischen Mann und Frau. Und der diesem wunderbaren Geschöpf ein Zuhause gibt, nach all den Schicksalsschlägen. Herr Meininger, Sie sind eine wahre Zierde Ihrer Zunft.«

Ein letzter Schlag zwischen die vorbildlichen Schulterblätter, und endlich ließ der Franz von ihm ab. Der Leopold schluckte alle Antworten tapfer runter. Was sollte er auch erwidern, wo der Franz doch irgendwie mit jedem Wort recht hatte und beide wussten, dass trotzdem überhaupt nichts stimmte an der Geschichte. Doch wo das dem Heimkehrer scheinbar von der ersten Sekunde an klar war, da brachen beim Pfarrer die Dämme im Hirn erst nach und nach und nur recht langsam. Ein wildes, wütendes Chaos machte sich in Kopf und Herz breit, und der halbe Meininger war damit beschäftigt, alles irgendwie zu ordnen. Der restliche Meininger kämpfte gegen den fürchterlichen Drang an, dem Franz einfach seinen blöden Hut vom Kopf zu schlagen.

»Na wunderbar!«, flötete Gott sei Dank das Fräulein Lehrerin. »Na wunderbar, dass wir uns nun alle kennen. Und jetzt hab ich aber auch einen rechten Hunger. Vielleicht sind die Herren so lieb und kümmern sich um die Verpflegung? Dann müssen wir Damen da nicht ins Gedränge?«

Für den ungeübten Zuhörer klang das wie eine nette Frage, der trainierte Lebenspartner Simeon verstand aber sofort und führte den Befehl umgehend aus.

»Aber selbstverständlich. Franz, ich darf doch Franz zu dir sagen, oder?«

Der Franz nickte natürlich ohne zu zögern und ganz kumpelhaft. »Freilich. Wir Männer übernehmen die Jagd. Die Damen machen es sich hier gemütlich.«

Er drückte der Maria den Arm und lächelte sie an. Noch nicht wirklich Paar, aber auf dem besten Weg dazu, konnte man in jeder Geste lesen. Und vor allem: Du bist die meine. Der Leopold zwischen den Stühlen, ohne Begleitung, ohne Appetit, schon gar nicht auf die vegane Sünde an Wurst, wollte aber trotzdem nicht automatisch zu den Weibern gezählt werden und stapfte lustlos hinter den beiden her ins Menschengetümmel. Außerdem, bevor er sich jetzt die verliebten Schwärmereien der Maria anhören musste, wollte er lieber doch einen genaueren Blick auf den Feind im eigenen Haus werfen.

Ganz Herr der Lage schob sich der Franz vorbei an den kichernden Trachtenmädels. Die waren allesamt damit beschäftigt, während dem veganen Genuss die Aufmerksamkeit der Berliner Wurstfachverkäufer auf sich zu ziehen. Da flogen die langen Haare von rechts nach links, dass man aufpassen musste, nicht beim Vorbeigehen die Augen aus dem Gesicht gepeitscht zu bekommen. Es wurde mit den Wimpern geklimpert, geschubst, sich in den Röcken gedreht und so furchtbar viel und laut gelacht, dass der Komödiantenstadel dagegen die reinste Beerdigung war. Der Pfarrer schüttelte den Kopf. Weiber. Und die jungen noch viel schlimmer als die alten. Aber der Franz, der war voll in seinem Element. Charmantes Lächeln im Gesicht, flotter Spruch auf den Lippen hatte er sich im Nullkommanichts nach vorne an die Verkaufstheke durchgeflirtet.

»Dürft ich einmal, bitte schön? Mensch, da mag man ja gar nicht weitergehen, bei so vielen feschen Dirndln. Eine schöner wie die andere. Mei, wenn ich doch nur ein paar Jahre jünger wäre. Ach, die Damen, bitte einmal etwas Platz machen, ihr seids ja alle so schlank und zierlich, da hab ja selbst ich noch Platz mit meinem breiten …«

Und so weiter. Zum Schlechtwerden und Speibenwollen. Aber den Damen gefiel so ein Geseier eben. Da konnte man nichts machen als normaler Mensch. Und selbst die flirtgeschulten Augen von der Claudia blitzten auf einmal ganz aufgeregt, als der Franz es endlich bis zu ihr durchgeschafft hatte.

»So ein Charmeur, du bist sicher der Franz«, kicherte sie und reichte ihm die Hand, die der galante Herr natürlich gleich mit einem Kuss bedachte. »Beinah hätte ich dich gar nicht erkannt, so mit Bart und den hellen Haaren. Auf den Fotos im Internet, da schaust du noch ganz anders aus.«

Für einen kurzen Moment legte der Franz die Stirn in Falten, grinste aber dann gleich wieder wie ein Honigkuchenpferd.

»Das Alter, wertes Fräulein, das Alter, irgendwann muss man anfangen, dagegen zu kämpfen, auch wenn es am Ende aussichtslos ist. Und du bist dann sicher die Claudia, oder? Die Maria hat mir schon erzählt, dass wir es eigentlich dir zu verdanken haben, das glückliche Wiedersehen.«

Die Claudia nickte und grinste.

»Na, dann ein herzliches Vergelt's Gott, hast was gut bei mir.«

»Ach, i wo! Das ist doch selbstverständlich. Eine Freude war mir das, und ihr schenkts mir einfach ein Happy End für eure coole Story, das ist mir Dank genug. Wollts was essen?« Ohne eine Antwort abzuwarten, rief die Claudia über die Schulter zu ihren fleißigen Wurstbratern. »Machst du mir bitte fünfmal unser Spezial fertig, Marc? Geht auf mich.« Sie wandte sich wieder den Herren zu. »Wir machen so ein gutes Gschäft schon den ganzen Tag, ich hab langsam Angst, dass uns das Zeug ausgeht. Vor allem das Kirsch-Bier, die Mädels trinken das weg, als wäre es bloß Limo.«

Aha, dachte sich der Pfarrer, kein Wunder, dass es hier zuging wie in der Teenie-Disco. Nix im Magen außer ein bisserl Tofu-Baz und dann das Schnapsbier obendrauf, das konnte ja noch heiter werden.

»Achtung, hier kommt eine Ladung VeMeat-Spezial auf Bestellung der Chefin.« Der kleine Marc stapelte die Würstel mit dem bekannten Rote-Bete-Scheiterhaufen und sechs Flaschen Craftbier auf den Tresen. »Wohl bekomm's, wohl bekomm's, oder wie sagt man hier im Bayerischen? Lassts es ihr euch guad schmecken.«

Gerade wollte sich der Dialektvergewaltiger wieder umdrehen, als sein Blick am Franz hängen blieb. Der griff plötzlich überraschend schnell Würstel und Bier.

»Damit die Damen nicht noch länger warten müssen«, erklärte er. »Also, dann … habe die Ehre.«

Zur Claudia gewandt grinste der Marc. »Das läuft ja besser als in Wien am Prater! Hätt ich nicht geglaubt, nie im Leben. So ein …«

Weiter kam er aber leider nicht, weil die Claudia ihn plötzlich anfuhr wie die schlimmste Giftnudel auf Erden.

»So, das reicht jetzt, Marc! Hast du nichts Besseres zu tun? Wien? Was für ein Kas? Wie kommst du denn darauf? Vielleicht gehst mal eine Zigarettenpause machen, bevor dir der Grill das letzte bisserl Hirn verbrennt?«

Sie stierte ihren Kollegen so eisig an, dass dem nichts anderes übrig blieb, als wortlos die Flucht zu ergreifen.

Mit einem verlegenen Lächeln drehte sie sich zu ihren Gästen um. »Der Marc ist ab und zu einfach ein wenig neben der Spur. Ein lieber Kerl, aber manchmal …« Sie drückte Zeige- und Mittelfinger gegen den Daumen, spreizte den kleinen Finger von der Hand und imitierte einen Zigaretten-Zug. »… manchmal erwischt er einfach den verkehrten Stoff.«

Irgendetwas lag in der Luft, das spürte der Leopold am ganzen Körper. Angefangen bei den alarmbereit aufgestellten Nackenhaaren bis hin zum juckenden kleinen Zeh im linken Schuh. Todsichere Zeichen.

Eine seltsame Stimmung hatte sich breitgemacht auf dem Dorfplatz, und die gefiel ihm ganz und gar nicht. Prüfend blickte er sich um.

Vor allem die Dorfjugend, die machte ihm gerade Bauchschmerzen. Während sich die Damenwelt geschlossen um den VeMeat-Wagen drängelte, damit man möglichst nah am Berliner Frischfleisch kleben konnte, hatten sich die plötzlich uninteressanten heimischen Jungbullen am Stand der Eichenberger Feuerwehr zusammengerottet. Von dort aus beobachteten sie schon seit Stunden misstrauisch, was ihre Mädels in der Ferne so trieben. Und man musste nicht wirklich genau hinschauen, um zu erkennen, dass die testosterongeladenen Blicke mit jeder Maß Bier bedrohlicher wurden.

Die Mädels störte das nicht im Geringsten. Vielleicht genossen sie es sogar ein bisschen, dass endlich mal Damenwahl angesagt war. Ein bisschen Abwechslung zu den ewig gleichen Saufköpfen. Bei den Frauen ist das ja gern mal so, dass die erst so richtig aufblühen und in Fahrt kommen, wenn Eifersucht und Konkurrenz im Spiel sind. Da muss man dann nur höllisch aufpassen, dass aus dem Spaß nicht schnell bitterer Ernst wird. Und das war es eben, was der Pfarrer gerade befürchtete, dass man hier gerade Vollgas unterwegs war in Richtung Ernst.

»Herr Meininger, ich befürchte, wenn wir nicht aufpassen, das könnte heute noch ein schlimmes Ende nehmen.«

Auch beim Simeon hatte der Polizei-Instinkt zuverlässig Alarm geschlagen.

Der Leopold atmete erleichtert auf, auf den Kollegen war eben Verlass. Er nickte. Aber auf was genau sie da jetzt aufpassen sollten, das wusste er auch nicht so genau. Während sich die Mädels eine Berliner-Flaschen-Weiße nach der anderen in die engen Dirndlmieder zwängten und immer aufgedrehter wurden, war man am Feuerwehrstand bereits zur ersten Runde Schnaps übergegangen. Frust entweder betäuben oder anzuheizen, das war abzuwarten. Der Pfarrer, der seine Dorfjugend mittlerweile ganz gut kannte, tippte auf Zweiteres.

Gesoffen wurde auf den Eichenberger Dorffesten zwar immer recht ordentlich. Der Alkoholgenuss sozusagen gleichberechtigtes Kulturgut mit Essen und Tanzen, aber normalerweise wurden die harten Geschütze erst mit Sonnenuntergang aufgefahren. Und heute hatte ja noch nicht einmal die Musik angefangen zu spielen.

DDDDIIIIIJJJJJNNNNGGGGG!

DDDÄÄÄÄÄMMMMM! BBBBBRRRAMMMMM!

Wie auf Kommando begannen genau in dem Moment auf der Bühne am anderen Ende des Platzes E-Gitarre und Schlagzeug, in die Vollen zu hauen.

Der Meininger zuckte erschrocken zusammen, am Feuerwehrstand begann die Menge begeistert zu grölen. Die AC/DC-

Cover-Band hatte endlich ihren großen Auftritt. Keine Chance dieses Jahr auf ein priesterliches Veto bei der Auswahl der Band. Weil der Großteil von der Gage kam wie immer aus dem Spendentopf der Vereine. Im letzten Jahr durften die Landfrauen aussuchen. Aber mit den drei falschen Beatles hatten die leider keinen Stich gemacht. Selbst nach dem fünften Mal »Twist and Shout« wollte immer noch keiner twisten, die meisten aber schreien. Dieses Jahr also der Vorschlag aus dem Gegenlager Feuerwehr und ein neuer Versuch. Hoffentlich wurde das Ganze am Ende nicht zum »Highway to Hell«.

Wenigstens hatte es diesmal für die volle Anzahl an Bandmitgliedern inklusive aller nötiger Instrumente gereicht. Und bereits die ersten Gitarrenriffs lockten deutlich mehr Eichenberger in Richtung Festbühne als im letzten Jahr. Auch die Mädels um sie herum begannen plötzlich wild zu kreischen und schwangen die Röcke.

Was sollte man mehr sagen, weder Gott noch Teufel konnten dem etwas entgegensetzen. Vielleicht half ja auch die wilde Musik, die Stimmung wieder in die richtigen Bahnen zu lenken. Dann wäre das Geschrabbel und Geschreie wenigstens für irgendetwas gut. Der Polizist schien ähnliche Gedanken zu hegen und klopfte seinem Pfarrer beruhigend auf die Schulter.

»Super ausgesucht, Herr Meininger. So ein bisschen harter Party-Rock, das ist genau, was wir jetzt brauchen. Da können sich alle austoben, und wir haben unsere Ruhe. Ham Sie perfekt gelöst.«

Der Leopold erhob erst mal keine Einwände gegen die falschen Lorbeeren, sondern konzentrierte sich lieber aufs Fest-Mitwünschen, dass der Simeon recht behalten würde.

Langsam verschwand auch endlich die Sonne hinter den Häusern um den Dorfplatz. Vielleicht würden sie den Abend ja doch ohne größere Katastrophen überstehen. Zeit, endlich selbst ein bisschen zu entspannen, dachte sich der Meininger, immerhin war der Simeon hier Polizist und er nur ein ganz harmloser Pfarrer. Ein Pfarrer, der eigentlich den ganzen Tag noch nichts Gescheites zu essen zwischen die Finger bekommen hatte. Der Wecken im Stroblinger und die zwei Bissen Wurst beim Hofbauer, das war ja weniger als nix. So hatte er sich diesen Tag nicht vorgestellt. Mehr als Zeit für eine anständige Mahlzeit und ein kaltes Bier. Hier war es ihm eh viel zu romantisch zwischen den beiden Pärchen. Ein letzter schmerzhafter Blick in Richtung Maria, die nur Augen für ihren Franz hatte, reichte, um den Leopold ins Festgetümmel fliehen zu lassen. Merkt eh keiner, wenn ich nicht mehr da bin, jammerte er sich ins eigene Hirn und stapfte davon.

Einmal wieder hatte sein Bauchgefühl ihn nicht getäuscht, so viel stand fest. Während er sich zwischen den vielen Besuchern durch die Standerl-Gasse in Richtung Festbühne schieben ließ, die Augen suchend nach einem leckeren Schmankerl, schnappte er an jeder Ecke das Geschimpfe auf den VeMeat-Truck und seine Insassen auf. Die Claudia und ihre Berliner hatten sich mit ihrem exotischen Auftritt keine Freunde gemacht am Eichenberger Dorffest.

»So ein Krampf. VeMeat. Wer braucht den so was?«

»Den ganzen Umsatz macht mir das kaputt.«

»Hätt ich das gewusst, ich wär dieses Jahr gar nicht erst hergefahren. Keine einzige Rosswurst hab ich verkauft heut.«

»Den ganzen Vormittag hab ich Limetten geschnitten für den Caipirinha, und jetzt saufen diese Weiber alle das komische Craft

Bier. Und mir, mir wird alles Zeug schlecht. Vom Prosecco geht auch nix weg.«

»Und wie die überhaupt ausschauen, das komische Gwand. Total zerlumpt.«

»Wem ist denn dieser Schmarrn überhaupt eingefallen?«

»Wer hat das denn erlaubt?«

Dem Meininger brach der Schweiß auf der Stirn aus, und schnell stapfte er durch die Massen davon. Das ganze »Walk All Over You« brauchte der Pfarrer, um sich bis zum Hofbauer Wurststand durchzukämpfen, so groß war der Andrang Richtung Bühne. Aber selbst der Pfarrer, der sonst nicht so sehr auf die ganz lauten Töne stand, musste zugeben, dass die diesjährige Coverband mit zu den besten gehörte, die Eichenberg je gesehen hatte. Fast nicht zu unterscheiden vom Original. Selbst die Schuluniform hatte sich das Angus-Double übergeworfen. Respekt.

Leider war auch beim männlichen Hofbauer mit seinen echten Würsten die Stimmung nicht viel besser. Hätte man meinen können, beim großen Bruder am Stand, da traut sich keiner über die Claudia schimpfen, Familienbetrieb sozusagen, aber nein, da kannten die Eichenberger nix. Da half auch der Verwandtschaftsgrad nicht weiter, ganz im Gegenteil.

»Mathias, ich sag's dir, das passt einfach nicht zu uns. Das mag ja in Berlin funktionieren, mit den vielen Fremden und sowieso ganz anderen Leuten, aber hier? Hier wollen die Leut das Einfache, das Altbekannte.« Oje, selbst der Bürgermeister Munzinger zählte sich zu den VeMeat-Gegnern. »Verstehst mich? Bei uns wird Tradition eben noch großgeschrieben. Brauchtum, das ist hier was Heiliges, genauso wie Kultur, nicht umsonst gibt es ein Reinheitsgebot. Fast heilig halten wir's doch damit. Stimmts,

Hochwürden? Sie kommen gerade richtig. Hab ich doch recht, oder? Das Reinheitsgebot, die Bräuche, das muss erhalten bleiben, richtig? Wenn nicht hier, wo denn dann?«

Der Bürgermeister zog ihn am Kuttenärmel an den Tresen und drückte ihm ein Bier in die Hand. Und um nicht gleich das ganz Falsche zu sagen, leerte der durstige Pfarrer alles in einem Zug nach unten.

»Da schau her, Mathias, selbst unser Pfarrer, trinkfest und einem guten Tropfen nie abgeneigt. So, wie es sein soll, und nicht anders. Hör mir zu …« Er griff über den Ausschank und packte den Metzger am Arm. »Du musst mit deiner Schwester reden. Das halbe Dorf hat sich schon bei mir beschwert. Erst die Weiber, weil ihre Männer das halbe Haushaltsgeld für die paar greislichen Würstel rausgeschmissen haben. Jetzt die Standlbesitzer. Rauf und runter, vom Frauenbund will ich gar nicht erst anfangen. Das kann so nicht weitergehen. Die müssen weg mit ihrem Dings, und zwar schleunigst.«

»JAWOLL, weg müssendieundzwarschleunigst!«

Schon recht gut angesoffen, stolperte nun zu allem Überfluss auch noch der Stapfer Wolfi dazu. Vom vielen Trinken und Tanzen knallrot angelaufen, legte er schwitzend und schnaufend die schweren Arme links und rechts auf den Munzinger- und Meininger-Schultern ab. Trotz seinen jugendlichen fünfundzwanzig Jahren hatten bayerische Tradition und das Reinheitsgebot ihm schon jetzt zur stolzen Weißbierwampe eines gestandenen Stammtischbruders verholfen. Wie der Wolfi das sportliche Feuerwehrtraining bewältigen konnte, das war dem Pfarrer wirklich ein Rätsel. Über einen Einsatz mochte er gar nicht erst nachdenken.

»EineWurstbittschöndankschönMathiasabereinegscheite«, lallte er zwischen den beiden älteren Würdenträgern hängend in Richtung Metzger. »NedsoanScheißwiesnbeideinerSchwester-gibt. Hab ich recht?«, fragte er Bürgermeister und Pfarrer.

Der Meininger wäre gern ein wenig vor der fiesen Schnapsfahne zurückgewichen. Leider hielt ihn das Kampfgewicht des Jungochsen eisern an Ort und Stelle gefangen. Um möglichst wenig von dem stechenden Achselschweiß-Obstler-Parfum in die eigene Nase zu bekommen, hielt er tapfer die Luft an.

»Ob ich recht hab, hab ich gfragt?«

Atem und Aggression wiesen deutlich auf mehr als nur ein, zwei Obstler hin. Das waren eher ein, zwei Flaschen, die der Koloss intus hatte. Dem Meininger schmerzten die Knie unter der betrunkenen Last.

»Hast schon recht, Wolfi, hast schon recht«, lenkte der Munzinger ein. »Aber vielleicht wär's gscheiter, du würdest eine Pause machen mit dem Saufen, ha? Willst ja noch den Rest vom Abend erleben, oder?« Versöhnlich klopfte der Bürgermeister dem Trunkenbold die Schulter.

»Ach, i wo. Munzinger, ich vertrag des schon.« Für einen Moment ließ er von seinen menschlichen Stützen ab und klopfte sich mit beiden Fäusten gegen die Brust. »Nix haut einen Stapfer um. Gar nix. Da kann kommen, was will.« Gierig griff er nach der Wurstsemmel, die ihm der Hofbauer hinüberreichte, und stopfte sich gleich das halbe Ding auf einmal in den Mund.

»In Eichenberg, da regieren immer noch wir. Da braucht sich so ein Gschwerl aus Berlin gar keine Hoffnung machen, dass sie unsere Mädels abstauben könnten mit ihrem veganetarischen Schmarrn. Da werden wir schon dafür sorgen, dass die schneller wieder weg sind, als man die Wurst ausspucken kann. Keine Sorge, auf uns ist Verlass. Egal, wo's brennt, wir sind zur Stelle.«

Gerade als der Pfarrer zu Gemach und Frieden mahnen wollte, läutete auf der Bühne der AC/DC-Synthesizer die Glocken zu »Hells Bells«.

»YEAH! SCHEISSEGEIL!«, plärrte der Stapfer Wolfi, verschlang mit einem Bissen den Rest seiner Semmel und stürmte in Richtung Bühne davon.

Der Meininger seufzte, das Friedenswort zum Sonntag wäre vermutlich ohnehin auf taube Ohren gestoßen. Und weil ihm sonst nichts anderes übrig blieb, bestellte auch er sich Wurst und Bier. Ein Hoch auf die Tradition.

Und an die Tradition hielten sich auch die restlichen Eichenberger. Wie jedes Jahr wurde gefeiert, gelacht und getanzt. Umso später die Stunde, desto ausgelassener und wilder. AC/DC heizte dabei deutlich mehr ein als die Beatles in Unterzahl, und spätestens mit Eröffnung der Schnaps-Bar erreichte das Fest wie jedes Jahr seinen Höhepunkt. Wer noch stehen konnte, es aber nicht mehr lange wollte, der drängelte sich um die kleine Holzhütte, aus der die Damen vom Stöpselklub fleißig Hochprozentiges ausschenkten. Flügerl, Rüscherl, Grüne Jungfrau, nichts, was die kreativen Barfrauen nicht in Windeseile zusammenpanschten. Dementsprechendes Trinkgeld für die Klubkasse war ihnen auf diese Art sicher.

Und alles hätte wie immer so schön sein können und bei den meisten Eichenbergern vermutlich bis auf das Schädelweh am nächsten Morgen keine tieferen Spuren hinterlassen, wäre da nicht die geteilte Abneigung gegen den Hauptstadtbesuch gewesen. Weil, Großstadt-Coolness hin oder her, selbst der härteste Berliner Hipster kann sich nicht allzu lange gegen die ehrlichen Klänge des guten alten Hardrocks zur Wehr setzen. Vor allem dann nicht, wenn man zusätzlich noch von bayerischen Jungfern zum Tanzen verführt wird.

Mit zwei, drei Mädels an jedem Arm stolzierten Ben, Alex und Marc aus Berlin mitten hinein in die tanzende Dorfgemeinde. Blind oder einfach völlig immun gegen die hasserfüllten Blicke der ortsansässigen Konkurrenten. Und die Katastrophe, die damit unaufhaltsam ihren Lauf nahm, die hätten auch fünf Meiningers und noch mal doppelt so viele Simeons nicht mehr verhindern können. Dazu hätte man schon eine ganze Polizei-Übermacht gebraucht.

Dass die beiden sich trotzdem noch Tage später die schlimmsten Vorwürfe machten, das konnte man ihnen aber auch nicht verdenken. Weil, wie es halt so ist, wenn es am Ende einen furchtbar verstümmelten Toten gibt, da fragt sich ein jeder mit etwas Mitgefühl und Herz im Leib nach dem »Hätte man nicht« und »Was wäre gewesen, wenn …«. Auch wenn man gar nicht selber schuld gewesen ist – oder vielleicht nur ein bisschen.

Jedenfalls, es dauerte gar nicht lang, nämlich genau vom vorletzten Refrain aus »Back in Black« bis zur ersten Strophe aus »T. N. T.«, bis auch am Eichenberger Dorfplatz das Dynamit explodierte. Aber wie. Da hätten sogar die Original-Rocker von AC/DC nicht schlecht gestaunt, und vielleicht wäre ihnen sogar ein neues Lied eingefallen vor lauter Inspiration.

Während sich die Feuerwehr-Burschen im ersten Moment noch recht gefreut hatten, dass endlich auch Weiber auf der

Tanzfläche aufgetaucht waren, mussten sie recht schnell erkennen, dass sie trotzdem weiterhin uninteressant waren. Berliner Unterzahl hin oder her, eine jede Bayerin witterte im Tanzgewimmel ihre Chance, sich einen der Veganer zu schnappen. Und so ergab sich ein munteres Ringelreihengetümmel, bei dem sich alle Damen abwechselnd an die fremden Tanzpartner drängten.

Was die Gäste sehr genossen, das versetzte die heimischen Herren schnell in eine solche Rage, dass man schon beim Zuschauen Angst bekam, wohin das noch führen sollte. Über den Mob hinweg warfen sich der Meininger und der Hirsch ratlose Blicke zu.

Was tun? Wie eingreifen, ohne nicht selbst mitten hineingezogen zu werden in die wilde Meute? Doch bevor sich auch nur einer der beiden zu irgendeinem sinnlosen Blödsinn hätte hinreißen lassen können, brach auf der Tanzfläche die Hölle los.

Wer da wen zuerst geschubst oder einfach nur deppert von der Seite angepöbelt hatte, das konnte am Ende keiner sagen und war auch völlig wurst. Dass der erste Schlag von der Eichenberger Feuerwehr kam, das wunderte auch niemanden. Aber dass sich drei Berliner, die seit Jahr und Tag nix Gescheites mehr zu essen bekommen hatten, so erfolgreich und blutig zur Wehr setzen konnten, das hätte wahrscheinlich auch keiner gedacht. Zumindest nicht der Pfarrer, der mit offenem Mund und entsetzt über dem Kopf zusammengeschlagenen Händen die Massenschlägerei beobachtete.

Wie eine Welle breitete sich das Geschubse, am Hemdkragen-Gepacke und Abwatschen plötzlich immer weiter aus. Wo grad noch einer gegen einen, dann ein Haufen Bayern gegen drei

Berliner gekämpft hatten, ging es plötzlich jeder gegen jeden. Da war der viele Alkohol mindestens genauso schuld wie die Tatsache, dass sich auch die feinen Damen mit einmischen mussten. Die eine witterte endlich eine Gelegenheit, der nervigen Konkurrentin an den Haaren zu ziehen, die andere, furchtbar verliebt nach Berlin, wollte beschützen und die wieder nächste dann doch den eigenen Feuerwehrler unterstützen. Und, das muss man leider sagen, wenn erst mal die Frauen mit zuhauen, dann ist eh alles verloren. Weil, so hundsgemein und bös wie diese zarten Geschöpfe, so was bringt der schlimmste Wirtshausschläger nicht zusammen.

Schon nach wenigen Minuten hatte die Band das lustige Musizieren eingestellt und sich hinter die Bühne in Sicherheit gebracht. Aber das Geschrei und das dumpfe Dreschen von Faust auf Fleisch und Knochen passte eh viel besser zu dem wilden Film als irgendeine Musik.

Außerdem, instrumental gab es immerhin noch die schrill trillernde Polizistenpfeife vom Hirsch. Der pustete, dass ihm fast die Backen platzten. Half aber überhaupt nichts. Wahrscheinlich war der Meininger der Einzige, der es überhaupt hörte in dem ganzen Chaos. Es wurde gedroschen, geschubst, gezerrt und gehauen, was die Kräfte hergaben, und vermutlich hätte alles erst ein Ende gefunden, wenn der Letzte vor Erschöpfung umgefallen wäre, wenn nicht der Hofbauer als einziger Verstand und Handwerkskunst bewiesen hätte. Aber der hatte es ja schon von Berufs wegen tagtäglich mit Rindviechern und Wildsauen zu tun.

»Herr Pfarrer, schauns zu, dass Sie mir aus dem Weg kommen.« Unsanft schob er den versteinerten Pfarrer zur Seite und schleppte sich in Richtung Prügelzentrum, den riesigen grauen Feuerwehrschlauch untern Arm geklemmt.

»VRONI, dreh auf hinten! JETZT!«

Der Meininger konnte gerade noch zur Seite springen, bevor die Schlauch-Schlange zu seinen Füßen zum Leben erwachte und wild zu zappeln begann. Das Wasser schoss nur so aus der breiten Öffnung, und der Metzger musste all seine Kraft aufwenden, um das wilde Ding einigermaßen unter Kontrolle zu halten.

Aber, Hut ab, das musste selbst der Meininger zugeben. Steil nach oben gerichtet, strömten die eiskalten Wassermassen nur so aus dem Schlauch und ergossen sich über die kämpfende Meute. Jetzt war das Raufen an einem schönen lauen Frühlingsabend vielleicht ein ganz netter Zeitvertreib, solang der Alkohol noch die Schmerzen betäubte. Aber so im eiskalten Wasserbad, da sah die Sache gleich ganz anders aus. Schlagartige Ernüchterung, wenn man so wollte, und furchtbar rutschig und glitschig wurde es obendrein. Keine Minute dauerte die Dusche, bis der Großteil der wilden Schläger voneinander abließ und die Flucht ins Trockene ergriffen hatte.

»Bravo, ja so was! Sie sind mir ja einer!«, rief der Pfarrer begeistert aus und schlug dem Mathias vor lauter Freude über den Rettungseinsatz auf die Schulter.

Jetzt, gut gemeint, aber Riesenfehler. Weil, so ein Feuerwehrschlauch, der ist schon unter größter Kräftekonzentration kaum von einer Person allein zu bändigen. Wenn diese Person aber auch noch unerwartet einen Schubser mitbekommt, selbst einen so lobenden, dann war's das mit Wasserschlange festhalten.

Der Hofbauer stolperte zwei Schritte nach vorne und ließ vor lauter Schreck den Schlauch aus den Händen gleiten. Unkontrolliert zuckte und sprang das Ding nach oben, unten, rechts und links, wie elektrisiert, und Wasser spritzte in alle Richtungen.

»VRONI! WASSER AUS! WASSER AUS!«, plärrte der Mathias, was die Lungen hergaben. »SOFORT DAS WASSER …«

Und obwohl die Vroni gleich verstanden und blitzschnell gehandelt hatte, kam die Rettung für den tapferen Hofbauer zu spät. Im letzten Todeszucken bäumte sich die Schlauchschlange noch einmal auf und knallte ihrem Bändiger mit dem schweren Eisenende dermaßen hart gegen den Schädel, dass dieser sofort leblos zu Boden sackte. Die Schlange tat es ihm nach, und vor lauter Schreck hätte sich beinah auch noch der Meininger dazugelegt. Nur die immer lauter werdende Trillerpfeife vom Hirsch verhinderte seine Spontan-Ohnmacht.

Er blickte über das Schlachtfeld, das sich vor ihm ausbreitete, und die Kinnlade klappte ihm bis zu den Knien nach unten. Es sah wirklich aus wie nach dem schlimmsten Bürgerkrieg. So was hatte man selbst im hartgesottenen Eichenberg noch nicht gesehen. Klatschnass, von oben bis unten triefende und blutende Opfer wie Täter, wohin das Auge auch reichte.

Mädchen mit zerrissenen Dirndlblusen, zerrauften Haaren und schwarz verschmierter Wimperntusche. Eben noch versucht, sich gegenseitig die Augen aus dem Gesicht zu kratzen, lagen sie sich schluchzend in den Armen und waren plötzlich wieder beste Freundinnen. Zwischen zerbrochenen Hackelstecken und kaputten Bierkrügen suchten wild schimpfende Ehefrauen nach ihren Männern und Söhnen. Wer selber noch gehen oder stehen konnte, versuchte schleunigst das Weite zu suchen.

Dazwischen sprang der wild pfeifende Simeon Hirsch umher

und versuchte Ordnung ins Chaos zu bringen oder wenigstens die ein oder andere Personalie aufzunehmen. Depp, wo er doch eh einen jeden kannte. Nur von den drei Berlinern, von denen fehlte jede Spur. Der Meininger raufte sich die Haare, wo waren die nur hin?

Zu seinen Füßen stöhnte der Held der Stunde. Der Hofbauer kam nach dem Wasserschlangen-Angriff langsam wieder zu Bewusstsein. Aus einer Platzwunde am Kopf tropfte ihm das Blut ins Gesicht.

»Mathias, ich glaub, das muss genäht werden.«

Die Hofbauer Vroni beugte sich über ihren Mann und tupfte mit einem gefährlich dreckigen Geschirrtuch an der Wunde herum. »Das hilft nix, das heißt jetzt erst mal Notaufnahme.«

Der Metzger stöhnte, wehrte sich aber nicht weiter, sondern sank in die Arme seiner Frau. Den hatte es wirklich sauber erwischt.

»Himmel Herrgott. Herr Meininger, endlich finde ich Sie.« Schnaufend und ganz außer Atem stand der schwitzende Polizist plötzlich vor ihm. Die vollgesabberte Pfeife hing um seinen Hals. »Ganz grob überschlagen haben wir hier ungefähr zwanzig bis dreißig Verletzte, ein Drittel davon mittelschwer, der Rest, nun, na ja. Hauptsächlich blaue Augen, Kratzer, Prellungen, ein paar blaue Flecken und die ein oder andere Bisswunde. Die gute Nachricht, überleben werden es wohl alle, die schlechte, Kooperation zur Aufklärung, Fehlanzeige.« Er schnaufte empört ein und aus. »Und unsere Gäste aus Berlin haben sich scheinbar im Getümmel aus dem Staub gemacht. Wie vom Erdboden verschluckt.« Sicherheitshalber blickte der Polizist sich noch einmal suchend um. »Nichts.« Er zuckte mit den Schultern. »Und was nun?«

Ja, gute Frage, was nun? Das wusste der Meininger selbst nicht so genau. Das halbe Dorf war in den Kampf gezogen, von der Feuerwehr bis zu den Sanitätern. Da war jetzt recht wenig Unterstützung zu erwarten. Der Simeon ein bisschen wenig polizeiliche Autorität für so viel Durcheinander und Alkoholmissbrauch. Der Pfarrer selbst auch nicht so sicher, wie sehr Weihwasser und Nächstenliebe im Moment gefragt waren. Glücklicherweise war aber so eine eingespielte Dorfgemeinde im Chaosstiften fast so gut wie im Chaos-wieder-Beseitigen, und noch während die beiden ratlosen Würdenträger überlegten, wie man am besten durchgreifen könnte, war die wunderbare Selbstreinigung schon fast wieder abgeschlossen.

Erfolgreiche Ehefrauen zerrten humpelnde Männer an den Ohrwascheln hinter sich her, schimpfende Eltern scheuchten die Töchter und Söhne nach Hause, und die AC/DC-Roadies schleppten bereits die zerbrochenen Bierbänke davon.

»Scheint, als würde man uns überhaupt gar nicht brauchen.« Jetzt zuckte der Meininger mit den Schultern.

»Aber wir müssen doch die Schuldigen ...«

Der Simeon hatte immerhin eine Berufsehre, die es zu verteidigen galt.

»Also, ich seh hier keine Schuldigen«, beschwichtigte der Pfarrer. Sein Blick wanderte von den keifenden Hausfrauen zu den Donner und Doria wetternden Eltern und Freundinnen. »Nur lauter Leut, die gestraft genug sind.« Er klopfte dem Kollegen auf die Schulter. »Lassens Sie's gut sein, Herr Hirsch. Da ist heut nichts mehr zu holen. Schnappen Sie sich Ihre Sandra und gehns heim. Ich mach das auch. Also, natürlich ohne die Sandra.«

Er zwang sich zu einem müden Lächeln und trat den Rückzug

an. Bloß weg, für heute war wirklich genug passiert. Damit ihn auch ja kein reumütiger Eichenberger mehr hindern konnte am Ins-Bett-Gehen, schlich sich der Leopold zwischen den Büdchen davon in Richtung Kirchengasse.

»Ick hab euch jesagt, det wir hier auf jar kenen Fall auffallen dürfen! Wat um allet in der Welt jibt es daran nicht zu verstehen?«

»Aber …«

»Wir waren …«

»Aber, aber, aber. Nischt als Ausreden krieg ich von euch immer nur zu hören. Ick hab die Schnauze voll. Ihr wisst jenau, was auf dem Spiel steht.«

Der Meininger machte mitten im Schritt halt. Da waren sie also, die Berliner. Nicht gelyncht vom Mob und auch nicht auf der Flucht. Er hatte sich eben hinter dem VeMeat-Food-Truck vom Dorfplatz stehlen wollen, als ihn die aufgebrachten Stimmen zögern ließen. Neugierig spitzte er, gut versteckt hinter dem Wagen, die Ohren.

»Wenn det hier in die Hose geht …«, polterte der Rene aus Berlin. »Na denn, gnade uns Gott.«

»Aber Rene, so schlimm war das doch jetzt auch wieder nicht«, versuchte die Claudia beschwichtigend einzulenken. »Das ist doch hier im Dorf …«

»Halt die Fresse, du Keule«, fiel ihr der Liebste ins Wort. »Sei froh, dat ich dir kene knalle! Verdient hättest es allemal. So wie ihr euch heute aufjeführt habt …«

Neben dem Pfarrer donnerte es am Wagen. Anscheinend hatte die Claudia Glück, und der liebe Rene ließ seine Wut lieber am Blech als an der Freundin aus.

»… ick will gar nicht dran denken, was hätte alles passieren können, wenn et hier ne ordentliche Polente geben würde. Gott se Dank jibt et nur diesen Wichtelmann. Trotzdem …« Er machte eine dramatische Pause, und der Pfarrer hielt die Luft an. »… ab jetze ist Schluss mit euren Sperenzchen. Verstanden?«

Wieder eine Pause, wahrscheinlich nickten alle brav.

»Ihr wisst, wat auf dem Spiel steht! Claudia, Prinzessin, ick verlass mich auf dich, sieh zu, dat du das in Ordnung bringst. Und jetzt geht mir aus den Augen, ick will euch nicht mehr sehen heut. Marc, du machst noch den Wagen klar Schiff, aber flott. Ick hau mir aufs Ohr und will nix hören, bis das morgen erledigt ist.«

Eine fast zu Ende gerauchte Zigarette wurde zwischen die Wagenräder geschnippt. So leise er nur konnte, schlich der Leopold rückwärts am Sprinter entlang, bis er die kleine Seitengasse erreicht hatte. Im Schutz der Dunkelheit machte er sich schleunigst vom Acker. Seine Erleichterung über die Unversehrtheit der Gäste war einer tiefen Beunruhigung gewichen. Was führte diese Bande im Schilde? Warum waren sie hier? Das hatte so gar nicht nach veganer Weltmission geklungen. Und der Befehlston ihres Anführers Rene, der ließ den Pfarrer jetzt noch schaudern. Irgendetwas war hier faul, oberfaul.

Dringend brauchte nun auch der Pfarrer endlich einen Schnaps, um die vielen Schrecken dieses Abends zu verdauen. Doch leider, selbst die kleinste Freude sollte ihm an diesem Tag verwehrt bleiben. Endlich den sicheren Heimathafen erreicht, musste er feststellen, dass selbst die eigene Küche fest in feindlicher Hand war. Durch die geschlossene Tür hindurch hörte er schon im

Hausflur das ausgelassene Kichern seiner Köchin, gefolgt von unverständlichem, aber wohlig tiefem Männerbrummen. Der Franz. Scheinbar lief der hier zu später Stunde gerade heiß mit Flirten und Herz-Erobern. Den Klängen nach zu schließen, hatten die beiden da drinnen eine richtig gute Zeit. So gut sogar, dass der Leopold vor lauter Zwicken im Magen auf einmal alle Berliner und Eichenberger Sorgen vergessen hatte. Nur die eigenen, die ließen ihn ins Speisekammerl schleichen und gleich eine ganze Flasche Obstler mit ins Bett hochtragen.

Jetzt im ersten Moment eine super Idee, weil so eine halbe Flasche Schnaps auf leeren Magen, die half sogar einem eifersüchtigen Pfarrer recht schnell in den Schlaf. Aber dann wieder doch nicht so gut, weil, als ihn nur ein paar Stunden später der völlig verstörte Hofbauer Mathias aus den Federn klingelte und irgendetwas von einer furchtbar grausam verstümmelten Leiche erzählte, da half der viele Obstler dann so gar nicht beim Auseinanderhalten von Traum und Wirklichkeit.

V

Generalverdacht

»Also, dass ich Sie in diesem Leben noch einmal wiedersehen würde, das hätte ich auch nicht gedacht. Höchstens dann im nächsten, hä, hä, hä.«

Das hätte der Meininger auch nicht erwartet, ganz ehrlich. Ebenso wenig, dass der Passauer Hauptkommissar Erich Weingärtner tatsächlich noch fetter werden könnte, ohne gleich auf die Jenseits-Seite zu wechseln. Aber war jetzt doch wohl beides der Fall.

»Wos ist denn da los, hier bei Ihnen in Eichenberg? Da gibt's die Toten ja gleich im Abonnement, hä, hä, hä.«

Der riesige Wanst vom Kommissar wackelte vor lauter Lachen, während sich sein Besitzer einen riesigen Bissen Leberkässemmel in den Mund stopfte.

»Ja mei, ist die guad. Ja, einen so einen guaden Leberkäs hab ich schon lang nicht mehr erwischt. Herr Hofbauer, mein Kompliment.« Mit einem Happs vertilgte er den Rest der Semmel.

Dem Hofbauer war das polizeiliche Gütesiegel grad ziemlich wurst. Käsebleich stand er zwischen dem Pfarrer und dem Simeon Hirsch, den Schweiß auf der Stirn. Und auch der Meininger hätte jetzt ums Verrecken keinen Bissen Leberkäs vertragen, obwohl auch er noch kein Frühstück gesehen hatte. Schuld daran war der Anblick zu seinen Füßen, vor allem aber der abscheuliche Geruch, der sich im ganzen Food Truck mittlerweile breitgemacht hatte. Da musste man schon wirklich einen Saumagen wie der Weingärtner haben, um noch ans Essen denken zu können.

»Also …«, legte der alte Hase und abgebrühte Vollprofi los. »Was haben wir denn dann dieses Mal? Was machen denn die Eichenberger schon wieder für Sachen?«

Ja, das war wirklich die Frage des Tages, dachte sich der Pfarrer mit Blick auf die schlimme Sauerei zu seinen Füßen. Was machten die Eichenberger bloß schon wieder für Sachen? Und vor allem, wie war der Leopold schon wieder mitten hineingeraten in die ganze Angelegenheit?

Erstens, weil ihn der Hofbauer Mathias um fünf Uhr morgens aus dem Bett geklingelt und so verzweifelt von einem Riesenunglück in sein Handy gestottert hatte, dass dem Pfarrer rein zwecks seiner Pflicht zur Seelsorge gar nichts anderes übrig geblieben war, als sich wieder in seine verschwitzte Kutte zu werfen, um dem Metzger Beistand zu leisten. Hätte er gewusst, was ihn am Dorfplatz erwarten würde, er wäre vermutlich in eine ganz andere Richtung gelaufen. Und dann zweitens, weil ihn sein Freund und Polizist, der Simeon Hirsch, den der Meininger nach einem ersten Blick auf den ausgebluteten Toten natürlich sofort einbestellt hatte, ums Verrecken nicht wieder aus der Pflicht entlassen wollte.

»Sie sind Zeuge, Herr Meininger, da können Sie jetzt nicht so einfach wieder verschwinden.«

»Zeuge? Zeuge von was denn? Der is doch mausetot, und das seit Stunden«, hatte der Meininger noch versucht, das Unausweichliche abzuwenden. Aber, keine Chance. Nicht gegen Polizisten-Logik und nicht gegen die Hilfe suchenden Glupschaugen vom Hirsch.

»Jetzt Leopold, bitte schön. Ich brauch Sie hier. Wie soll ich das denn alles regeln, ganz allein? Das dauert noch Stunden, bis die Kripo aus Passau hier ist. Lassens mich nicht im Stich, wir sind doch ein Team?«

Und da sollte man erst mal Nein sagen, heimgehen und sich wieder ins Bett legen. Das sollte dem Leopold mal einer vormachen. Und genau darum, weil das eben nicht möglich war, stand er jetzt, vier Stunden später, immer noch in dem gestinkerten Wagen und beobachtete die Passauer Spurensicherung bei der Arbeit.

Karl Wichert, einer der beiden Leichenbeschauer aus dem Polizeihauptquartier, war gerade dabei, den Toten von oben bis unten zu fotografieren. Ein Blitzlichtgewitter wie auf dem roten Teppich. Der zweite Gerichtsmediziner, Carl Gruner, musste in Passau die Stellung halten. Auch diese beiden Herren, Karl 1 und Carl 2, kannte der Leopold bereits von seinem wilden Abenteuer im letzten Herbst. Damals hatten die zwei Todesexperten nicht wirklich viel weiterhelfen können. Diesmal sah die Sache aber ganz anders aus.

Wie ein Eins-a-Bluthund schnüffelte und inspizierte der Karl jeden Millimeter von Leiche und Food Truck. Von oben bis unten in einen weißen Plastikanzug gepackt und mit Pinzette und Staubpinsel bewaffnet, kroch er in den letzten Winkel auf der Suche nach Hinweisen. Dabei murmelte er leise vor sich hin und packte immer wieder irgendwelches Zeug in kleine Plastiktascherl. Wirklich vorbildlich, das musste der Meininger schon zugeben. Das hätten sie mal brauchen können, im letzten Herbst, dann wäre ihnen vielleicht einiger Ärger erspart geblieben. Aber warum den alten Toten hinterhertrauern, wenn man schon wieder einen frischen Toten vor der Nase hatte.

»Was können Sie mir denn zu unserem Opfer sagen?«

Der Weingärtner, endlich fertig mit dem Leichenschmaus, hatte einen Notizblock und einen Kugelschreiber gezückt.

»Kommissar Hirsch? Herr Hofbauer? Herr Meininger? Wer möchte anfangen? Das Übliche ... Name, Alter, Adresse, Lebensumstände, wann und wo zuletzt gesehen?«

»Ja, also ...«

»Ja, ähm ...«

»Hm ...«

»Geh, geh, Sie werden doch wissen, wer das ist?« Der Kommissar runzelte die Stirn. »Wir sind doch hier nicht in der Großstadt? Hier kennt man sich doch, oder nicht? Ist doch ein jeder mit jedem verwandt, hätte ich gemeint, hä, hä, hä.«

»Ja, schon«, druckste der Hofbauer herum. »Wir schon. Aber der, der nicht. Der ist nicht von hier, der ist aus der Großstadt.«

Der Weingärtner zog fragend die Augenbrauen nach oben und blickte in die Runde.

»Aus Berlin.« Kollege Hirsch bemühte sich um professionelle Aufklärung. »Aus Berlin kommt das Opfer. Zusammen mit drei anderen Männern waren sie zu Besuch am Dorffest hier. Veganes Fast Food haben sie verkauft, gestern.«

Die dicken Brauen vom Kommissar wanderten noch weiter in Richtung Haaransatz.

»Veganes was?«

»Veganes Fast Food«, erklärte der Hirsch. »Bratwürste ohne Fleisch und solche Sachen. Sie wissen schon.«

»Na, so was hab ich ja noch nie gehört.« Der kugelrunde Leberkäs-Freund kratzte sich mit dem Kuli hinterm Ohr. »Und so was essen Sie hier in Eichenberg? Na, kein Wunder, dass Ihnen die Leut unter den Händen wegsterben, hä, hä, hä, hä, hä, hä.«

Der Simeon hüstelte peinlich berührt.

»Jedenfalls, gestern Abend, also zu etwas fortgeschrittener Stunde, kam es leider zu einigen Ausschreitungen hier am Dorfplatz.« Nervös drehte er die Finger ineinander. »Zwar hatten wir die Lage schnell wieder im Griff. Ähm, ja, schnell wieder im Griff. Aber das war vermutlich der Zeitpunkt, zu dem das Opfer ein letztes Mal lebend gesehen wurde. Später fehlte dann von allen vier Fremden jede Spur.«

»Aha.« Misstrauisch blickte der Weingärtner auf die frisch genähte Platzwunde an der schweißnassen Stirn vom Metzger, dann zurück zu seinem jungen Kollegen. »Ausschreitungen? Ein toter Fremder? Alles wieder im Griff? Das schaut mir aber gar nicht danach aus …« Wieder wanderte der Blick zur rot leuchtenden Schädelwunde.

Jetzt ganz von allein war der Weingärtner sicher auch nicht zum Oberhauptkommissar ernannt worden. Und wahrscheinlich gewann man so ein Amt auch nicht beim Leberkäs-Wettfressen. Ein bisschen eins und eins zusammenzählen musste da selbst so kurz vor der Frühpension noch übrig geblieben sein.

»Darf man dazu vielleicht ein bisschen mehr erfahren? Wenn's keine Umständen macht? Herr Pfarrer? Sie vielleicht?«

Die grauen Augen konnten ganz schön bohren, so direkt auf einen selber gerichtet. Und jetzt kam der Leopold doch ein wenig ins Schwitzen, weil, auch wenn er den Toten nicht mehr gesehen hatte nach der wilden Schlägerei, gehört hatte er ihn ja schon. Oder besser gesagt, gehört, was ihm als letzte Aufgabe befohlen worden war.

Marc, du machst noch den Wagen klar Schiff, aber flott.

Der Leopold hatte den barschen Tonfall vom Rene noch gut in den Ohren und zweifelte keine Sekunde, dass der arme Marc das auch sofort umgesetzt hatte. Und jetzt lag er tot vor ihm am Boden, der Marc Schlewin. Und nicht etwa beim Fritteuseputzen vom Strom erwischt oder vielleicht einfach nur dumm ausgerutscht im Putzwasser. Nein, gleich fünfmal in ihn hineingestochen, damit auch ja nix schiefgehen konnte, und dazu noch mit einer blutigen Warnung an alle Lebenden:

JETZ IS SCHLUS

REINHEITSGEBOT!

Was es damit auf sich hatte, das wusste der Pfarrer auch nicht. Weder das eigene Hirn noch die göttliche Eingebung halfen weiter. Nur das ungute Gefühl im Magen, nach dem ganzen Dorfgschimpfe vom Vortag, das rumorte so laut in ihm, dass er jetzt lieber erst mal nichts erzählte von seiner nächtlichen Lauschaktion und dem Streit zwischen den vier Fremden und der einen Eichenbergerin. Das behielt er lieber für sich.

»Genau, wie es der Herr Hirsch geschildert hat«, bestätigte er darum. »Genau so war es. Eine Schlägerei gestern Abend, aber das ist jetzt so ungewöhnlich auch nicht, hier im Ort. Ein bisserl viel Bier und Schnaps, da kochen die Gemüter schon mal hoch. Aber alles halb so wild. Der Herr Hirsch mit tatkräftiger

Unterstützung von unserem tapferen Mathias Hofbauer hier, hatte die Lage schnell unter Kontrolle, und der Abend ging dann auch friedlich zu Ende.« Der Pfarrer gab sich alle Mühe, dem bohrenden Blick vom Hauptkommissar standzuhalten. »Vermutlich waren die Berliner mit in den Tumult verwickelt, haben aber vor der bayerischen Übermacht schnell die Flucht ergriffen. Später war keine Spur mehr von ihnen zu sehen. Marc, Marc Schlewin …« Er deutete auf das Opfer. »… muss zusammen mit seinen Kollegen verschwunden sein. Sonst ist mir nix aufgefallen. Euch? Simeon? Mathias?«

Die beiden schüttelten die Köpfe.

»Na, war genauso.«

»Nein, mir ist sonst auch nichts besonders in Erinnerung geblieben. Marc Schlewin, so war der Name, das ist korrekt.«

»So, so. Marc Schlewin.« Der stechende Kriminalerblick wanderte von einem zum anderen und wieder zurück. »Und lassens mich raten, zu diesen ›Ausschreitungen‹ von gestern Abend, da gibt es wahrscheinlich kein Protokoll, keine Anzeigen oder irgendetwas, oder? Weil zu Körperverletzungen …« Wieder fixierte er die hofbauersche Wunde. »… ist es ja vermutlich auch gar nicht erst gekommen, nehm ich an?«

Alle drei Eichenberger schüttelten den Kopf. Der Weingärtner schnalzte mit der Zunge gegen den Gaumen und notierte sich etwas auf seinem Block.

»Und das blutige Geschmier da an der Wand? Das sagt Ihnen vermutlich auch nichts, oder?«

Wieder dreimal Kopfschütteln, diesmal aber tatsächlich ganz ehrlich gemeint.

»Aber vom Reinheitsgebot, von dem haben Sie hier schon mal

was gehört, oder auch nicht? Ist ja doch eher eine bayerische Angelegenheit und weniger Hauptstadt-Motto?«

»Ja, das schon«, übernahm der Hofbauer als bayerischster Bayer unter den dreien das Wort. »Das kennen wir freilich, aber wir wissen ja jetzt trotzdem nicht, wer das da hingeschrieben hat. Weil, kennen tut das ein jeder, hätte also eigentlich auch ein jeder sein können. Oder?«

Ja, oder? Dieser Logik war nichts mehr hinzuzufügen. Das musste sich selbst ein Oberhauptkommissar aus Passau eingestehen.

»Wie Sie wollen, wie Sie wollen.« Fast ein bisschen beleidigt klang der Fettwanst. War ihm wohl etwas zu wenig Bereitschaft zur Zusammenarbeit. »Ich sag ja immer, wer sich selber helfen kann, der braucht keine Hilfe. Und es schaut ja ganz so aus, Herr Hirsch, als hätten Sie alles super im Griff, nicht wahr?« Ohne eine Antwort abzuwarten, fuhr er mit einem gemeinen Grinsen fort. »Dann machens doch jetzt erst mal so schön weiter wie bisher, ist ja ohnehin Ihr Revier. Erstbefragungen, SpuSi-Protokoll, Zeugen- und Verdächtigen-Vorladung. Sie kennen das ja alles bestens noch vom letzten Mal.« Ohne Eile stopfte der gemeine Hund Block und Stift wieder in seine Tasche zurück. »Da hat das ja auch alles super geklappt, ganz ohne unsere Hilfe. Und …« Er warf dem Meininger und dem Hirsch beiden nochmals einen bösen Blick zu. »… wenn Sie dann wieder halb tot in irgendeinem finsteren Loch liegen und es sich anders überlegen. Mei, dann rufens halt an, gell? Oder schicken uns Ihre liebe Köchin vorbei, die hat wenigstens einen Funken Verstand im Hirn. Also dann, gutes Ermitteln und viel Glück. Herr Hofbauer, geh, sind Sie doch so nett und packen mir noch eine

Schale vom Lebrkäs ein, den nehm ich mir mit nach Passau. So was Feines.«

Und das war's dann mit dem offiziellen Spuk aus Passau. Dorfpolizist und Dorfpfarrer mal wieder auf sich alleine gestellt. Ob das jetzt gut oder schlecht war für den Hirsch und seinen Sonderermittler, das wussten die beiden selbst nicht so genau. Nur der Hofbauer, der freute sich, weil Geschäft war eben Geschäft.

»So, ich wäre hier dann auch fertig. Herr Hirsch, Herr Meininger, es war mir wie immer eine Freude.« Karl 1 hielt ihnen die plastikbehandschuhte Pratze entgegen, die grad keiner so gern schütteln wollte. »Und diesmal, das verspreche ich Ihnen, haben wir auch ein bisschen mehr Futter als beim letzten Fall.« Er deutete auf eine Kiste voller Beutel. »Ich lass das zusammen mit der Leiche alles einpacken und den Wagen säubern. Carl und ich werden uns das alles genau ansehen und melden uns möglichst schnell bei Ihnen. Falls Sie was brauchen, in der Zwischenzeit, Sie wissen ja, wo Sie uns finden.«

Ja, im kalten Keller mit den kalten Leichen. Den Leopold schüttelte es immer noch, wenn er sich an diesen Besuch zurückerinnerte. Das Leichenlager im Passauer Kripo-Keller, kein Ort, wo man jetzt jeden Tag zum Arbeiten hingehen wollte.

»Und nun?« Der arme Simeon wirkte doch recht ratlos.

»Ja, was und nun?« Der Leopold zuckte mit den Schultern. »Sie ham doch gehört. Ihr Fall. Zeugen fragen, Täter suchen und alles aufklären, so wie beim letzten Mal.«

Der Simeon raufte sich die Haare und packte den Pfarrer am Ärmel. »Ja, aber Leopold, du lässt mich nicht hängen, oder? Allein, da schaff ich das nicht. Schon gar nicht mit dem Weingärtner im Nacken und dann auch noch diesen Berlinern im Dorf. Ich brauch dich, du musst mir helfen, du bist doch mein Partner, oder?«

Oder? Ja, so ein Oder, das ist schon ein furchtbar gemeines Wort. Weil man denkt eigentlich, man hätte eine Wahl, sich für oder gegen irgendetwas zu entscheiden. Aber eigentlich völlig falsch. Das Oder, das ist nämlich immer was Rhetorisches und bedeutet nix anders als: Du sitzt genauso in der Scheiße wie ich und musst mir helfen, da wieder rauszukommen. Oder?

So beschäftigt war die Maria mit ihrem neuen Hausfreund, dass es seit Beginn ihrer Wohngemeinschaft zum allerersten Mal tatsächlich der Leopold Meininger war, der Neuigkeiten nach Hause trug. Und seine Köchin ausnahmsweise nichts wusste.

Dabei ging es noch nicht einmal um irgendeine unwichtige Randnotiz wie zum Beispiel, wer mal wieder mit wem oder eben nicht, nein, es war gleich ein ganz ausgewachsener Mord. Hätte jetzt ja eigentlich auch mal ein Moment des Triumphes für den Meininger sein können und meint man, so was freut dann doch ein bisserl, aber weit gefehlt. Liebend gern hätte der Pfarrer für immer und ewig auf alles Besserwissen verzichtet, wenn er nur dafür die Aufmerksamkeit seiner Mitbewohnerin wieder für sich allein gehabt hätte. Aber das mit dem Wünschen ist halt so eine Sache, kann man machen, haut aber nur in den seltensten Fällen hin.

»Fünf Messer, um Himmels willen, so was Fürchterliches! Mei, der arme Bub, die armen Eltern, ach Gott, ach Gott.«

Die Maria war dann doch ganz fürchterlich aufmerksam und entsetzt, als der Meininger am Küchentisch von dem grausamen

Fund berichtete. Gott sei Dank hatte sie den Franz an ihrer Seite, der gleich beschützend den Arm um ihre Schultern legte, damit sie auch ja keine Angst haben musste vor etwaigen Mördern und Messerattacken in der Pfarrersküche.

Aber auch der Besucher war recht kasig und bleich im Gesicht. Vielleicht sollte lieber ihm jemand den Arm um die Schultern legen?

»Ja, wirklich ganz furchtbar«, stimmte der Franz mit belegter Stimme zu. »Und das hier in Eichenberg. Das mag man ja gar nicht glauben, dass so etwas an diesem friedlichen Ort passieren kann.«

Nun ja. Jetzt waren es endlich einmal die Maria und der Leopold, die vertrauliche Blicke wechselten. War ja noch gar nicht so lange her, dass Eichenberg einen ähnlich grausamen Mord erleben musste. Jetzt natürlich ganz andere Geschichte, aber doch genauso grob.

»Der arme Bub«, wiederholte die Maria. »Hat doch niemandem etwas getan? Reinheitsgebot? Was hat denn das zu bedeuten?« Fragend blickte sie den Leopold an.

Aber so gern er ihr das auch erklärt hätte, er wusste es selbst nicht.

»Den wird doch keiner umgebracht haben wegen so ein paar Würstel?« Sie schüttelte den Kopf, mehr für sich selbst als für die anderen. »Nein, das mag ich nicht glauben. So was macht hier keiner. Brauchtum hin oder her. Mag sein, wir sind hier vielleicht ein wenig eigen und mit der Weltoffenheit, da ham's die Leut auch nicht so unbedingt. Aber gleich jemanden umbringen, nur weil er kein Fleisch isst?«

»Und kein gescheites Bier …«, wollte der Leopold noch ergänzen, aber da warf ihm die Maria gleich einen dermaßen eisigen Blick zu, dass er gar nicht erst weitersprach.

»Nein, Herr Pfarrer, nein. Zu so etwas ist kein Eichenberger nicht fähig. Dafür leg ich meine Hand ins Feuer.«

Bevor es so weit kommen konnte, streichelte der Franz lieber gleich noch ein paarmal drüber, über die Hand, und der Leopold schaute demonstrativ nicht dabei zu.

»Und wie geht es jetzt weiter?« Dem Franz war offenbar wirklich nicht ganz wohl bei der Sache, so verunsichert schaute der den Pfarrer an. »Ich mein, was passiert da jetzt, damit man rausfindet, wer das war? Das klingt ja alles ganz furchtbar seltsam und mysteriös.«

Ja, da hatte er recht. Diese seltsame Botschaft, die demonstrativ aufgespießte Leiche. Das war jetzt nicht der 08/15-Totschlag nach einer besoffenen Streiterei, da steckte schon ein bisschen mehr dahinter.

»Fast wie ein Ritualmord«, warf die alte Krimi-Liebhaberin ein. »Das kennt man aus dem *Tatort* und aus den amerikanischen Thrillern. Da muss man ganz besonders achtgeben beim Ermitteln, weil in so einem Fall, da zählt nämlich jedes Detail. Und auch wenn man im ersten Moment meint, dass ja eh alles auf der Hand liegt, weil der Täter eine Botschaft hinterlassen hat. Am Ende ist es dann immer so, dass gar nichts so war wie am Anfang gedacht.«

Und jetzt sollte der Leopold eigentlich aus dem letzten Jahr gelernt haben, dass man der Maria in solchen Dingen gut zuhören und recht scharf aufpassen musste, weil, die kannte wirklich fast einen jeden Fernsehkrimi und noch mehr Bücher über Mord und Totschlag. Die war wirklich eine Expertin vorm Herrn.

»So einen Fall aufzuklären, das schaffen immer nur die allerbesten Detektive und Kommissare, und obwohl sie alle furchtbar gescheit sind, wird es am Ende immer noch einmal richtig gefährlich. Aber …« Und jetzt zog sie tatsächlich ihre Hand unter der besitzergreifenden Franz-Pranke heraus und schnappte sich die vom Meininger. »… aber Leopold, du schaffst das schon. Da bin ich mir ganz sicher!«

Sie lächelte ihn so aufrichtig und hoffnungsvoll an, dass der Meininger es fast selber glauben wollte und das Ganze mit dem furchtbar gefährlich am Ende beinahe vergessen hätte.

»Aber warum sollte denn der Pfarrer etwas damit zu schaffen haben?« Jetzt war es auf einmal der Franz, der brummig nachfragen musste und beleidigt auf die beiden ineinander verschränkten Hände schaute, wovon keine die seine war.

»Weil …«, erklärte die Maria wie aus der Pistole geschossen. »Weil, der Leopold ist sozusagen irgendwie unser Dorf-Detektiv und helfende Hand vom Simeon. Da sind wir auch alle heilfroh in Eichenberg, weil ohne unseren Pfarrer hätten wir im letzten Jahr diese furchtbare Geschichte mit dem toten Wimmer niemals aufklären können. Und mich, mich gäbe es ohne den Leopold wahrscheinlich gar nicht mehr, weil mir hat unser tapferer Pfarrer nämlich das Leben gerettet.«

Ob das jetzt tatsächlich ganz genauso passiert war oder sich vielleicht in der Erinnerung von der Maria ein wenig heroischer entwickelt hatte, das war dem Leopold völlig egal. Fest drückte sie weiter seine Hand und erzählte dem Franz dabei so blumig und schön von seinen Heldentaten, dass ihm gleich ganz warm in der Brust und im Schädel wurde.

Man hätte wirklich glauben können, er habe im Alleingang

das halbe Dorf vor dem Untergang bewahrt. Aber auf den Franz schien es mächtig Eindruck zu machen, weil dem seine Stirn zog sich immer faltiger zusammen, und schlucken musste der auf einmal auch alle paar Sekunden. Recht so, sollte der Neuling bloß nicht glauben, er hätte hier ein allzu leichtes Spiel. In Eichenberg, da hatte selbst ein Pfarrer allerhand zu bieten.

»Aha«, schluckte der Franz noch einmal, nachdem die Maria alles erzählt hatte, vom toten Wimmer, vom toten Hirsch, von der fliegenden Sau und dem brennenden Stadel. »Aha. Na, das ist ja mal eine wilde Geschichte. Und das alles haben Sie ganz allein rausgefunden, Herr Pfarrer?«

»Aber nein, da übertreibt die Maria maßlos. Die eigentliche Heldin der Geschichte, die sitzt ja hier mit uns am Tisch.« Und jetzt wurde seine Köchin sogar ein wenig rot vor lauter Verlegen. »Ohne die Maria und natürlich ohne den Simeon Hirsch wäre das ganz anders ausgegangen, das kann ich Ihnen sagen. Das war sozusagen eine Teamleistung, gell, Maria?«

Sie lächelte ihn furchtbar lieb an und drückte noch mal seine Hand. »Ja, wir sind schon ein tolles Team.«

Mit so viel Wärme in der Stimme sagte sie das, dass es dem Meininger fast nichts mehr ausmachte, als sie dann weitersprach.

»Und gemeinsam werden wir auch diese grausame Geschichte aufklären. Das versprech ich. Das schaffen wir schon. So schlimm es auch werden mag.«

Vielleicht hätte die Maria das nicht so ohne Zögern behauptet, wenn sie da schon gewusst hätte, wie schlimm es am Ende wirklich werden würde. Weil, Todesangst und Optimismus, die passen eigentlich gar nicht gleichzeitig in einen Kopf hinein. Und dann ist es ja wieder nur logisch, dass am Anfang der Optimismus und erst viel, viel später die Todesangst kommt, wenn es schon lang zu spät ist, um sich noch einmal gut zu überlegen, ob man sich wirklich schon wieder in die nächste Mordermittlung stürzen möchte. Aber eine wirkliche Wahl hatten die beiden Ehrenmitglieder der Eichenberger Polizei ohnehin nicht. Weil nur ein paar Stunden später kam der Simeon Hirsch in die Pfarrküche geplatzt. Schon mittendrin in der neuen Mördersuche.

Jetzt war das gar nicht so verkehrt gewesen vom Weingärtner, den Hirschen im letzten Jahr zum Kommissar zu befördern, weil der hatte die ganzen letzten Monate eine Fortbildung nach der anderen absolviert. Und den Unterschied, den so ein Seminarmarathon machte, den konnte man jetzt allein schon an seiner Vorbereitung erkennen. Von der Motivation, davon brauchte man gar nicht erst reden. Dafür hätte man dem jungen Polizisten ja eigentlich fast ein doppeltes Gehalt auszahlen müssen, so wie der für zwei arbeitete. Auf den Meininger verzichten wollte er aber trotz Doppelengagement nicht.

»Herr Pfarrer, ich bin ja so dankbar um Ihre Unterstützung.« Einen dicken Stapel Akten und Ordner knallte er auf den Küchentisch und zwängte sich neben den Meininger aufs Bankerl. »Weil, zwei Köpfe, die denken dann doch immer noch besser als nur einer. Und noch besser, wenn die blitzgescheite Maria auch noch ein wenig mitdenkt, hab ich recht?«

Er blinzelte der Köchin verschmitzt zu. Na großartig. Wenigstens die beiden hatten wieder einmal ihren Spaß. Der Leopold hätte sich jetzt lieber erst einmal ein bisschen hingelegt. Dieses ganze Leichen-Anschauen und Wundern, wer jetzt schon wieder was angestellt haben könnte, machte dann doch recht müde.

Und auch der Franz sah jetzt nicht so aus, als hätte er sich seine Sommerfrische hier exakt so vorgestellt. Immer noch blass um die Nase, hing auch der recht erschöpft auf seinem Stuhl.

»Ja, dann würd ich mich an dieser Stelle vielleicht zurückziehen«, konnte sich der Gast im Gegensatz zum Meininger elegant aus der Affäre ziehen. »Es gibt ja sicher viel zu besprechen und, seid mir nicht bös, aber das nimmt mich doch mehr mit als gedacht. Ich würd vielleicht ein bisschen an die frische Luft?«

Die Maria sprang auf und war mit einem Satz bei ihm. Sichtlich hin- und hergerissen zwischen alter Flamme umsorgen und gleichzeitig nur so brennen fürs Detektiv-Spielen. Aber der brave Franz verlangte hier gar keine Entscheidung zwischen den Leidenschaften.

»Meine Liebe, ich seh ja, wie sehr du hier gebraucht wirst. Ist ja auch furchtbar wichtig.« Er schob sie sanft von sich. »Ich find mich schon zurecht, ist ja nicht so, als wäre ich fremd hier«, schmunzelte er und verabschiedete sich. »Herr Pfarrer, Herr Hirsch. Beneiden tu ich Sie ja nur um die Gesellschaft, nicht um die Arbeit, aber lassen Sie mich wissen, wenn ich helfen kann.« Und weg war er.

»Ein feiner Kerl«, kommentierte der Hirsch, und die Maria lächelte selig, die Hand an der Wange, wo eben noch der Franz gestreichelt hatte.

Der feine Kerl war wirklich das einzige Thema, das der Leopold noch weniger besprechen mochte wie die brutale Abstecherei. Drum schnappte er sich seufzend einen der Polizeiordner und brachte den Hirsch wieder auf Spur.

»Also dann, was haben Sie uns denn hier Schönes mitgeberacht, Simeon? Das sieht ja nach allerhand Arbeit aus?«

Und es war wirklich eine ganze Menge Arbeit, die der junge Polizist da schon im Vorfeld erledigt hatte. Respekt. Seine beiden Aushilfen waren ganz schön beeindruckt. Auf dem Tisch stapelten sich nicht nur die Führungsakten von jedem, der in Eichenberg schon einmal polizeilich auffällig geworden war, es gab obendrein noch persönliche Notizen vom Simeon und alle möglichen Auszüge aus dem Gemeinderegisteramt. Vor ihnen auf dem Tisch lag, wenn man so wollte, das gläserne Eichenberg. Im Rathaus musste es jetzt ganz schön leer sein, dachte sich der Meininger und wollte lieber nicht dabei sein, wenn die Chefsekretärin Elfi Hintermeier ihre geplünderten Schubladen entdeckte.

Aber nicht nur, dass der Simeon sozusagen das halbe Dorf mit ins Pfarrhaus geschleppt hatte, aus einem Ordner zog er zusätzlich ein paar von oben bis unten bekritzelte Fetzen Papier. Namen über Namen, durchgestrichen und wieder neu draufgeschrieben. Der Meininger und seine Köchin blickten ihren Hirschen fragend an. Ob der vielleicht im Übereifer gleich den Verstand verloren hatte?

Aber dann doch, ganz im Gegenteil, der Hirsch hatte ausnahmsweise sogar einmal überdurchschnittlich viel Verstand bewiesen. So ehrfürchtig, wie die Maria seinen Erklärungen zu dem wilden Geschmiere lauschte, die Köchin hätte ihn am liebsten gleich beim ARD und ZDF für den nächsten *Tatort*-Super-Ermittler vorgeschlagen.

»Also, wir haben ja nun die ungünstige Ausgangslage, dass eigentlich jeder Festbesucher und vor allem alle, die in die Schlägerei am Samstagabend verwickelt waren, theoretisch auch als Täter infrage kommen. Ich war also so frei und habe eine Liste aller Anwesenden und aktiven Unruhestifter erstellt. Wie ihr sehen könnt …« Er zeigte auf den Aktenstapel. »… ist das der Großteil von Eichenberg.« Er seufzte. »Eine ganz schön rauflustige Gemeinde, mit der wir es hier zu tun haben. Jedenfalls, aufgrund der Vielzahl an möglichen Verdächtigen habe ich im nächsten Schritt Gruppen zusammengefasst, die für mich entweder aus Motivsicht Sinn machen oder aber weil sie an besagtem Abend gemeinsam anzutreffen waren.«

Er deutete auf die Namenswolken, die seinen zweiten Schmierzettel füllten. »Ich habe dann Meinungsmacher und Rädelsführer identifiziert und eher uninteressante Kandidaten wieder gestrichen. Ebenfalls gestrichen habe ich alle, die aufgrund ihrer Verletzungen und/oder ihres überdurchschnittlich hohen Alkoholkonsums rein physisch nicht mehr zu so einer Tat in der Lage waren.« Sein Finger tippte auf die Liste der durchgestrichenen Namen auf dem letzten Blatt Papier. »Ebenfalls raus fallen alle, die von Aufsichtspersonen wie Eltern, Ehefrauen oder Ähnlichem direkt vom Tatort entfernt worden sind.« Sein Finger wanderte weiter die Liste entlang. »Übrig geblieben sind dann die für uns am ehesten infrage kommenden Informanten und eventuellen Verdächtigen.« Jetzt zückte er den letzten und wichtigsten Ausmalbogen. »Diese habe ich dann noch priorisiert und …« Stolz hielt er den beiden seinen Zettel vor die Nase. »… einen Plan erstellt, wo und wann wir wen am besten erwischen und ausfragen können. Nicht schlecht, oder?«

Nicht schlecht? Selbst der Meininger musste zugeben, dass der Hirsch hier wirklich super vorgearbeitet hatte. Machte alles Sinn, im Polizisten- wie im Pfarrershirn. Jetzt mussten die vielen Verdächtigen nur noch reden und dann einer von ihnen das

Falsche sagen. Oder eben das Richtige. Von welcher Seite aus man halt hinhörte. Aber in jedem Fall schon mal ein super Plan.

»Ein großartiger Plan«, lobte die Maria, und man konnte den Stolz in der Stimme hören. »Das hätten selbst der Batic und der Leitmayr im *Tatort* nicht besser machen können. Und wer steht dann da jetzt alles drauf auf der Liste?« Neugierig griff sie nach dem Zettel und studierte konzentriert, immer wieder anerkennend mit der Zunge schnalzend und nickend die Eichenberger Messerstecher-Rangliste.

»Die halbe Freiwillige Feuerwehr, na, das wundert mich jetzt nicht. Frauenbund, unsere verehrten Veteranen, ein paar bekannte Dorfschönheiten …« Sie blickte den Simeon mit hochgezogener Augenbraue skeptisch an, studierte aber weiter die Liste. »… ein paar Standlbesitzer, die Familie Hofbauer und natürlich unsere Berliner Gäste.« Mit einem letzten prüfenden Blick strich sie das Papier glatt und hob den Kopf. »Also, wenn wir ehrlich sind, dann steht eigentlich das halbe Dorf unter Generalverdacht, stimmt's?«

Ja, wenn man es so sorgfältig und geordnet betrachtete, schwarz auf weiß, dann war wirklich jeder Eichenberger, der irgendwie ein Messer halten konnte, auch verdächtig. Na, prost Mahlzeit, das konnte ja eine lustige Fragerunde werden.

VI

Beichtgeheimnis

Am Sonntag brachen die beiden Ermittler Hirsch und Meininger gleich nach dem Gottesdienst zum Verdächtige-Ausfragen auf. Wie ein Lauffeuer hatten sich die schrecklichen Neuigkeiten schon am Vortag im Dorf verbreitet, und so war es kein Wunder, das viele Kirchenreihen an diesem Tag leer geblieben waren. Die einen vermutlich noch angeschlagen vom vielen Feiern und Zuhauen, die anderen froh um eine Ausrede, ein wenig länger im Bett liegen zu bleiben und zu überlegen, wer den ungeliebten Gast ins Jenseits befördert haben könnte.

Jetzt war der Sonntagnachmittag so eine ganz spezielle Zeit, wo man als langjähriger Ortspfarrer recht genau wusste, wen man da stören durfte und wen vielleicht lieber nicht, weil gerade heilige Kaffee-und-Kuchen-Zeit mit der Oma oder der Tauftante. So lenkten die beiden Ermittler den alten Polizei-Mercedes zunächst in Richtung Eichenberger Spritzenhaus. Irgendjemand hatte immer Bereitschaft im Feuerwehr-Hauptquartier, und dieser Irgendjemand war ja vielleicht noch so voll Schnaps, dass man ihm ein paar verräterische Informationen entlocken könnte.

»Vielleicht schnappen wir den Täter diesmal ja gleich am Anfang?« Der Hirsch, ein ewiger Optimist.

Jetzt wollte der Meininger ihm auch nicht gleich den Wind aus den Segeln nehmen, aber was das Mörderfangen betraf, da teilte er ganz die Meinung seiner Köchin. Fündig wurde man da immer erst am Schluss, und meistens war es dann auch noch recht gefährlich für einen selbst.

Aber um erst mal zum Schluss zu kommen, musste man freilich irgendwo anfangen. Dass die Freiwillige Feuerwehr von Eichenberg dafür nicht die verkehrteste Adresse war, das merkten die beiden schon mit Betreten der Amtsstube. Wo sich sonst die schneidigen Feuerretter beim Kartenspielen und Weißbiertrinken bester Laune erfreuten, da lungerte heute ein Haufen ziemlich ramponierter und niedergeschlagener Gestalten herum. Von der Stimmung her hätte das schon super gepasst für eine Beerdigung. Aber ganz so weit war es noch nicht. Noch lag der Tote im Keller von Karl und Carl und wartete auf seine letzte Inspektion.

Vom Leichenbeschauer war man hier zwar noch etwas entfernt, aber dem ein oder anderen am Tisch hätte zumindest eine medizinische Grundversorgung ganz gutgetan. Ausgenüchtert und bei Tageslicht betrachtet, sah das Ergebnis der wilden Schlägerei ganz und gar nicht mehr nach Spaß und Gaudi aus. Blaue Flecken, aufgeschürfte, blutige Knöchel und zerschnittene Handrücken, verkrustete Kratzer in den meisten Gesichtern, Pflaster in allen Größen an Ohrwascheln, Nasenrücken und Schläfen erzählten die Geschichte vom Eichenberger Dorffest besser, als es der Lokalreporter im örtlichen Schmierblatt schreiben könnte.

Mit Abstand am schlimmsten hatte es den Stapfer Wolfi erwischt. Gleich zwei Veilchen, links und rechts auf jedem Auge eins, dunkelschwarz und fest zugeschwollen. Wie ein hilfloser Pandabär hockte er so gut wie blind auf der Eckbank.

»Is jemand gekommen?«, fragte er in die Runde und blinzelte hinter den dicken Fleischwülsten. »Ha? Ich hab doch was gehört. Hallo? Ist da wer?«

»Ja, der Herr Pfarrer und der Simeon Hirsch sind da.«

Selbst der Schneider Basti, in der Regel ein grundanständiger und friedlicher Kamerad, hatte an diesem Abend offensichtlich mitgemischt. Drei lange blutige Kratzer auf der rechten Wange ließen jedenfalls keinen Zweifel zu.

»Der Pfarrer und die Bullerei?«, fragte der blinde Bär und drehte suchend den Kopf von links nach rechts. »Na super! Die wollen uns jetzt sicher den Mord in die Schuhe schieben.«

»Und können dich sehr gut hören, auch wenn du sie nicht sehen kannst, Wolfi. Also, halt's Maul.«

Widerwilliges Brummen aus der Ecke.

»Herr Meininger, Simeon. Kommts doch rein, setzt euch. Es tut mir sehr leid, wir sind hier alle noch ein wenig durcheinander von dieser schlimmen Sache, seids dem Wolfi nicht bös, der meint das nicht so.«

Noch mehr grantiges Brummen, aber keine weiteren Proteste gegen den Besuch, der sich zu den jungen Männern an den Tisch setzte.

»Natürlich wollen wir hier niemandem etwas in die Schuhe schieben, Herr Stapfer. Aber Sie haben selbstverständlich recht, wir sind hier wegen dem Mord an Marc Schlewin. Das Opfer dürfte Ihnen ja allen bekannt sein?«

Stummes Nicken aus der Narben-Runde, alle hielten die Blicke gesenkt. Wie die Schulbuben, dachte der Meininger, wenn irgendjemand was ausgefressen hatte und es doch keiner gewesen sein wollte.

»Gut, dann hätten wir das geklärt. Nun würde ich gern von Ihnen erfahren, was genau Freitagabend passiert ist und wie es letztlich zu diesem, ich möchte schon fast sagen, Bauernaufstand gekommen ist.«

»He, was soll denn das?«

»Also so brauchen Sie uns jetzt auch nicht kommen! Als wären wir da schuld dran? Und überhaupt, als Bauern lassen wir uns noch lang nicht beschimpfen. Fragens doch lieber mal bei den saukopferten Großstädtern nach, die haben doch angefangen mit dem ganzen Schmarrn.«

Also dieser Hirsch hatte aber auch ein Talent dafür, in wirklich ein jedes Fettnäpfchen mit Anlauf hineinzuspringen.

»So, jetzt atmen wir alle mal tief ein und aus und versuchen das Ganze noch mal von vorne«, beschwichtigte der Meininger die Runde. »Der Herr Hirsch hat das sicherlich nicht beleidigend gemeint, sondern ist vielmehr einfach schockiert, wie es in unserem friedlichen Dorf zu so einer fremdenfeindlichen Sache kommen konnte. Und da …« Der Pfarrer warf einen strengen Blick in die Runde. »… da muss ich mich anschließen. Auch ich bin sehr enttäuscht vom Verhalten meiner Gemeinde. Sowohl, was diese grausame Tat anbelangt, aber auch über diese sinnlose Gewalt auf einem friedlichen Bürgerfest. Gerade von einer Feuerwehrmannschaft hätte ich das nicht erwartet. Also, raus mit der Sprache, was ist da vorgefallen? Wer jetzt spricht, dem sei an dieser Stelle noch Gnade gewährt«, versprach der Pfarrer.

Half aber auch nicht wirklich, weil weiter Schweigen im Walde.

»Meine Herren, wir können das hier friedlich und gemeinsam klären, oder aber Sie bekommen alle eine Vorladung aufs Amt, und wir sehen uns im Einzelverhör wieder. Dann werden aber andere Seiten aufgezogen, verstanden?« Der Simeon war jetzt gar nicht mehr Freund und Helfer. Und diese Sprache verstanden auch die Feuerwehrler.

»Ja, schauns, es ist ja nicht so, dass wir nicht helfen wollen«, stotterte der junge Rettinger Alois zwischen aufgeplatzten Lippen hervor. »Wir, wir … Herrschaft, wir überlegen ja selber schon den ganzen Vormittag, was da eigentlich passiert ist.« Verlegen raufte er sich die Haare. »Als wir das gehört haben, gestern, dass es einen von diesen Berlinern erwischt hat … mei, da war uns natürlich klar, dass wir da jetzt nicht so gut dastehen. Scheiße. So eine Scheiße.«

»Herr Pfarrer …«, übernahm der Basti wieder das Wort. »Herr Pfarrer, wir waren das nicht. Von uns war das keiner. Wir sind bei der Feuerwehr, wir retten Leben. Ja, mei, das ein oder andere Mal, da haut vielleicht einer irgendwo hin, wo er nicht sollte. Und für den Freitag, für den brauchen wir uns wirklich nicht rühmen. Aber umbringen? Umbringen tut hier keiner jemanden. Nicht von hier und auch nicht von woanders her. Das machen wir nicht. Das müssen Sie uns glauben.«

Sein Blick wanderte zwischen dem Meininger und dem Polizisten hin und her. Wie ein kleiner Bub sah er dabei aus und auch wirklich ziemlich unschuldig.

»Wenn Sie alle so eine weiße Weste haben, wie Sie behaupten«, konterte der Hirsch gnadenlos. »Dann sollte Ihnen ebenso viel an der Aufklärung der Sachlage gelegen sein wie uns. Dann aber raus mit der Sprache, was an besagtem Freitag in Ihren Augen passiert ist. Dann haben Sie ja auch nichts zu verbergen.«

»Ist uns ja auch, sind wir ja auch … aber … aber …«

Dem Basti war das Ganze sichtlich unangenehm.

»Kruzifix …«, polterte plötzlich der blinde Bär in seiner Ecke. »Mir wissen ja selber nicht, was passiert ist. Sagts halt mal einer. Filmriss, totaler Filmriss. Is doch auch keine Schand. Gesoffen haben wir alle viel zu viel, so eifersüchtig waren wir auf die Bande.« Er schlug mit der Faust auf den Tisch. »Was wird schon passiert sein? Irgendjemandem ist halt der Kragen geplatzt, ist ja wurst, hätte eh jeder sein können. Und verdient ham's die allemal. Sich einfach unsere Weiber unter den Nagel reißen, wo kommen wir denn da hin?« Wütend wackelte er mit dem Kopf und schaute böse ins Nichts. »Aber der Basti hat recht, umbringen tun wir deswegen noch lange niemanden. Saftig eine aufs Maul, ja, das ja, jederzeit und immer wieder gern. Aber jemanden gleich niederstechen, na, auf keinen Fall.« Und damit versank er wieder in Schweigen.

Der Meininger und der Leopold wechselten vielsagende Blicke. Klang jetzt nicht unlogisch. Ob es die Wahrheit war? Schwer zu sagen an dieser Stelle. Aber recht viel mehr war aus dieser Runde im Moment auch nicht herauszufragen, so viel stand fest.

»Nun gut …«, lenkte der Hirsch ein. »… dann wollen wir es an dieser Stelle fürs Erste darauf beruhen lassen. Ich erwarte allerdings, dass Sie alle sich für weitere Fragen bereithalten und sich kooperativ zeigen. Bis dahin …« Er hob drohend den Zeigefinger. »… halten Sie sich fern von den Kameraden des Opfers. Schlimm genug, was bisher passiert ist, auf keinen Fall darf es zu weiteren Auseinandersetzungen in dieser Richtung kommen. Sonst lasse ich Sie alle miteinander als Tatverdächtige einsperren, ist das klar?«

»Sowieso.«

»Glasklar.«

»Wir machen nix, keine Sorge.«

Und mit dieser Drohung verließen die beiden Ermittler ihre erste Verdächtigengruppe. Nicht viel gewonnen, nichts verloren, so die Bilanz.

Gerade als der Meininger das Spritzenhaus verlassen wollte, kam ihm der Schneider Basti hinterhergelaufen und hielt ihn am Arm zurück.

»Herr Pfarrer, noch eine Sache …« Zögernd blickte der junge Mann in Richtung Simeon Hirsch. Der aber marschierte schon flott in Richtung Wagen.

»Ich wollte das drin vor allen anderen nicht sagen, ich wollt nicht noch mehr Ärger verursachen.«

Der Meininger zog die Augenbrauen hoch. Nicht noch mehr Ärger? Wie sollte das denn überhaupt möglich sein? In seinem Kopf fielen die restlichen Berliner der Reihe nach tot um.

»Aber, Herr Pfarrer, bitte, das bleibt unter uns.« Der Basti hielt den heiligen Arm fest in der Hand. »Ich weiß, wer als Erstes zugeschlagen hat, und auch, warum.«

Aha, jetzt wurde es also doch gleich am Anfang interessant. Der Meininger griff nach der Hand auf seinem Arm.

»Dein Geheimnis ist bei mir gut aufgehoben, mein lieber Bub. Sprich, wer war's.«

»Ich.« Der junge Schneider schluckte schwer. »Ich war's, Herr Pfarrer. Ich hab dem toten Marc eine gedonnert. Aber umgebracht, umgebracht hab ich ihn nicht. Das müssen Sie mir glauben.« Seine Hand zitterte leicht unter der vom Pfarrer.

»Ja, Sebastian …« Das hätte jetzt selbst der Meininger nicht vermutet. »Sebastian, was soll ich da sagen? So kenn ich dich ja gar nicht. Was hast du dir denn dabei gedacht? Was ist denn in dich gefahren. Der Alkohol?«

»Nein, Herr Pfarrer, ich war ja gar nicht so betrunken.« Er zögerte. »Ja, schon betrunken, aber nicht so, dass ich das nicht mehr mitbekommen hätte.«

»Was denn mitbekommen?«

»Na, dass dieser Marc versucht hat, meiner Schwester, der Kathi, was ins Bier zu schmeißen. Das hab ich noch sehr gut gesehen.«

»Was ins Bier schmeißen?« Der Leopold verstand nur Bahnhof. »Ja, aber was denn?«

»Das weiß ich doch auch nicht. Eine Tablette oder so, glaub ich. Klein, rund und blau. Die hat das gar nicht mitbekommen, so dicht war die schon. Aber ich, ich hab's gesehen. Und als ich ihn drauf angesprochen hab, was das denn soll, da hat er mich nur recht blöd angegrinst. Gemeint, ich soll mir für heut Abend 'ne andere suchen, die Kathi, die wäre seine. Der Depp, konnt ja nicht wissen, dass das meine Schwester ist.« Der Basti schluckte nochmals. »Jedenfalls, ich hab ihm gesagt, er soll die Finger von ihr lassen und auch von den anderen Mädels und verschwinden mit seinen Drogen, so was brauchen wir hier nicht. Und dass es sonst bös ausgehen würd für ihn und seine Leut. Aber er hat mich nur weggeschubst und … na ja … und was hätte ich denn sonst machen sollen, ich hab ihn mir gepackt und ihm eine aufgelegt. Und dann ging es richtig los. Dann haben alle anderen auch angefangen, da war nichts mehr zu machen.« Er seufzte. »Ich hab mir die Kathi geschnappt, die konnt ja eh schon kaum mehr stehen, und bin mit ihr nach Hause. Und wie sie es mir gedankt hat.« Er fuhr sich mit der Hand über die Kratzer an der Wange.

Dem Meininger hatte es tatsächlich die Sprache verschlagen. So war das also gelaufen. So viel zur Gastfreundlichkeit und dem Undank der Menschen. Nicht dass die fleischlose Wurst schon gereicht hätte als ungewollter Import. Tabletten und Partydrogen waren auch noch mit im Gepäck.

Wut stieg im Leopold auf, auf die Berliner, auf den ganzen Ärger, der sich da gerade am Horizont zusammenbraute, auf die Claudia, die das alles angeschleppt hatte. Er schloss die Augen und atmete tief ein und aus.

»Aber Herr Pfarrer, bitte, das müssen Sie für sich behalten, bitte. Sonst denkt doch jeder sofort, ich hätte den Deppen erstochen. Bittschön, Sie müssen zuerst den Mörder finden. Vorher dürfen Sie nix sagen. Beichtgeheimnis.«

Nun gut, Beichtgeheimnis. Jetzt hier so zwischen Tür und Angel und ohne Sakrament war das eher Ansichtssache, aber der geständige Basti sah wirklich so jämmerlich aus, dass der Meininger nickte und ihm fest versprach, das Geheimnis zu bewahren, bis der Schuldige gefunden war.

Nun kann leider selbst ein Pfarrer mit göttlicher Prokura zum Sünden-Vergeben und Beichtgeheimnisse-Bewahren nicht in die Zukunft schauen, um tödliche Fehler zu vermeiden. Und darum hielt er sich an sein dummes Versprechen und erzählte dem Simeon erst einmal nichts. Stattdessen konzentrierte sich der

Meininger lieber auf das nächsten Ziel ihrer Tour durch das verdächtige Eichenberg.

»Vielleicht überlassen Sie jetzt besser mir das Reden«, gab der Meininger vorsichtig zu bedenken, als die beiden ihren Mercedes vor dem Gschwentner Hof parkten. »Ein falsches Wort in diesen Mauern und die zerreißen uns in der Luft, das sag ich Ihnen.«

Ausnahmsweise verstand der Hirsch sofort. Hier waren sie bei den wirklich harten Kalibern angelangt. Er nickte stumm. Todesmutig marschierten die beiden über den makellos herausgeputzten Hof. Hinter diesen Türen konnte jetzt nämlich wirklich alles passieren. In jedem Fall aber war es ihre beste Chance, an Informationen zu gelangen. Weil die Damen vom Frauenbund, die konnten es an Tratsch, Klatsch und Wissen beinahe mit der Maria aufnehmen. Plus sozusagen Schwarmintelligenz. Das kannte man schon aus dem Tierreich von den Fischen und den Vögeln. Wer immer im Haufen unterwegs war, der wusste insgesamt einfach mehr als der Einzelgänger. Jeder ein kleines bisschen was ergab in der Summe zusammengezählt dann doch ganz schön viel. Für den Beobachter mochte das oft chaotisch und kompliziert ausschauen, aber angeblich gab es eine geheime Ordnung, die alles lenkte.

Wer in Eichenberg die Schwarmordnung kontrollierte, das war nun wirklich kein Geheimnis. Die Gschwentner Margit öffnete ihre Haustür, noch bevor der Simeon aufs Klingelschild drücken konnte. Nichts entging diesen Adleraugen und schon gar nicht auf dem eigenen Hof.

»Hochwürden, Herr Hirsch. Ich hab Ihr Auto schon die Straße hoch gesehen. Ich dacht mir gleich, dass Sie zu uns wollen. Sicher wegen der Leiche aus Berlin.«

»Na ja, korrekterweise ist es ja eher eine Leiche aus Eichenberg.«

Der Hirsch konnte sich aber auch wirklich an gar keine Abmachung halten, der Depp. Die Gschwentnerin runzelte auch gleich wieder die Stirn.

»Eichenberg, Berlin, Mord oder Totschlag. Jetzt kommens erst mal herein, sind noch alle versammelt.«

Sie öffnete einladend die Tür, und der Leopold war recht erleichtert, genau das hatte er sich erhofft. Am Sonntag nach dem Fest saßen die Frauenbund-Damen nämlich immer brav beim Kassensturz beieinander. Da könnte sich der ein oder andere Verein durchaus mal ein Beispiel nehmen an den fleißigen Bienchen und ihrer Königin. Montag früh war der Spenden-Scheck in seinem Briefkasten, ein jedes Mal. Anderen musste man da viel länger hinterherlaufen mit dem guten Zweck und so weiter. Jedenfalls war der ganze Schwarm samt Intelligenz und Königin versammelt, und da standen die Chancen dann gar nicht so schlecht, dass man auch ein bisschen was herauskitzeln konnte aus den einzelnen Köpfen. Wenn es nur der Hirsch bloß nicht wieder vermasseln würde. Dann war es nämlich nix mit Schwarmintelligenz, dann konnten sie höchstens mit Schwarmaggression rechnen.

Aber glücklicherweise hatte der Pfarrer in diesen Kreisen sozusagen schon von Amts wegen göttlichen Diplomatenstatus und wurde auch dementsprechend hofiert und honoriert. Begeistertes Empfangskomitee in der guten Stube. Nur wenige Minuten später hockten die beiden mittendrin im Hühnerhaufen, eingepfercht zwischen den gackernden Hennen am großen Küchentisch. Wie aus dem Nichts standen Kaffee und zwei

Riesenkanten Torte vor ihnen. Den Hirschen damit erst mal beschäftigt und zum Schweigen gebracht, konnte sich der Meininger jetzt um das Ausfragen kümmern. Aber dann doch auch gar nicht so leicht, weil zuerst einmal die Gastgeberin und ihr Harem das Fragen übernahmen.

»Ja und? Herr Pfarrer, jetzt erzählen Sie doch einmal. Was ist denn da passiert gestern? Weiß man schon was?«

»Wer war's denn?«

»Hams schon jemanden verhaftet?«

»Sind die jetzt wieder weg, diese komischen Mannsbilder?«

Der Simeon grinste den Meininger nur mit vollem Buttercreme-Maul an. Und meinte damit, jetzt hast den Salat, du wolltest doch hier das Reden übernehmen. Na dann, viel Spaß auch.

Der Leopold räusperte sich würdevoll und blickte in die vielen neugierig auf ihn gerichteten Äuglein. Siebenmal die Maria, das konnte einen schon einschüchtern, wenn man nicht mit Weihwasser gewaschen war.

»Meine verehrten Damen, noch ist es viel zu früh, um wirklich etwas sagen zu können. Das müssen Sie bitte schön verstehen.« Er hüstelte die Nervosität weg. »Der Herr Hirsch und ich, wir haben die Ermittlungen ja eben erst begonnen …«

»Ah …«

»So, so, Sie ermitteln also wieder.«

»Hochwürden, ist Ihnen das nicht ein wenig zu gefährlich?«

Ein paar der Hühner schlugen verschreckt die Flügel vor die Schnäbel. Der Meininger schüttelte den Kopf und schob möglichst männlich die Schultern nach hinten.

»Aber nein, für die Sicherheit von Eichenberg muss man in Amt und Würden auch den nötigen Einsatz zeigen. So wie Sie alle hier sich auch immer so tapfer für unser Dorf einsetzen«, fuhr er jetzt gleich die schweren Geschütze auf. »Und darum hat uns unser erster Weg auch direkt hierhergeführt. Mit dem sicheren Wissen, dass Sie uns nicht hängen lassen, sondern unterstützen werden bei der Wahrheitsfindung.«

Abwartend blickte er in die Runde, ob die Schleimerei vielleicht schon gereicht hatte, den Damen irgendetwas Intelligentes zu entlocken.

Und das ist dann jetzt auch wieder das Schöne an den Frauen, weil so geheimnisvoll und undurchschaubar, wie sie manchmal sind, bei einigen Dingen, da kann man sich halt einfach auf sie verlassen. Gerade, wenn es ums Ratschen geht. Und so schnatterte der ganze Haufen wie wild drauflos, kaum dass der Pfarrer verstummt war. Und was die nicht alles gesehen hatten und wussten und mitgehört und rausgefunden hatten in dieser kurzen Zeit, in der so ein einziger Berliner von lebendig zu mausetot wechseln konnte. Da war eine stinknormale Schwarmintelligenz ja schon fast untertrieben, da musste man eigentlich eine ausgewachsene Hochbegabung attestieren und noch dazu eine über alle Maßen kreative und fantasievolle.

Die Brunnerin zum Beispiel, die hatte gehört, wie der Rosswurst-Rudi nach dem fünften Weißbier angedroht hatte, mit der veganen Bande kurzen Prozess zu machen. Verständlich, Rosswurst und Papierwurst, jetzt nicht gerade die naheliegendste Freundschaft.

Für die Reisinger Evelin war ganz klar die Chefin vom Stöpselklub die Hauptverdächtige Nummer eins, hatte die sich doch am allerlautesten über den mangelnden Caipirinha-Umsatz und die Prosecco-Flaute am eigenen Stand beschwert. Und dass die sogar zu einem Mord fähig wäre, das stünde ja außer Frage. Dass die Evelin im letzten Jahr gern selbst den Vorsitz beim Stöpselklub übernommen hätte und überhaupt nur wegen Nicht-Wahl zum Frauenbund gewechselt war, das musste man jetzt nicht in offene Wunden reiben.

Die sensationssüchtige Miedl-Witwe, die seit Jahren einfach viel zu viel Rosamunde Pilcher und Liebesserien im Fernseher schaute, die war sich ganz sicher, dass es ein Eifersuchtsdrama gewesen sein musste. Dass die Claudia nur Ärger mit nach Eichenberg bringen würde, mit dem Busen und dem Hintern, das hatte sie ja schon vor Wochen kommen sehen, und jetzt war es dann eben so weit gewesen. Aus geheimer Quelle wusste sie nämlich, dass die kleine Hofbauerin neben dem Rene unzählige andere Liebhaber hatte und eigentlich mit nichts anderem beschäftigt gewesen war, als von Bett zu Bett zu hüpfen. Das bissl Würstelverkaufen, nur Tarnung für die nicht zu stillende Wollust. Kein Wunder also, dass einem der rachsüchtigen Lustmolche am Ende der Kragen geplatzt war.

Die Geschneitnerin wiederum behauptete, sie hätte schon am Donnerstag beim Aufbauen einen ausgewachsenen Streit zwischen den Berlinern mitbekommen. Über irgendeine Sonderlieferung wäre man sich in die Haare gekommen. Einer der vier, so gut auseinanderhalten konnte sie die leider nicht, weil sähen ja alle gleich aus, hätte den anderen beschuldigt alles vermasselt zu haben, und nun wären sie ruiniert. Aber war ja dann am Ende gar nicht der Fall, hatten ja ein Bombengschäft gemacht. War ja alles gut gegangen. Nun ja, den Toten mal außen vor. Aber sonst. Also, wahrscheinlich nicht so wichtig, ein Streit unter Freunden eben.

Und die Waldhäusel Elfriede, die hatte ganz genau hingeschaut, weil die hatte den ganzen Abend den Hofbauer Mathias immer wieder mit verdächtig langen Messern rumlaufen sehen. Und war der Tote nicht mit Messern erstochen worden? Da hätte man ja schon die ganz heiße Spur zur Tatwaffe. Einfach beim Metzger suchen gehen.

Vielleicht war es aber auch diese wilde Musikgruppe, diese AZEDEZE oder wie die geheißen haben. Das konnte sich die Brunner Ottilie recht gut vorstellen. Weil, die hatten schon auf der Bühne so furchtbar gesponnen, und bei der schrecklichen Musik, da hätte man sich ja am liebsten gleich selber umgebracht, wenn es einem kein anderer abnehmen wollte. So was konnten doch nur die totalen Wilden spielen, solche Leut wären zu allem fähig, sogar zu einem Mord. Vielleicht weil man den Satan anbeten würde und der wieder einmal ein Opfer wollte. Kannte man doch von diesen Rockmusikern nicht anders. Für sie in jedem Fall denkbar und im nächsten Jahr dann doch bitte lieber wieder die Beatles oder vielleicht eher einen Jon Bovi, der hätte wenigstens recht schöne Haare.

Der Meininger wollte sich am liebsten das Tortenstück in die Ohren stopfen und die Hände überm Kopf zusammenschlagen bei so viel Schmarrn auf einmal. Hoffentlich war das beim Fischschwarm ein bisschen mehr Intelligenz und ein bisschen weniger Ich-weiß-auch-noch-was. Andererseits würde das zumindest das Fischsterben ganz gut erklären.

Hier war also genau so viel oder besser genau so wenig zu holen wie bei der Feuerwehr. Am einen Tisch das Hirn leer gesoffen, am anderen Tisch das Hirn leider viel zu voll, als dass es weiterhelfen würde. Der Pfarrer hob seufzend die Hand, um den ungebremsten Redefluss endlich zu stoppen.

»Vielen Dank, meine Damen, vielen herzlichen Dank. Das ist ja wirklich allerhand, was Ihnen da so aufgefallen ist.«

Alle Kronzeuginnen strahlten von einem Ohr zum anderen, stolz über den geleisteten Beitrag.

»Ja und?«

»Und was?«, musste der Meininger doch nachfragen.

»Na, wer hatte denn jetzt recht von uns?« Die Brunnerin wollte sogleich zur Preisverleihung übergehen.

»Wer war's denn?«

»Wem glaubens denn von uns am meisten?«

»Wer hat denn jetzt recht?«

Der Meininger war sich nicht ganz sicher, aber er meinte den Hirsch neben ihm in seinen Kuchen kichern zu hören. So recht nach Lachen war ihm aber nicht zumute.

»Meine lieben Damen, so schnell geht das natürlich nicht«, versuchte er sich mit detektivischer Fachsimpelei aus der Situation zu manövrieren, auch er war ja kein Anfänger mehr.

»Jetzt haben Sie uns mit verschiedensten Spuren versorgt …«

»Heißen Spuren!«

»Ja, wenn man so will, sicher auch heißen Spuren. Und die gilt es jetzt erst einmal einzeln nachzuverfolgen. Verstehen Sie?«

Die Miedl Helga nickte wild. »Wie im Fernsehen. Genau, wie im Krimi.«

Und der Leopold vermisste plötzlich ganz furchtbar seine Maria. Die würde sich auskennen mit dem Fernsehen.

»Ja, genau wie im Fernseher. Da dauert es dann auch noch eine ganze Weile, bis man die richtige Fährte gefunden hat. Aber dafür …« Er klopfte dem Hirschen ein wenig fester auf den Rücken, als es hätte sein müssen. »… dafür haben wir ja auch noch unseren Experten in Eichenberg. Der wird sich das ganz genau ansehen, was er hier jetzt alles so schön vorerzählt bekommen hat. Stimmt's, Herr Hirsch? Stimmt doch, oder? Haben Sie auch gut aufgepasst? Sonst sollten die Damen vielleicht einfach noch mal alles …«

»Nein, nein!«, hustete der Simeon zwischen den Kuchenbröseln. »Ich habe alles gespeichert, hier drin.« Er klopfte sich gegen die Stirn. »Super trainiertes Polizei-Gedächtnis, das vergisst nichts«, grinste er unverschämt in die Runde. »Alles gespeichert.«

Die Damen nickten zufrieden. Und der Leopold wollte jetzt einfach nur noch raus aus dem Hühnerstall.

»Ja, dann nochmals vielen Dank. Wir werden uns nun wieder auf die gefährliche Mördersuche begeben.«

»Halt! Halt!«, schoss die Frauenbund-Chefin aus der Küche. »Aber nicht, ohne dass Sie noch einen Kuchen mitnehmen. Ist so viel übrig geblieben, das hätte ich nicht gedacht.«

Nein, das hätte wirklich niemand gedacht. Der Meininger zwang sich, nicht die Augen zu verdrehen vor Verzweiflung. Immer dasselbe. Ein Kuchen pro Frauenbund-Mitglied geplant, dann fängt die Erste an mit noch einem, weil, man will ja vorbildlich sein, und am End fällt jemand anderes aus. Dann kommt die Nächste und macht gleich drei, weil grad so viel Obst und noch mehr Eier zu Haus und weil man ja sonst nix zu tun hat, und am Ende gibt es pro Bürger zwei Torten am Buffet. Und essen tun alle eine Wurst. Kuchen für Afrika, das wäre eine feine Sache, wenn das möglich wäre.

»Herr Hirsch, Sie gehen mal mit den Damen in die Küche und lassen sich was einpacken. Das werte Fräulein daheim mag doch sicher auch etwas, oder?« Die Chefin schob den Polizisten in die

Küche, und ihre Untergebenen folgten auf dem Fuße, weil natürlich eine jede gleich das eigene Backwerk anpreisen wollte. Der Leopold blieb lieber bei der Gschwentner Margit zurück, diesen Basar kannte er nur zu gut. Er wollte sich gerade nochmals bei der Hausherrin für die Hilfe bedanken. Weil, auch wenn das natürlich alles ein recht ein Krampf war, man wusste nie, wann man die Unterstützung des Schwarmes wieder brauchen würde. Da zog ihn die Gschwentnerin mit plötzlich sehr ernster Miene von der Küchentür weg zum Bankerl vorm Kachelofen.

»Herr Meininger, auf ein Wort.« Sie zögerte kurz. »Ich will wirklich nicht neugierig sein, das müssen Sie mir glauben …«

War tatsächlich sehr schwer zu glauben und wäre was ganz Neues für die Gschwentnerin, aber auch dazu sagte er jetzt aus taktischen Gründen lieber nichts.

»Ich will mich ja auch gar nicht einmischen, aber …« Sie schluckte noch mal. »… aber ich kann auch nicht einfach nix sagen.«

»Liebe Frau Gschwentner, was liegt Ihnen denn auf dem Herzen?«

»Herr Pfarrer, aber Sie versprechen mir, das, was ich Ihnen jetzt erzähle, das bleibt unter uns, gell?« Sie warf einen Blick über die Schulter in Richtung Küche, aus der lautes Frauengelächter schallte. »Das fällt bitte unters Beichtgeheimnis.«

Beichtgeheimnis. Schon zum zweiten Mal an diesem Tag. Was war denn heut bloß los?

»Es geht um den Franz.«

Und plötzlich war dem Meininger total wurst, unter welches Geheimnis die Geschichte von der Margit fallen würde, Hauptsache, sie weihte ihn ein. Er nickte.

»Selbstverständlich. Von mir erfährt niemand etwas.«

Die sonst so gefasste Gschwentnerin nickte dankbar und verschränkte ihre Hände im Schoß.

»Es geht mich ja nichts an, und die Maria und ich, na ja, also die engsten Freundinnen waren wir nie. Heute nicht und früher, früher schon erst recht nicht. Ich muss ganz ehrlich sagen, als junges Mädel, ich hab sie lang überhaupt nicht wahrgenommen. Sie kam ja jetzt nicht gerade aus der besten Familie …« Beschämt schaute die Margit zu Boden. »Da hatte man sich auch nichts zu sagen. Erst als sie dann mit dem Franz. Also, als sie und der Franz dann ein Paar waren, da hat es mich dann natürlich schon interessiert. Weil vorher, na ja, da waren der Franz und ich sozusagen. Na ja, Sie wissen schon.«

Nein, wusste der Leopold nicht. Aber denken konnte er es sich schon. Die Maria hatte der Margit den Franz also ausgespannt?

»Und Freundinnen sind wir dann natürlich keine mehr geworden, das war ja klar. Obwohl sie mir ja eigentlich einen Riesengefallen getan hat, die Maria. Aber so weit denkt man als junges Mädel halt einfach nicht. Verstehen Sie?«

Verstand er schon irgendwie, nur nicht, was das jetzt mit hier und heute zu tun hatte. Die alte Geschichte. Aber die Margit erzählte auch schon brav weiter.

»Weil, wenn das mit der Maria damals nicht passiert wäre, dann würden die Elisabeth und ich wahrscheinlich bis heute kein Wort miteinander sprechen. Aber so. Mei, weil wir halt dann beide so bös auf die Neue vom Franz waren, da haben wir uns dann eben doch irgendwie wieder vertragen.«

Jetzt konnte der Leopold trotz angestrengtem Zuhören dieser Beichtgeschichte nicht mehr folgen.

»Die Elisabeth? Schneitner?«

»Ja, freilich. Die war meine beste Freundin, seit der Schule. Fast wie eine Schwester war die für mich. Und dann kam der Franz. Verliebt waren wir ja beide, aber das waren eh alle. Und darum hab ich mir auch nichts gedacht, als er sich dann für mich entschieden hat. Kann ihn ja nur eine kriegen, hab ich mir gedacht, und das kann dann auch ich sein.«

Der Meininger nickte. Ja, so war das mit der Partnerwahl am freien Markt, wenigstens, was er so beobachten konnte.

»Aber war halt dann doch nicht nur ich«, seufzte die Margit. »Ich hab's auch lang nicht gemerkt, nur dass die Elisabeth auf einmal furchtbar seltsam war zu mir. Aber ich dacht mir halt, soll sie eifern, die beruhigt sich schon wieder. Hauptsache, der Franz und ich, wir sind glücklich. Aber die hat gar nicht geeifert, die hat sich nur das Gleiche gedacht wie ich. Hauptsache, sie und der Franz sind glücklich. Weil die hatte da schon längst auch was mit ihm laufen.«

Der Pfarrer traute seinen Ohren nicht. Was erzählte die Gschwentnerin denn da? Zwei Freundinnen auf einmal? Das passte so gar nicht zu den Geschichten, die seine Maria über den bayerischen Helden erzählt hatte. Trotzdem wollte es der Leopold wahnsinnig gern glauben.

»Es hat eh lang gedauert, bis wir es rausgefunden haben. Und dann auch nur durch einen dummen Zufall, weil die Elisabeth vergessen hat, mir einen Kinoabend abzusagen. Aber vielleicht war es doch auch Absicht. Das weiß ich nicht, und heut ist mir das auch wurst. Damals, damals ist für mich eine Welt zusammengebrochen. Mei, was haben wir gestritten und sogar gerauft. Ich mag gar nicht dran denken. Wir dummen Weiber.

Hat auch noch eine jede versucht, den Franz zu halten. Anstatt dass wir den gemeinsam zum Teufel gejagt hätten. Wir dummen, dummen Weiber. Aber keine wollt ihn hergeben. Und ich glaub, das hat ihm sogar gefallen. Eine Zeit lang jedenfalls. Ich sag's Ihnen, Herr Pfarrer, das macht kein anständiger Mensch nicht. Andere so gegeneinander ausspielen und hin und her, bis keiner mehr weiß, wo ein und aus. Aber wir waren halt noch so jung und so dumm und haben uns einfach vorführen lassen. Immer wieder das Herz brechen, bis nichts mehr übrig war. Und dann, dann ist er einfach weiter. Dann ist er zur Maria. Von heut auf morgen hat er keine von uns beiden mehr angeschaut. Als wär nie was gewesen, als hätte er uns nie irgendetwas versprochen. Eiskalt war der plötzlich …« Sie schauderte sichtlich bei der Erinnerung. »Da läuft es mir heut noch kalt den Buckel runter, wenn ich dran denke. Richtig bös ist er dann geworden, als wir ihm gedroht haben, dass wir der Maria alles erzählen. Richtig zum Angstkriegen.« Sie schwieg und schaute fest auf den Boden. »Ob der Franz damals wirklich in die Maria verliebt war oder nicht, das kann ich nicht sagen. Sie war jedenfalls furchtbar verschossen. Genau wie die Elisabeth und ich. Wahrscheinlich hätte sie uns eh nicht geglaubt. Aber wir haben uns wirklich nicht getraut. Wir haben tatsächlich geglaubt, der könnt uns am End noch was antun.« Jetzt hob sie die Augen zum Pfarrer. »Herr Meininger, ich sag ja nicht, dass sich die Leut im Alter nicht ändern können, das steht mir wirklich nicht zu. Aber was der Franz damals mit der Elisabeth und mir gemacht hat, das war unmenschlich, unchristlich. Und ich schäm mich bis heute, dass wir zu feig waren, mit der Maria zu reden.« Sie strich sich eine Haarsträhne aus der Stirn. »Und verstehens mich nicht falsch. Das ist keine späte Rache, wirklich nicht. Ich will Ihrer Maria nichts Böses. Drum bitte, Herr Pfarrer, gell, Beichtgeheimnis. Sagens ihr nichts. Am End wird sie glücklich mit dem Franz, am End sollte das alles so sein. Dass die sich wiederfinden und Happy End und so. Aber wenn nicht, wenn nicht. Wenn der immer noch so ein eiskalter Hund ist wie früher, dann will ich nicht schuld sein am Unglück anderer. Herr Meininger, drum erzähl ich Ihnen das alles. Damit Sie aufpassen auf den Franz und auf die Maria. Weil Sie sind ja sozusagen neutral als Diener Gottes. Sie kennen ja das alles nicht mit der Eifersucht und der Liebe und so. Sie können da viel besser entscheiden als wie unsereins.« Sie griff nach seinen Händen. »Mei, ich dank Ihnen recht schön, Hochwürden. Ich dank's Ihnen von Herzen. Sie können sich nicht vorstellen, was für eine Last Sie mir da jetzt von den Schultern genommen haben.«

Und da lag jetzt wieder die Gschwentner Margit total daneben, weil der Leopold konnte sich diese Last nicht nur sehr gut vorstellen, der konnte sie doppelt so gut spüren. Eisern und wie Blei lastete genau die nämlich jetzt auf seinen Schultern und drückte ihm in den Nacken, dass er kaum noch aufstehen konnte.

So bald wie möglich musste er mit dem Herrgott einmal ein ernstes Wörtchen zum Beichtgeheimnis wechseln. Das nahm er sich fest vor, als er mit seinen vielen kleinen Stückerl Wahrheit im Gepäck zum Simeon und seinen Riesenstücken Kuchen ins Auto kletterte.

Nachdem er nun gerade so viel Schlechtes über den Franz erzählt bekommen hatte, war seine Lust, ins Liebesnest nach

Hause zu fahren, nicht gerade gestiegen. Dann lieber noch ein, zwei Kandidaten auf der Simeon-Hirsch-Verdächtigen-Liste besuchen. Den Polizisten musste er nicht lange überreden.

»Herr Meininger, was ist denn mit Ihnen los? So motiviert kenn ich Sie ja gar nicht. Und das auch noch an einem Sonntag. Aber ist ja für Sie ein Arbeitstag, richtig? Ich würd vorschlagen, wir schauen jetzt mal in der VeMeat-Hauptzentrale vorbei. Vielleicht haben sich da ja unsere Gäste mittlerweile eingefunden, was meinen Sie?«

Der Leopold nickte. Eigentlich war es ihm ziemlich wurst, wem sie als Nächstes auf die Nerven gehen würden, solang er nicht die Maria und ihren Franz treffen musste. Oder der nächste Eichenberger mit einem supergeheimen Geheimnis daherkam. Da waren die Berliner gar keine so schlechte Wahl.

Nur leider war weder von Berlinern noch von Eichenbergern am Dorfplatz irgendeine Spur zu finden. Wie ausgestorben, keine Menschenseele. Und dabei hätte es noch einiges zum Aufräumen und Abbauen gegeben. Verlassene Büdchen und Verkaufsstände säumten die Straße, Glasscherben, leere Flaschen, zerknüllte, soßenverschmierte Servietten, Zigarettenstumpen und allerhand sonstiger Partymüll türmten sich zwischen den Holzverschlägen.

Das ärgerte den Pfarrer jetzt schon ein wenig. So kannte er sein Eichenberg eigentlich nicht. Normalerweise waren der Munzinger und sein Vorzimmerdrachen furchtbar pingelig, was die Sauberkeit an öffentlichen Plätzen betraf. Wer da schlampte, der brauchte im nächsten Jahr bitte schön keinen Antrag auf Verkaufshütte mehr stellen. Das wusste ein jeder.

Und jetzt? Ausnahmezustand. Schuld war vermutlich der weithin leuchtende VeMeat-Sprinter mit einem Spinnennetz aus rotweißen Polizeiabsperrbändern umwickelt. Da hatte die Passauer Kripo wirklich ganze Arbeit geleistet. So wusste ein jeder sofort: Achtung, hier ist was Furchtbares passiert, bitte auf keinen Fall näher kommen. Jetzt gleich den ganzen Dorfplatz meiden, das war schon etwas übertrieben, aber für die allgemeine Katerstimmung im ganzen Dorf kam es halt grad recht als Ausrede, das Aufräumen noch ein wenig hinauszuschieben. Der Meininger seufzte. Auf Faulheit war vielleicht sogar noch mehr Verlass wie auf Neugier.

»So ein Scheiß«, schimpfte der Simeon. »Kein Mensch da. Und jetzt?«

Der Pfarrer zeigte mit ausgestreckter Hand auf die drei Rollatoren vorm Eingang zum Stroblinger.

»Probieren wir es halt bei der anderen lebensgefährlichen Meute.«

Von der Schwarmintelligenz zur geballten Altersweisheit. Vielleicht würden sie ja hier auf etwas mehr Wahrheit und weniger Ratsch stoßen. Sonntagnachmittag beim Weißbierstammtisch, die Chancen könnten schlechter stehen.

Der arme Simeon wurde ganz blass. Kein Wunder, sein Zusammentreffen mit den Eichenberger Kriegsveteranen war in der Vergangenheit nie wirklich gut für den jungen Polizisten ausgegangen. Nur knapp war er mit dem Leben davongekommen, Blessuren hatte es aber immer gegeben. Die Todesangst stand ihm ins Gesicht geschrieben. Fast tat er dem Leopold ein bisschen leid, wie er da so hin und her tippelte von einem Fuß auf den anderen und unsicher zu den Gehwagerln schielte. Das sollte mal einer glauben, keine Angst vorm wildesten Mörder und

Messerstecher, aber ein paar alte Männer mit Hackelstecken, die ließen den Hirsch beinah die Flucht ergreifen.

»Keine Sorge …« Er legte dem Kollegen beruhigend die Hand auf den Unterarm. »… ich pass schon auf, dass dir niemand was tut. Und die Theres, die duldet sowieso weder Mord noch Totschlag in ihrem Wirtshaus.«

Der Leopold lachte. Aber Spaß verstand der Simeon grad leider überhaupt keinen. Angstvoll starrte er den Pfarrer an, stapfte aber tapfer mit ihm in Richtung Todeszone.

Was der Fuhrpark an Rentner-Ferraris vor dem Wirtshaus schon erahnen ließ, wurde drinnen bestätigt. Wie jeden Sonntag saßen die rüstigen Kriegsveteranen aus Eichenberg bei Weißbier, Schweinsbraten und einer Partie Schafkopf zusammen. Nicht, dass man sich nicht sowieso jeden Tag gesehen hätte, aber am Sonntag, da wurde dem Treffen einfach eine gewisse zeremonielle Feierlichkeit verliehen. Nach der Kirche auf zum Wirt. So hatte man das immer gehalten und so würde man das weiterführen, bis keiner mehr übrig war. Dass der Wimmer Karl jetzt schon ein paar Monate fehlte in der ehrwürdigen Runde, daran war der Wimmer schon ganz allein selber schuld, auch wenn es seine Kriegskameraden gern dem armen Simeon Hirsch in die Schuhe geschoben hätten.

»Ah, da schau her. Wer hat sich denn da am Sonntag ins Wirtshaus verlaufen? Der Pfarrer. Und die Polizei habens auch gleich mit dabei? Traun Sie sich allein nicht, hä, hä, hä?«

»Oder wollens am End den Nächsten von uns holen? Aber wir sind unschuldig, genauso wie beim letzten Mal, Herr Pfarrer. Wir haben nix zu tun mit der ganzen Sache. Gott ist unser Zeuge, den könnens gern fragen, wenn Sie uns nicht glauben.«

Der Gleixner zog eine Karte aus der Hand und legte sie mitten auf den Tisch. Unsanft rempelte er den Stürmer Max neben ihm, der schon wieder eingeschlafen war.

»He, Lucki, was ist. Machst den Stich, oder ned?«

Früher hatte sich der alte Stürmer nach Mittagsbraten und drittem Bier gern ein kleines Nickerchen in der Stammtischecke gegönnt. Kopf in den Nacken, Sabber aus dem Mundwinkel hatte er zur Schafkopfrunde lediglich die musikalische Schnarchbegleitung beigetragen. Seit aber der Wimmer in der Fünfer-Truppe fehlte, musste der Ludwig den vierten Schafkopf-Posten ausfüllen, ob er wollte oder nicht. Die vielen Jahre Schafkopf-Schnarchen, die vergisst aber so ein Rentnerkörper nicht von heut auf morgen, und drum ratzte der Vierte im Bunde halt in aller Regelmäßigkeit immer genau dann ein, wenn es um die Wurst oder, genauer gesagt, den Stich ging.

»Ha, wos is los? Wo brennt's?« Vor lauter Schreck fiel dem alten Herrn das ganze Blatt aus der Hand.

»Ja Herrschaftszeiten, hat der die Blaue auf der Hand? Lucki, du Rindviech, du spielst die ganze Partie mit der falschen Sau.«

»Wos? Wos mach i?«

»Der Alfons hat die Farbe angesagt, aber du spielst den dritten Zug für den Erich.«

»Ach geh, so ein Blödsinn.«

»Ja, freilich, nix Blödsinn. Da schau her.«

Der Gleixner blätterte die gemachten Stiche auf den Tisch, und die Empörung in der Runde wurde immer größer.

»Oiwei, immer das Gleiche mit dir.«

»Kannst du ned einmal aufpassen?«

»Also, i hör auf. So brauchen wir gleich gar nicht spielen.«

»Ein so ein Schmarrn.«

»Ja mei, weil ich halt so müd bin, nach dem Bier und der fettigen Soße.«

»Fettige Soße?« Die Theres kam aus der Küche geschossen, als hätte man einen bösen Geist gerufen. Zornig blickte sie in die Runde. »Wer hat hier bitte schön was an meinem Essen zu meckern?« Wütend stemmte sie die Arme in die Hüften und musterte ihre Stammgäste.

»Aber nein, Frau Stroblinger«, versuchte der Meininger die aufgeladene Stimmung zu beruhigen, bevor ihm der verschreckte Hirsch gleich wieder in den Wald entfloh. »Ganz im Gegenteil. Ich hab mich gerade gefragt, ob Sie vielleicht noch was übrig haben für den Herrn Wachtmeister und mich. Wir sind nämlich schon den ganzen Tag auf den Beinen und langsam könnten wir eine kleine Stärkung vertragen. Und da hab ich natürlich gleich an Sie gedacht und an Ihren Schweinsbraten.« Hoffnungsvoll blinzelte er die alte Wirtin an. Und tatsächlich, mit so viel Lob traf er mitten ins Schwarze.

»Aber freilich, Hochwürden, freilich hab ich noch was für Sie. Jetzt setzen Sie sich erst mal dazu, zu den alten Grantlern, und ich bring Ihnen beiden ein Bier und was zum Essen. Schadt gar nicht, wenn sich hier am Stammtisch auch mal ein bisserl was an der Sitzordnung ändert«, keifte sie die alten Herren an und schlurfte zurück in die Küche.

Jetzt ein bisserl neugierig war man auch im hohen Alter, wenn man eigentlich eh schon alles wusste, trotzdem immer noch. Und drum machten die vier Greise ausnahmsweise brav Platz bei sich am Bankerl und räumten ihr versautes Sauspiel vom Tisch.

»Also, Hochwürden, was ist denn da nachher passiert? Man hört ja so allerhand von den Weibern und von der Feuerwehr. Aber wissen tut man trotzdem nix.« Damit hatte der Gleixner die bisher gelaufenen Ermittlungen ziemlich gekonnt auf den Punkt gebracht.

»Herr Gleixner, da geht es uns im Moment noch nicht viel anders«, stimmte der Pfarrer ihm zu. »Was wir wissen, ist, dass einer unserer Berliner Gäste am Samstag früh erstochen in seinem Sprinter aufgefunden worden ist. Mit den Ergebnissen der Spurensicherung ist frühestens am Montag zu rechnen. Aktuell sammeln wir daher so viel Informationen wie nur irgendwie möglich, solang die Spuren noch frisch sind.

»Ja, weiß denn da überhaupt noch irgendjemand irgendetwas?«, fragte der Stürmer nicht ganz zu Unrecht. »Bei der ganzen Sauferei? Hat doch kein Mensch mehr was mitbekommen von der Gaudi, oder?«

Weil der Simeon recht verschüchtert ganz am Rand vom Bankerl hockte und den Mund so gar nicht aufbrachte, nickte der Leopold für sie beide.

»Ja, das stimmt leider. Zumindest was unsere jungen Freunde bei der Feuerwehr betrifft. Da war wirklich wenig Erinnerung zu holen.«

»Und von den Weibern hams wahrscheinlich dafür nur einen Haufen Schmarrn erzählt bekommen, hä, hä, hä.« Der Gleixner lachte recht dreckig, und der Meininger sagte dazu lieber nix.

»Viel Neues oder Brauchbares haben wir leider noch nicht erfahren, das muss ich zugeben. Aber vielleicht wissen ja Sie …?« Erwartungsvoll ließ er den Blick um den Tisch wandern. »Es wäre uns schon wirklich eine große Hilfe. Und wenn es nur eine kleine Auffälligkeit gewesen ist. Irgendwas, das Ihnen komisch vorkam, seltsam, unnatürlich?«

Der Hinterleutner hob die Hand und räusperte sich. »In der Wurst, da war kein Fleisch nicht drin«, erklärte er biertrocken. »Und im Bier, da war dafür ein Kirschwasser drin. Recht viel seltsamer geht's wirklich nicht.«

Der Pfarrer suchte krampfhaft nach der inneren Ruhe. Jetzt musste er sich hier am Stammtisch schon von den Hundertjährigen verarschen lassen. Und vom Polizisten keine Unterstützung zu erwarten. Herzlichen Dank auch.

»Sie sind ja ganz besonders lustig heut. Aber vergessen Sie mir nicht, dass es hier einen Toten gegeben hat. Grausam erstochen, zum Lachen ist das eigentlich nicht.«

»War ja keiner von uns.«

»Hat ja niemand gsagt, dass sie herkommen müssen, diese Wurstverächter, diese Bierteufel, diese.«

»Können ja mir nichts dafür.«

»Na, na. Wir wollen doch hier am Stammtisch nicht fremdenfeindlich werden?« Die Stroblingerin stellte den beiden Ermittlern zwei Bier vor die Nase und kam gemütliche Minuten später mit zwei Tellern Schweinebraten zurück. Sie war wirklich nicht mehr die Schnellste, aber so, wie das Fleisch duftete, lohnte sich das bisschen Warten noch immer.

»Ein Toter ist ein Toter und eine furchtbar schlimme Sache, egal woher der kommt«, schimpfte sie weiter mit ihren Stammtischbrüdern. »Irgendwo ist ein jeder zu Hause und hat eine Familie, die jetzt um ihn trauern muss. Grad, wenn's einen so jung erwischt.« Sie blickte auf das Sterbebild ihres Sohnes an der Wand. »Der Fremde hat sicher auch eine Mutter irgendwo, die wissen will, was mit ihrem Bub passiert ist. Also helfts ihr jetzt dem Herrn Pfarrer, und nix will ich mehr hören von wegen, dass uns das nix angeht. Verstanden?«

Fast bildete sich der Meininger ein, es würden sich Tränen in den Augen von der Wirtin sammeln, aber plötzlich verschwand sie, furchtbar schnell für ihr Alter, in die Küche.

»Also …« Der Leopold richtete seine Aufmerksamkeit wieder auf die Kartenspieler. »Spaß beiseite. Haben Sie jetzt was gesehen oder nicht?«

Angestrengt dachten die vier nach, das konnte man deutlich sehen an den tief gefurchten Stirnfalten und dem vielen Bartgezwirbel rund um den Tisch.

»Herr Pfarrer, also abgesehen einmal davon, dass das einfach ein paar seltsame Lackel sind, mir wär da nix aufgefallen. Wirklich nicht.« Der Gleixner kratzte sich am Kopf, die anderen drei nickten. »Mir sind den ganzen Freitag am Brunnen gehockt, wie immer halt. Aber da war jetzt nix Besonderes. Die haben Kisten reingetragen in ihren Kühlwagen und wieder raus. Diese greislichen Würstel wahrscheinlich, sonst haben's ja nix ghabt. Das Bier vielleicht noch. Aber sonst? Sonst nix.«

»Gestritten?«, traute sich jetzt sogar der Simeon einmal eine Frage zu stellen. »Haben die irgendwann gestritten miteinander?«

»Na, also nicht, dass wir wüssten.«

»Also wir haben nichts gehört.«

Gut, das musste jetzt freilich noch nichts bedeuten, weil das mit dem Hören, das klappte bei diesen speziellen Zeugen schon lang nicht mehr so gut.

»Und abends?«, fragte der Hirsch weiter. »Abends ist Ihnen auch nichts aufgefallen?«

»Nein, weil ich hab ja schon um sieben gschlafen, ich war gar nicht mehr da, da können Sie auch meine Frau fragen, die kann das bezeugen. Mein Alibi ist wasserdicht.«

»Herr Hinterleutner, Sie brauchen doch jetzt auch gar kein Alibi. Wir wollen doch nur wissen, ob sie was gesehen haben«, beruhigte der Polizist.

»Ja, das sagen Sie jetzt. Und dann, wenn ich nicht sag, dass ich daheim im Bett war, dann sperrens mich ein wie den Karl und sagen, ich wär's gewesen, das kenn ich schon. Nein, da sag ich lieber gleich, Alibi. Im Bett war ich.«

Der Hirsch seufzte. Sich hier wieder Vertrauen zu erarbeiten, das würde ein langer Kampf werden.

»Und der Rest, hat der Rest von Ihnen irgendwas gesehen?«

»Gerauft haben sie halt, die jungen Leut. Ein bisschen haben wir vielleicht sogar mitgeholfen, hä, hä, hä. Aber waren ja eh so schnell weg, diese Veganier. Da hat ja einmal draufhauen schon gereicht, und die sind davon wie der Blitz. Und dann sind wir auch heim. So schön das auch ist, so eine Rauferei, aber die eigenen Leut hauen, dafür sind wir jetzt wirklich zu alt. Das war vielleicht früher recht lustig, aber heut. Heut haun wir nur noch die Fremden und …« Der Gleixner hob den Finger. »… nur wenn Sie's auch verdient haben. Gell. Das wollt ich noch gesagt haben. Nur wer den Unfrieden mitbringt, den haun wir halt wieder aus.«

Also auch hier, wenig Neues zwischen dem vielen Alten. Die Stammtischbefragung war zwar friedlich, aber auch nicht unbedingt erfolgreich verlaufen. Der Simeon Hirsch allerdings so froh über die immer noch heile Haut, dass er diese auf gar keinen Fall noch gefährden wollte.

»Vielen Dank, die Herren. Herr Meininger, ich würd dann schon mal im Auto warten. Vielleicht machen Sie das mit der Rechnung?«

Der Pfarrer nickte resigniert und entließ den erleichterten Polizisten in die Freiheit. Nach der Theres und der Rechnung rufend, fiel auch sein Blick nochmals auf das Bild vom Ferdinand Stroblinger. Und irgendwie kam der ihm plötzlich bekannt vor. Der wilde Haarschopf, der scharfe Blick und das strahlende Lachen.

»Von seinem Vater hat der arme Bub aber überhaupt nichts geerbt«, brummte er vor sich hin.

»Wer nachher?«

»Na, der Ferdinand. Der schaut dem Wimmer so gar nicht gleich.«

Acht Augen blickten den Meininger verständnislos an.

»Warum soll der denn wie der Wimmer ausschauen?« Der Stürmer war plötzlich hellwach.

Jetzt war es dem Meininger doch ein wenig unangenehm, hier so mit seinem Verdacht in die Freundesrunde vom alten Wimmer Karl zu platzen. Weil wissen tat es ja niemand recht, aber er war sich halt sicher. Und jetzt konnt er auch nicht anders, als sich zu erklären.

»Mei, ich dacht halt, weil keiner drüber redet im Dorf, dass vielleicht der Karl und die Theres? Und dass dabei der Ferdinand?«

»Hä, hä, hä, hä!«

»Ha, Herr Pfaffer, Sie sind ja lustig.«

»Ah, so ein Schmarrn. So was hab ich ja schon lang nicht mehr gehört.«

Misstrauisch blickte der Meininger in die Runde. Wollten die vier ihren Freund nach all den Jahren immer noch decken?

»Dürfens mir schon sagen, wenn's so war«, forderte er jetzt tatsächlich selbst ein Geheimnis ein. »Ich verrat's auch nicht weiter.«

»Herr Pfarrer, der Karl mag vielleicht ein schlimmer Hund gewesen sein. Und jetzt zum Schluss dann wirklich viel zu … na ja, Sie wissen schon. Aber eine jede Fehltat, die hier in Eichenberg passiert ist, die darf man ihm auch nicht einfach in die Schuhe schieben. So weit kommt's noch«, nahm der Samberg seinen Freund in Schutz. »Der Ferdinand, der ist nicht von ihm.«

»Der Theres war der Karl ja auch viel zu alt, die hätte den doch niemals durch ihr Fenster lassen«, bekräftigte der Stürmer.

»Zu alt? Aber die Stroblingerin ist doch in Ihrem Alter?«

Wieder starrten die vier ihn ungläubig an.

»Unser Alter? Herr Pfarrer, passens bloß auf, dass die das nicht mitkriegt, was Sie da sagen. Das war sonst Ihr letztes Bier und Ihr letztes Essen hier drin.« Die Alten grinsten zahnlos. »Nur, weil die arme Frau so viel mitgemacht hat, Schicksalsjahre, die harte Arbeit, der viele Kummer. Herr Meininger, die Theres, die wird nächstes Jahr erst siebzig.«

Der Meininger schluckte, er hätte sie in jedem Fall mindestens fünfzehn, wenn nicht gleich zwanzig Jahre älter geschätzt.

»Für uns war die viel zu jung, und außerdem hatte die auch eher eine Vorliebe für die Jugend. Die mochte ihre Gschpusis am liebsten noch mit den Milchzähnen drin, hä, hä, hä.«

Der Meininger schluckte. Wollte er darüber wirklich mehr erfahren?

»Eine echte Wirtin war sie schon immer. Die wollt's halt wissen, hä, hä, hä. Überrascht hat es auch niemanden, dass dann plötzlich ein Kind da war. Und einen Vater dazu hätt die Resi eh nicht gebraucht. In einem Wirtshaus, da läuft so ein Zwergerl ja einfach mit. Ihr war das eher wurst, als er dann endlich weg war, der Vater. Da haben die anderen Weiber mehr Tränen vergossen. Nur wissen, wissen sollte es halt keiner im Dorf, wer der Vater war. Damit der Ärger nicht noch größer wird.«

Die vier nickten sich zu. Völlig gefangen in den Erinnerungen an die jungen Jahre.

»Sie wollt eben nicht von den Eichenbergerinnen angefeindet werden. Und drum, Herr Pfarrer, drum halten auch Sie das Maul. Kapiert?«

Plötzlich konnte der Meininger den Simeon nur zu gut verstehen. Drohend richteten die vier ihre Blicke auf den Pfarrer, der ein ganzes Stück tiefer in die Bank rutschte. »Das hat jetzt all die Jahre keinen interessiert, und so soll es auch bleiben.« Der Gleixner schlug mit der flachen Hand auf den Tisch, dass die Biergläser wackelten. »Die Theres hat in ihrem Leben genug durchgemacht. Da brauchen Sie jetzt nicht auf einmal anfangen in den alten Geschichten herumzuschnüffeln, bloß weil der Erzeuger vom Ferdinand bei Ihnen im Pfarrhaus hockt und Ihrer Köchin schöne Augen macht.«

Dem Meininger fiel die Kinnlade bis zu den Knien nach unten und die Schuppen von den Augen. Die Grübchen, das Lachen. Was war er nur für ein blinder Depp gewesen?

Weil, wenn man sich den Bart aus dem Gesicht vom Franz wegdachte, dann sah er wirklich aus wie eine ältere Version von seinem Sohn. Mit zitternden Händen griff der Pfarrer nach seinem Bier und leerte es in einem Zug nach unten. Schnaps wäre ihm lieber gewesen, aber er hätte keinen Ton herausgebracht, um einen zu bestellen. Stattdessen packte er einen Fünfziger auf den Tisch und stürzte aus dem Wirtshaus.

»Beichtgeheimnis!«, plärrte ihm der Gleixner noch hinterher. »Herr Pfarrer, das bleibt unser Beichtgeheimnis! Verstanden? Sonst kracht's!«

Verstanden, und wie er das verstanden hatte. Schweißgebadet warf er die Mercedestür hinter sich zu, bloß weg hier.

Sein Fahrer kannte die Todesangst und Schrecken nur zu gut, hielt den Mund und trat aufs Gas. Mit quietschenden Reifen suchten sie das Weite, während im Meininger-Kopf Jahreszahlen rauf und runter purzelten.

Konnte das denn überhaupt stimmen? Der Franz und die Theres? Und dann auch noch ein Kind. Jetzt, erst hatte er gedacht, die Wirtin wäre lang schon jenseits von Gut und Böse, aber stimmte ja nicht. Neunundsechzig Jahre zählte sie, auch wenn man das kaum glauben mochte. Die Beerdigung vom Ferdinand, die war ungefähr dreizehn, vierzehn Jahre her, wenn der Meininger sich recht erinnerte. Damals war der Bub fünfundzwanzig gewesen. Die Theres war also mit dreißig Mutter geworden, recht spät für die Zeit damals, aber nicht unmöglich. Und der Franz, der war achtzehn gewesen und in der Pracht der Jugend, als die Wirtin ihn zum Vater gemacht hatte. Dass es nebenher auch ein paar andere Freundinnen gegeben hatte, das schien ihn dabei nicht gestört zu haben. Den Meininger störte, Pfarrersmoral hin oder her, eine Sache dabei ganz gewaltig. Nämlich, dass auch seine Maria zu den Haremsdamen gehört hatte. Und er war sich fast sicher, gewusst hatte seine Köchin davon nichts. Die Frage war nur, wusste sie es heute?

»So, wir sind da.«

Der Leopold hob überrascht den Kopf. Völlig in Gedanken versunken hatte er überhaupt nicht mitbekommen, wohin der Simeon sie kutschiert hatte.

»Wo da?«

»Na, hier eben. Metzgerei Hofbauer. Wo sonst?«

Der Kopf tat dem Meininger auf einmal furchtbar weh, und er wusste nicht, was ihm schwerer im Magen lag. Der Schweinsbraten von der fremden Köchin oder die Sorge um die eigene. Das Letzte, was er jetzt gerade brauchen konnte, war noch eine Befragung.

»Muss das wirklich sein?«

»Herr Meininger, was ist denn los mit Ihnen? Ein bisschen mehr Motivation bitte. Bis jetzt haben wir noch so gut wie keine brauchbare Information«, nörgelte der Hirsch. »Der Hofbauer ist als Erster am Tatort und Finder der Leiche eine unserer wichtigsten Quellen.«

Der Leopold seufzte. Wenn sein Kollege nur wüsste. Die Informationen im Meininger-Kopf, die reichten eigentlich auch für zwei. Nur teilen konnte er sie halt gerade nicht.

»Also gut. Dann bringen wir es eben hinter uns.«

Der Hofbauer Mathias und seine Gattin Vroni wohnten seit eh und je direkt über der Metzgerei. Das war schon aus beruflichen Gründen praktisch und geschäftsfördernd. Weil so konnte ein jeder, der dringend eine große Spanferkel-Order aufgeben oder den Grillmeister 2000 für den achtzigsten Geburtstag von der Oma reservieren wollte, auch einfach privat klingeln, wenn offiziell schon lang zu wahr. Und drum war auch eigentlich immer irgendjemand zu Hause.

An diesem Sonntag hatten die beiden Ermittler besonders Glück, sowohl die Vroni wie auch der Mathias erholten sich nämlich daheim auf dem Kanapee von den Schrecken am Wochenende und freuten sich über ein bisschen Gesellschaft. Weil wenn man sich gegenseitig schon alles fünfzig Mal und öfter erzählt hat, dann ist selbst der grausamste Leichenfund irgendwann nicht mehr so interessant, als wenn man es ganz neu und frisch an offizieller Stelle loswerden kann.

»Ich sag's Ihnen, so was Furchtbares hab ich in meinem Leben noch nie gesehen. Fünf Messer. In den Händen, Füßen und mitten in der Brust. Also, da hat es einer wirklich ernst gemeint mit dem Abstechen«, berichtete der Mathias, die Augen vor Schrecken geweitet. »Und jetzt schlachten wir hier ja fast jeden Tag selbst, wir sind also nicht zimperlich, was das angeht. Aber so was. Na. Ein Mensch ist eben doch was ganz anderes als ein Viech.«

Ja, da konnte der Meininger ihm nur recht geben. Durchaus ein Unterschied. Wenn auch manchmal kein allzu großer.

»Gut, dass ich nix zum Frühstück hatte wegen meiner Platzwunde.« Er strich sich über das Pflaster an der Stirn. »Ich hätte gleich noch drauf gespieben. Und dann ade Spurensicherung, gell, hä, hä, hä.«

»Ja, wegen Ihrer Wunde …«, begann der hinterlistige Polizist gleich unauffällig sein Verhör. »Warum waren Sie eigentlich so früh auf den Beinen und nicht im Bett? Was haben Sie denn gesucht, da am Food Truck?«

Fast beleidigt schaute der Metzger von einem Ermittler zum anderen. »Ach, so ein bisserl offener Schädel, das haut einen Hofbauer noch lange nicht um. Damit ich mich ins Bett leg und krank mach, da muss schon mehr passieren.«

»Aber trotzdem. Was haben Sie da gewollt?«

»Meine Schwester, die hat mich geschickt. Ich sollt nach dem Rechten schauen. Kasse ausleeren und so. Sie hatte halt auch ein wenig Angst, dass in der Nacht vielleicht noch jemand den Wagen demoliert haben könnte. Bei so vielen erhitzten Gemütern, Sie verstehen?«

Absolut, das verstanden sie. Durchaus im Bereich des Möglichen, dass die Feuerwehr im Schnaps-Übermut und mangels Prügelopfer ihre Wut einfach auf den Berliner Würstel-Bus umgelenkt hätte.

»Hätt mich auch überhaupt nicht gewundert«, schimpfte die Vroni. »Überhaupt nicht. Ich war ja von Anfang an dagegen. War ja diese vegane Ecke in der Metzgerei schon ein Krampf. Was uns an Umsatz fehlt, seit die Claudia da hinten ihren Schmarrn verkauft. Ich musst sogar Ware wegschmeißen, das hatten wir in zehn Jahren nicht.« Die Liebe zur Schwägerin war bei der Hofbauerin offenbar nicht allzu groß.

»Aber Vroni, dafür hat ja die Claudia gutes Geschäft gmacht«, versuchte der Mathias zu beschwichtigen.

»Ja, die Claudia. Und was haben wir davon? Ha? Hast du bisher auch nur einen Cent gesehen von diesem guten Geschäft?« Eisig blickte sie ihren Gatten an. Kopfverletzung hin oder her, keine Schonfrist. »Und nicht, dass das Fräulein was zahlen müsste. Keine Miete, keine Unkostenbeteiligung, nix. Schön einwanzen, Strom brauchen, Kühlung blockieren …«

»Aber Vroni, die Claudia gehört doch zur Familie.«

»Aber Vroni, aber Vroni. Komm mir jetzt nicht mit aber Vroni. Auf einmal gehört das Mädel wieder zur Familie, wo wir jahrelang nix gehört und gesehen haben von ihr. Kein Mensch wusste, wo sie steckt. Berlin, ha, dass ich nicht lache. Wer hat sie denn versucht zu finden, als die Oma gestorben ist im letzten Jahr? Ich, die arme Vroni. In Berlin, da wusst kein Mensch in ihrer alten Wohnung, wo sie überhaupt steckt, das Fräulein. Auch wenn du das schon lang wieder vergessen hast mit deinem Schafskopf. Ich, arme Vroni, kann mich noch gut erinnern. Vier Monate offene Miete und Schulden bei den Mitbewohnern. Wer hat denn gezahlt? Wir waren die Dummen. Und dann steht das Fräulein Schwester plötzlich vor der Tür, und kein Wort wird mehr drüber verloren, weil die Freude so groß ist.«

Stumm beobachteten die beiden Ermittler das wilde Geschimpfe und schuldbewusste Kopfeinziehen. Wäre es nicht so furchtbar interessant gewesen, die beiden hätten sich fast ein wenig geschämt. Fast.

»Ich hab's dem Vater halt versprochen, dass ich mich kümmer.« Ganz kleinlaut war der tapfere Hofbauer.

»Kümmern, kümmern. Dass ich nicht lache. Die will doch gar nicht, dass man sich kümmert. Die will, dass man ihre Suppe für sie auslöffelt. Ganz genau wie früher. Verzogen von vorn bis hinten, das war sie schon immer. Ich sag's dir, wir waren besser dran ohne sie. Jetzt haben wir den Salat. Nur Ärger, einen Haufen Fremder im Haus und sogar einen Toten. Ich frag dich, was muss denn noch passieren, bis du merkst, was hier gespielt wird?«

Ja, das war nun jetzt eben die interessante Frage. Was wurde hier eigentlich gespielt? Und die Hofbauer Vroni, die schien das tatsächlich am allerbesten zu wissen. Nur leider, leider, nachdem der größte Grant ausgesprochen war, fiel ihr jetzt plötzlich auch der Besuch wieder ein, der da so unauffällig und still in der Küche hockte.

»O mei!«, rief sie ganz bestürzt aus und schlug die Hände über dem Kopf zusammen. »Mei, das tut mir jetzt aber leid. Herr Hirsch, Herr Meininger, dass ich Sie mit diesen unwichtigen Familienärgernissen langweile. Schämen sollt ich mich.« Sie bekam lauter rote Flecken auf Hals und Wangen.

»Aber Frau Hofbauer, ich bitte Sie. Genau darum sind wir doch hier. Vielleicht hilft das ja bei der Aufklärung des Falles, vielleicht wissen Sie etwas, womit wir arbeiten können?« Der Hirsch war ganz Ohr. Aber der Redefluss der Metzgersgattin war versiegt.

»Na. Das sind doch nur die ganz normalen Streitereien in der Verwandtschaft. Die kennt doch jeder. Das hat doch mit dem hier gar nichts zu tun.« Sie schüttelte den Kopf.

»Da wäre ich mir nicht so sicher, Frau Hofbauer. Am Ende müssen das ja wir entscheiden. Sie sagten, die Claudia war gar nicht in Berlin?« Der Kommissar hatte plötzlich eine heiße Fährte aufgenommen.

»Na. Na, das hab ich nicht gesagt. Wir haben sie bloß nicht gefunden. Keine Ahnung, wo die war. Wie das halt ist, mit so unzuverlässigen jungen Leuten. Wahrscheinlich war sie einfach nur umgezogen und hat vergessen, bei uns Bescheid zu geben. Aber was weiß denn ich.«

»Und da haben Sie nie nachgefragt, Herr Hofbauer? Als Ihre Schwester dann hier aufgetaucht ist. Wo sie war und warum sie plötzlich wieder da ist? Das hat Sie nicht interessiert?«

»Die Claudia ist da dahoam.« Auch der Hofbauer war plötzlich recht schweigsam.

»Ja, nun gut. Dann fragen wir doch einfach mal die junge Dame selbst, wo sie war?«

»Die Claudia is ned dahoam.«

»Aha. Und Ihre Pensionsgäste? Kann man die vielleicht sprechen?«

»Ned dahoam.«

»Und wo bitte schön sind dann alle?«

Beide Metzgersleute zuckten mit den Schultern.

Wieder einmal bewies das niederbayerische Ermittlerdasein, dass es eines der härtesten war. Man musste entweder eine wahre Engelsgeduld in sich tragen oder vom selben lokalen Schlag sein. Der Meininger, der zumindest an guten Tagen beides aufweisen konnte, hatte da deutlich bessere Karten als sein Münchner Kollege, dem bei so wenig Kooperation regelmäßig der Kragen platzte.

»Herrschaftszeiten, glauben Sie eigentlich, wir sind zum Spaß hier?«, brüllte er die beiden Eheleute an. »Wir haben eine Leiche im Dorf, und zwar nicht irgendeine, sondern eine, die Ihre Schwester hier angeschleppt hat!«

»Da war's aber noch keine Leich«, bemerkte der Hofbauer völlig korrekt.

Der Hirsch aber war am Ende mit seiner Geduld. »Wollen Sie mich eigentlich verarschen, Herr Hofbauer?« Er sprang von seinem Stuhl auf und fixierte den hilflosen Metzger mit seinem härtesten Ermittler-Blick. »Platzwunde hin oder her, Sie waren der Erste am Tatort und sind damit mehr als verdächtig. Sie und das halbe Dorf. Und ob Sie mithelfen oder nicht, eines, das verspreche ich Ihnen: Bis zum Ende der Woche, da haben wir rausgefunden, wer diesen Kerl erstochen hat. So wahr mir Gott und der Herr Meininger helfen. Und dann können Sie meinetwegen bei den beiden um Gnade bitten.«

Der Hirsch stürmte aus der Küche, und man hörte nur noch ein paar Türen schlagen, wenig später unten auf der Straße den Mercedes aufröhren und wegfahrende Reifen quietschen. Stumm sahen sich die drei Hinterbliebenen an.

»Es war halt ein langer Tag«, entschuldigte der Meininger den Ausbruch seines Kollegen, obwohl er ihn schon ein wenig verstehen konnte. So viele Fragen und so wenig brauchbare Antworten, da konnte man schon narrisch werden. Gerade wenn es irgendwie in der Luft lag, dass hier etwas faul war. Das spürte nämlich sogar der Pfarrer. In der Metzgerei Hofbauer hing der Haussegen gewaltig schief, und die Claudia war daran sicher nicht ganz unschuldig. Auch ihn hätte es brennend interessiert, wo sich das Fräulein so rumtrieb. Das letzte Jahr und die aktuelle Stunde. Aber im Gegensatz zum Polizisten wusste der Pfarrer eben recht genau, wann das Nachfragen Sinn machte und wann eher nicht.

»Ihr müsst den armen Polizisten verstehen. Der will niemandem was Böses, der macht sich vielleicht eher ein bisschen Sorgen um die arme Claudia. So mittendrin in einem Mordfall«, erklärte der Pfarrer vor allem in Richtung Bruder und Beschützer. »Da geht es mir ja nicht anders. Wir wollen ja nicht, dass noch Schlimmeres passiert. Oder? Solang hier ein Mörder im Dorf unterwegs ist und Fremde absticht. Wer weiß? Am Ende hat da jemand ganz vergessen, dass die Claudia hier zu Hause ist, und ihr passiert was. Wir würden uns das nie verzeihen, der Simeon und ich. Niemals. Und Sie, Herr Hofbauer, doch sicher auch nicht?«

Der Meininger erhob sich, verließ die Metzgersküche und marschierte davon. Im Kopf zählte er langsam rückwärts.

Fünf.

Vier.

Drei.

»Wartens, Herr Pfarrer, wartens. Einen Moment noch.« Der Mathias hielt ihn am Ärmel fest. Die Maria wäre furchtbar stolz auf ihren Pfarrer gewesen, dachte der sich und drehte sich zum Metzger um.

»Ja?«

»Es ist ja nicht so, dass wir nicht helfen wollen, Herr Pfarrer.«

»Ja?«

»Und dass Sie sich sorgen um die Claudia, Herr Pfarrer …«

»Selbstverständlich, Mathias. Selbstverständlich.«

»… ja, weil, das tu ich nämlich auch. Furchtbar Sorgen mach ich mir gerade, dass das Mädel da in was reingerutscht ist, aus dem sie nicht mehr rauskommt.«

»Ja?«

»Herr Pfarrer, aber ich wollt nix sagen vor meiner Frau oder dem Hirsch, weil ich will meine Schwester auf keinen Fall in Schwierigkeiten bringen. Und gerade bei der Polizei, da weiß man ja nie. Ein falsches Wort und schon sitzt man im Kammerl weggesperrt.«

»Aber dafür gibt es doch bei der Claudia überhaupt keinen Anlass, oder?« Fragend zog der Meininger die Augenbrauen hoch.

»Nein, sicher nicht. Aber trotzdem. Ich will nur, dass ihr nix passiert. Dass sie keinen Ärger bekommt, noch mehr Ärger.« Der Metzger zögerte kurz, und der Meininger konnte sich schon denken, was jetzt kam. Und er hatte tatsächlich recht, auch wenn ihn schon wieder eine Beichte überhaupt nicht freute.

»Aber bei Ihnen, Herr Pfarrer, bei Ihnen, sozusagen in Amt und Würden, da kann ich ja erzählen, und Sie dürfen es eh nicht weitersagen wegen dem Beichtgeheimnis.«

Der Leopold sagte nix, da gab es auch einfach grad gar nix. Dafür teilte ihm der Hofbauer Mathias aber gleich ein paar sehr interessante Dinge mit. Nämlich, dass die Claudia wirklich wie aus dem Nichts zurück nach Eichenberg gekommen war. Mit nicht viel mehr im Gepäck als das, was man auf der Haut tragen konnte. Ziemlich runtergekommen hatte die Schwester ausgesehen, als sie den Mathias mitten in der Nacht aus den Federn geklingelt und um Unterkunft gebeten hatte. Natürlich hatte der Bruder sich gekümmert, wie er es dem Vater versprochen hatte. Keine Fragen gestellt, die Fragen der Vroni im Keim erstickt. Und dann war ja auch alles recht gut gelaufen erst einmal. Die Schwester erholt, aufgeblüht, voller Tatendrang. Richtig gefreut hatte er sich, dass sie endlich Interesse für den Familienbetrieb gezeigt hatte. Da war's ihm persönlich dann auch recht wurst, mit welcher Wurst. Hauptsache, das Mädel war gesund, glücklich und wieder daheim.

Irgendwann, so vor zwei, drei Wochen, hatte es dann mit den nächtlichen Telefonaten angefangen. Der Festnetzanschluss hatte geklingelt um Mitternacht, in aller Hergottsfrüh, später dann über den ganzen Tag verteilt. Nur gemeldet hatte sich niemand, wenn er oder die Vroni abgehoben hatten. Erst als eines Nachts die Claudia am Hörer war, da konnte er ein langes Gespräch belauschen von seinem Versteck hinter der Treppe aus. Wobei, Gespräch traf es ja nicht ganz, weil er hat ja immer nur den Teil von der Claudia gehört und nicht den Rest dazu. Der wäre aber vielleicht wichtig gewesen, um zu verstehen, was alles zusammen bedeutete. So viel aber hatte er doch kapiert, dass da jetzt nicht die nächstbeste alte Schulfreundin dran war, um sich nett über die alten Tage zu erzählen. Wütend war die Claudia gewesen, am Anfang. Hatte leise in den Hörer geschimpft, dann aber plötzlich immer weniger gesprochen und immer leiser, immer verduckter. Irgendwann, das bildete er sich jedenfalls ein, hatte sie eher gebettelt und am Ende sogar ein wenig geweint. Komisch auch, dass sie noch mindestens eine Stunde, nachdem der Hörer endlich wieder auf der Gabel lag, auf der Treppe gehockt war und sich nicht bewegt hatte. So ein Häufchen Elend hatte sie abgegeben, dass der Mathias sich gar nicht erst getraut hatte, zum Trösten vorbeizuschauen, lieber wollte er bis zum nächsten Morgen warten.

»Und dann?«, fragte der Pfarrer nach so viel Interessantem.

»Am nächsten Tag in der Früh, da war die wie ausgewechselt, ganz die Alte. Hatte die super Idee mit dem Food Truck und wollte sich gleich bei Ihnen melden, ob das nicht was wäre für Eichenberg. Da hab ich mir gedacht, vielleicht einfach nur ein dummer Streit mit einem Ex-Freund oder so. Das ist ja gang und gäbe in dem Alter. Das war wahrscheinlich sowieso der Grund für ihr Untertauchen und dann die plötzliche Heimreise. Da muss man als Bruder dann auch nicht so neugierig sein.«

»Und dann haben Sie nix gesagt.«

»Na, hab ich nicht. Es war dann auch Schluss mit den anonymen Anrufen. Und ich dachte, jetzt wäre das erledigt.«

»War es nicht?«

Der Metzger zuckte mit den Schultern.

»Das ist ja genau, was ich Ihnen erzählen will, Herr Pfarrer. Und was Sie aber nicht weitersagen dürfen, weil wegen meiner

Schwester. Ich weiß es selbst nicht. Die Claudia hat uns dann von heut auf morgen diese vier Berliner angekündigt, als Pensionsgäste. Freunde von ihr und alte Kollegen aus Berlin, die ihr am Marktwochenende helfen würden. Natürlich gegen Bezahlung bei uns im Haus, weil die wusste schon, dass das der Vroni am wichtigsten wäre. Mir war das grad recht, musste ich nicht helfen, wir haben ja eh immer mehr als genug zu tun. Grad jetzt mit dem Grillmeister. Und waren ja auch ganz in Ordnung, die Burschen. Freilich, ein bisserl seltsam schon, aber mei. Nur dieser Rene. Mit dem bin ich nicht warm geworden, der kam mir gleich komisch vor. Und dann hat die Vroni auch noch gemeint, dass der und die Claudia …« Er kratzte sich verlegen im Nacken. »… aber da war nicht zu reden mit ihr. Total verschlossen, so kenn ich sie gar nicht. Aber was soll ich machen? Ist ein erwachsenes Mädel, und ich bin ja auch nicht der Vater.«

Der Meininger nickte verständnisvoll. Was sollte man da machen? Gerade bei einer Frau wie der Claudia.

»Außerdem dachte ich, die sind halt jetzt für das Wochenende hier und dann auch wieder weg. Warum aufregen. Erledigt sich sicher von selbst.«

Und das war jetzt eben der Fehler vom Hofbauer gewesen, weil genau solche Sachen erledigen sich eigentlich nie von selbst. Das hofft man nur immer, obwohl man schon ganz genau weiß, dass es in jedem Fall schlimmer wird und nicht besser. Und weil das auch diesmal wieder genauso war, standen die beiden jetzt hier im finsteren Hausflur und mussten überlegen, warum es am Ende einen Toten gegeben hatte.

»Was mich am meisten gewundert hat, war, dass die immer mitten in der Nacht an ihrem Wagen rumgebastelt haben«, berichtete der Hofbauer weiter. »Nicht die Claudia, Herr Meininger, aber der Rene und die anderen drei. Den ganzen Tag nix wie im Bett rumliegen und sich nicht blicken lassen und mitten in der Nacht dann lebendig werden. Die Vroni hat furchtbar geschimpft. Weil so kann man doch keine Pension führen, wenn man nicht zum Putzen und zum Handtücher Austauschen in die Kammern kann. Und hat sie auch recht. Und wenn wir dann schlafen wollten, dann haben die angefangen, Radau zu machen in ihrem Sprinter.«

»Und da haben Sie auch nichts gesagt?«

Der Metzger lachte. »Doch, da ist mir gar nichts anderes übrig geblieben, weil sonst hätte ja die Vroni mich einen Kopf kürzer gemacht. Da hab ich schon was gesagt, was das soll und so und ob sie nicht lieber am Tag arbeiten möchten, wie ein jeder normale Mensch.«

»Und?«

»Die haben nur gelacht und gemeint, dass ich mich nicht so anstellen soll. Das wäre halt der Rhythmus in der Gastronomie. Da wäre die Nacht der Tag und umgekehrt. Und *work hard, play hard* hat noch einer gesagt, ich weiß auch nicht, was er damit gemeint hat. Jedenfalls sie wären es halt nicht anders gewohnt und würden aber leiser sein. Den Wagen, den haben sie dann auch gleich umgeparkt, samt Kühlung, auf den Dorfplatz. Die Vroni hat dann zwar noch geschimpft wegen den Zimmern, aber ich hab gesagt, sie soll doch froh sein, dass sie nicht putzen muss. Und dann war's auch gut. War ja auch nur für kurz gedacht.«

»Und die Claudia?«

»Die Claudia, die ist so selten hier, seit die vier, ähm, die drei da sind. Ich seh die kaum. Die hab ich da gar nicht erst gefragt dazu. Aber jetzt …« Der Hofbauer blickte plötzlich mehr als besorgt drein. »… jetzt frag ich mich andauernd, wo sie wohl ist und was da eigentlich los ist. Herr Meininger, ich hab da ein ganz schlechtes Gefühl im Bauch bei der Sache.«

Der Pfarrer nickte. Damit war der Hofbauer nicht allein.

»Aber lassen Sie die Polizei da noch raus. Wenigstens bis Sie mit der Claudia gesprochen haben, das müssen Sie mir versprechen. Beim Herrn im Himmel!«

Der Leopold zuckte zusammen.

»Ich? Mit der Claudia sprechen?«

»Ja, Herr Pfarrer, die Claudia, die hält so viel auf Sie. Wenn die jemandem was erzählt, dann Ihnen. Und Sie haben ja gesagt, dass Sie auf keinen Fall wollen, dass ihr etwas passiert. Gell?«

Ja, das hatte er gesagt, völlig richtig. Und damit war er mitten hineingetappt in seine eigene Falle. Musste der liebe Gott ihn gleich mal wieder dran erinnern, dass, wer anderen eine Grube gräbt und solche Sachen.

Nicht mehr ganz so stolz auf sich selbst und seine Ausfragekünste stiefelte der Pfarrer schließlich zu Fuß nach Hause. Mit dem nächsten Geheimnis. Und dem Versprechen, die Claudia zu befragen und auch noch zu beschützen, tat ihm die frische Luft auf der einen Seite und die Simeon-Hirsch-Pause auf der anderen eigentlich ganz gut. Da hatte man wenigstens einmal Zeit, ein bisschen das viele Durcheinander im Kopf zu sortieren.

Einer von den vier Berlinern war also tot. Mausetot. Erstochen, nur ein paar Stunden nachdem die Städter es geschafft hatten, das halbe Dorf gegen sich aufzubringen. So gern er seine Schäfchen auch hatte, genügend gereizt konnte die sonst friedliche Herde sich schon mal in ein Rudel wilder Wölfe verwandeln. Hatte man ja gesehen am Freitagabend. Und ganz egal, ob sich da jetzt vielleicht doch einer an mehr erinnern konnte, als er zugab, oder viel erzählt wurde, was am Ende überhaupt nicht stimmte. Gestehen, dass man jemanden eiskalt abgestochen hatte, das würde so schnell keiner freiwillig.

Blieben neben den Eichenbergern die Berliner selbst. Ein Mord unter Freunden? Sollte ja auch das ein oder andere Mal vorkommen, hatte der Pfarrer von seiner Köchin schon oft nacherzählt bekommen, am Montag beim Frühstück, wenn der Sonntagstatort wieder mal besonders gut oder besonders schlecht gewesen war. Und dass es unter den vieren nicht ganz so harmonisch zugegangen war, das hatte der Meininger ja selbst mit anhören können. Dazu noch die seltsamen Beobachtungen vom Hofbauer. Wäre schon auch eine Spur, die man zusammen mit dem Hirsch nachverfolgen könnte. Wenn man halt drüber reden dürfte. Und wie am Ende die Claudia mit drinhing in der Sache, das musste ja auch noch geklärt werden. Ganz dringend wünschte sich der Meininger jetzt ein wenig Hilfe. Von wem auch immer.

»Herr Pfarrer«, schniefte eine leise Stimme, als er gerade in Richtung Kirchgasse einbiegen wollte. »Herr Pfarrer, wo kommen Sie denn her?«, fragte die Claudia und rieb sich mit den Händen die rot verheulten Augen.

Die Knie an den Körper gezogen, hockte das Mädchen auf den Stufen vom VeMeat-Kühlwagen. Die wilden Locken ganz zerrauft um den Kopf, das Gesicht verschwollen vom vielen Weinen. So jämmerlich sah das Mädel aus, dass sie der Leopold gleich ganz freiwillig beschützen wollte. Hofbauer-Versprechen hin oder her.

»Bei deinem Bruder und seiner Frau war ich grad«, erklärte er und hockte sich kurzerhand neben sie. »Und bei dir wollt ich auch vorbeischauen.«

Sie schniefte und zog den Tränenrotz die Nase hoch. Furchtbar widerlich eigentlich, bei jemand anders, aber das arme Ding tat ihm so leid, dass der Meininger ihr einfach nur den Arm um die Schultern legen konnte. Und jetzt war das scheinbar schon zu viel Anteilnahme, weil, obwohl man meinen mochte, bei so einem roten Gesicht, da ist nicht mehr viel übrig an Tränen, fing die Claudia gleich wieder an zu schluchzen, was das Zeug hielt.

»Herr Pfarrer. So furchtbar ... so furchtbar ... der arme Marc.« Sie schniefte und schnappte nach Luft, dass man fast kein Wort verstehen konnte von dem, was sie sagte. »Der arme Marc ... Herr Pfarrer ... so schlimm ... ich hätte doch nie ... der Arme ... wir haben doch nur ... Herr Pfarrer. Bitte. Was soll ich denn nur machen?«

Ja, gute Frage. Was sollte sie denn machen? Dafür müsste der Leopold ja erst mal wissen, was sie bisher gemacht hatte.

»Jetzt beruhig dich erst mal.« Er reichte ihr ein Taschentuch aus dem Ärmel seines Talars, das nur ein kleines bisschen benutzt war. Die Claudia schnäuzte sich laut und kräftig.

»Und dann erzähl mir einmal, was überhaupt passiert ist mit dem armen Marc. Was du weißt von der Sache. Gemeinsam finden wir sicher eine Lösung.«

Das Mädchen blickte den Meininger aus großen glasigen Augen an, in denen immer noch die Salzseen standen und daneben noch etwas anderes. Schrecken? Angst? Wie ein Lamm vor dem Schlachter schaute die Claudia.

»Da gibt es keine Lösung«, war alles, was sie sagte. »Der Marc ist tot.«

Ob er wollte oder nicht, da musste der Leopold ihr recht geben, für dieses Problem hatte selbst der Leopold mit besten Verbindungen nach oben keine Lösung. So schnell wollte er aber auch nicht aufgeben.

»Das stimmt schon, dem Marc, dem können wir nicht mehr helfen. Aber rausfinden, wer es war und für Gerechtigkeit sorgen, das können wir schon.«

»Gerechtigkeit. Ha.« Sie lachte verächtlich. »Gerechtigkeit. Herr Pfarrer, das wird uns beiden nicht gelingen. Gerechtigkeit. Wo soll die denn herkommen?«

Der Leopold blickte vielsagend gen Himmel. »Der Herr findet seine Wege.«

»Der Herr? Wo war denn der Herr, als der Marc ihn gebraucht hätte? Als ich ihn gebraucht hätte?« Verbittert und wütend schimpfte sie weiter. »Was ich schon gebetet hab im Leben, Herr Pfarrer. Und nie hat mir jemand geholfen. Immer war ich allein, genau wie jetzt. Keiner kann mir helfen. Keiner.«

»Aber Claudia, da liegst du völlig falsch. Ich bin hier und ich kann dir auch helfen. Und werd dir auch helfen.«

Und das meinte der Pfarrer jetzt tatsächlich genau, wie er es sagte, weil sie tat ihm wirklich furchtbar leid mit ihrem Zorn und in ihrer Einsamkeit. Und das schien auch die kleine Metzgerin zu merken. Sie nahm seine beiden Hände und sah ihn eindringlich an.

»Herr Meininger, ich hab Sie wirklich gern. Sie sind echt ein ganz Feiner, vor allem für einen Pfarrer. Das merkt man gleich. Drum hörens mir jetzt gut zu. Halten Sie sich raus aus dieser

Sache. Versprechens mir das.« Sie drückte seine Hände ganz fest. »Ich will nicht, dass Ihnen was passiert. Sie haben mit dem Ganzen nichts zu tun. Das ist hier kein Dorffasching.«

Verständnislos blickte der Meininger sie an und versuchte zu beruhigen so gut er konnte.

»Liebe Claudia, keine Sorge, der Simeon und ich, wir sind erfahrene …«

»Einen Dreck sind Sie!«, fuhr ihm das Mädchen über den Mund. »Von wegen erfahren. Nur wegen so einem harmlosen Bauernmord, den Sie da aufgeklärt haben im Herbst. Die Maria hat's mir schon erzählt.« Sie krallte sich jetzt wirklich an seinen Händen fest. »Herr Meininger, ich würde es mir niemals verzeihen, wenn Ihnen auch noch was zustoßen sollte. Niemals. Halten Sie sich fern von uns. Von mir und von den anderen. Vor allem vom Rene. Ich fleh Sie an. Lassens diese Sache und vor allem das viele Rumfragen. Gehns nach Hause zu Ihrer Maria. Mischen Sie sich lieber da ein bisschen mehr ein. Da können Sie vielleicht helfen, sich und Ihrem Herzen. Mir können Sie nicht mehr helfen, dafür ist es zu spät.«

Sie reichte ihm das doppelt angeschnäuzte Stofftaschentuch zurück und verschwand ohne ein weiteres Wort. Der Leopold starrte auf den Rotzlumpen in seiner Hand. Also die Claudia, die wusste in jedem Fall eine ganze Menge, so viel stand fest. Wie er das aus ihr rauskriegen sollte und was er am Ende finden würde, darüber mochte er gar nicht so lang nachdenken, weil da stellten sich ihm die Nackenhaare auf vor lauter Angst und Bange.

Zu Hause angekommen, hatte der Meininger an diesem Tag endlich einmal Glück, weil weit und breit keine Spur vom Franz.

Leider bedeutete das auch, keine Maria, also niemanden, mit dem er vielleicht wenigstens ein paar Beichtgeheimnisse hätte teilen können. Und natürlich auch kein Abendessen für einen fleißigen Pfarrer. Nur eine leere Flasche Rotwein und zwei benutzte Gläser standen am Küchentisch. Die Turteltäubchen saßen wahrscheinlich beim Mario, dem Lieblingsitaliener von der Maria, und zuzelten gemeinsam an einer Nudel herum.

Mit knurrendem Magen verkroch er sich beleidigt in sein Büro. Auch wenn das eine hungrige Nacht bedeuten würde, er hatte wirklich keine Lust, die beiden heute noch zu treffen.

Dann lieber noch ein bisschen arbeiten und nach einem langen Tag falscher Detektivspielerei vielleicht ein paar Stunden echter Pfarrer sein. Er setzte sich an seinen Schreibtisch und beugte sich über den großen Berg Bistumsarbeit.

Ob es jetzt am Hunger lag oder an den vielen Geschichten in seinem Kopf, er konnte sich einfach nicht konzentrieren aufs Pfarrersein. Immer wieder wanderten seine Gedanken zu den zwei Versionen vom Franz. Böse blickte er auf den schwarzen Computerbildschirm vor seiner Nase. Da war er rausgekommen, der janusköpfige Eindringling. Und mit ihm gleich eine ganze Horde an neuen Schrecken. Was hatte er sich nur dabei gedacht mit diesem Internet? Dabei hatte die Maria ihn noch gewarnt davor, was man nicht alles Schlechtes finden würde da drin? Den Franz zum Beispiel, und vermutlich noch einen ganzen Haufen mehr. Und langsam, langsam formte sich im Meininger-Kopf doch tatsächlich ein Plan, wer ihm am Ende helfen könnte beim Beichtgeheimnisse Aufklären.

VII

Fratzenbuch

Seit Jahren hielt der Pfarrer Meininger jeden Montagvormittag am Max-Rainer-Gymnasium in Obereichenberg den katholischen Religionsunterricht für die Unter- und Mittelstufen. Von acht Uhr in der Früh bis nachmittags um eins marschierte er durch die Klassen. Das war ihm schon immer ein besonderes Anliegen und eine große Freude, weil erstens ein direkter Kontakt zu den braven Katholiken von morgen und zweitens eine bessere disziplinarische Handhabe über die jährlichen Firmlinge. Die waren in ihrem jugendlichen Sturm und Drang einfach leichter zu lenken, wenn man neben dem Ausschluss von der Firmung auch gleich noch einen Fünfer und das Nachsitzen in der Schule androhen konnte. Und da sieht man jetzt einmal wieder, dass sich ein langjähriges Engagement in jedem Fall lohnt und irgendwann, wenn sich auch erst viel später eine Situation ergibt, wo man das Investierte mit Gewinn zurückbekommt. Weil jugendliche Unterstützung, das war genau, was der Meininger für die Umsetzung seines Plans im Moment brauchte. Und nun super, dass er gleich einen ganzen Haufen junger Menschen zur Auswahl hatte und ihnen idealerweise seit Schulanfang von

Nächstenliebe und Hilfsbereitschaft den Mitmenschen gegenüber erzählte. Das passte wirklich alles wunderbar zusammen.

Für den späten Nachmittag hatte er sich also seine beiden aufgewecktesten Firmlinge aus dem letzten Jahr ins Pfarrhaus einbestellt. Mit dem Murner Bertl und dem Hinterbichler Fritzi hatte er im letzten Jahr einige wilde Abenteuer überstanden, und so was verbindet natürlich selbst Pfarrer und Schüler. Außerdem waren die beiden mit ihren fünfzehn Jahren besser qualifiziert für seine Vorhaben als ein jeder IT-Experte. Internet-Profis der ersten Stunde sozusagen. Und das war auch genau, was der Meininger von ihnen wollte. Einen Crashkurs für das World Wide Web, damit auch er endlich da drin herumsuchen konnte, was es mit seinen Verdächtigen denn wirklich so auf sich hatte.

Wie nicht anders zu erwarten, wenn ein Erwachsener einmal zugibt, dass er vielleicht etwas nicht so gut kann wie die Jungen, waren die beiden auch gleich Feuer und Flamme gewesen und hatten ohne Zögern ihre uneingeschränkte Hilfe angeboten.

»Freilich, Herr Pfarrer. Überhaupt kein Problem. Wir helfen Ihnen beim Surfen.«

»Nein, das habt ihr falsch verstanden. Warum soll ich denn surfen? Ich kann ja nicht mal schwimmen. Ins Internet will ich hinein.«

Die beiden hatten bloß gekichert.

»Aber Herr Meininger, das heißt halt so. Im Internet surfen. Das hat nix mit Schwimmen zu tun.«

Wie ein Großer hatte ihm der Bertl auf die Schulter geklopft. »Keine Sorge, das ist so einfach, das schaffen sogar Sie. Bis heut Abend hams schon den Internet-Freischwimmer, versprochen.«

Und so saß der Pfarrer jetzt in seinem Büro vor der immer noch toten Kiste und war fast ein bisschen aufgeregt mit den verkehrten Rollen. Er, der Schüler, und seine beiden Jungen, die Lehrer. Was sie ihm wohl alles zeigen würden?

Die erste Überraschung erwartete den Meininger schon, bevor sie überhaupt eingetaucht waren in das Internet, weil die beiden hatten gleich noch Verstärkung mitgebracht.

Die Carola Unterhuber war aber jetzt nicht nur irgendeine Klassenkameradin, sondern das mit Abstand beliebteste Mädel der Mittelstufe. So richtig verstehen konnte der Meininger das zwar nicht, denn sie war einfach ein fürchterliches Gscheidhaferl. Aber weil sie den allerlängsten Pferdeschwanz und als Erste ein paar Rundungen unterm Pulli hatte, störte das vielleicht bei den Gleichaltrigen nicht ganz so sehr. Dem Meininger ging sie schon in der Schule recht auf die Nerven, dauernd hatte sie die Hand oben, immer was Wichtiges beizutragen zum Unterricht. Und in der Religion, da kannte sie sich fast besser aus als der Pfarrer selbst. Jetzt aber alle drei wieder wegschicken, das kam überhaupt nicht infrage, und drum schob er sie schnell durch den Flur in sein Büro, damit die Maria nicht gleich alles mitbekam von seinem jungen Besuch.

»Cool, das Hauptquartier vom Pfarrer«, staunten die Buben, als sie sich zu viert hinter seinen Schreibtisch gezwängt hatten. Im gemütlichen Bürosessel thronte natürlich die Caro, die Herren nahmen mit den harten Holzstühlen vorlieb.

Der Fritzi griff frech nach dem Hörer vom Meininger-Telefon.

»Hallo, hallo, spricht da der liebe Gott? Ja? Büro Meininger hier, von der Erde. Wir hätten da eine ganz dringende Angelegenheit …«

Der Meininger nahm ihm den Hörer aus der Hand und legte ihn mit strengem Blick zurück auf die Gabel.

»War doch nur Spaß, Herr Pfarrer.« Die Buben kicherten. Und jetzt wieder gar nicht so schlecht, dass die Caro dabei war, weil, die nahm den Lehrauftrag viel ernster.

»Seids nicht kindisch. Der Herr Pfarrer braucht unsere Hilfe. Schluss jetzt mit dem Schmarrn«, tadelte sie, und beide Jungen standen sofort stramm.

»Also, Herr Pfarrer. Das Wichtigste zuerst.«

Der Meininger lauschte ganz gespannt und hätte am liebsten mitgeschrieben. Wollte jetzt aber auch nicht gleich der Oberstreber sein.

»Sie müssen die Kiste schon einschalten, damit da was geht.«

Unterm Tisch drückte der Bertl auf ein Knöpfchen am Rechner, und wenige Minuten später tauchte der Bildschirm das Büro in bläuliches Licht. Vor einem wunderschönen Wasserfall-Foto erschienen lauter kleine bunte Symbole, und der Mauspfeil wartete geduldig auf seinen Einsatz. Parallel zum Bildschirm-Wasserfall ging es auch gleich los mit dem Carola-Unterhuber-Erklär-Wasserfall. Kein Zweifel, wer hier die Chefin am Computer war.

»So, Herr Pfarrer, dann passen Sie mal auf«, ermahnte das junge Fräulein ihren Schüler und ratterte los. Es klickte und klackerte auf Maus und Tastatur, die pinken Teenagerfingernägel flogen nur so über die Tasten, während die Caro von Fenster aufmachen, Programme starten, speichern, für immer löschen, kopieren, verschieben, minimieren, Ordner anlegen und vielen anderen Dingen predigte, die der Meininger zwar schon irgendwann einmal gehört, aber noch nie selbst ausprobiert hatte.

Rasend schnell erklärte das Mädchen die Basics der Computer-Handhabung, und nur knapp zwanzig Minuten später war der Grundkurs auch schon abgeschlossen. Dabei hatte die Caro maximal zweimal Luft geholt. Dem Meininger brummte jetzt schon der Schädel. Gar nicht so leicht auf der Schülerseite, aufmerksam zu bleiben.

»Alles verstanden?«, fragte die Caro. »Super, dann jetzt das Internet.« Sofort hatte sie wieder die volle Aufmerksamkeit vom Pfarrer. »Zuerst müssen Sie mal den Browser öffnen«, erklärte das Mädchen und klickte auf eines der vielen Symbole auf dem Desktop. Ein Fenster öffnete sich über den ganzen Bildschirm. Viele bunte Bilder und Artikel waren darin zu sehen, fast wie bei seiner Tageszeitung, nur zusätzlich auch noch Filme, und irgendwo hörte man Musik und eine Männerstimme Wetterbericht erzählen. Am Rand blinkte es vor lauter Werbung und Anzeigen. Insgesamt ein fürchterliches Durcheinander.

Der Meininger konnte sich gar nicht wirklich konzentrieren bei den vielen Dingen, die da gleichzeitig zu sehen waren. Aber glücklicherweise hatte er ja die Profis neben sich sitzen. Mit zwei, drei schnellen Klicks änderte die Caro das Bildschirmfenster. Plötzlich war nur noch eine weitestgehend weiße Fläche zu sehen. In der Mitte eine leere Zeile, die selbst dem dümmsten PC-Laien sagte »Bitte schreib was rein in mich«. Drüber stand in lustiger bunter Schrift »Google«.

»So, das ist jetzt Ihre Startseite«, begann die Caro Lektion Nummer zwei. »Die geht jetzt immer automatisch auf, wenn Sie den Browser starten. Google, das ist eine Suchmaschine. Da schreiben Sie einfach rein, was Sie interessiert, und die findet das für Sie.«

So einfach? Das wäre ja wirklich kinderleicht.

»Egal, was ich suche?«, fragte der Pfarrer recht ungläubig.

»Total egal«, meldete sich der Fritzi. »Google findet alles. Und merkt sich außerdem, was Sie gesucht haben, dann müssen Sie nicht immer wieder von vorne anfangen. Und dann können Sie aussuchen, ob Sie lieber Bilder sehen wollen, Videos, was kaufen wollen oder so.«

»Und woher weiß dieser Google das alles?«, fragte der Meininger, immer noch zweifelnd, dass sich seine Probleme so einfach lösen lassen würden.

Die Caro verdrehte die Augen und warf den Buben einen vielsagenden Blick zu. Vom Himmel mochte der Pfarrer ja vielleicht was verstehen, aber was das Internet betraf, war er offenbar ein echter Depp.

»Mensch, das ist doch kein ›der Google‹. Das ist eine Riesenfirma, die einen superintelligenten Algorithmus erfunden hat, der im ganzen Internet alles durchsucht und Ihnen genau das zeigt, was Sie sehen wollen.«

Algorithmus? Für den Pfarrer klang das eher wie Zauberei oder Gedankenlesen. Aber er wollte vor den Kindern jetzt auch nicht noch dümmer dastehen und nickte einfach, als wäre das total logisch und glasklar.

»Können wir das vielleicht einmal ausprobieren?«

In der Praxis würde sich ja schnell zeigen, ob dieser Google wirklich wusste, was der Meininger wollte.

»Logisch«, meldete sich der Fritzi. »Was wollens denn wissen?«

Ja, was wollte er denn wissen? Einen Haufen Sachen, aber die konnte er hier vor den Kindern nicht fragen, da musste er mit dem Google alleine sein. Der Pfarrer überlegte. Da hatte man endlich die Gelegenheit, alles zu fragen, was man wollte, und dann fiel einem nichts ein. So musste das mit dem Dschinni aus der Zauberlampe und den drei Wünschen auch hergehen.

»Ich weiß was«, übernahm die Caro wieder das Kommando, als der Pfarrer nach ein paar Minuten immer noch nichts vom Computer wissen wollte. »Wir googeln einfach Sie, Herr Meininger.«

»Mich?« Jetzt wusste er wirklich nicht, was er sagen sollte. »Wie soll denn das gehen? Ich war ja da noch nie drin.«

Die drei Schüler konnten sich das Lachen nicht verkneifen.

»Ha, ha, ha, Herr Meininger, Sie sind ja lustig.«

Und bevor der Pfarrer weiter protestieren konnte, hatte die Caro schon seinen Namen in den weißen Balken eingetragen.

Und dann musste der Leopold wirklich aufpassen, nicht den Glauben von oben gegen den Glauben ans Internet auszuwechseln. Weil noch bevor die pinken Nägel seinen Namen vollständig getippt hatten, erschien schon eine ganze Reihe an Leopold Meiningers wie von Zauberhand unter der Suchzeile.

Und wirklich, als könnte der Google aus der Ferne von wo aus auch immer ganz genau wissen, nach wem sie suchten, stand da oben zwar erst »Leopold Mei…« unten war aber der erste Name in der Liste schon »Leopold Meininger, Eichenberg«. Also tatsächlich niemand anderes als er selbst.

Der Pfarrer schnappte nach Luft. Die Kinder lachten und klickten auf seinen Namen. In weniger als einer Sekunde füllte sich das vorher weiße Fenster mit unzähligen Überschriften, in denen sein Name vorkam. Das arme Meininger-Herz setzte ein paar Schläge aus vor lauter Schreck. Woher wusste der Computer diese ganzen Dinge über ihn? Noch viel schlimmer, woher hatte das Internet die Fotos vom Pfarrer, wenn er selbst noch nie auch nur einen Zeh da hineingesteckt hatte? Weil als Allererstes unter seinem Namen, noch über den vielen Artikeln, waren lauter kleine Bilder, die den Pfarrer in allen erdenklichen Altersstufen und Situationen zeigten. Da war zum Beispiel, schon uralt, ein Foto von seiner Priesterweihe, die viele, viele Jahre zurücklag.

Aber auch ein ganz aktuelles Gruppenfoto vom Pfarrausflug im letzten Sommer, das ihn stolz neben den knapp dreißig Teilnehmern vorm Schlemmer-Bus zeigte.

Eins, auf dem hatte er eine ganz festliche Robe um, da wusste er selbst nicht mehr, wo und wann das gemacht worden war, und noch eines, auf dem war er zusammen mit dem Simeon Hirsch zu sehen, das war aus dem letzten Herbst, daran konnte er sich nur zu gut erinnern. Widerwillig hatte er sich für einen Zeitungsartikel zum Familiendrama in Eichenberg ablichten lassen, weil es halt für die junge Polizistenkarriere recht wichtig gewesen war. Und diese Schlagzeile war auch tatsächlich der erste Artikel, den man unter den ganzen Bildern zum Lesen angezeigt bekam.

»Münchner Jungpolizist und Dorfpfarrer lösen dramatischen Ritualmord in Niederbayern«, stand da für alle und jedermann zum Anklicken und Weiterschnüffeln.

Der Meininger schluckte. Die Maria hatte doch recht gehabt. Niemals hätte er sich dieses Internetz ins Haus holen dürfen. Was würde dieser Google da erst alles reinschreiben, jetzt, wo er direkten Zugang zum Pfarrbüro hatte? Gar nicht auszudenken war das.

Und trotzdem, der Pfarrer konnte sich nur schwer von den ganzen Texten zu seiner Person losreißen. Am liebsten hätte er sich alles in Ruhe ganz genau angeschaut, was da so stand über ihn. Aber dafür war jetzt wirklich keine Zeit. Weil er hatte ja eigentlich viel Wichtigeres vor mit dem Internet, als sich selber ausforschen. Und wenn da schon über einen unwichtigen Pfarrer so viel drinstand, dann konnte man ja wirklich alles zu allem und jedem finden. Da wusste der Google dann sicher auch allerhand Interessantes zu den eigentlichen Fragen vom Meininger zu berichten. Ganz aufgeregt konnte er jetzt das Ende der Schulstunde kaum mehr erwarten und rutschte unruhig auf seinem Stuhl hin und her. Wenn die Caro nur endlich aufhören würde zu reden.

»Und wenn Sie dann hier klicken, Herr Pfarrer, dann können Sie das in einem neuen Fenster aufmachen. Und hier oben, da sehen Sie immer, was Sie als Letztes offen hatten. Und hier können Sie dann alle Passwörter speichern. Und hier können Sie auch wieder löschen, wo sie waren, wenn es niemand sonst sehen soll.«

Da grinsten alle drei Kinder ganz unverschämt und zwinkerten sich zu.

»Und jetzt können wir uns noch ein paar wichtige Seiten und Portale anschauen und Ihnen auch noch zeigen, wo sie super einkaufen können und wo Sie sich Serien anschauen können und Filme und Musik …«

Der Meininger wollte sicher nicht undankbar wirken, aber er konnte es jetzt wirklich nicht mehr abwarten, endlich selbst ein bisschen herumzustöbern, und darum beendete er doch vorzeitig diese Lektion.

»Vielen Dank, meine lieben Kinder. Und ganz besonders Carola, das war wirklich augenöffnend. Vielen Dank. Ich glaub, ich habe das jetzt auch verstanden und …«

»Aber wir haben Ihnen doch noch gar nicht gezeigt, was man noch so alles machen kann«, protestierte seine übermotivierte

Lehrerin. »Wir haben doch gerade erst angefangen. Da gibt es noch so viel …«

»Das glaub ich dir gern, Carola, aber das müssen wir leider auf ein andermal verschieben, weil heute wartet noch die Arbeit auf mich. Versteht ihr. So eine Gemeinde, die verwaltet sich nicht von allein. Aber ich verspreche euch, wenn ich was nicht verstehe, ihr seid meine Profis. Ich meld mich sofort. Und nächsten Montag, da bring ich euch auch noch ein schönes Dankeschön mit für die tolle Unterstützung, da seid euch sicher.«

Und damit zauberte er ein Strahlen auf das Gesicht seiner jungen Schülerin und hatte gar kein schlechtes Gewissen, die drei einfach nach Hause zu schicken.

Endlich wieder allein in seinem Büro verlor er keine Sekunde, schwang sich zurück in seinen Sessel und konzentrierte sich auf den Bildschirm. Jetzt war es an der Zeit, sich einmal unter vier Augen mit diesem Google zu unterhalten.

Am liebsten hätte der Leopold natürlich sofort den Namen vom Franz eingetippt, um rauszufinden, was es mit dem falschen Fuchzgerl tatsächlich auf sich hatte. Aber es gab größere und wichtigere Probleme, und so musste das Private erst mal hintenanstehen.

»MARC SCHLEWIN«, schrieb der Pfarrer dem Google vor und wartete auf die Zauberantwort. Jetzt vielleicht Zufall, vielleicht vorher einfach Anfängerglück, aber diesmal wusste das Internet nicht ganz so genau, was der Meininger meinte, obwohl es doch so viel wichtiger war. Eine ganze Reihe an Namensvorschlägen erschien in dem kleinen Fenster, Marc Schliering, Marc Schlesing und noch ein paar Marcs, die aber alle nicht seine Leiche waren. Netterweise fragte ihn aber die Maschine in einer winzig kleinen Unterzeile, ob das so überhaupt in Ordnung war oder er lieber doch nach dem Original Marc Schlewin suchen wollte. Wollte er. Half ihm aber auch nicht weiter, weil es kamen diesmal nicht wirklich brauchbare Informationen heraus aus dem Kasten.

Ein Familienregister polnischer Nachnamen, eine englischsprachige Seite, mit der man alte Gräber finden konnte, ein paar ins Leere führende Suchseiten vom Google selbst, aber nichts über den richtigen Marc, der gerade mausetot im Passauer Kripo-Keller lag. Mist.

Aber zum gleich Aufgeben war es auch noch zu früh, und so tippte der Meininger nacheinander die anderen Namen des Berliner Besuches in die Maschine. Zu ALEX BIRKENSTEIN und BEN SCHUHMANN gab es zwar ein wenig mehr zu finden, aber nichts, was dem Pfarrer jetzt groß weitergeholfen hätte.

Eine Anzeige zwecks Mitbewohner am Prenzlauer Berg von vor über vier Jahren war da zum Beispiel. Da hatte der Alex jemanden für gemütliche elf Quadratmeter im schönen Altbau gesucht. Dafür wollte Ben Schuhmann im Jahr drauf eine gut erhaltene Ikea Couch über Ebay loswerden. Auf einer recht grünen Seite über veganes Leben in Berlin konnte man sich noch eine Liste anschauen mit Teilnehmern für einen Protestmarsch gegen Massentierhaltung. Nach sehr viel Maus-Scrollen fand der Pfarrer raus, dass im Jahr 2016 der tierliebe Alex da mitgelaufen war. Von keinem der beiden gab es aktuelle Einträge oder irgendwelche Hinweise, dass die überhaupt noch am Leben waren. Für den Google waren die genauso tot wie ihr Freund Marc. Und beim Rene sah das noch viel düsterer aus. Den gab es im

Internet genauso wenig wie den kalten Marc. Keine Spur war da von ihm zu finden, rein gar nichts. Schon ein wenig seltsam, dass es über den alten Leopold Meininger, der ja noch nie mit dem Netz zu tun gehabt hatte, gleich eine ganze Litanei an Informationen zu lesen gab, inklusive Foto und wer weiß was noch alles, und diese jungen Leute, die sich ja heute mit nix anderem beschäftigten als mit dem World Wide Web, die tauchten überhaupt nicht auf.

Wusste der Google eben doch nicht alles. Gut, dass der Meininger nicht gleich die Religion gewechselt hatte, weil so wie's aussah, war man beim lieben Gott doch ein wenig besser aufgehoben. Der half nämlich jetzt gleich mal mit einem Geistesblitz weiter, vielleicht auch noch nach der Claudia zu suchen, wenn man schon mal dabei war. Männer, ja prinzipiell deutlich verschlossener, was das Über-sich-Erzählen anbelangte, waren vielleicht auch im Internet eher maulfaul, Frauen dagegen möglicherweise auch digital mitteilungsbedürftiger. Einen Versuch war es in jedem Fall wert.

CLAUDIA HOFBAUER

Volltreffer! Für einen alten Junggesellen kannte sich der Meininger überraschend gut aus mit den Frauen. Die Claudia war im Internet genauso quicklebendig, bunt und wohlgeformt wie im echten Leben. Das konnte man gleich auf den vielen Fotos sehen, die es von ihr gab, und wer mochte, durfte weiterlesen in den unzähligen Treffern zu ihrem Namen. Da stand dann, dass sie sich vor ein paar Jahren in Berlin zum Kunst- und Fotostudium eingeschrieben hatte, und sogar, welche Kurse sie in den ersten Semestern belegt hatte. Auch sie hatte am Prenzlauer Berg ein Zimmer in einer netten, sympathischen WG gesucht.

Scheinbar ein Nest für nette Leute und hohe Decken, wenn man dem Google glauben mochte. Und auch ihr Name war recht bald auf vielen veganen Seiten und Demonstrationen zu finden. Wahrscheinlich, so das messerscharfe Detektiv-Hirn vom Meininger, hatte sie da dann irgendwann auch ihre Würstel-Freunde kennengelernt. Eingetragen als Gründerin fand man die Claudia dann auch noch für den Unternehmensnamen VeMeat auf einer recht faden offiziellen Branchen-Seite. Ein Kaufgesuch für einen Food Truck auf einem Gebrauchtwagenportal gab es auch noch.

Jetzt alles ganz interessant, aber auch nicht wirklich neu für den Pfarrer. Da waren die Fotos vielleicht ein bisschen spannender. Er klickte auf ein kleines Bild, das die Claudia zeigte, wie sie gerade in einen riesigen Döner biss.

Wo sie doch gar kein Fleisch mochte?

Ein neues Fenster öffnete sich wie von Zauberhand, und plötzlich blickte der Pfarrer auf unzählige kleine Foto-Quadrate, fast ein jedes zeigte die Claudia. INSTAGRAM stand ganz oben auf der Seite, und wie schon beim Google begriff man auch hier selbst als Neuling relativ schnell, worum es ging. Nämlich vor allem um die Claudia Hofbauer und was sie alles so machte von morgens bis abends. Sehr viel essen, das war auf den ersten Blick zu erkennen. Fast jedes zweite Foto zeigte sie mit irgendeinem Burger, Sandwich oder Eis. Schüsseln voller Müsli, Obst, buntem Brei und Kuchen ohne Ende. Sah ja alles ganz appetitlich aus, aber wegen der engen Jeans brauchte sich das Mädel auch nicht wundern.

Der Pfarrer klickte ein paar der Fotos an, um sie in groß zu bewundern. Wie in einem Comic hatte jedes der Bilder eine kleine Unterschrift, wo die Claudia erklärte, was man da sehen konnte.

»Lecker Tofu-Döner am Kotti«, stand zum Beispiel unter dem doch fleischlosen Türken-Mittagessen.

»Must Have Acai Superfood Bowl!«, »Vegan Carrot Cake Deluxe«, »Beste Ramen Ever!!!«, »100 % ohne Zucker, Gluten und Laktose«. So ging es weiter mit den Beschreibungen vom vielen Essen. Für den Meininger war das alles ein rechtes Chinesisch. Umso weniger drin war, in dem bunten Essen, umso begeisterter war aber die Claudia auf dem Foto, so kam es ihm vor. Neben jedem Bildchen konnte man dann noch an der Anzahl von kleinen Herzen sehen, dass es auch anderen Menschen so ging. Die fanden auch, weniger ist mehr und ohne Fleisch, Zucker und Milch sowieso am besten. Und außerdem konnte man erfahren, wann und sogar wo das Foto gemacht worden war. Das war natürlich eine super Sache, weil so konnte der Meininger sozusagen im Rückwärtsgang das Leben von der Claudia verfolgen auf der Fototapete, die sich scheinbar ins Endlose erstreckte.

Wäre jetzt auch schön gewesen, für den Hofbauer Mathias und die Vroni, wenn sie davon gewusst hätten, weil da konnte man ja wunderbar sehen, dass eine jede Sorge um die Claudia völlig unberechtigt gewesen war. Die strahlte wie die Sonne selbst von jedem Foto und hatte einfach immer eine super Zeit. Sozusagen im Live-Modus hätte da die Familie zuschauen können, wo das Schwesterlein sich gerade rumtrieb und mit wem. Brauchte man nicht einmal mehr telefonieren miteinander, konnte man sich ja eh alles im Computer anschauen.

Der Pfarrer klickte auf das erste Foto ganz oben in der Zeile, ebendas mit dem lecker Tofu-Döner. Das gefiel gleich zweihundertdreißig Menschen, und er staunte nicht schlecht, weil es war ja nur eine labberige Fladensemmel.

Kotti, das war ein Ort mittendrin in Berlin, das fand der Meininger über eine kleine Landkarte raus, hieß eigentlich Kottbusser Tor. Gegessen hatte die Claudia das Türken-Sandwich vor gut einem Jahr im Sommer. Und das war natürlich jetzt eine wirklich saudumme Sache. Weil so viel Information und dann so alt, dass man trotzdem nix damit anfangen konnte. Der Meininger rutschte mit der Maus auf der Fototapete nach oben und nach unten, klickte ein paar Bilder zurück und dann wieder auf den Döner und das lachende Mädel. Aber da war nix zu machen. Das Leben von der Claudia, das sich da so schön vom ersten »Green Smoothie« in der Früh bis zu »Gin'O'Clock« am Abend vor ihm ausbreitete, endete urplötzlich im Nichts.

Weg war sie, die Claudia. Genauso vom digitalen Erdboden verschwunden wie ihre vier Kumpel. Der Pfarrer fluchte. Was nun? Frustriert klickte er noch mal zurück zum Google und dort auf die Bildersuche. Vielleicht war da noch was zu holen?

Die meisten der Fotos, die dort zu sehen waren, kannte er schon vom Ernährungstagebuch im anderen Fenster, schnell scrollte er weiter nach unten. Eis, Soja-Geschnetzeltes und Schüsseln mit Kinderbrei, der Pfarrer öffnete die nächste Seite.

Und dann halfen plötzlich der Google und der liebe Gott zusammen, weil da war es: ein aktuelles Foto von der Claudia. Und nicht nur irgendeines. So viel Neues und Überraschendes war auf diesem kleinen Foto zu sehen, dass dem Pfarrer fast schwindelig wurde vor lauter Fragen im Kopf beantworten und neue einsortieren in den Schädel.

Eigentlich fiel das Foto auf den ersten Blick gar nicht so aus dem Bilderbuch-Schema. Die Claudia und was zum Essen plus diesmal noch mit einem anderen jungen Mädchen. Die beiden saßen in einer kleinen Gasse am Tischerl von einem Straßencafé und hielten eine Gabel in der Hand. Sie grinsten von einem Ohr zum anderen. Der Meininger mochte gar nicht glauben, dass es wirklich wegen dem Essen war, weil vor den beiden stand nichts anderes als ein halb aus der Alufolie ausgewickelter Blumenkohlkopf.

Jetzt war es aber gar nicht der Kohlkopf vor den beiden Grasfresserinnen, den er so spannend fand, sondern vielmehr das Gebäude, das im Hintergrund ins Bild ragte. Viel konnte man nicht erkennen, weil dem Fotografen waren natürlich die Damen und der Blumenkohl das Wichtigste gewesen, aber für den Meininger bestand da kein Zweifel. Es reichte ein Bruchteil der gotischen Fassade und der grauen Bögen, um ihn sofort an seinen ersten Besuch an diesem ehrwürdigen Ort zu erinnern. War es doch einer der wichtigsten Momente in seinem Leben gewesen. Der Moment, in dem er beschlossen hatte, Pfarrer zu werden, es mit einer inneren Sicherheit gewusst hatte, dass dies seine Berufung war. Damals bei seinem ersten Besuch im Stephansdom in Wien.

Mit zitternden Händen klickte er auf das Foto, und wieder ging ein neues Fenster auf. Facebook hieß diese neue Welt, in der er jetzt gelandet war. Diesmal nicht ganz neu, weil davon hatte sogar der Meininger schon gehört. Das Fratzenbuch, wie es seine Schüler nannten, war Thema Nummer eins bei seinen jungen Schützlingen. Wo der Meininger früher seine Freunde am Fußballplatz oder im Vereinsheim getroffen hatte, da fand das heute anscheinend im Internet statt. Im Fratzenbuch schrieb man sich Nachrichten, schickte sich Fotos und machte allein daheim vorm Computer oder am Handy all die Dinge, die man eigentlich viel besser gemeinsam irgendwo draußen angestellt hätte.

Aber die Jugend zu verstehen, das war genauso kompliziert, wie den Frauen in die Köpfe zu schauen, und im Moment nicht erste Priesteraufgabe. Viel wichtiger und interessanter war, dass auf dieser Seite eine aktuellere Claudia zu sehen war als drüben im Fotoalbum. Der Meininger studierte das Bild etwas genauer. Hochgeladen hatte das Foto eine gewisse Barbara Nussbauer, und zwar vor gerade einmal sechs Wochen.

»Hallo, Frühling, die Outdoor-Saison ist eröffnet«, hatte sie druntergeschrieben und neben sich selbst auch gleich die Claudia Hofbauer namentlich markiert beim Blumenkohlessen unter freiem Himmel. Beide Namen erschienen, wenn man mit dem Mauspfeil auf das Bild drückte. Sehr praktisch. Und sehr interessant. Die Claudia war also gar nicht mehr in Berlin gewesen, die saß in Wien und kontrollierte dort die Gemüseküche. Wäre jetzt so besonders ja auch nicht, könnte man meinen, und hätte ja auch ein Ausflug sein können oder ein Freundschaftsbesuch bei der Nussbauer Babsi.

Aber auf dem nächsten Foto konnte man dann gleich auf den ersten Blick erkennen, dass es kein Kurzurlaub von der Claudia gewesen war, der sie nach Wien verschlagen hatte. Da stand die Metzgersschwester nämlich, wieder zusammen mit der Babsi, direkt vor dem grasgrünen VeMeat-Wagen. Diesmal ohne Blumenkohl, dafür mit Tofu-Würstel in der Hand. Die Begeisterung der beiden Damen war aber ebenso groß wie beim Karfiol. Und geparkt war das auffällige Auto nirgendwo anders als mitten am Wiener Prater, auch das sofort und auf den allerersten Blick zu erkennen an den vielen Buden und Fahrgeschäften.

Jetzt noch interessanter war aber eigentlich der zweite und dritte Blick, den der Meininger mit zusammengekniffenen Detektiv-Äuglein riskierte. Die Claudia war nämlich nicht die einzige Bekannte auf dem Foto. Rechts neben dem Sprinter, kaum noch im Bild, aber eben dann doch noch ein bisschen, standen in einem kleinen Grüppchen der Rene, Alex Birkenstein und wahrhaftig auch der Franz. Beinah hätte ihn der Pfarrer nicht erkannt, so glatt rasiert und ohne Lederhose, dafür mit Kappe auf dem Kopf. Glücklicherweise sah er dem Sterbebild von seinem bartlosen Sohn aber so ähnlich, dass die Identifikation im Pfarrershirn nur ein paar Sekunden dauerte. Dass dieser Moment fotografisch verewigt worden war, davon hatten die gar nix mitbekommen, so eng steckten die Köpfe beieinander. Da waren sie also tatsächlich alle versammelt, die Unbekannten aus Hamburg und Berlin. Auf einmal ganz schön bekannt miteinander in Wien.

Und jetzt hieß es wirklich, einen recht dicken Knoten im Hirn zu lösen. Wenn die Herrschaften sich alle so gut kannten, aus dem netten Österreich, warum dann musste man in Bayern so tun, als wäre man sich nie begegnet?

Hätte man ja auch erzählen können, wie schön es in Wien ist und dass es einfach den besten Blumenkohl auf der Welt gibt, gleich hinterm Steffl. Wäre ja naheliegend. Aber nein, lieber keiner was sagen, und plötzlich ist einer mausetot.

Der Meininger kratzte sich mit beiden Händen den Kopf. Was hätte er drum gegeben, jetzt den Simeon und die Maria an seiner Seite zu haben. Denen wäre bestimmt gleich was dazu eingefallen. Der Maria was Gescheites und dem Simeon irgendein Krampf. So aber saß er hier mutterseelenallein und wusste nicht, wohin mit alle den Puzzle-Stückerln.

Er klickte auf den Namen von der Babsi. Da kam er aber nicht weiter, weil man musste ein Fratzenbuch-Freund sein, damit man noch mehr von ihr anschauen durfte. War er nicht.

Probehalber klickte er auf die Claudia und, kaum zu glauben, da durfte er auf einmal wieder alles sehen. Weil, das sah er am blauen Haken neben dem Claudia-Foto, die war schon seine Freundin. Oder besser gesagt, die war die Fratzenbuch-Freundin von der Maria Huber.

Der Pfarrer sah sich zum ersten Mal ein wenig genauer auf der Seite um, die er da so schön besurfte und durchstöberte. Anders als bei der Fototapete, wo er sozusagen anonym und ohne Erkennung gewühlt hatte, war er hier schon mit einem Profil angemeldet. Und zwar mit keinem geringeren als dem seiner Köchin. Das schlaue Computer-Ungetüm hatte sich da anscheinend gleich vom Erstkontakt unter der Anweisung der Metzgerin alle Passwörter gemerkt und für spätere Rückkehr abgespeichert. Damit es die Maria einfacher hatte mit dem Franz-hin-und-her-Schreiben und so. Und weil ja sonst eh keiner, vor allem kein Pfarrer, den Computer mehr benutzen wollte, hatte sich die Maria auch nicht mehr abgemeldet aus der Kiste. So war der Meininger also, ganz ohne es zu wollen, in die Rolle seiner Hausdame geschlüpft.

Jetzt konnte man dem Pfarrer tatsächlich bis hierhin noch keinen großen Vorwurf machen, weil er war ja wirklich unschuldig und ohne böse Absichten in diese Situation geraten. Nur das schöne Foto aus Wien hatte ihn ja auf diese Seite geführt. Dass andere Leute in seinem Haus so unbedacht die virtuelle Schlafzimmertür aufstehen lassen, dafür konnte man ihn ja schlecht verantwortlich machen, oder? Völlig richtig, konnte man nicht.

Recht ausschimpfen, das hätte man ihn aber für all das müssen, was er dann als Nächstes tat. Weil so was war schon für einen normal eifersüchtigen Ehemann nicht ganz in Ordnung. Selbst wenn's der ein oder andere sogar verstehen würde. Für einen katholischen Pfarrer? Da reichten wahrscheinlich nicht einmal fünfhundertmal Rosenkranz als Strafe aus.

Es ist nämlich die eine Sache, zufällig auf einer privaten Onlineseite zu landen und vielleicht das erste und das zweite Foto anzuschauen, aber etwas ganz anderes, wenn man dann plötzlich schwitzend und mit trockenem Mund anfängt, im Postfach alle Nachrichten zu lesen. Und wer jetzt einfach zu alt ist, um sich mit diesem Internetz gut auszukennen, das ist ein bisserl so, als wenn man von der Freundin oder dem Freund oder dem Kind zufällig das Tagebuch offen auf dem Bett liegen sieht und ganz aus Versehen einen oder zwei Sätze überfliegt. Eigentlich will man wieder aufhören, aber dann setzt man sich doch ganz automatisch hin auf das fremde Bett und studiert das Ding einmal von vorn nach hinten und wieder zurück. Obwohl man weiß, dass es falsch ist und dass man sicher mindestens ein paar Minuten länger ins Fegefeuer muss dafür, man kann eben nicht anders. Da macht es überhaupt keinen Unterschied, ob man jetzt noch zusätzlich ein heiliges Amt auf den Schultern lasten hat oder nicht. Mensch bleibt Mensch.

Jetzt hatte das alles, was der Leopold da im Briefkasten von der Maria zum Lesen fand, überhaupt gar nichts mit dem tragischen Tod vom Marc zu tun, und trotzdem machte es den Pfarrer gleich hundertmal trauriger. Weil eben, Mensch bleibt Mensch, und auch ein Pfarrer ist nichts anderes als ein ganz normaler Mensch. Und da tut der persönliche Herzschmerz, selbst wenn kein echtes Messer mit im Spiel ist, einfach mehr weh als der von Fremden, den vielleicht gleich fünf echte Messer verursacht haben.

Im Fratzenbuch war der Franz nämlich wieder ganz genau so, wie ihn die Maria seit eh und je kannte und in allen bunten Farben des Heldentums beschrieben hatte. Furchtbar charmant und lustig und was er da so zusammenschrieb in seinen Briefen, da mussten selbst der Romeo und auch der Cyrano schon einen guten Tag haben, um mithalten zu können.

Es war jedenfalls kein Wunder, dass die Maria geputzt und gewienert, gekocht und gebacken hatte vor lauter Vorfreude, dass er endlich wieder zu ihr zurückkehren würde. Ganz schlecht fühlte sich der Leopold plötzlich, dass er nicht viel, viel öfter einmal der Maria etwas Nettes gesagt hatte in all den Jahren, wo es noch keinen Franz gegeben hatte. Oder vielleicht ein bisschen mehr mitgeholfen hätte, so im Alltäglichen. Aber jetzt war es eh zu spät, weil der Franz, der hatte der Maria in seinen Briefen wirklich gut erklärt, warum er damals nach Hamburg wegmusste. Es war nämlich genau, wie die Maria erzählt hatte. Kein Geld, kein Meisterbrief, keine Zukunft. Und genau die hatte er ja gewollt für sie beide. Und darum musste er die Chance nutzen und erst etwas aus sich machen, bevor er sie zu seiner Frau hätte nehmen können.

Dass seine Briefe damals, die echten auf dem Papier, nicht die im Internet, nie bei der Maria angekommen waren, das hatte ihn jetzt fast noch härter getroffen als die Verlassene. Das konnte er sich überhaupt nicht erklären, weil er sicherlich Hunderte geschrieben und selbst aufs Amt getragen hatte. Vielleicht, so musste er leider heute die Toten beschuldigen, vielleicht hatten die Eltern Huber die einfach gleich verschwinden lassen. Weil er hatte ja nix, war so weit weg, und keiner wusste, wie das alles ausgehen würde. Und, auch da ganz galant, der Franz, das war zwar furchtbar tragisch, aber das durfte die Maria ihren Eltern jetzt nachträglich auch nicht übel nehmen, weil da war er sich sicher, die hatten nur das Beste für die eigene Tochter gewollt. Und wenn er heute, zusammen mit der Maria, auch eine Tochter hätte, er würde wahrscheinlich nicht anders handeln.

Also wem da nicht das Herz aufging, der hatte wahrscheinlich keins. Jedenfalls, und da waren sich beide am Ende einig, das Schicksal hatte ihnen eine zweite Chance geschenkt, und nichts auf der Welt würde sie heute hindern können, diese nicht zu nutzen. Der Franz würde alles stehen und liegen lassen in Hamburg und sich auf sein weißes Ross schwingen, um Versäumtes endlich nachzuholen. Und genau das stand da.

Hamburg.

Nicht Wien.

Jetzt mochte der Leopold natürlich ein bisschen überempfindlich sein, was den Franz betraf. Sich da vielleicht dringend wünschen, dass irgendetwas nicht stimmte an der ganzen perfekten Geschichte. Trotzdem, irgendetwas kam ihm spanisch vor beim fehlenden Österreich. Aber er würde schon noch rausfinden, wer hier wann wo gewesen war oder eben auch nicht. Und wenn es sein musste, dann auch ganz allein und ohne die Hilfe seiner beiden Co-Ermittler. Und ob das Schicksal von der Maria jetzt da vielleicht ein bisschen mehr treibende Kraft war als die juristische Vergeltung im Mordfall Marc Schlewin, das war am Ende sowieso egal, weil das eine unweigerlich verknüpft mit dem anderen.

Bevor er aber im Eifer noch viel weiterlesen konnte im fremden Fratzenbuch, wurde der Pfarrer plötzlich durch Stimmen im Hausflur gestört. Mit feuerrotem Kopf und schwitzenden Händen klickte er vor lauter schlechtem Gewissen auch gleich alles weg und zu, was ihm unter die Augen und Finger kam. Abmelden, ausloggen und schnell die ganze Kiste runterfahren. Eine quälende Ewigkeit verging, bevor der vorher so gehorsame Computer endlich machte, was man von ihm wollte. Gerade als die Maria ihren Kopf zur Tür hereinsteckte, ging das letzte Lichtlein aus, und das verdächtige Brummen verstummte.

»Hier sind Sie, Herr Pfarrer, und schon wieder so fleißig. Wollen S' was essen mit uns? Eine kleine Pause machen?«

Der Leopold hob den Kopf von seinen Predigtbüchern und blinzelte. »Also eigentlich bin ich gerade mitten in einer ganz wichtigen Sache.« Er klopfte zum Beweis mit dem Finger auf das dicke Buch.

»Wir haben Kuchen mitgebracht und den Simeon auch, der wollt eh zu Ihnen.«

Jetzt waren das gleich zwei gute Nachrichten auf einmal. Weil, nach so viel konzentriert herumschnüffeln, da mussten die Zuckerreserven dringend aufgefüllt werden, damit man überhaupt wieder gescheit denken konnte. Und ein zweiter Kopf zum Mitdenken, den brauchte er langsam wirklich dringend. Selbst wenn er jetzt so vielen Leuten versprochen hatte, nichts zu erzählen, ohne wenigstens ein bisschen Teilen würde er hier allein nicht weiterkommen. Entschlossen, dafür selbst eine Franz-Konfrontation in Kauf zu nehmen, schob er seine Unterlagen zur Seite und folgte der Maria in die Küche.

Der Franz saß auf seinem Platz. Noch nie hatte sich in der Eichenberger Pfarrküche irgendjemand auf seinen Platz gehockt. Hinten im Eckerl, direkt unterm Kruzifix mit dem Jesu dran genagelt. Zur Rechten das Fenster in den Hof, gegenüber die Küchentür. Alles im Blick, Feng-Shui-technisch die ideale Mitte. Der Platz für den Chef. Sein Platz. Und da hockte jetzt ein anderer und stierte ihn frech an, wie er deppert im Türrahmen stand und nicht genau wusste, ob er jetzt gleich explodieren sollte oder vielleicht doch erst später.

»Herr Meininger, habe die Ehre«, grüßte der Eindringling, als wäre hier alles in schönster Ordnung.

»Herr Pfarrer.« Der Simeon nickte kurz und hievte sich dann ein Riesenstück Bienenstich auf den Teller. »Ich hoffe, ich stör nicht. Aber ich habe eben den Obduktionsbericht gefaxt bekommen.« Er deutete auf einen großen Briefumschlag neben sich am Tisch. »Den sollten wir uns gleich mal ansehen. Aber vorher, vorher noch eine kleine Stärkung.«

Der Meininger beschloss, den Revier-Rowdy in seinem Kopf fürs Erste zu ignorieren, und hockte sich neben den Simeon an den Tisch. Der Friede des Herrn und so weiter. Im Moment gab es wirklich Wichtigeres. Mord aufklären zum Beispiel.

»Und, was habt ihr heute den ganzen Tag Schönes gemacht, während das Volk hart gearbeitet hat?«, fragte er seine Köchin und ihren Besuch nicht ganz ohne Unterton. Die Maria hielt es aber auch lieber mit dem Frieden des Herrn, schenkte an alle frischen Kaffee ein und antwortete ganz zuckersüß mit ebenfalls nur einem bisserl Unterton.

»Ach, nix Besonderes. Ich hab dem Franz Eichenberg gezeigt, hat sich ja viel verändert, seit er zum letzten Mal hier war.«

Im Vorbeigehen strich sie dem Heimkehrer zärtlich die Wange. Der Meininger war sich fast sicher, nur um ihn ein wenig zu ärgern.

»Im Cabrio sind wir gefahren«, ärgerte sie weiter. »Ich muss schon sagen, ich hab's eigentlich nicht so mit den schnellen Autos, aber das war schon was ganz Feines. Gell, Franz. Das ist auch ein ganz besonders toller Wagen.«

»Mercedes«, protzte der Franz zwischen zwei Gabeln Kuchen. »E 350. Automatik, 252 PS, Ledervollausstattung. Wenn schon, denn schon, sag ich immer.« Lässig strich er sich durchs volle Haar. »Aber viel wichtiger als das Auto ist natürlich die Begleitung, und die war heute einfach unbezahlbar.«

Er grinste die Maria an, und dem Meininger wurde die Sahne im Mund sauer.

»Hat sich ja ganz schön was verändert seit damals, das muss ich schon sagen. Ganz ordentlich rausgeputzt das alte Eichenberg. An manchen Ecken erkennt man es gar nicht wieder. Und die Maria sagt, dass das großteils Ihnen zu verdanken ist, Herr Meininger.« Der Franz gab sich gar keine Mühe, den musternden Blick zu verstellen. »Weil Sie so viel Gutes tun für die Gemeinde und sich so engagieren für alles und jeden und die Traditionen hochhalten. Wenn Sie nicht Pfarrer wären, man könnt fast ein wenig eifersüchtig werden, solche Stücke hält dieses hübsche Fräulein auf Sie.« Und mit dem unverschämtesten Grinsen der Welt. »Aber Sie haben ja Gott sei Dank schon ihre eigene Maria. Die Heilige Jungfrau, das passt ja wunderbar, da brauch ich mir um meine keine Sorgen machen.«

Der Leopold ballte unterm Tisch die Fäuste. Scheiß doch auf den Frieden des Herrn. Lass ihn uns rausprügeln, den Hund.

Komm schon! Aber es siegte Alter über Torheit, und der Pfarrer hatte sich im Griff.

»Ja, es hat sich vieles getan, das kann man sagen. Aber ein paar Dinge, die sind immer noch genau, wie sie schon vor Jahren waren. Der Stroblinger zum Beispiel. Immer noch eine Institution, Schweinebraten zum Niederknien, da solltets ihr unbedingt vorbeischauen. Sonst hat man Eichenberg ja gar nicht richtig erlebt. Und die Theres würd sich sicher unbändig freuen, endlich mal wieder einen Ratsch mit der Maria halten zu können. Wenn ihr wollts, ich bestell euch gleich einen Tisch für heute Abend, ha, was meinst, Maria?«

Volltreffer. Eiskalt erwischt. Der Franz war auf einmal ganz weiß um die Nase.

»Das ist ja eine tolle Idee. Ich hab die Theres schon ewig nicht mehr gesehen. Mei, Franz, die ganzen Erinnerungen, weißt noch, damals, der Feuerwehrball.« Sie lachte. »Komm, lass uns heut Abend in den Stroblinger gehen!«

Jetzt war der Franz zwar ziemlich in der Zwicke, aber eben mit allen Wassern gewaschen.

»Eigentlich sollte es ja eine Überraschung sein, aber grad für heute Abend hab ich mir schon was ganz Besonderes einfallen lassen für uns zwei. Aber das sag ich natürlich ab, wenn du lieber in den alten Stroblinger gehen willst, weil der Pfarrer da den Schweinsbraten so gern mag.«

Eiskalt fixierte er den Leopold. Und der Leopold stierte fast ohne Blinzeln zurück.

»Ach Franz, du Guter. Aber nein, der Stroblinger kann warten. Den gibt's schon hundert Jahr, der hält auch noch mal hundert durch. Wie lieb von dir. Mei, wie lang hat sich für mich schon keiner mehr eine Überraschung einfallen lassen, ach, ich bin ja gleich ganz aufgeregt. So was Liebes, gell, Simeon? Herr Pfarrer? So was Liebes und so aufmerksam.«

»Aber nicht der Rede wert, Maria, nicht der Rede wert. Für eine Frau wie dich, da müsste man sich jeden Tag dreimal was einfallen lassen. Aber ich versprech dir, ab jetzt wird sich das alles ändern. Ab jetzt lebst du nicht mehr wie eine Dienstmagd, sondern wie die Königin, die du auch bist. Sei ihm nicht bös, aber das versteht halt ein Pfarrer einfach nicht.«

Und keine Sekunde ließ er dabei den Meininger aus den Augen. In dem tobte die Wut jetzt so sehr, dass die Hände unterm Tisch fast nicht mehr zu bändigen waren. Gott sei Dank spürte selbst der Simeon, wie die Luft im Raum immer dicker wurde, und schob den Pfarrer von der Bank.

»Super, dann euch Turteltauben viel Spaß noch und danke für den Kuchen, wir müssen uns jetzt auch um die wichtigen Dinge kümmern. Mord und Totschlag, Sie erinnern sich, Herr Meininger?«

Stimmt, hatte ja gerade erst einen Todesfall gegeben in Eichenberg. Sollte man mit dem nächsten vielleicht wenigstens so lange warten, bis der erste geklärt war.

Samt Eil-Fax aus Passau verschwanden die beiden ins Pfarrbüro, und bis auf einen seltsam kritischen Blick sparte sich der junge Polizist und Friedensretter jeden weiteren Kommentar zur Sachlage Leopold versus Franz. Ab und an begriff sogar ein Hirsch, worum es bei den Eseln wirklich ging.

»Herr Meininger, das sollten Sie sich mal anschauen«, sprach der fleißige Ermittler und hielt dem Pfarrer die von Karl und Carl gezeichneten Obduktionszettel unter die Nase. »Irgendetwas ist da faul an der ganzen Sache.«

Jetzt hatte der Meininger zwar im letzten Jahr schon ein bisschen üben dürfen, was das Fachchinesisch aus der Leichenkammer anbelangte, aber trotzdem, was da recht kompliziert geschrieben stand, musste erst mühsam im Kopf übersetzt werden, damit ein verständliches Deutsch dabei rauskam. Als das dem Pfarrer schließlich gelungen war, staunte er nicht schlecht.

»Pfffff … na da schau her?«, schnaubte er überrascht.

»Ganz genau«, bestätigte der Simeon. »Also entweder irgendjemand hat das mit dem Ritualmord und der Quälerei völlig falsch verstanden, oder man will uns hier sauber hinters Licht führen.«

Grundsätzlich musste man sich bei so einer verstümmelten Leiche wie dem Marc Schlewin ja als Allererstes die Frage stellen, warum machte jemand so etwas. Jetzt gar nicht mal nur auf das Motiv, das persönliche schlechte Gewissen und die drohende Strafe bezogen. Sondern gerade bei fünf Messern durch alle möglichen Körperteile eben auch, warum die ganze Mühe. Warum dem armen Opfer so viele Schmerzen zufügen und vielleicht sogar ein Erwischtwerden riskieren bei so einer langen Prozedur, wo das Opfer wahrscheinlich auch ein wenig jammert und schreit vor lauter Klinge im Haxen? Da denkt man sich ja als Mörder vielleicht auch etwas, da will man aus dem Gequälten meistens ein paar nützliche Informationen herauskitzeln. Oder irgendetwas in die Richtung. So war das zumindest immer in den wilden Krimi-Geschichten von der Maria der Fall. Das wusste der Meininger genau.

Jetzt aber im konkreten Fall vom Marc Schlewin überhaupt

nicht möglich, weil, so hatten es Carl und Karl schwarz auf weiß und mit vielen schlauen Fremdwörtern notiert. Das erste Messer, das man in den Berliner hineingestochen hatte, war gleich das mitten ins Herz gewesen. Auf der Stelle mausetot, der Arme, oder besser gesagt, so rum vielleicht doch der Glückliche, weil ihm dann nämlich die anderen vier Klingen in Armen und Beinen zwar nicht erspart geblieben waren, aber auf keinen Fall mehr wehgetan hatten. Diese Verstümmelung seiner irdischen Hülle hatte der Berliner sich maximal noch von oben, sozusagen aus der Post-mortem-Vogelperspektive, anschauen können. Sagen konnte er dazu nicht mehr viel.

Jetzt war das für den Marc vielleicht eher wurst und eh schon egal, für den Hirsch und den Meininger aber wiederum recht interessant zu wissen.

»Da wollte jemand ein Zeichen setzen!«, behauptete prompt Super-Kommissario Hirsch.

»Woher wollen Sie das denn so genau wissen?«

»Na ja, eine Tat im Affekt, die können wir ja von vornherein ausschließen, da geben Sie mir doch recht, oder?«

Der Pfarrer nickte.

»Jetzt für etwas sehr Persönliches oder eine richtig klassische Folter wie bei der Mafia ist es halt einfach die falsche Reihenfolge. Zu wenig Schmerz, zu schneller Tod, keine Zeit zum Reden. Ein Ritualmord könnte es natürlich auch sein. Aber das kann ich mir hier in Eichenberg nun wirklich nicht vorstellen. Also: Warnung und Botschaft für irgendjemand anderes. Und die Botschaft, die haben wir ja, wenn sie auch keiner versteht. Bis jetzt.«

Und da musste der Meininger seinem Partner tatsächlich recht geben. Dass das schon viel aussagt über Motiv und Täter. Wenn man so offensichtlich gar nicht viel Information herausschneiden wollte, dann wollte man vielleicht doch lieber ein bisschen Botschaft in die Überlebenden hineinbekommen?

»Aber was soll das denn dann heißen? ›Jetzt ist Schluss, Reinheitsgebot‹?«, fragte der Pfarrer immer noch verständnislos. »Hier bringt doch keiner einen um nur wegen dem bissal Bier und Leberkäs?«

Der Simeon Hirsch, als immer noch Außenstehender, zog skeptisch eine Augenbraue nach oben. Das sah er offensichtlich anders.

»Ach geh, Herr Hirsch, ich bitte Sie. Freilich, die Leut hier nehmen es schon ernst mit der Tradition und dem Brauchtum, aber gleich jemanden abstechen. Na, da tun Sie den Leuten unrecht.«

Die Augenbraue bewegte sich nur sehr langsam nach unten, ganz der gleichen Meinung war der Münchner offensichtlich nicht, aber in dubio pro Eichenberg, darauf musste der Meininger bestehen.

»Wenn Sie sich da so sicher sind, Herr Pfarrer, dann bleibt nur eine Sache. Wir müssen rausfinden, was genau damit gemeint ist und für wen die Botschaft gedacht war. Und wenn es niemand hier aus dem Dorf war, dann wird das eine richtig komplizierte Angelegenheit. Dann suchen wir nämlich nach der Nadel im Heuhaufen. Ich zumindest weiß nicht, wo wir da anfangen sollen.«

Tja, und da war jetzt dann der Leopold in der Zwickmühle. Weil er hatte jetzt nach all den Beicht- und Internetgeheimnissen sehr wohl eine Ahnung, wo man vielleicht schauen könnte, wenn nicht in Eichenberg. Aber was tun, lieber Herr im Himmel? Wenn es hier unten um Leben und Tod ging?

»Wien«, gab sich der Leopold innerlich einen Ruck.

»Wie bitte?«

»Wien. In Wien müssen wir anfangen zu suchen. Oder besser gesagt, die falschen Berliner und den windigen Hamburger noch mal genauer anschauen.« Den Franz brachte der Meininger selbstverständlich einzig aufgrund der verdächtigen Fratzenbuch-Fotos und nicht aus persönlichem Wunschdenken ins Spiel. Hoch und heilig versicherte er sich das im eigenen Gewissen.

»Ich versteh nicht, was Sie meinen, wie kommen Sie denn jetzt auf Wien? Und warum falsche Berliner? Und was hat der Franz damit zu tun?«

Und damit er endlich nicht mehr ganz so allein war im Wald des Halbwissens und weil er sonst einfach auch nicht weiterwusste, erklärte er dem Polizisten die Sachlage und was er auf seiner Online-Pirsch herausgefunden hatte. Von dem Abstecher des VeMeat-Sprinters nach Wien, von der offensichtlichen Verbindung der Berliner zum Meininger Hausgast und dass trotzdem alle so taten, als kenne man weder sich noch die österreichische Blumenkohl-Metropole. Damit er nicht gleich in einem Atemzug komplett wortbrüchig wurde, verschwieg er brav die internen Eichenberger Geschichten von den betrogenen Frauenbund-Weibern und dem Schicksal der Theres. Das war ja alles eh viel zu lange her und hatte mit den aktuellen Problemen überhaupt nichts zu tun. Am Ende fühlte er sich dann auch nur halb schlecht, weil er gepetzt hatte, und die andere Hälfte war froh, endlich einen zweiten Mitwisser an seiner Seite zu haben.

»Ach, da schau her.«

»Ja, da schau her.«

Einer Meinung waren sie schon mal, nur, wie sollte es jetzt

weitergehen? Zum x-ten Mal in den letzten Tagen wünschte sich der Leopold die Maria zurück ins Team. Mit ihr war das Mörderfangen schon um einiges leichter.

»Also, wenn es zu den Berlinern nichts zu finden gibt im Netz und die Claudia eigentlich erst mal nicht unter Generalverdacht zu stellen ist, dann bleibt nur der Franz«, kombinierte der Hirsch aber jetzt fast Maria-reif. »Bei dem müssen wir anfangen und einmal ein wenig nachforschen, warum der Hamburg mit Wien verwechselt und woher er unsere Wurstverkäufer eigentlich kennt.«

»Ja, aber wie?«

»Na, wie wohl? Mit dem Internet!«

Der Meininger verdrehte die Augen. Herrje, schon wieder, würden sie dieses Teufelsding denn überhaupt nicht mehr loswerden?

Aber der Simeon schien fest davon überzeugt, dass der Google ihm besser antworten würde als dem Leopold, und hackte bereits wild in die Tasten. Auch er stürzte sich zunächst auf die Suchmaschine und dann weiter zum virtuellen Freundesnetzwerk. Nur wenige Online-Minuten später blickte der Meininger ebenso überrascht wie erleichtert auf das Profil einer fremden Dame. Anscheinend suchte auch der Polizist in den Tagebüchern von anderen herum.

Annemarie hieß das Fräulein. Genau konnte man sie nicht erkennen, weil auf dem Foto nur von hinten zu sehen. Blonde kurze Haare, schlank, sehr adrett. Keine Ahnung, wer das war oder was der Hirsch damit bezweckte, aber als Polizist durfte man vielleicht mehr in fremde Internetprofile hineinschauen wie als Pfarrer.

»Und wer ist jetzt das?«, fragte er den immer noch wild Klickenden.

»Das sind wir«, erwiderte der Hirsch knapp und öffnete ein weiteres Fenster, kopierte ein paar Fotos von Meer und Bergen und Hotels. Wenig später erschien alles im Album von der Annemarie.

»Wie?«

»Na, das sind wir. Sie und ich, Herr Meininger.« Der Polizist unterbrach seine Arbeit und schaute ihn an, als müsste man eins plus eins vorrechnen. »Inkognito selbstverständlich. Ich hab uns einen Fake-Account eingerichtet. Irgendwie müssen wir an den Franz ja rankommen. Oder wollen Sie lieber in die Küche vorgehen und direkt fragen, was es mit all dem Schmarrn auf sich hat?«

Nein, das wollte der Meininger auf keinen Fall. Er schüttelte stumm den Kopf. Der Hirsch nickte.

»Eben. Hab ich mir gedacht. Also ermitteln wir verdeckt, erst mal von hier hinten aus. Was meinen Sie? So vom Typ her. Passt das?«

Er tippte auf das Model-Foto von der falschen Annemarie.

»Ich dachte, lieber blond. Weil damit nicht zu ähnlich an der Maria.«

Der Pfarrer verstand immer noch nicht, was sein Kollege vorhatte.

»Ähm, ich weiß nicht. Von wem der Typ?«

»Na von unserem Franz. Herr Meininger, ich bitt Sie. Schon klar, dass Sie vom Internet nicht viel verstehen, aber trotzdem ein bisschen Mitdenken wäre eine feine Sache.« Er verdrehte die Augen und erklärte. »Die Annemarie, die wird den Franz jetzt gleich kontaktieren und dann ein wenig anflirten im Internet. Und wenn man ein bisschen warm geworden ist, dann wird sie für uns die Fragen stellen und hoffentlich irgendetwas aus ihm rauskitzeln, das uns weiterhilft. Kapiert?«

Ja, theoretisch hatte er das schon kapiert, aber praktisch? Praktisch gab es die Annemarie erstens überhaupt nicht, und zweitens war der Franz ja offensichtlich schon wieder so gut wie vergeben an die Maria. Da würde der ja nicht einfach mit einer fremden Internetfrau ins Gespräch kommen und Geheimnisse ausplaudern. Schon gar nicht, wenn es von der nicht einmal ein Gesicht zu sehen gab. Dieser Hirsch. Was Dümmeres war ihm nicht eingefallen.

»Was Dümmeres ist Ihnen nicht eingefallen? Das klappt doch nie. Der Franz hat doch die Maria und wird einen Teufel tun und auf so eine billige Charade reinfallen.«

»Hochwürden, gerade Sie als Experte mit Sünde und Teufel sollten sich da eigentlich etwas besser auskennen.« Der Hirsch wirkte mehr als überzeugt. »Um ein Dutzend vegane Hotdogs wette ich mit Ihnen, dass es keine vierundzwanzig Stunden dauert, bis der Franz mit der Annemarie in Kontakt tritt. Nicht eine Sekunde länger. Weil wenn es hier draußen schon mit dem Teufel zugeht, ich sag's Ihnen, das Internet, das ist sein Paradies.«

Und mit diesen Worten drückte er auf ein kleines Knöpfchen im Fratzenbuch, und die hübsche Annemarie hatte dem fremden Franz die Freundschaftsfrage gestellt. Jetzt hieße es abwarten und Tee trinken. Und wieder waren die Gedanken vom Leopold fast ein bisschen mehr bei der frisch verliebten Maria als beim toten Marc. Würde der Franz den Köder schlucken?

VIII
Wiener Schmäh

Jetzt hatte der Leopold so fest gehofft, dass die Albträume vom letzten Herbst langsam nachlassen würden, zu oft war er nachts schweißgebadet aufgewacht, weil ihn blutrünstige Hirschen und Säue durch das Eichenberger Wäldchen gejagt hatten. Und tatsächlich was für ein Glück, weil die mordlustigen Viecher, die waren endlich weg. Schlafen konnte der Pfarrer aber trotzdem nicht. Anstatt dem Hirsch und der Sau waren es jetzt der Rene aus Berlin und der Franz aus Hamburg, die ihn durch die Nacht jagten. Craftbier und vegane Wurstwaren anpreisend, drohten ihm die beiden mit Messern zwischen den Zähnen. Warum er sich nicht endlich an das Reinheitsgebot halten würde, war die Frage. Nur hatte der verzweifelte Traum-Leopold keinen blassen Schimmer, was es mit dem Reinheitsgebot auf sich hatte. In seinem Kopf klingelte es vor lauter fieberhaft Nachdenken immer lauter und wollte einfach nicht aufhören. So ärgerlich penetrant, dass der Traum schlagartig aufhörte und der Pfarrer merkte, es klingelte gar nicht nur in seinem Kopf.

»HIRSCH«, blinkte auf dem Display vom Pfarrershandy gleich neben der unverschämten Uhrzeit. 6.30 Uhr in der Früh. Ja, hatte der denn den Arsch offen? Albtraum hin oder her, zu so unchristlichen Zeiten läutete man doch niemanden aus dem Bett.

»Meininger«, meldete er sich grantig brummend.

»Sie hat ihn!« Der Polizist war total aufgeregt und schon viel zu wach für diese Uhrzeit.

»Ha? Wer hat wen?«

»Na die Annemarie! Wer denn sonst? Sie hat den Franz am Haken. Ich hab's Ihnen doch gesagt. Der kann nicht anders. Heute Nacht um 2.30 Uhr, da hat er ihre Freundschaftsanfrage akzeptiert! Und wissen Sie was?«

»Nein, weiß ich nicht.«

»Anbrennen lässt der nichts. Hätte ich mir selbst nicht gedacht, aber der geht gleich in die Vollen.«

»In die Vollen?« Schlagartig war der Meininger ebenfalls hellwach und sehr interessiert am Erfolg von der Annemarie.

»*Hübsches Fräulein, kennen wir uns irgendwoher*, hat er gleich geschrieben, und: *Falls nicht, sollten wir das schleunigst ändern*. So ein Lump. Die arme Maria. Am liebsten würde ich ihr sofort reinen Wein einschenken, wen sie sich da ins Haus geholt hat. Aber leider, aktuell nicht möglich. Wir dürfen die Ermittlungen nicht gefährden. Verstanden? Auch Sie nicht, Herr Meininger«, betonte der Polizist mit überraschend viel Nachdruck. »Versprechen Sie's mir! Das ist momentan TOP SECRET, ja? Sozusagen digitales Beichtgeheimnis!«

Der Meininger stöhnte. Schon wieder. Aber er verstand. Auch er wäre am liebsten noch im Nachthemd los, um den verlogenen Liebesschwindler vor die Tür zu setzen, doch im Moment mussten sie wohl oder übel erst mal die Annemarie zum Zug kommen lassen.

Aber dann, aber dann! Das versprach sich der Leopold fest und bat den lieben Gott schon vorab um Nachsicht. Dann würde er beweisen, dass auch ein Pfarrer eine sehr unangenehme Seite haben konnte.

»Ja, ja, schon gut. Ich sag nichts.«

»Aber sicher, Herr Pfarrer. Kein Wort. Sobald die Kollegen in Hamburg und Wien zu sprechen sind, werd ich da mal ein paar Erkundigungen zu unserem Wander-Franz einholen und dann komm ich zu Ihnen, und wir chatten ein wenig. Bis dahin. Schweigepflicht.«

Ja, ja, Schweigepflicht. Auch wenn es ihm wirklich schwerfiel, aber die einzige Spur, die sie im Moment hatten, durfte nicht gefährdet werden. Er würde schweigen wie ein Grab. Und zugegeben, ein wenig neugierig auf das, was die Annemarie aus dem Franz so alles herauschatten würde, war er natürlich schon. Am liebsten hätte er sich gleich und sofort an den Computer gehockt. Aber dann lieber doch zusammen mit dem Hirsch, dann war das weniger persönliche Neugier und mehr offizielles Ermitteln, das war selbst dem Leopold klar.

Lange musste er aber gar nicht auf seinen Alibi-Internet-Schnüffler warten. Nur zwei schwarze Kaffee später polterte der Polizist schon zur Tür herein. Hektisch rote Flecken im Gesicht vor lauter Aufregung am frühen Morgen. Er warf einen suchenden Blick über die Schulter, ob das Liebespaar irgendwo in Hörweite war, und platzte, als der Meininger den Kopf schüttelte, sofort mit seinen Neuigkeiten heraus.

»Das glauben Sie nie, Herr Meininger. Einen richtig dicken Fisch haben Sie sich da ins Haus geholt. Wenn das stimmt, was ich heute Morgen bei den Kollegen herausgefunden habe …« Er leckte sich nervös über die Lippen. »… dann sind wir diesmal sogar international im Geschäft! Ganz große Nummer!«

International im Geschäft? Ganz große Nummer? Der Leopold leerte seinen Kaffee und zog fragend die Augenbraue nach oben. Über ihnen im ersten Stock hörte man eine Tür knarzen und kurze Zeit später das Wasser im Badezimmer laufen. Die Turteltäubchen hatten ihr Nest verlassen.

»Wir gehen lieber in mein Büro«, beschloss der Leopold. »Da sind wir ungestört.«

Der Simeon nickte, und gemeinsam zogen sie sich in die katholische Kommandozentrale zurück. Bewaffnet mit der stärksten Kanne Kaffee, die die Menschheit je gesehen hatte, und ein paar alten Brezen als Proviant machten es sich die beiden hinterm Schreibtisch bequem.

»Also, was ist das für eine Geschichte? Internationaler Fisch? Was soll das heißen?«, fragte der Meininger, nachdem er wieder einmal den Computer zum Leben erweckt hatte. Viel lieber als Polizeiberichte hören wollte er dem falschen Franz jetzt die Untreue nachweisen.

»Keine Minute habe ich gezögert und gleich noch gestern Nacht eine Personenabfrage bei den Kollegen in Hamburg und in Wien beantragt. Ein Franz Grandlmeier war weder im Norden noch bei den Nachbarn aus Österreich bekannt. Keine Akte, keine Informationen, nichts.«

Dem Leopold war nicht genau klar, was er mit dieser Information anfangen sollte. Aber der Hirsch half ihm netterweise auf die Sprünge. »In Wien würde mich das jetzt nicht weiter wundern, da kann man ja auch mal auf einen Ausflug oder einen

Urlaub vorbeischauen, aber in Hamburg, wo er angeblich gelebt hat, da müsste der Franz zumindest gemeldet sein. Wenn schon nicht kriminell auffällig, dann zumindest ordentlich registriert.«

Das leuchtete dem Pfarrer ein. Eine Adresse, eine Arbeitsstelle, eine Steuernummer, irgendetwas sollte nach so langer Zeit in einer Stadt doch zu finden sein.

»Jetzt passen Sie auf …«, fuhr der Simeon fort. »So leicht lass ich meine Verdächtigen natürlich nicht davonkommen. Darum hab ich gleich mit den Personendaten auch noch ein Foto von unserem Hausgast mitgeschickt. Man weiß ja nie. Und, Tatsache, Volltreffer! Zumindest bei den Österreichern. Da hat ihn eine Kollegin erkannt, den Franz. Ganz ohne Zweifel, hat sie gesagt, heut Morgen am Telefon.«

Jetzt war der Leopold doch plötzlich ganz Ohr. Wien war immerhin nicht nur die Spur zum Franz, sondern vielleicht auch zu ihrem Mordopfer und seinen Berliner Freunden.

»Rein zufällig war die Kommissarin Spatzinger am Fax, hat sie gemeint. Glück muss man eben auch manchmal haben. Und wer lacht ihr da frech entgegen? Unser lieber Herr Grandlmeier. Nur, dass die Andrea Spatzinger ihn nicht als Franz Grandlmeier kennt, sondern, jetzt halten Sie sich fest, Herr Meininger, als Eduard – Edi – Baumeister.«

Der Meininger staunte nicht schlecht, jetzt wurde es wirklich interessant. Gespannt hörte er weiter zu, was es aus Österreich so zu berichten gab.

»Ja, da dürfen Sie ruhig große Augen machen. Falsche Identität. Ganz professionell, mit allem, was dazugehört. Und einem ganz interessanten Strafregister. Vor knapp zwei Jahren ist unser Franz als Edi zum ersten Mal in Wien aktenkundig geworden. Drogen.

Und zwar nichts für Anfänger. Kokain und Crystal Meth. Damit hat man ihn in einer Verkehrskontrolle erwischt. Unerlaubte Einfuhr und Durchfuhr von illegalen Betäubungsmitteln. Damals hieß das Geldstrafe und Bewährung für den Franz. Ein paar Monate später hat man ihn dann bei einer Razzia in einem Wiener Klub erneut aufgegriffen. Allerdings konnte man keine Drogen bei ihm finden, nur eine verdächtig hohe Summe Bargeld. Über fünftausend Euro hatte der Edi-Franz in seinem Jackett. Laut Aussage wollte er an diesem Abend seinen Geburtstag feiern und groß einladen. Von den Drogen, die bei seinen Begleitern gefunden worden waren, hatte er angeblich nichts gewusst. Der Rest auf seinem Kerbholz ist klassisches Muster: Körperverletzung, nächtliche Ruhestörung, einige Verkehrsdelikte, darunter alkoholisiert am Steuer und Geschwindigkeitsüberschreitungen. Interessanterweise mit einem Porsche 911. Der Franz hat es sich ganz nett gemacht, so scheint es, und jedes Mal einen Batzen Bargeld im Gepäck. Das ist per se natürlich nicht strafbar, aber in dieser Kombination ein recht eindeutiges Zeichen.«

Der Pfarrer blickte den Hirsch fragend an. Und professionell bestätigte der Simeon die Verdachtstheorie.

»Einen ausgewaschenen Drogenhändler haben wir uns da nach Hause geholt. Kein Zweifel. Darum suchen ihn auch die Kollegen in Österreich. Handel, Abgabe, Besitz und Verdacht auf Herstellung von Betäubungsmitteln in großem Umfang. Und das in bandenmäßiger Struktur. Heißt, unser Franz, deren Edi Baumeister, war nicht allein unterwegs, der hatte Komplizen. Oder hat. Im Dezernat von der Kommissarin Spatzinger laufen dazu die Ermittlungen seit ein paar Monaten. Leider bisher ohne nennenswerte Erfolge. Bis eben heute Morgen. Als plötzlich einer ihrer Hauptverdächtigen aus dem Fax gerutscht kam. Seit Kurzem fehlt vom Edi nämlich jede Spur. Halb Wien hat das Team von der Spatzinger auf den Kopf gestellt. Ohne Erfolg wie vom Erdboden verschluckt war der Edi von heut auf morgen. Kein Wunder, dafür ist ja hier bei uns plötzlich der Franz vom Himmel gefallen.«

Der Meininger hatte wirklich Mühe, das alles genauso schnell zu verarbeiten, wie es der Polizist erzählte. Weil irgendwie, selbst bei aller göttlichen Hilfe, einfach zu schön, um wahr zu sein! Nicht nur, dass der super Franz in Wirklichkeit ein untreuer Liebesschwindler war, nein, noch dazu war er auch ein ausgewachsener Betrüger, Drogenhändler und gestandener Krimineller. Wenn das nicht ausreichte, um die lodernde Leidenschaft und Begeisterung von der Maria im Keim zu ersticken, dann wusste er auch nicht. Am liebsten wäre er sofort aufgesprungen, um seiner Köchin alles zu berichten und den Franz eigenhändig vor die Tür und in die Arme der österreichischen Polizei zu befördern. Aber da hatte leider auch der Simeon noch ein oder zwei Wörtchen mitzureden und auch schon eine recht konkrete Vorstellung, wie es jetzt weitergehen sollte mit dem Franz und dem Edi und den Österreichern.

»Wenn wir jetzt auch noch einen Mord auf die Liste vom Franz setzen könnten, dann war der die längste Zeit auf freiem Fuß unterwegs«, erklärte der Polizist. »Für die Österreicher wäre das natürlich auch ein Riesenermittlungserfolg. International agierender Dealer und Mörder geschnappt. Gelungene Kooperation der Grenzpolizei. Das klingt doch mal nach einer Schlagzeile, die man lesen will, oder?«

Der Leopold sah schon an den glänzenden Augen seines Kollegen, dass das eine Schlagzeile wäre, die vor allem der Simeon sehr, sehr gerne lesen würde. Immerhin war er der ausschlaggebende Part auf der deutschen Seite der erfolgreichen Grenzpolizei.

»Mit der Kommissarin habe ich heut Morgen schon besprochen, dass wir hier die nächsten Tage weiter verdeckt den Franz beschatten und möglichst viel Information und Beweise zusammentragen. Wir warten noch auf die Rückmeldung der Kripo in Hamburg, und wenn wir dann auch noch den Rest der Drogenbande dingfest machen …« Er leckte sich aufgeregt über die Lippen. »… das wäre mal ein Erfolg, dann würd ich vielleicht sogar ein richtiges Büro bekommen.«

Sosehr sich der Meininger auch die Erfüllung aller Zukunftsträume für seinen Partner wünschte, wie sie neben einem Mörder auch noch eine ganze Drogenbande fangen sollten, das war ihm nicht wirklich klar.

»Den Rest der Bande?« In seinem Kopf schlichen bedrohlich finster dreinschauende Männer in schweren Lederjacken, mit schmierigen Frisuren von links nach rechts.

»Aber selbstverständlich. Wo wir sie doch alle hier vor der Nase haben.«

Dem Meininger wurde angst und bange, die Halluzinationen hier in Eichenberg, ganz real?

»Wie? Was? Wir haben doch hier keine Dealer-Bande, das wüsste man doch?«

»Herr Meininger, jetzt bitte, das ist doch klar wie Kloßbrühe. Die Claudia Hofbauer und der Rest der Truppe, das sind unsere Dealer. Oder was dachten Sie, warum die von Berlin nach Wien und dann nach Eichenberg weitergezogen sind?«

Jetzt bei allem Verständnis für Ermittlungserfolge und große Polizeikarriere, langsam ging mit dem Hirsch ein bisschen die Fantasie durch. Vor lauter Ehrgeiz konnte man auch nicht einfach aus ein paar armen Würstelverkäufern eine wilde Drogenbande machen.

»Aber so ein Blödsinn. Das arme Mädel verdächtigen. Simeon, ganz ehrlich, das kann doch nicht Ihr Ernst sein. Und die vier Würstel aus Berlin mit ihren Würsteln. Nein, da täuschen Sie sich. Der Franz, ja, dass der ein Verbrecher ist, das sieht man wirklich auf den ersten Blick, aber der Rest. Nein, wirklich nicht.«

»Drei«, entgegnete der Polizist.

»Wie bitte?«

»Drei. Es sind drei Berliner Würstel, nicht vier. Eines ist tot. Erstochen, abgeschlachtet, ermordet. Mit einer Botschaft, einer Warnung. Herr Meininger, Ihre Gutmütigkeit und Menschenfreundlichkeit in allen Ehren, aber in diesem Fall müssen Sie auf mich vertrauen. Ich sag es Ihnen, VeMeat hat ein bisschen mehr zu bieten als nur Tofu-Wurst. Und wir zwei, wir werden rausfinden, was genau das ist!«

Und dieses Mal, da wusste der Leopold ganz genau, dass der kalte Schauer, der ihm den Buckel hinunterjagte, ein schlimmes Omen war für alles, was noch kommen würde. Und da könnte man meinen, ausnahmsweise mal alle Zeichen richtig gedeutet und Warnung angekommen, dann lieber Finger weg, zu Hause bleiben. Vielleicht noch ein Bier oder ein Glas Wein trinken, was Gscheites essen und die anderen ins Unheil laufen lassen, weil man wusste es ja vorher, dass es grob enden würde. Aber nein, helfen tut es am Ende auch nix. Selbst wenn man schon weiß, dass nix Gutes auf einen wartet, man kann trotzdem nicht anders, als offenen Auges ins Messer zu laufen.

Zunächst aber lief alles nach Plan. Vor allem die Sache mit dem Informationen-aus-dem-Franz-Herauskitzeln, die funktionierte besonders gut. Dank sei dem Internet und der hübschen Annemarie. Die war zwar genauso falsch wie ihr Casanova-Opfer, aber vielleicht passte es auch genau darum so super mit den beiden, und man kam recht schnell ins Gespräch. Hochstapler unter sich. In jedem Fall plingte es nur so hin und her in dem Chat-Fenster vom Fratzenbuch, und auch wenn der Leopold sich eigentlich freute über so viel Köder-Fressen, er war doch auch richtig wütend. Die arme Maria, die er in der Küche mit den Töpfen scheppern hörte und die vermutlich gerade irgendeine Leibspeise für ihren Liebsten zauberte, wurde hier quasi zeitgleich zwei Zimmer weiter betrogen, wenn auch nur virtuell. Und selbst da ließ der vermeintliche Dealer nichts anbrennen.

Wie kommt es, dass so eine hübsche Person wie du im Internet nach Bekanntschaften suchen muss?, schrieb der Hallodri.

Ob du's glaubst oder nicht, ich bin sehr schüchtern, antwortete der Hirsch in das Internet hinein. Der Leopold sah ihn skeptisch an. Wie billig, da würde ja nicht einmal ein Pfarrer drauf reinfallen.

Schüchtern? Das hast du doch gar nicht nötig!, antwortete aber der beutewitternde Franz.

Ich würde liebend gern einmal dein Gesicht sehen, in deine wunderschönen Augen blicken und dir den Hof machen. Du bist eine Prinzessin, die man königlich umwerben sollte! Wo und wann kann ich dich treffen?

Triumphierend grinste der Polizist den naiven Pfarrer an. Er hatte eben doch recht behalten. Das Internet, ein wahres Teufelswerk.

Wo wohnst du denn?, stellte die Annemarie jetzt die erste entscheidend wichtige Frage, und beide Puppenspieler starrten gespannt auf den Bildschirm. Es plingte.

Ach du, mal hier, mal da, wo mich der Wind und das nächste Abenteuer hin verschlägt. Aber für dich würd ich überall hinkommen. Wo lebst du denn?

Der eine Detektiv schnaufte, der andere verdrehte die Augen. Was für ein Gesülze, und weiterhelfen tat es ihnen auch nicht. Der Simeon kaute auf der Unterlippe, runzelte angestrengt die Stirnfalten und tippte dann die Antwort von der Annemarie ins Internet.

Ach, du Charmeur, das klingt ja aufregend. Ich lebe in Österreich, in der Nähe von Salzburg. Am Mondsee. Kennst du das? Warst du schon mal in Österreich?

Der Hirsch war aber auch ein Fuchs. Wieder dauerte es nur wenige Sekunden, bis der Franz seine Antwort in den Chat hinein log.

Österreich? Wie wunderbar. Da war ich noch nie. Aber so netten und hübschen Nachbarn würde ich natürlich jederzeit einmal einen Besuch abstatten. Und wie es der Zufall will, so weit bin ich im Moment gar nicht von dir entfernt. Was machst du am Wochenende?

Dem Leopold stieg die nackte Wut in den Kopf. Was fiel diesem Sauhund eigentlich ein? Da lag er wahrscheinlich immer noch im Bett von der wunderbarsten Frau der Welt und verabredete sich gleich mit der nächsten? Dealer hin, Mörder her, für diesen Betrug würde er büßen. Und wenn der Pfarrer alle

Erzengel und göttlichen Rächer zu Hilfe holen müsste. Damit würde der Franz nicht ungeschoren davonkommen. Seiner Maria würde niemand das Herz brechen, solange er noch atmen konnte.

Du bist ja einer von der ganz schnellen Sorte!, tippte die Simeon-Annemarie. *Aber ich mag das. Hätte selbst mal wieder Lust auf ein richtiges Abenteuer.*

Und ein kleines Lachgesicht mit zwinkerndem Auge schickte der Polizist auch gleich noch hinterher.

Diesmal dauerte die Antwort vom Franz keine Sekunde. Gleich drei Zwinkermännchen sendete er vor lauter Freude über so leichte Beute.

Hab ich mir doch gedacht, dass wir beide die gleiche Sprache sprechen. Ich liebe Frauen, die Spaß und eine gute Zeit zu schätzen wissen. Ich versprech dir, da bist du bei mir an den Richtigen geraten. Wann und wo wollen wir uns treffen? Bei dir?

Wieder musste der Leopold jeden Rest Selbstbeherrschung zusammenkratzen, um nicht sofort die Kittel zu raffen und in den ersten Stock hochzurumpeln. Aber als hätte der Hirsch seine Gedanken gelesen, warf er ihm nur einen warnenden Blick zu. Nicht mal dran denken, sollte das heißen.

Nicht ganz so schnell, mein stürmischer Casanova. Ich kenn dich ja noch gar nicht. Was hältst du davon, wenn wir erst mal ein bisschen gemeinsam feiern? Vielleicht am Samstag? Elf Uhr in der Partymaus? Die ist in Salzburg, in der Nähe vom Flughafen, und da kann man wirklich die Sau rauslassen? Dann sehen wir weiter …

Der Hirsch wäre mittlerweile vermutlich wirklich reif für den *Tatort*, so geschickt legte der die Köder um die Franz-Falle aus.

Wie du willst, Prinzessin. Aber ich verspreche dir, lang wird es nicht dauern, bis wir uns dem richtigen Spaß widmen.

Und wieder ein gelbes Zwinker-Gesicht.

Apropos richtiger Spaß, bog der Simeon alias Annemarie nun auf die Zielgerade ein.

Wie sieht es aus, Cowboy? Könntest du uns da vielleicht ein wenig verwöhnen und etwas Feines besorgen?

Vor lauter Aufregung prickelten dem Leopold die Fingerspitzen, und auch der Polizist hielt den Atem an, während sie auf die Antwort vom Franz warteten. Jetzt ging es um die Wurst beziehungsweise um die restlichen VeMeat-Angebote. Eine Minute verging, ohne Pling, dann zwei, dann drei. Nervös tippelte der Hirsch mit den Beinen unterm Schreibtisch. Fünf Minuten waren mittlerweile vergangen, und gerade als der Leopold befürchtete, sie hätten den Franz ins Misstrauen verloren, ploppte die Antwort auf.

Aber sicher, Prinzessin. An was hattest du denn gedacht?

Bingo, Volltreffer. Triumphierend ballte der Hirsch die Hand zur Faust.

»Jawoll, hab ich's doch gewusst«, flüsterte er so leise, als würde der Franz wirklich im Computer hocken und könnte sie hören.

Jetzt kam der Zwinker-Smiley von der Annemarie.

Du bist ja wirklich ein Hauptgewinn, lobte sie.

Was hast du denn anzubieten? Kinderspaß oder was für Erwachsene?

Der Franz nahm Lob und Herausforderung an.

Prinzessin, für dich alles, was du dir wünschst. Weiß, blau, schwarz. Schnell, langsam, laut oder leise. Wie du's gerne hättest.

Vielsagende Blicke vom Profi Hirsch, der verstand das Drogen-Fachchinesisch offenbar problemlos.

Wie wäre es mit ein bisschen was von allem? Dann entscheiden wir spontan, wonach uns ist?

Die Annemarie, ein echtes Luder, das musste man schon sagen.

Ganz schön anspruchsvoll, die Dame, kommentierte auch der Dealer. *Aber dein Wunsch ist mir Befehl. Aktuell habe ich ein paar Lieferschwierigkeiten, aber keine Sorge, bis Samstag bekomme ich ein schönes Spaß-Paket für uns zusammen. Das wird ein Wochenende, so was hast du noch nicht erlebt*, versprach der Drogen-Casanova großmäulig.

O ja, ein Wochenende, das du nie mehr vergessen wirst!, versprach auch die Annemarie.

Ich freu mich drauf!

Ich mich auch.

Und der Simeon und der Leopold, die freuten sich noch viel mehr. Über das teuflische Internet, das die Ausfragerei so einfach machte, über den Franz, der so brav hineinmarschiert war in die Falle, und über die heiße Spur, die sie jetzt nur noch weiterverfolgen mussten, um am Ende vielleicht einen Dealer, einen Mörder und einen verlogenen Herzensbrecher in einem Zug einfangen zu können. So schön glatt und einfach war das gelaufen, dass sich die beiden vor lauter Freude siegessicher zu einem High five hinreißen ließen.

Um sich nicht aus Versehen selbst zu verraten oder vielleicht weil dem Meininger dann doch noch die Faust ausgerutscht wäre, verlagerten die beiden ihr konspiratives Falle-Planen am nächsten Tag in das Polizeiquartier vom Simeon. Da war man zwar jetzt auch nicht wirklich ungestört, weil im Grunde gar kein richtiges Büro, sondern das Abstellkammerl von der Bürgermeistersekretärin. Und die Elfi Hintermeier, die hatte Ohrwaschel, da konnte der beste Jagdhund noch was lernen übers Lauschen. Trotz geschlossener Tür und einem »Bitte nicht stören«-Zettel, den der Hirsch sicherheitshalber außen drangeklebt hatte, bemühten sich die beiden Ermittler, möglichst leise zu flüstern.

»Und was nun?«

Ausnahmsweise einmal war dem Leopold die Untätigkeit mehr als zuwider. Am liebsten hätte er dem Franz gleich hier und jetzt die Handschellen angelegt. »Was machen wir als Nächstes?«

»Bis zu unserem Date am Samstag gibt es noch einiges zu tun. Wir brauchen Beweise, so viel wie möglich, und zwar nicht nur gegen den Franz.«

Der Hirsch holte Zettel und Stift aus seiner Schreibtischschublade und begann eine Liste zu schreiben. Dem Leopold erklärte er, dass es nicht ausreichen würde, den Franz am Samstag in Salzburg in der Partymaus auf Drogen zu filzen. Falls der Vollprofi überhaupt mit illegalen Substanzen am Körper auftauchen würde, dann sicherlich in zu kleinen Mengen, um ihn dafür groß abstrafen zu können. Selbst der Haftbefehl, der in Österreich offen war, würde unter Umständen und mit einem guten Anwalt nicht ausreichen, um ihren Freund lange hinter Gittern zu halten. Das bedeutete, sie mussten bis dahin zumindest berechtigten Verdacht auf Mord und Drogenhandel im großen Stil nachweisen können. Idealerweise auch noch die restlichen VeMeat-Jungs an den Haken bekommen. Und das, so der Polizist, erforderte höchst professionelles Vorgehen und Fingerspitzengefühl auf ganzer Linie.

»Trauen Sie sich das zu, Herr Meininger?«

Der Leopold war fast ein wenig beleidigt, immerhin hatte er doch im Herbst mehr als einmal bewiesen, wie viel Ermittlerblut durch seine Priesteradern lief.

»Aber selbstverständlich. Was sollte mich hindern?«

»Nun ja …« Der Hirsch druckste etwas zögerlich herum, und seine Wangen wurden ganz rosig. »… weil, in diesem Fall, da sind Sie schon sehr emotional involviert.« Er räusperte sich und hüstelte nervös. »Nicht, dass ich es nicht verstehen könnte, aber …«

»Aber was?«

»Nun ja, nicht, dass Sie am Ende wegen der Maria unseren Fall aufs Spiel setzen. Die Liebe ist da manchmal der Ratio im Wege.«

»Liebe?« Der Leopold traute seinen Ohren nicht. Was sollte denn das jetzt. »Liebe? Von was reden Sie denn da?«

Der Hirsch wurde noch röter und stotterte los.

»Ähm, Herr Pfarrer, ähm, also ich wollt Sie nicht. Also, bitte, ähm, verstehen Sie mich nicht falsch. Ähm, ich weiß ja um Ihren Beruf. Äh, Berufung. Aber, also, ähm, es sieht halt ein Blinder, dass Sie, ähm … dass Sie …«

»Dass ich was?« Dem Meininger wurde es ganz heiß unterm Talar. »Dass ich was, Herr Hirsch?«

»Nun ja, ähm, dass Sie, also, na ja, dass Sie die Maria furchtbar gernhaben und Ihnen diese Geschichte mit dem Franz überhaupt nicht passt. Das eben.«

Der Polizist atmete tief durch und rückte mit seinem Stuhl so weit vom Pfarrer weg, wie es der winzige Raum eben zuließ.

Der Leopold wollte gerade zu einem wütenden Donnerwetter ansetzen und dem Hirsch einmal richtig den Marsch blasen, was ihm überhaupt einfiel, dem Ochsen, hier solche Unverschämtheiten zu unterstellen. Aber anstatt laut loszupoltern und seine ganze Wut auf die Allgemeinsituation in die Welt hinauszuschreien, schnappte sein Mund nur lautlos nach Luft. Wie ein Karpfen auf dem Trockenen, dem einfach nicht einfallen wollte, was man auf so viel Wahrheit antworten konnte, ohne noch viel mehr Wahrheit preiszugeben.

Lange Minuten starrten die beiden Männer sich wortlos an, ohne eine Miene zu verziehen. Irgendwann seufzte der Meininger tief und herzzerreißend. »Keine Sorge, Simeon. Ich werde den Fall nicht gefährden.« Er hob den Kopf und sah den Kollegen an. »Du kannst dich auf mich verlassen.«

Der Polizist nickte. »Ich versprech dir, wir kriegen den Arsch! Sonst geb ich meine Dienstmarke zurück.« Er reichte dem Leopold die Hand, und mit einem festen Griff und einem letzten wortlosen Blick war zwischen den beiden Männern alles gesagt und alles verstanden.

»Was soll ich tun?«, fragte der Pfarrer. »Du hast doch sicher einen Plan.«

»Aber sicher habe ich einen Plan«, grinste der Polizist offensichtlich erfreut über die eben neu besiegelte Männerfreundschaft. »Wir machen das wie beim letzten Mal …«

Herrje, dem Pfarrer schwante Übles. »Ich lass mich beinahe umbringen, und du kommst in letzter Minute zu meiner Rettung?«, fragte er besorgt.

»Aber nein, sei nicht dramatisch. Ich kümmere mich ums Offizielle, und du nutzt ein wenig die Vertrauensrobe und ermittelst verdeckt an der Front.«

Klang für den Meininger jetzt auch nicht so viel besser oder ungefährlicher. Die Eichenberger Front, die konnte es ganz schön in sich haben. Nichts für Zartbesaitete oder Anfänger. Aber der Hirsch hatte die Aufgaben eben verteilt.

»Ich werde heute noch mal bei den Kollegen in Hamburg und Wien vorsprechen und von unseren neuen Informationen berichten. Rein formal bräuchten wir ja auch noch eine Genehmigung für die Annemarie. Damit die später auch als Beweis zugelassen wird, unsere Internetzeugin. Sonst hilft uns das rein gar nichts. Außerdem brauchen wir die Kollegen am Wochenende für den Einsatz. Und vielleicht lässt sich ja doch im Norden noch etwas herausfinden. Irgendwo muss der Franz da aufgetaucht sein, wenn auch nur kurz.«

»Und ich?«

»Du musst herausfinden, was die VeMeat-Truppe damit zu tun hat. Wie gut kannten die den Franz, war das Zufall oder arbeiten die wirklich professionell zusammen? Waren die vielleicht sogar in Berlin schon gemeinsam unterwegs? Wie tief steckt die Claudia mit drin?«

»Die Claudia?«

»Ja, die Claudia. Leopold, du glaubst doch nicht wirklich, dass die mit den Typen durch die Länder tourt, Wurst, Bier und Bett teilt und keinen blassen Schimmer davon hat, was da sonst noch abgeht? Bei aller Bewunderung für christliche Werte und den ganzen Kram, aber so naiv kann selbst der Papst nicht sein.«

Der Meininger wurde ein bisschen rot vom Schämen. Vielleicht hatte er da wirklich zu sehr an die unschuldigen blauen Augen und blonden Engelslocken geglaubt. Der Polizist hatte schon recht. Selbst die Claudia musste mit auf die Liste der Verdächtigen.

Und dann fiel ihm plötzlich die Warnung von der jungen

Metzgersschwester wieder ein und auch, was der Schneider Basti über seine Schwester erzählt hatte. Die Tablette, die das Mordopfer ihr unterjubeln wollte. Und plötzlich wurde ihm ein wenig angst und bange, ob sie sich hier nicht eine zu große Nummer vorgenommen hatten. Falsche Identitäten. International gesuchte Drogenbande. Ritualmord. Ein Schauer lief ihm über den Rücken. Vielleicht ein bisschen viel Verbrechen für nur einen Pfarrer und einen Dorfpolizisten. Beichtgeheimnis hin oder her, es war an der Zeit, mit dem Simeon auch noch den Rest der Meininger-Überinformation zu teilen. Dann würde wahrscheinlich auch der Kriminalexperte einsehen, dass hier dringend Verstärkung gebraucht wurde.

»Leopold, damit hättest du sofort zu mir kommen müssen. Vor allem bei einem Drogendelikt. Das ist Körperverletzung«, schimpfte der Polizist, nachdem endlich der Pfarrer einmal gebeichtet hatte.

»Ich weiß, ich weiß. Aber mir war ja noch gar nicht klar, dass das alles miteinander zu tun hat und wie ernst die Lage tatsächlich ist.«

Den Leopold drückte das schlechte Gewissen wirklich vom Kopf bis zum kleinen Zeh. Aber ändern konnte er jetzt auch nichts mehr. Nur versprechen, dass er zukünftig alle seine Informationen gleich und auf der Stelle mit dem Simeon besprechen würde. Eben wie echte Partner. Und das reichte seinem Kollegen dann Gott sei Dank auch fürs Erste. Nur leider, das mit der Verstärkung und den Fall gleich an die wirklichen Profis abgeben, davon wollte der Simeon überhaupt nichts wissen.

»Auf gar keinen Fall. Und was soll das überhaupt heißen? Echte Profis? Was bin denn ich? Ein Faschingspolizist?« Ziemlich angesäuert blickte der gerade noch sehr verständnisvolle Freund drein. »Wer, wenn nicht wir, soll denn diesen Fall hier lösen? Leopold, stell dir doch nur mal vor, hier würde ein Geschwader von Kriminalern und Ermittlern auftauchen und überall herumschnüffeln und Fragen stellen. Der Franz und unsere Veganer wären so schnell über alle Berge, so schnell könntest du gar keine VeMeat-Wurst ausspucken. Auf und davon, das scheint bei denen Erfolgsprinzip zu sein. Und dann? Dann lassen die sich im nächsten Ort nieder und machen woanders Ärger. Ist es das, was du willst?«

Ehrlicherweise musste der Meininger zugeben, dass diese Vorstellung schon sehr verlockend klang. Hauptsache weg mit dem Geschwerl. Sollte sich jemand anderes mit dem falschen Franz und seinen Würstel-Freunden herumschlagen. Aber der Polizist hatte schon recht, man konnte das Problem ja nicht einfach so durchschieben zum nächsten. Das war wie mit einem verstopften Klo. Man musste dem Übel auf den Grund gehen, sonst führte das am Ende nur dazu, dass einem die ganze Scheiße irgendwann um die Ohren knallte.

»Also gut. Ich werde tun, was ich kann«, versprach der Pfarrer. »Hat das letzte Mal ja auch geklappt. Irgendwie.«

»Eben. Und wird es auch diesmal wieder.« Der Simeon blickte so optimistisch drein, dass man fast glauben könnte, sie beide wären der Sherlock Holmes und sein Watson. Aber er war es auch nicht gewesen, der beim letzten Mal beinahe draufgegangen wäre. »Also, Startschuss für die Mission Edi-Einbuchten?«

Der Pfarrer seufzte, was blieb ihm auch anderes übrig.

»Also gut. Startschuss Edi-Einbuchten. Wir schnappen uns

dieses Arschloch und wenn es das Letzte ist, was ich in diesem Leben fertigbringe. Franz Grandlmeier, du gehörst mir!«

Mit mehr Mut im Bauch als Verstand im Kopf erhob sich der Meininger, um seine Mission zu starten, bevor er es sich noch einmal anders überlegen konnte. Schwungvoll riss er die Tür zum Sekretärinnen-Büro auf und hätte sie beinahe noch in derselben Sekunde wieder zugedrückt. Keine Armeslänge von ihm entfernt, als hätte der Teufel persönlich ihn hier abgesetzt, stand der Erzfeind Franz und grinste ihn spitzbübisch an.

»Herr Meininger, Sie auch hier? Was für ein schöner Zufall.«

Stockstarr blieb der Pfarrer im Türrahmen stehen. Ja, was für ein Zufall, in der Tat.

»So früh am Morgen schon bei der Polizei? Ist Ihnen was zugestoßen? Oder vermissen Sie am Ende etwas?«

Diese Drecksau. In Gedanken entschuldigte sich der Leopold sofort beim Chef für seine Ausdrucksweise, aber verdient hatte es der Halunke in jedem Fall. Sie beide wussten nämlich ganz genau, was oder besser gesagt wen der Leopold gerade schmerzlich vermisste. Na warte, Bürschchen, wer zuletzt lacht und so weiter.

»So etwas in der Art«, erwiderte der Leopold so freundlich und locker wie nur möglich. »Und Sie? Selbstanzeige?«

Der Franz grinste noch etwas breiter und unverschämter.

»Aber Herr Pfarrer, Sie sind ja lustig. Wegen was sollte ich mich denn anzeigen? Na, ich will gar nicht zu unserem lieben Herrn Hirsch. Ich bin hier bei der bezaubernden Frau Hintermeier.«

Die Bürgermeistersekretärin blickte drein wie eine Katze hinterm Rahmtopf. Grad dass sie nicht noch anfing zu schnurren vor lauter Komplimenten und Kraulen.

»Es schaut nämlich ganz so aus, als würde ich noch eine Weile bleiben in Eichenberg, und da wollt ich mich mal ganz offiziell und sozusagen bei der wichtigsten Frau im Dorf erkundigen, wie es so ausschaut mit Meldepflicht, Wohnsitz und wo man sich am besten umschaut nach einer Bleibe. Wir können ja nicht auf ewig im Pfarrhaus wohnen bleiben und Ihnen zur Last fallen, Herr Meininger. Gell?«

»Wir?«

Breiter hätte das Lachen vom Franz wirklich nicht mehr werden können. Die reinste Schadenfreude war das.

»Ja freilich, wir. Oder warum glauben Sie, dass ich hier wieder ansässig werden will. Wegen der Maria natürlich. Zeit wird es, dass wir uns was Eigenes suchen. Selbstverständlich wird die Maria Ihnen noch so lange zur Hand gehen, bis Sie einen würdigen Ersatz gefunden haben.«

Ersatz? Für die Maria? Und dann auch noch einen würdigen? Der Leopold musste sich am Türrahmen festhalten, so weich wurden ihm plötzlich die Knie.

Der Franz wollte in Eichenberg bleiben? Die Maria ihn verlassen? Wann war das denn alles passiert? Warum hatte er davon nichts mitbekommen? Diese elende Umbringerei immer hier im Dorf. Als gäbe es nichts Wichtigeres. Vor lauter Mörderfinden vergaß man am Ende, auf die Lebenden zu achten. Aber diesmal hatte der Franz die Rechnung ohne den Wirt gemacht. Oder besser ohne Pfarrer und Polizist. Weil, bevor der mit der Maria davonlaufen konnte, würden die beiden ihn hinter Gitter bringen. Und genau darum verkniff sich der Leopold jetzt auch jede der möglichen Antworten, die ihm durch den wütenden Kopf schossen. Er lächelte nur freundlich und hob die Hand zum Gruß.

»Na, dann will ich gar nicht länger stören. Mir knurrt eh schon der Magen, und vielleicht krieg ich ja ausnahmsweise zu Hause ein Mittagessen. Wenigstens, solang ich noch für meine Köchin bezahle.« Ohne ein weiteres Wort schob er sich am Franz vorbei und verließ schnaubend das Rathaus. Bloß weg hier, weil selbst die Hutschnur von einem Pfarrer war nur bedingt belastbar.

Zu Hause angekommen, erwartete den Leopold tatsächlich ein fast vergessener Anblick. Die Maria stand in der Küche, Blumenschürze um die Hüften gebunden, und schepperte mit den Töpfen. Es roch himmlisch, und der Pfarrer brauchte gar nicht zu fragen, was da denn im Ofen schmurgelte. Rindsrouladen, sein Leibgericht, gar kein Zweifel. Und auch kein Zweifel, warum gerade heute, so ganz ohne Feiertag, ein solches Festgericht in der Pfarrersküche auf dem Speiseplan stand. Weil, das konnte sich auch der Leopold zusammenreimen, wo beim Franz pure Schadenfreude, da bei der Maria doch ein wenig schlechtes Gewissen. Nach all den Jahren, die sie gemeinsam verbracht hatten. Wenn auch nicht Bett, so zumindest Tisch, Kanapee und Fernseher geteilt hatten. Da konnte man schon ein kleines bisschen Trennungsschmerz erwarten, bevor es davonging, in das neue Leben mit der alten Liebe.

Der Blick und das sanfte Lächeln seiner Köchin, mit dem sie sich zu ihm umdrehte, sagte auch mehr als tausend Worte oder hundert Erklärungen.

»Das war's dann also mit uns beiden«, fragte der Leopold, nur so zur Sicherheit, und lächelte traurig zurück. Die Maria zuckte hilflos mit den Schultern. Auch ein wenig traurig, glaubte der Pfarrer zu erkennen, und nickte.

»Leopold …« Sie zögerte, nicht sicher, was oder wie sie etwas Passendes dazu sagen sollte. »Ich hätte das auch nicht gedacht.« Sie seufzte. »Aber es ist halt für mich eine Chance, noch mal neu … das mit uns … das …«

Der Pfarrer fasste sich ein Herz und winkte ab. »Maria, du brauchst dich gar nicht erklären. Ich verstehe das und …« Er schluckte zweimal fest. »… und ich freu mich ja auch für euch. Für dich. Du verdienst alles Glück dieser Welt. Wirklich. Und wenn es der Franz sein soll, dann bitte. Und wenn nicht …« Er schluckte noch einmal fest. »… dann weißt du, dass du hier bei mir immer ein Zuhause haben wirst. Ganz egal, wann und wie, ganz wurst, was auch passiert. Hier ist immer die Tür für dich geöffnet. Solang ich hier Pfarrer bin, bist du willkommen.«

Ein Tränchen bildete sich am linken Auge der Köchin, und noch bevor es die Wange hinabrollen konnte, war der Leopold aus der Küche verschwunden, damit nicht am Ende die Maria das gleiche Schauspiel in seinem Gesicht entdecken würde.

So verführerisch die Rouladen auch rochen, diese Henkersmahlzeit würde ihm garantiert im Hals stecken bleiben vor lauter Kloß, der sich da breitgemacht hatte. Lieber wollt er sich an die Arbeit machen und zusehen, dass sie den Franz loswurden, bevor er tatsächlich seine Maria los war.

Auf dem Weg ins Dorf hinab wollte ihm trotz aller Bemühungen so recht aber nicht einfallen, wie er nun am geschicktesten vorgehen sollte, um einerseits möglichst viel herauszufinden über Berlin, Wien und die geheime Verkaufsware im VeMeat-Geschäft, ohne gleichzeitig bei den Befragten alle Alarmglocken läuten zu lassen. Immer wieder überlegte er, wie das wohl die großen *Tatort*-Helden seiner Köchin anstellen würden. Zu dumm auch, dass er am Sonntag jedes Mal pünktlich um halb neun im Sessel einschlummerte. Genau dann, wenn der Mord schon passiert war, aber von Lösung noch weit und breit keine Spur. Die Lösung, die bekam immer nur die Maria mit, und die konnte er gerade nicht um Rat bitten. Selbst war der Pfarrer. Und darum beschloss er, seine Ratlosigkeit mit ein wenig Tatendrang und Mut auszugleichen. Ein kühles Bier bei der Theres, das würde vielleicht schon helfen. Gegen den leeren Magen und den leeren Kopf, vor allem aber für das Allgemeinwohl. Schaden konnte es in keinem Fall. Erste Station also: Wirtshaus Stroblinger.

»Dreimal in einer Woch? Herr Pfarrer, Sie werden mir doch nicht zum Stammtischbruder?«

Die Theres staunte nicht schlecht über den wiederholten Besuch in ihrer Wirtschaft, schenkte dem Meininger aber ohne viel weiter zu fragen ein Bier ein. Die Kundschaft im Stroblinger war in der Regel relativ einfach zu durchschauen, was die Getränkewahl betraf. »Hams auch einen Hunger?«, fragte die Wirtin. Ja, hatte er, aber zum Essen war ihm immer noch nicht zumute, und Zeit hatte er eigentlich auch keine.

»Nein danke, ich brauch nur ein schnelles Bier.« Und dann, als hätte der Heilige Geist persönlich ihm die Worte in den Mund gelegt. »Theres, warum ich eigentlich hier bin. Ich wollt fragen, wie war das damals mit dir und dem Franz?«

Der Leopold konnte selbst nicht glauben, dass er sich getraut hatte, die Frage zu stellen. Die Wirtin wohl auch nicht, so entgeistert blickte sie ihn über den Tresen hinweg an. Lange Zeit sagte keiner ein Wort, dann sprach die Stroblingerin.

»Is es wegen der Maria?«

Der Pfarrer nickte nur stumm und schickte ein Gebet zum Himmel, dass dies die richtige Antwort gewesen war. Aber die göttlichen Mächte hatten sich wohl etwas gedacht bei ihrem Schubser, denn nach einem tiefen Seufzer antwortete die Theres tatsächlich. Und was sie dann erzählte, das dauerte das ganze Bier und hätte eigentlich eher einen Schnaps gebraucht. Und wäre der Meininger nicht direkter Zuhörer gewesen, er hätte es wahrscheinlich gar nicht glauben wollen.

Die Rentner hatten nicht gelogen. Der Franz war der Vater vom Ferdinand. Die Theres und er ein Liebespaar gewesen, oder besser gesagt, sie hatten ein Techtelmechtel miteinander gehabt. Denn im Gegensatz zur Maria und den Eifersuchtsziegen vom Frauenbund hatte die Wirtstochter ganz genau gewusst, aus welchem Holz ihr Liebhaber geschnitzt war. Zur Verteidigung der gutgläubig naiv Schmachtenden, die Theres war damals auch schon eine gestandene Frau gewesen, der Mann nicht großartig was vormachen konnte. Sie hatte den Franz zwar in ihr Bett, nie aber in ihr Herz gelassen. Dass diese heimlichen Treffen nicht an die Öffentlichkeit gerieten, das lag ihr ebenso am Herzen wie ihrem Casanova.

»Wir hatten einfach unseren Spaß«, erklärte sie dem Leopold trocken. »Ohne Verpflichtungen, ohne feste Absichten. Die hatte keiner von uns. Als ich dann gemerkt hab, dass ich schwanger bin, da war das im ersten Moment eine Riesenkatastrophe für mich. Das Letzte, was ich wollte, war ein Balg von diesem Tunichtgut.«

Der Pfarrer nickte, auch das deckte sich mit der Geschichte, die ihm die Veteranen erzählt hatten. Alles andere hätte ihn auch schwer gewundert. Die Theres konnte er sich so gar nicht als verliebte Drumsel vorstellen, auch nicht in jungen Jahren.

»Aber am Ende hast du dich für das Kind entschieden?«

»Ja, ich konnt nicht anders. Ich mag vielleicht nicht oft in die Kirch gehen, Herr Pfarrer, aber ein unschuldiges Leben, das will ich nicht auf dem Gewissen haben, wenn ich dann vorm Herrgott stehe. Und der Ferdinand, er war das größte Geschenk, das ich in meinem Leben erfahren durfte, wenn auch nur so kurz.«

»Und der Franz?«, fragte der Meininger, auch um von den glasigen Augen der Wirtin abzulenken. »Wusste der von seinem Sohn?«

»Selbstverständlich.« Ihr Blick wurde hart und kalt. »Ich hab's ihm noch am gleichen Tag gesagt, als ich es auch erfahren hab. Verliebt war zwar keiner, aber wer den Spaß haben will, der muss auch mit den Konsequenzen leben. Mich hat ja auch keiner gefragt, ob ich das will.«

»Und wie hat er reagiert?«

»Na, auf und davon ist er, so schnell konnte man gar nicht schauen, so flott war der über alle Berge. Nach Hamburg zu seiner Tante, angeblich. Pfffft. Wer's glaubt, wird selig. Ich hab versucht, die Tante ausfindig zu machen und den Franz mit dazu. So einfach, hab ich mir gesagt, kommt er mir nicht davon. Aber ein Glück hatte der Franz schon immer, als würde es mit dem Teufel zugehen. Der Unfall vom Vater und der Tod der Mutter, das kam alles gerade recht, in dem ganzen Durcheinander konnte er sich schön brav aus dem Staub machen, und wer's nicht besser wusste, der hatte auch noch ein furchtbares Mitleid mit dem armen Bub und seinem tragischen Schicksal.«

»Aber Theres, übertreibens da jetzt nicht ein bisserl? Der Franz hat ja nicht nur Eltern, sondern auch die ganze Existenz verloren, da kann man ja wirklich nicht von Glück sprechen, oder?«

»Der Franz, der Franz.« Sie lachte bitter. »Selbst Sie, Herr Pfarrer, wo Sie's doch eigentlich besser wissen sollten. Der Franz war mit seinen Eltern seit Jahren zerstritten. Kaum ein Wort haben die mehr miteinander gesprochen. Das Letzte, was der wollte, war den Betrieb von seinem Vater übernehmen. Abenteuer, das große Geld, die weite Welt, das war das Einzige, was damals in seinem Kopf Platz hatte. Und die Frauen. Der wäre ja lieber gestern als morgen auf und davon in die große Freiheit.«

»Aber?«

»Aber Geld hatte er halt keins, der Franz, und lassen haben ihn die Eltern nicht. Ein harter Hund war er, der alte Grandlmeier. Bei denen zu Hause hat auch mehr der Gürtel geschnalzt, als gesund gewesen wäre für einen jungen Bub. Aber immer wenn er bei mir war, der Franz, hat er von nix anderem geredet. Dass er es fast geschafft hätte, die Lehre würde er noch fertig machen, damit er auf eigenen Füßen stehen könnte. Und dann, nix wie auf und davon. Bloß raus aus diesem Kaff und weg von den Eltern und dem ganzen Kleinbürgertum. Mir war das egal, ich wusst ja, dass das mit uns nicht ewig gehen würd. Und gegönnt hätte ich es ihm allemal. Hat ja genug durchgestanden. Aber mit dem Kind im Bauch, da war das dann halt eine andere Geschichte. Wenigstens für mich!«

Ihr Blick wanderte zum Sterbebild vom Ferdinand, und wieder stieg ihr das Wasser in die Augen.

»Ein so ein wunderbares Kind, vom ersten Tag an. Als hätte er wettmachen wollen, was sein Vater verbockt hatte, so brav und so lieb. Immer zuerst an alle anderen gedacht, von klein an und später dann auch, bis es ihm schließlich zum Verhängnis geworden ist.« Sie seufzte und wischte sich mit dem Ärmel übers Gesicht. »Hart war das damals, das waren noch andere Zeiten. Allein, als Frau, unverheiratet und mit Kind. Geredet haben die Leut, das können Sie sich gar nicht vorstellen, Herr Pfarrer. Und mein Vater, der hat mich nur nicht rausgeschmissen, weil er es sich einfach nicht leisten konnte. Ich war ja seine beste Arbeitskraft und hab dazu nix gekostet. Aber spüren hat er es mich jeden Tag lassen, was er von dem Bankert hält. Bis der Ferdinand dann größer wurde.« Sie lächelte plötzlich ganz verträumt. »Dem Charme konnte nicht einmal der Großvater widerstehen, das hatte der Bub von seinem Vater geerbt, ein richtiger Herzensbrecher. Nur eben ohne das Brechen.« Wieder seufzte sie tief. »Das Unglück bei den Grandlmeiers, das war sicher eine schlimme Sache, aber für den Franz kam es genau zur rechten Zeit. Traurig war er in jedem Fall nicht drüber, ganz im Gegenteil. Und diese Tante in Hamburg, ja, die gab es schon. Ich hab sie dann irgendwann sogar ausfindig machen können. Aber aufgetaucht ist der Franz nie bei ihr. Zumindest hat sie das mir gegenüber behauptet.« Die Wirtin zuckte mit den Schultern. »Wer weiß, ob's stimmt oder sie nur gelogen hat für ihren Neffen. Es war mir dann irgendwann auch egal. Was sollte ich denn noch machen. Ich konnt ihn ja nicht zwingen, zum Kind zu stehen, und außerdem hatte ich selbst genug Sorgen mit dem ganzen Gerede im Dorf. Als ich dann auch noch mitbekommen hab, wie man die Maria geschnitten hat wegen ihrer Beziehung zum jungen Grandlmeier, da hab ich mir geschworen, dass hier in Eichenberg keiner erfahren würde, wer der Vater vom Ferdinand war. Sollten die Leut ruhig reden und von mir denken, was sie wollten, aber das Kind, das sollte eine Chance haben, ohne den Ruf vom Vater groß zu werden. Ohne dass ihn ein jeder schief anschaut.«

Der Leopold nickte und verstand. Langsam wurde das Bild vom Franz in seinem Kopf immer runder. Es passte nur eben so überhaupt nicht zu dem, was die Maria von ihm hatte.

»Und jetzt? Seit er wieder hier ist? Hat er sich einmal bei dir nach dem Ferdinand erkundigt?«

»Ach, geh, was denken Sie denn? Der scheut mich und das Wirtshaus wie der Teufel das Weihwasser! Nicht einen Fuß würde er hier hineinsetzen, und wenn es um sein Leben geht.« Die Theres runzelte angestrengt die Stirn. »Mich wundert es eh, dass er überhaupt hier ist. Maria hin oder her, verstehens mich nicht falsch. Aber der Franz, der ist einer, der jeder Konfrontation aus dem Weg geht, der so viel Dreck unter den Teppich schiebt, dass man Bergsteigen könnt über die Haufen. Und der einen Teufel tun würde, da noch mal drunterzuschauen. Der ist nicht nur hierher zurückgekommen, weil ihn plötzlich die Sehnsucht nach einer alten Jugendliebe überkommen hat, das sag ich Ihnen! Da steckt etwas anders dahinter, so viel steht fest. Was auch immer den Franz zurück nach Eichenberg geführt hat, es kann nichts Gutes sein. Herr Meininger, wenn Ihnen was liegt an Ihrer Köchin, dann finden Sie lieber schnell raus, was dieser falsche Hund hier wirklich sucht. Ich sag's Ihnen, sonst geht die ganze Sache ein zweites Mal bös aus.«

Die letzten Worte von der Wirtin gingen dem Leopold nicht aus dem Kopf, als er sich dann endlich zur weiteren Schnüffelei auf den Weg in Richtung Metzgerei und Pension Hofbauer machte. Er hatte das ungute Gefühl, die Zeit würde ihm durch die Finger rinnen, während er hier keinen Meter vorwärtskam. Ja, der Franz war ein Arsch, und zwar ein ganz ausgewachsener, daran bestand kein Zweifel. Aber ein tatsächliches Verbrechen, das hatte ihm bisher noch keiner nachweisen können. Nicht die Annemarie, nicht die Theres, nicht die Weiber vom Frauenbund und selbst das Wiener Drogendezernat nicht. Die Hoffnung vom Leopold ruhte nun auf der Claudia und ihren Jungs. Dass vielleicht die sich ein bisserl verplappern oder wenigstens irgendeinen Hinweis auf Mord und Totschlag ausspucken würden.

Um diesmal wirklich in geheimer Mission unentdeckt vom restlichen Eichenberg zu bleiben, marschierte der Meininger nicht durch den Laden, sondern über den Hinterhof des Metzgers Richtung Wohn- und Gasthaus. Nach dem Großeinsatz am Dorffest parkte in friedlichster Eintracht der Grillmeister 2000 neben dem grünen VeMeat-Sprinter und dem großen silbernen Kühlwagen. Wenigstens beim Fuhrpark herrschte Eintracht zwischen Fleischfressern und Veganern. Der Pfarrer wollte sich gerade an dem Kühlwagen vorbei Richtung Haustür quetschen, als er mit einem Mal die schwer aufgebrachte Stimme von der Claudia flüstern hörte.

»Verstehst du denn nicht? So kann das nicht weitergehen! Marc ist tot, verdammt noch mal, was muss denn noch passieren, bevor ihr kapiert, was Sache ist?«

Instinktiv drückte sich der Pfarrer, so flach es ging, gegen den Kühlwagen. Jetzt bloß keine falsche Bewegung. In Deckung bleiben und nicht auffallen. Vielleicht würde er dann ganz ohne Fragen schon mehr Antworten bekommen, als er gehofft hatte.

»Schnauze!«, fuhr Rene seine Freundin ungehalten an. »Willste die anderen beden auch noch janz verrückt machen?«

Der Meininger hielt den Atem an, klang so gar nicht nach freundlicher Unterhaltung zwischen zwei Liebenden. Umso besser für ihn.

»Du warst es doch, die behauptet hat, hier in diesem scheiß Kaff würd uns keener finden. Eichenberg. Dat gibt es nicht mal auf ner Landkarte, det hast du gesagt. Wie vom Erdboden verschluckt wären wir hier. Und jetzt siehste mal, was dabei rausjekommen ist.«

»Rene, ich …«

»Rene, Rene, ich …«, äffte der Berliner seine Freundin verächtlich nach. »Jetze ist det Jammern wieder groß, und ick soll es richten. Wat? Jetzt soll der Rene wieder allet jut zaubern.«

Schweigen, so leise, man hätte eine Stecknadel fallen hören können, und der Leopold war mucksmäuschenstill.

»Ick sach dir, wir bleiben erst mal hier. Jetzt abzuhauen, das würde nur noch mehr Verdacht auf uns lenken. Wir bleiben, bis sich die Sache erledigt hat. Verstanden?«

»Aber die Drohung im Wagen? Was ist damit? Das war doch mehr als deutlich!«, fragte die Claudia mit leiser kleinlauter Stimme. »Was, wenn die ernst machen? Was, wenn die uns auch noch umbringen …« Die Stimme brach ihr, bevor sie den Satz mit der schrecklichen Befürchtung beenden konnte.

»Die sollen nur kommen. Sollen se nur kommen. Wir lassen uns von son paar Russkis det Jeschäft nicht verderben. Jerade, wo hier allet so jut anläuft, wat, Kleene? Det haste jedenfalls jut eingefädelt hier mit dem Geschäft. Det läuft prima!«

Also doch. So viel konnte sich auch der Meininger nach allem, was er die letzten Tage gehört hatte, selbst zusammenreimen, dass der Rene nicht von den Würsteln sprach, sondern es hier tatsächlich um illegale Drogengeschäfte gehen musste. Volltreffer! Aber was nun?

»Prima?!?! PRIMA???« Die Claudia war da anscheinend anderer Meinung. »Was um Himmels willen soll denn daran prima sein? Ein Freund von uns ist tot!« Ihre Stimme wurde jetzt lauter und klang leicht hysterisch. »Rene, die haben uns gefunden. Hier, in Eichenberg, im letzten Loch auf dieser Welt. Hinter den sieben Bergen. Die haben uns nicht nur gesucht, die haben uns richtig verfolgt. Und jetzt haben sie uns, wir sitzen in der Falle. Für Marc ist es schon zu spät, was glaubst du denn, was mit uns passiert, wenn wir nicht sofort aufhören und verschwinden? Willst du der Nächste sein mit fünf Messern im Körper? Ich jedenfalls nicht! Wenn ihr weitermachen wollt, bitte schön! Ich nicht, ich bin raus!«

Wenigstens eine mit etwas Restverstand, dachte der Meininger und lugte vorsichtig hinter der Tür des Kühlwagens vor, um ein wenig besser sehen und hören zu können.

»AUA!!! Spinnst du?«, keifte die Metzgersschwester. »Lass mich sofort los, das tut weh!« Zwischen den Türangeln hindurch konnte der Pfarrer sehen, wie Rene seine Freundin grob an den Armen gepackt hatte und gegen den Sprinter presste. Nach liebevoller Umarmung sah das nicht aus, eher nach vorsätzlicher Körperverletzung. Was genau der Berliner dem Mädchen ins Ohr zischte, konnte der Leopold nicht verstehen, aber er beobachtete, wie der Claudia alle Farbe aus dem Gesicht wich. Kreidebleich war sie plötzlich, und in den blauen Augen stand das blanke Entsetzen. Der Leopold lehnte sich, so weit es nur ging, in Richtung des streitenden Paares, um vielleicht doch ein wenig besser zu hören, als plötzlich mit einem lauten Quietschen die Tür vom Kühlwagen unter seinem Gewicht noch weiter aufschwang. Dem Pfarrer blieb das Herz stehen, als sich beide Streitköpfe gleichzeitig in seine Richtung drehten. Ein paar Sekunden lang schien die Zeit stehen zu bleiben, der Meininger so starr wie die gefrorenen VeMeat-Würstel in seinem Rücken. Der Rene warf seiner Claudia einen bösen Blick zu und legte den Zeigefinger in einer Schweigegeste auf die Lippen. Noch bevor der Berliner den Wagen erreichte, war der Meininger mehr aus purem Überlebensinstinkt als Verstand, ins Innere des fahrenden Kühlschranks geklettert und hatte sich hinter zwei Kisten in die letzte Ecke verkrochen. Sicherheitshalber ganz Vogelstrauß die Augen fest geschlossen und sich so klein wie nur irgend möglich zusammengekauert.

»Jetzt leidest aber du unter Verfolgungswahn!« Zwar konnte der Leopold sie nicht sehen, aber die Wut war deutlich in der Stimme von der Claudia zu hören.

Alle Achtung, dachte sich der Pfarrer, so leicht war das Mädel nicht einzuschüchtern, nicht mal von so einem Berliner Grobian.

»Tu also nicht so, als wäre das hier keine ernste Sache. Ich bin doch nicht blöd, du hast genauso viel Schiss wie der Rest von uns! Gib es endlich zu.«

Ganz schön kalt war es im Inneren des Wagens, der Leopold musste sich arg beherrschen, um nicht mit den Zähnen zu klappern, und versuchte, sich auf die Unterhaltung vor dem Wagen zu konzentrieren.

»Blödsinn! Vor nichts und niemandem hab ich Angst! Schon gar nicht vor en paar lächerlichen Möchtegern-Mafiosi.« Es donnerte gegen die schwere Eisentür, als Rene seinen Mut mit einem schweren Faustschlag unterstrich. »Außerdem können wir jetzt nicht davonlaufen. Der Edi hat jerade en Riesending an Land gezogen. Det könnt vielleicht die Lösung für unsere Probleme sein.«

Claudias Schweigen deutete der frierende Meininger in seinem dunklen Eck als berechtigte Skepsis.

»Der hat so ne Ische aus Österreich aufgetan. Ne neue Kundin, und er meint, da könnte vielleicht en größeres Jeschäft dranhängen. Am Wochenende will er sich det mal ansehen.«

»Österreich?« Die Claudia war wirklich sehr skeptisch, wenigstens der Stimme nach. »Aber da sind wir doch gerade ...«

»Wien, wir sind aus Wien abgehauen. Aber der Edi hat uns wat in Salzburg an Land jezogen. Det ist von Wien so weit weg wie der Mond von der Erde.«

Nun ja, darüber könnte man wohl streiten, dachte der frierende Pfarrer. Aber der Rene schien schwer überzeugt zu sein.

»Wenn det was hebt, Kleene, dann meinetwegen, dann packen wir hier ein und ab nach Salzburg. Aber bis det klar ist, gehen wir hier keinen Meter weg. Und du, Fräuleinski, du siehst schön zu, det wir bis dahin noch ordentlich verkofen, verstanden? Und von Aussteigen will ich nie wieder wat hören, ebenfalls verstanden? Du hängst genauso mit drin wie der Rest von uns. Hier gibt et keenen Alleingang, kapiert? Sonst kannste dich selbst gegen die Russen wehren.« Es donnerte noch mal gegen die Eisentür. »Dann wirste mal erleben, zu wat der Rene so alles fähig ist. Und dann sind die Russkis dein kleinstes Problem.«

Die Claudia sagte nichts dazu, was auch. Ihr Liebster hatte sich ziemlich klar ausgedrückt. »Und jetzt Schluss damit, ick hab noch zu tun. Dem Edi Stoff besorgen fürs Wochenende, und ener muss endlich auch den Kram vom Marc zusammenpacken. Dazu sind sich die Herren und Damen hier ja alle zu fein. Det darf dann wieder der Papa machen, richtig?«

Und mit einem dritten und letzten Rums schlug der Drogen-Papa die Eisentür vom Kühlwagen zu. Von einer Sekunde auf die andere war es stockfinster und totenstill um den Meininger herum. Alleine zwischen den gefrorenen VeMeat-Würstchen saß das arme Pfarrerswürstchen, dem das kalte Herz plötzlich bis zum Hals schlug, in der eisigen Falle.

Das war's dann also. Jetzt, wo er tatsächlich rausgefunden hatte, was es mit den Würsteln, dem falschen Franz und dem toten Marc auf sich hatte, war sein letztes Stündlein gekommen. Auch das gehörte scheinbar zum Detektivalltag mit dazu wie die Hostie zum Gottesdienst. Wer zu viel wusste, musste sterben.

Jetzt schon irgendwie zum Lachen, dass er im letzten Jahr dem Flammentod nur durch einen glücklichen Zufall entkommen war, um jetzt dem Gefrierbrand zu erliegen. Tausende Würstel ohne Fleisch sein letztes Abendmahl. Nicht ganz der würdige Abgang, den der Meininger sich persönlich ausgemalt hatte. Gut, dass er in der Dunkelheit seine Hände und Finger gar nicht erst sehen konnte, die waren mit Sicherheit schon tiefblau.

Panik stieg ihm den Nacken hoch. Ein zweites Mal in seinem Leben packte ihn nun die Todesangst. Sollte dieser Kühlschrank sein Sarg werden? War das sein Ende? Wer würde dem Hirsch helfen, den Mord aufzuklären, den Franz und seine Bande hinter Gitter zu bringen? Wer würde die Maria vor dem nächsten

Schicksalsschlag bewahren, wenn nicht er? Fröstelnd und bibbernd stemmte er sich auf die steifen Glieder und tastete sich im Dunkeln an Kartons und Kisten vorbei Richtung Tür. Nach etwas Suchen fanden seine kalten Finger den Türgriff. Mit einem Stoßgebet zum Himmel drückte er den Metallhebel fest nach unten. Nichts. Der Herrgott hatte entweder gerade Mittagspause, oder seine Geduld mit dem neugierigen Pfarrer war endgültig ausgereizt. Die Tür bewegte sich keinen Millimeter, egal, wie fest sich der Pfarrer mit seinem ganzen Gewicht dagegenstemmte. Es blieb stockfinster und eiskalt. Doch die Gedanken an seine Köchin, die vermutlich gerade in diesen Minuten ihre Siebensachen packte, um ihn zu verlassen, ließen im Leopold fast überirdische Kräfte erwachen. Hier würde es für ihn nicht zu Ende gehen. Auf keinen Fall würde er diesem dahergelaufenen Hallodri kampflos das Feld überlassen. So wahr er Leopold Meininger hieß, dieser Kampf war noch nicht vorbei. Und mit allem, was die kanzelerprobten Pfarrerslungen hergaben, begann er, nach Hilfe zu brüllen und mit den Fäusten gegen die Metallwände zu hämmern.

»HILFE! HALLO! IST DA JEMAND? HALLO! HILFE! HIER BIN ICH! HILFE!«

Immer wieder, so laut es nur ging und mit all seiner Kraft klopfend und donnernd, lärmte er, dass ihm im Inneren des Wagens Kopf und Ohren dröhnten. Er hatte keine Ahnung, wie lang sein verzweifeltes Geschrei schon ging, wie viele Minuten er an die Türen hämmerte. Aber nichts geschah, keine Rettung, keine Hilfe. Seine Stimme wurde langsam kratzig und heiser, die Arme schwer und müde, die Hände schmerzten trotz tauber Kälte. Wie gerne hätte er sich einfach auf dem Boden zusammengerollt und etwas Pause gemacht. Aber jedes Mal, wenn im Dunkel die Augenlider nach unten gingen, dachte er fest an die Maria und begann, weiter zu toben.

Stunden musste das schon gehen, wenn nicht Tage. Eine kleine Pause, nur eine kurze, ein paar Minuten, um erneut zu Kräften zu kommen. Er würde auch sicher nicht einschlafen. Ganz sicher nicht. Oder vielleicht nur sehr, sehr kurz. Nur ein paar Minuten, ein wenig ausruhen, die Arme, die Stimme, nur …

Ein heller Lichtstrahl fiel ihm ins Gesicht und ließ ihn die Augen zusammenkneifen. Jetzt, wo er gerade so schön weggedämmert war, im Traum schon die Maria im Arm gehalten hatte. Er drehte den Kopf zur Seite in die Dunkelheit, festhaltend am wunderbar warmen Bauchkribbeln, das diese Vorstellung ausgelöst hatte.

»Herr Meininger, ja um Himmels willen, was machen Sie denn hier drin? Sind Sie total narrisch? Wollen Sie sich umbringen in der Eiseskälte?«

Der Hofbauer Mathias war mit einem Satz in dem Kühlwagen, packte den in der Ecke hockenden Pfarrer unter den Armen und zerrte ihn zurück ans Tageslicht.

»Reicht denn ein Toter pro Woche nicht?«, schimpfte der Metzger mit dem noch recht benommenen Meininger. »So was kann schnell bös ausgehen. Was denken Sie sich denn? Wäre ich nicht zufällig vorbeigekommen, was meinen Sie denn? Was haben Sie überhaupt verloren in dem Wagen hinten drin?«, fragte der Hofbauer plötzlich mehr verwundert als grantig.

»Ich war auf der Suche nach der Claudia«, klapperte der nur knapp dem Tode entronnene Pfarrer mit den kalten Kiefern.

Misstrauisch runzelte der Hofbauer die Stirn.

»Im Kühlwagen? Bei geschlossenen Türen?«

»Ich hab gedacht, ich hätte hinten drinnen Stimmen gehört und bin reingeklettert«, schwindelte der halb Erfrorene tapfer. »Dann ist auf einmal die Tür hinter mir zugefallen. Ich weiß auch nicht, wie. Ich hab geklopft und gerufen, aber keiner hat mich gehört.«

Im Lügen war der Leopold noch nie gut gewesen, aber er hatte wie so oft ein rechtes Glück, dass man das Gerede vom Pfarrer eh gar nicht erst infrage stellte.

»Sie haben wirklich einen ganz besonderen Schutzengel, wissen Sie das? Wenn mir nicht heut das Eis für das Leberkäsbrät ausgegangen wäre, ich mag gar nicht dran denken, dann wären Sie wahrscheinlich in ein paar Stunden genauso gefroren wie die Würstel da drin, und wir müssten uns nach einem neuen Pfarrer umschauen, hä, hä, hä.«

Wenigstens hatte der Hofbauer seinen Sinn für Humor nicht verloren. Ob vor Schreck oder Kälte, der Meininger jedenfalls zitterte am ganzen Körper wie Espenlaub. So richtig konnte er diese Spontanrettung immer noch nicht fassen. Eben noch im dunkelsten Eisloch gefangen und nun lebendig und putzmunter im hellen Sonnenschein. Mittagspause vom lieben Gott gerade noch rechtzeitig zu Ende gewesen. Vielleicht aber hatte der Herrgott auch einfach mehr Mitleid mit der Maria als mit seinem Diener und ihn deshalb aus dem kalten Kasten befreit. Irgendjemand musste sie vor dem Franz bewahren. Und darum konnte der Leopold jetzt auch keine Zeit oder große Dankbarkeit an seinen Retter verschwenden. Er musste schleunigst die neuesten Informationen mit dem Hirsch teilen.

»Mathias, ich steh tief in deiner Schuld.« Er drückte dem Metzger fest die Hand. »Ich werde dich in meine Gebete einschließen, Tag und Nacht. Der Herrgott vergelt's dir!«

Mit Gottes Dank und ohne eine weitere Erklärung ließ er den verdutzten Kerl im Hof stehen, und so schnell ihn seine durchgefrorenen Beine trugen, machte er sich auf Richtung Rathaus und Polizei-Hinterzimmer.

»Ich hab's doch gesagt!«, rief der Simeon triumphierend, nachdem der Meininger alle Details des belauschten Gespräches zwischen der Claudia und ihrem Rene berichtet hatte. »Ich hab's doch gesagt. Ha! Von wegen vegetarische Würste. Alles nur Fassade und Tarnung. Da haben wir ihn, unseren Drogenring. Ich hab's ja gleich gesagt, recht hatte ich!«

»Ja, aber rausgefunden hab's dann doch ich«, bemerkte der Pfarrer säuerlich. »Unter Einsatz meines Lebens, bitte schön.« So einfach wollte er hier nicht alle Lorbeeren an den Bürohengst abtreten. Immerhin war er es gewesen, der sich an die Front gewagt hatte.

»Aber ja, aber ja. Starker Einsatz. Ganz großes Kino«, gab der Polizist großmütig zu. »Ich war aber auch nicht untätig. Habe nochmals bei meinen Kollegen in Hamburg angefragt, da ist leider nichts zu holen. Sackgasse. Entweder unser Franz war da wirklich nie oder aber er hat seine Spuren zu gut verwischt. Aber egal, die Wiener haben genug gegen ihn vorliegen und sind sehr daran interessiert, die Bande dingfest zu machen. Wenn auch nur die Hälfte von all den Deals und Delikten stimmt, die in Österreich gegen VeMeat bekannt sind, dann haben wir es hier mit einer ernst zu nehmenden Organisation zu tun. Mag man ja gar nicht glauben bei den windigen Würstchen …«

»Und der Claudia …«

»Stimmt, und der Claudia. Von der hätte ich mir das tatsächlich auch nicht gedacht. Aber scheinbar kann man heutzutage nicht einmal mehr dem unschuldigsten Gesicht trauen.«

Nun ja, dachte der Pfarrer. Unschuldig, das wäre ihm jetzt nicht sofort als Allererstes eingefallen, wenn er an die Claudia dachte. Aber grundsätzlich hatte der Hirsch schon recht. Dass das junge Ding eine ausgewaschene Drogendealerin sein sollte, das mochte man nicht so recht glauben. Hinter Gittern konnte er sich den Locken-Engel wirklich gar nicht vorstellen. Und damit waren sie eigentlich beim wichtigsten Punkt angelangt.

»Und wie kriegen wir die jetzt alle verhaftet?«, fragte er den Profi hinterm Schreibtisch.

Der freute sich riesig, dass er endlich von seinem Plan erzählen konnte, so sehr sprudelte es aus ihm heraus. Mit der Wiener Drogenfahndung würden sie sich am Samstagabend in Salzburg in der Partymaus treffen. Alles absolut inkognito verstand sich, und auf den Franz warten. Die Kollegin Spatzinger, wie es der Zufall so wollte mit blonden Haaren ausgestattet, würde sich als Lockvogel Annemarie ausgeben. Glücklicherweise war die bisher nur im Hintergrund in den Fall verwickelt und noch nie bei einem Verhör dabei gewesen, also eine Unbekannte für ihren bekannten Verdächtigen.

Der Spatzingerin, so hoffte man, würde es dann gelingen, als Annemarie beim Franz zu landen und ihn dazu zu bringen, ihr den mitgebrachten Party-Spaß anzubieten. Sobald sich der Schlawiner als Dealer geoutet hätte, würde die Kommissarin ihm weitere und größere Geschäfte in Salzburg anbieten, ihm, um sein Vertrauen zu gewinnen, on top auch noch sich selbst als den Ober-Spaß in Aussicht stellen. Das alles natürlich Wort für Wort auf ein verstecktes Tonband aufgezeichnet, damit der Bazi sich später nicht wieder herausreden konnte. Wenn alles glattlief, dann reichte das locker, um den Franz sofort festzusetzen. Im Verhör würde man ihm dann eine etwas mildere Strafe anbieten, wenn er auch den Rest der VeMeat-Truppe ans Messer liefern würde. Und, so der Hirsch siegessicher, sie alle wüssten ja, dass der Franz, um die eigne Haut zu retten, sogar die eigenen Eltern verkaufen würde.

Dem Meininger blieb dabei das Lachen im Hals stecken, so viel Wahrheit steckte in dem Witz. Klang ja alles ganz wunderbar einfach und kinderleicht, bis auf eine Sache.

»Und was ist mit dem toten Marc? Wie finden wir da den passenden Mörder dazu?«

Jetzt druckste auch der Simeon ein bisschen verhalten herum. Der Pfarrer hatte anscheinend mitten ins Schwarze getroffen. Hier hatte der super Plan ein Loch.

»Ja, ähm ... also. Also, entweder der Franz und die VeMeat-Bande gestehen im Kreuzverhör, dass sie es selber waren, oder ...«

»Oder?«, hakte der Meininger skeptisch nach.

»Oder sie bringen uns wenigstens auf eine Spur, die uns dann weiter zum richtigen Mörder führt.«

Der Meininger zog beide Augenbrauen hoch. Entweder Geständnis oder heiße Spur? Das klang jetzt eher nach Wunschgedanken als nach Plan. Der Franz war jetzt keiner, bei dem man lange nach Hirn suchen musste, und der Polizei hatte er schon das ein oder andere Schnippchen geschlagen. Wäre jetzt nicht unbedingt ein Kandidat für »Ach, jetzt, wo ihr mich schon mal für meine Drogengeschäfte am Haken habt, ich hätte da auch noch einen Mord zu gestehen, wo wir grad so nett beieinandersitzen«. Nein, das klang so gar nicht nach seinem lästigen Hausgast.

Aber es war spät, draußen war die Sonne längst untergegangen und der Meininger mittlerweile furchtbar müde und hungrig vom vielen Fragenstellen, Lauschen und Fast-Draufgehen dabei. Er wollte jetzt einfach nur nach Hause und wenigstens noch eine der Schlechtes-Gewissen-Rindsrouladen von der Maria verspeisen. Auch wenn der Anlass ein trauriger war, das gute Zeug verkommen zu lassen, das wäre noch tragischer. Wie ein Dealer dann obendrein auch noch zum Mörder werden sollte, darum konnte sich dann ja auch mal ein anderer kümmern. So oder so, aus seinem Haus wäre der Franz in jedem Fall verschwunden und aus dem Leben von der Maria auch. Mehr interessierte ihn im Moment überhaupt nicht, und darum machte er sich auf den Heimweg, ohne groß an dem Plan vom Simeon herumzukritisieren.

Als der Leopold zu später Stunde endlich in die Kirchgasse einbog, sah er schon aus der Ferne in der Küche Licht brennen. Auf die letzten Tage wurde also sogar die Maria nachlässig. Unter normalen Umständen hätte es so was nicht gegeben in seinem Haushalt. Strom sparen war eine der obersten Regeln seiner Noch-Haushälterin. Türen schließen, damit man nicht umsonst heizt, Licht aus, wenn man ins Bett geht, und bloß nicht zu lange vor der offenen Kühlschranktür herumlungern. »Bis dass das Essen warm wird und die Nase kalt«, hatte sie dann immer geschimpft mit ihrem Pfarrer. Sollte er sie tatsächlich verlieren, würde er selbst das vermissen, dachte sich der Leopold und schloss wehmütig die Haustür auf.

Gerade wollte er das Licht ausmachen, als er die zusammengekauerte Gestalt am Tisch bemerkte. Den Kopf in beide Hände gestützt, wild zerzauste Haare und den Blick nach unten, hockte der Franz auf der Eckbank. Vor ihm ein halb leeres Glas Bier, ein Stamperlglas und eine fast leere Flasche Obstler. Die erkannte der Pfarrer gleich wieder, aus seinem eigenen Vorratsschrank. Ein ganzer Haufen Elend, der sich da in seiner Küche verschanzt hatte. Und noch während der Leopold im eigenen Kopf überlegte, ob er sich jetzt lieber davonschleichen sollte oder aber sich aus reiner Nächstenliebe und Hausgemeinschaftsanstand bemerkbar machen musste, da hob sich der andere Kopf vom Tisch, und zwei furchtbar müde Augen blickten ihn elendig traurig an.

»Herr Meininger. Sie sind's. 'tschuldigung, ich wollt Sie nicht stören.«

Die Franz-Zunge war vom vielen Obstler recht schwer, das konnte man gleich hören. Und der Leopold hatte so überhaupt keine Lust, sich jetzt von dem besoffenen Hausbesetzer die Ohren vollheulen zu lassen. Er machte sich lieber schnell wieder aus dem Staub.

»Schon gut, ich wollt mich eh gleich schlafen legen. Also, gute Nacht.« Aber so leicht ließ ihn der Trinker nicht vom Haken.

»Herr Pfarrer, wo Sie schon mal hier sind, wenn es Ihnen nichts ausmacht. Auf ein Wort? Hätten Sie vielleicht doch ein paar Minuten für einen armen Mann, dem die Seele zu schwer ist, um zu schlafen?«

Die Seele zu schwer zum Schlafen? Jetzt fielen dem Pfarrer auch ohne großes Gerede gleich ein paar Sachen ein, die dem Franz die Albträume in den Kopf jagen könnten. Aber welche seiner Untaten er jetzt mit ihm teilen wollte, das wäre schon interessant. Auf den Schultern vom Pfarrer kämpften Teufelchen und Engelchen.

»Jetzt setz dich halt kurz hin und hör ihm ein wenig zu«, flüsterte der neugierige Beelzebub. »Am End erzählt er dir was, das du gegen ihn bei der Maria verwenden kannst.«

»Das gehört sich nicht«, schimpfte das Engelchen. »Der Franz ist ein offizieller Verdächtiger in einem Mordfall, und ihr arbeitet hinter seinem Rücken an seiner Festnahme. Da erschleicht man sich nicht aus falschen Gründen vorne rum die Freundschaft, wenn man es gar nicht so meint. Schau, dass du ins Bett kommst.«

Und während der Meininger noch hin- und hergerissen war zwischen den beiden Optionen, da nahm ihm sein Küchengast die Entscheidung einfach ab. Weil, was der plötzlich von sich gab, da wussten auch Engel und Teufel nix mehr drauf zu sagen.

»Herr Pfarrer, ich bitt Sie, nehmens mir die Beichte ab.« Der Franz kippte noch mal einen kräftigen Schluck Obstler, diesmal direkt aus der Flasche. »Ich weiß, wer den Marc Schlewin erstochen hat. Und ich halt das nicht mehr aus, was ich alles angestellt hab. Wenn Sie ein Herz haben, helfen Sie mir!«

IX
Reinheitsgebot

Der Meininger starrte seinen Gast fassungslos an. Dann wanderte sein Blick fragend zum Jesus, der wie immer teilnahmslos am Kruzifix in der Ecke überm Tisch hing. Konnte es wirklich so einfach sein? Würde der Mörder diesmal einfach von ganz allein alles zugeben? Keine Antwort vom Sohn Gottes. Vielleicht aber ja ein kleines Wunder?

»Herr Pfarrer?«, zitterte die Stimme vom Franz. »Bitte?«

Und da blieb dem Meininger eigentlich gar nichts anderes übrig, als sich zum Feind im eigenen Haus an den Tisch zu setzen und sich die Beichtgeschichte anzuhören. Dass er trotz aller Abneigung gegen den Franz auch fürchterlich neugierig war, das brauchte außer dem stummen Jesus ja niemand zu erfahren.

»Und? Wer war es?«, fragte er darum den Bittsteller direkt auf den Kopf zu. Aber der Franz schüttelte den Kopf.

»So nicht, Herr Meininger. Eine echte Beichte will ich haben. So richtig mit allem, was dazugehört.«

Verständnislos blickte der Pfarrer sein Gegenüber an.

»Mit allem, was dazugehört?«

»Jawoll, ganz genau. Mit dem ganzen lateinischen Zeugs, Beichtgeheimnis und Freisprechung von meinen Sünden. Das ganze Sakrament, so wie es gehört.«

Der Pfarrer runzelte die Stirn. Was hatte das denn zu bedeuten? Nach den ganzen Zwischen-Tür-und-Angel-Beichten der letzten Tage jetzt plötzlich einer, der es wirklich ernst meinte.

»Ich wusste gar nicht, dass Sie so gläubig sind. Ich hätte Sie jetzt nicht zu den Erzkatholischen dazugezählt, wenn man mich gefragt hätte.«

Der Franz zuckte die Schultern. »Bin ich auch nicht. War ich auch nicht. Aber, Herr Meininger, ich will ein neues Leben anfangen. Eine neue Liebe, eine zweite Chance. Dafür muss ich mit der Vergangenheit aufräumen. Das bin ich mir schuldig. Vor allem aber …« Und bei den nächsten Worten warf er dem Leopold einen bedeutungsschwangeren Blick zu. »… vor allem aber bin ich es der Maria schuldig. So eine Frau hat das verdient.«

Und darauf konnte der Pfarrer wirklich nichts Gegenteiliges erwidern. Weil da hatte der Franz natürlich recht. Die Maria hatte nur das Beste verdient, ob das aber der Drogen-Edi sein musste, na ja. Beichte hin oder her.

»Meine Vergangenheit, nun ja, wie soll ich es sagen. Also, jedenfalls, es ist nichts, worauf man stolz sein könnte.«

Der Franz runzelte die Stirn und schob sein Bierglas von links nach rechts zwischen den Händen hin und her. Der Leopold lauschte gespannt, was sein Gegenüber denn nun erzählen würde von der dunklen Vergangenheit. Auswahl hätte er ja wirklich genügend. Anscheinend musste der Franz selbst erst mal überlegen, weil lange Zeit sagte er nämlich überhaupt nichts. Gerade als das Schweigen irgendwie seltsam und der Meininger langsam ungeduldig wurde, fing er dann endlich an mit dem Beichten und der Vergangenheit.

»Alkohol und Drogen.« Der Franz hob den Kopf und blickte den Pfarrer an. »Das war mein Leben noch vor ein paar Jahren. Mehr hatte ich nicht, und mehr gab es nicht für mich. Ich hatte ein paar schwere Jahre hinter mir. Beruflich und privat ist viel schiefgelaufen. Ich will Sie jetzt gar nicht mit den kleinen Geschichten langweilen. Am Ende ist es ja immer dasselbe. An vielem war ich sicher mit schuld, ein paarmal hatte ich aber auch einfach nur Pech. Das Trinken hat es erst mal leichter gemacht, damit fertigzuwerden, dass man irgendwo falsch abgebogen war. Gescheitert, aber noch nicht am Ende.«

Der Franz fuhr sich mit den Händen durch die Haare und erzählte weiter. »Das Trinken hat aber auch verhindert, dass man sich wieder aufrappelt, weitermacht, es neu versucht. Wie gelähmt war ich eine Zeit lang. Versunken im Selbstmitleid und verloren in Bars und Kneipen. Ab morgen wird alles anders, dann fang ich von vorne an, dann wird alles besser. Das ist die Lüge, mit der man sich von Abend zu Abend selbst betrügt. Irgendwann will man dann nicht mehr neu anfangen, glaubt man sich selbst nicht mehr, dass da noch etwas anderes auf einen wartet, dass man einen Weg finden kann zurück ins Leben. Dann will man nur noch vergessen, vergessen, dass es je etwas anderes gegeben hat. Und dafür reichen dann der Schnaps und das Bier nicht mehr. Ganz im Gegenteil, der Alkohol weckt erst die Erinnerungen an früher. Der ist wie eine Zeitreise in die eigene Vergangenheit. Ein gemeiner Hund, weil so mit ein paar Promille, da sieht das alles dann gleich noch viel schöner und besser aus, als es je war, und ist so unendlich weit weg, dass man sofort weiß, da komm ich nie mehr hin. Mit den Drogen, mit denen ist das anders. Die lassen dich vergessen, was mal war und wie normal dein Leben einmal gewesen ist. Die fesseln dich im Hier und Jetzt, und es gibt nix mehr außer dich und den Moment. Du denkst da gar nicht nach hinten und nach vorne. Das macht es viel leichter. Solange das Zeug wirkt und du Stoff hast. Wenn das vorbei ist, dann denkst du aber auch nicht mehr nach hinten, nur noch nach vorne und wie du an den nächsten Schuss, die nächste Line oder die nächsten Tabletten kommst. Weil am allerschlimmsten ist es, wenn dir das Zeug ausgeht.« Der Franz erzählte seine Geschichte weniger dem Meininger als vielmehr seinem leeren Glas Bier, auf das er fest den Blick gerichtet hielt. Stellvertreterpublikum, sozusagen.

»Bevor du's merkst, bist du dann so tief drin in der Sucht und in dem ganzen Schlamassel. Da hast du eh keine Chance mehr auf ein Zurück, da geht es nur immer tiefer rein. Trinken, schnupfen, spritzen, neues Zeug beschaffen und alles wieder von vorn. Irgendwann merkst du, dass dir das Geld ausgeht, und du weißt nicht mehr, wie du dir den nächsten Trip finanzieren sollst. Dann hast du ein echtes Problem, weil an Arbeit oder so ist da schon lang nicht mehr zu denken. Dann bist du mittendrin im Sumpf und musst halt schauen, wo du bleibst. Am Anfang kannst du dir vielleicht noch bei dem ein oder anderen Kumpel was leihen, hier und da auch was verkaufen, aber schnell ist da niemand mehr, der dir auch nur eine offene Wirtshausrechnung auslegt. Du bist einfach fertig, am Ende, finito.«

Der Franz blickte kurz vom Glas auf, ließ den Kopf aber schnell wieder hängen. »Und dann kommen sie, die Geier, die Seelenfänger, alle die, die gerade gestern noch deine besten

Freunde waren, sind plötzlich deine schlimmsten Feinde. Wollen Geld von dir, wollen die Haut von deinem Rücken und die Haare von deinem Kopf. Nur verstecken oder abhauen, das ist für dich ja gar keine Option, du brauchst sie ja, brauchst den Stoff, ohne geht es nicht. Am Ende bleibt nur eins, du musst für sie arbeiten, dich verkaufen, dich unterwerfen. Du bist plötzlich kein Kunde mehr, sondern Diener, auf Gedeih und Verderb ausgeliefert. Hast überhaupt keine andere Wahl.« Jetzt sah er den Leopold direkt an. »Herr Meininger, ich hatte wirklich keine Wahl. Ich bin da einfach reingerutscht, ohne es zu merken, und irgendwann war es dann zu spät. Was hätte ich denn machen sollen?«

Der Leopold kam gar nicht dazu, eine Frage dazwischenzuschieben, so schnell beichtete der Franz weiter.

»Am Anfang hab ich nur kleine Mengen verkauft. Hier ein bisschen Gras, da mal ein paar Tabletten, ein paar Trips und Tickets. Keine schöne Sache, aber so schlimm dann auch wieder nicht. Zumindest konnte man sich das einreden. Ein paar Studenten, ein Junggesellenabschied, ein Geburtstag, wo alle mal ein bisschen mehr Spaß haben wollten. Nichts, wo wirklich jemand zu Schaden gekommen ist. Immer noch Deals, bei denen man gut schlafen konnte, die aber den eigenen Konsum bezahlten. Aber genau das ist ja der Trick dahinter. Hast du dich erst mal daran gewöhnt, denkst du dir, so schlimm ist das ja gar nicht. Ob ich jetzt im Supermarkt die Kippen verkaufe oder den Schnaps und damit mein Geld verdien oder die paar Joints im Park, eigentlich kein großer Unterschied. Hauptsache, abends hab ich meine eigene Line. Und wenn du denkst, das könnt jetzt immer so weitergehen, dann bist du fällig. Dann fängt es nämlich plötzlich an mit den größeren Deals, den härteren Sachen, dann kletterst du auf der Drogenleiter eine Stufe nach oben, immer weiter, immer höher. Und ehe du dich's versiehst, bist du ein ausgewachsener Krimineller mit einer so langen Latte an Vergehen, dass dir Hören und Sehen vergeht. Verstehen Sie?«

Nein, verstand der Meininger nicht. Aber gehört hatte er von solchen Geschichten natürlich schon. Jetzt weniger in Eichenberg, aber oft im ZDF und der ARD oder in den Krimis, die seine Maria immer überall herumliegen hatte.

Der Franz schüttelte den Kopf, wie ein Häufchen Elend saß er da am Tisch. Ganz zusammengesunken und überhaupt nichts mehr übrig vom eingebildeten Gockel und Weiberheld. Beinah hätte der Leopold schon Mitleid für den reuigen Sünder gehabt, wenn nicht, ja wenn nicht die Eifersucht im Weg gestanden wäre.

»Irgendwann konnte ich das alles nicht mehr ertragen. Die eigene Sucht und dass ich dafür das Leben von anderen zerstören musste. Dieses Leben, das ja schon gar kein Leben mehr war. Ohne Freunde, ohne Familie, ohne Liebe …«

Er ließ den Blick in die Ferne schweifen, zur Küchentür und wahrscheinlich bis hoch ins Schlafzimmer von der Maria.

»Ich wollte raus, aufhören mit dem Dealen und mit dem Konsumieren. Ein für alle Mal, allem ein Ende setzen. Aber so einfach ist das nicht. Da haben dann noch andere Leute ein Wörtchen mitzureden. Schulden hatte ich, und davon einen Riesenhaufen. Obwohl ich Tag und Nacht gearbeitet habe. Aber die Rechnung geht natürlich niemals auf. Dafür sind sie zu schlau. Egal, wie viel du verkaufst, was du auch alles an kleinen und großen Jobs übernimmst, am Ende reicht es nie aus, deine eigene Rechnung zu bezahlen. Die erste Zeit wird dir dann großzügig ausgelegt, über jeden Engpass geholfen, Wohnung gestellt und was du eben alles brauchst. Mitfeiern darfst du, trinken, essen, Frauen, das schönste Leben, du gehörst ja quasi zur Familie. Und später, wenn du raus willst, sitzt du in der Schuldenfalle in der totalen Abhängigkeit. Dann wird dir vorgerechnet, was dich die Freiheit kostet. Und die ist tatsächlich unbezahlbar, im wahrsten Sinne des Wortes. Mitgehangen, mitgefangen, du kommst da nicht raus.«

Der Franz klang wirklich ziemlich verzweifelt, und in seinen Augen stand die nackte Angst, als er den Pfarrer anblickte.

»Ich hatte doch überhaupt keine Wahl, Herr Meininger. So konnte ich nicht weitermachen, das wäre mein Ende gewesen. Ich musste da raus, weg.«

Der Leopold nickte, das verstand er tatsächlich.

»Als sich dann auch noch die Maria wie aus dem Nichts bei mir gemeldet hat, da wusste ich, jetzt oder nie, das ist deine Chance, deine letzte. Ich hab meinen ganzen Mut und mein letztes Geld zusammengekratzt und bin davon. Auf und davon.«

Ob das die Maria wusste, wunderte sich der Meininger, wen sie sich da ins Haus und ins Bett geholt hatte?

»Die Maria weiß davon nichts, Herr Pfarrer«, antwortete der Franz auf die unausgesprochene Frage. »Und Sie müssen mir versprechen, dass das erst mal so bleibt.«

Da wollte der Leopold jetzt aber wirklich protestieren, doch der Franz kam ihm zuvor. »Ich weiß, ich weiß, sie muss davon erfahren. Und das wird sie auch. Aber ich muss selbst mit ihr reden, ihr meine Geschichte erzählen und ihr erklären, warum ich bis jetzt geschwiegen habe. Das verstehen Sie doch, Herr Meininger, dass ich diese Sache selbst klären muss.«

»Und warum sind Sie nicht gleich damit rausgerückt«, fragte der Meininger scharf.

»Weil ich gehofft hatte, dass ich nicht muss.« Der Franz sah ihn beschämt an. »Ja, ich weiß, das war nicht richtig. Aber so etwas ist nichts, womit man gern hausieren geht. Und ich wusste ja gar nicht, was mich hier erwartet. Ich hatte ja keine Ahnung, dass die Sache mit der Maria sich zu so etwas Ernstem entwickeln würde. Ich wollt erst mal abwarten, was daraus wird. Bitte verstehen Sie. Nach so vielen Jahren, da steht man nicht einfach vor der Tür und sagt: ›Ja, schad, dass wir uns damals aus den Augen verloren haben, aber jetzt, jetzt könnten wir es noch mal probieren miteinander. Und übrigens, was ich noch sagen wollte, ich bin gerade erst seit ein paar Tagen clean und auf der Flucht vor der Russenmafia. Vielleicht also zum Italiener heute Abend?‹ Das müssen ja sogar Sie einsehen, dass man damit bei den Frauen keinen Blumenstrauß gewinnt, sondern sich eher einen Korb einhandelt. Ich hab mir halt gedacht, jetzt erst mal schauen, wie sich das hier so entwickelt, Kopf unten halten, Sturm vorbeiziehen lassen und so weiter.«

»Und?«

»Und was?«

»Und warum jetzt doch auf einmal Kopf hoch und die ganze Geschichte erzählen?«

Der Leopold fragte sich langsam wirklich, was das alles sollte, und vor allem, warum gerade er jetzt den Leidensweg vorgebetet bekam, wo es ihn doch am wenigsten etwas anging und ihre Freundschaft jetzt nicht gerade die größte war.

»Und warum ausgerechnet mir?«

»Weil Sie mich gefunden haben.« Der Franz war jetzt wirklich fast kreidebleich im Gesicht, und selbst dem Leopold wurde etwas mulmig. Mit dieser Antwort hatte er nicht gerechnet.

»Herr Meininger, ich wünschte wirklich auch, es wäre anders. Aber alle Anzeichen deuten drauf hin. Die Russen sind hier. Hier in Eichenberg. Und sie meinen es todernst!«

»Die Russen?« Der Pfarrer kratzte sich am Kopf, das letzte Mal, als Russen in Eichenberg eingefallen waren, war nun schon ein Weilchen her. Das war noch vor seiner Zeit gewesen, und nur die Veteranen konnten sich noch daran erinnern.

»Die Drogenmafia, die russische Drogenmafia«, klärte ihn der Franz über die aktuellen Eindringlinge auf. »Das Samarowskaja-Kartell, die sind hinter mir her. Vor denen bin ich seit ein paar Monaten auf der Flucht. Mal hier, mal da. Bisher hab ich mich immer in großen Städten versteckt, da ist es leichter unterzutauchen. Man kommt irgendwie über die Runden, aber ein Leben ist das natürlich keines. Immer in Bewegung, immer mit Blick auf die nächste Bleibe, bloß keine Spuren hinterlassen, nichts preisgeben, keine Freundschaften knüpfen. Herr Pfarrer, so würden Sie nicht mal einen Hund leben lassen. Als ich von der Maria gelesen habe, da ist mir dann schlagartig bewusst geworden, dass ich nach Hause will. Eichenberg. Wie Schuppen von den Augen ist es mir gefallen. Außer Fuchs und Hase findet mich da keiner, am Arsch der Welt. Wo nichts passiert und niemand jemandem etwas Böses will. Dahin muss ich zurück, um endlich wieder leben zu können.«

Nun ja, dass hier in Eichenberg nix geschah und niemand jemandem etwas Böses wollte, das konnte der Pfarrer so jetzt nicht bestätigen. Aber es war jetzt weder die Zeit noch der passende Moment, um den Franz an die düsteren Seiten des Landlebens zu erinnern, wo er gerade eine so schöne Postkartenidylle vor Augen hatte. Außerdem, eh viel spannender und wichtiger, was der Flüchtige noch so weiter erzählte.

»Nie im Leben hätte ich gedacht, dass sie mich sogar hier finden. Ist ja noch nicht mal auf einer Landkarte zu sehen. Und erst recht nicht, dass sie mittlerweile nicht einmal mehr vor Mord zurückschrecken!«

»Mord?«

»Aber ja, Herr Pfarrer! Oder was glauben Sie denn, wer den Schlewin erstochen hat?«

Der Meininger zuckte mit den Schultern, weil genau das war ja die alles entscheidende Frage, die er und der Hirsch sich seit Tagen stellten. Und dass er insgeheim geglaubt hatte, der Franz hätte den Berliner erstochen, das wollte er jetzt, wo sie gerade so gemütlich beieinandersaßen, auch nicht unbedingt auf den Tisch bringen.

»Keine Ahnung«, antwortete er deshalb kurz und knapp.

»Aber ich, Herr Meininger, ich hab nicht nur eine Ahnung, ich bin mir hundert Prozent sicher, dass das der Juri und seine Männer waren. Sie sind hier, um mich zu holen, und gehen dabei im wahrsten Sinne des Wortes über Leichen.«

Die Angst in der Stimme vom Franz jagte auch dem Pfarrer einen eisigen Schauer den Rücken hinunter.

»Herr Meininger, Sie müssen mir helfen, diese Bande zu stoppen, bevor noch Schlimmeres passiert! Sie müssen mir helfen, das verlangt allein schon Ihr Glaube von Ihnen. Vor allem aber Ihre Gefühle für die Maria. Ich würde es mir niemals verzeihen, wenn ihr unschuldigerweise etwas zustoßen sollte.«

Der Meininger, der gerade klarstellen wollte, dass er auf gar keinen Fall in dem Grabenkampf gegen die russische Drogenmafia einsteigen würde, stockte mit offenem Mund.

Die Maria.

Sie wäre sicherlich die Erste, die es erwischen würde. So viel Krimi- und Thriller-Kenntnisse besaß sogar der Leopold. Wenn man den, den man eigentlich umbringen wollte, nicht erwischen konnte, weil er vielleicht zu schnell oder zu schlau war, dann schnappte man sich einfach die Person, die er am liebsten hatte. Weil, komisch, aber wahr, selbst der schlaueste Flüchtige dachte nie daran, dass man vielleicht nicht nur sich selbst, sondern auch das Kind oder die Geliebte oder die Ex-Frau mitverstecken sollte. Vor allem, wenn die überhaupt nichts dafür konnten für das ganze furchtbare Schlamassel. Aber am Ende erwischten die Bösewichte ihre Opfer dann immer doch über die Hilflosen, und in ihrem Fall wäre das selbstverständlich seine nichtsahnende Köchin.

Nun war die Maria zwar klein klassisches Opfer und konnte sich in der Regel selbst sehr gut zur Wehr setzen, am Nudelholz und mit dem Besen, da machte ihr so schnell keiner was vor. Aber gegen die Russenmafia hätte sie keine Chance. Und der Leopold bezweifelte stark, ob es der Franz im Kreuz hatte, sein Leben für die geliebte Geisel aufs Spiel zu setzen, wie es die Helden aus den Filmen ja immer brav taten.

Anstatt also dem Franz klar und deutlich zu sagen, wo er sich die göttliche Unterstützung hinschieben könnte, fragte er einfach nur: »Also gut, wie kann ich Ihnen helfen?« Und dachte dabei fest an blitzende blaue Augen, schwarze Locken und rote Lippen, die ihn lieb anlächelten.

Der Franz atmete sichtlich erleichtert auf und packte die

Hand vom Leopold. Fest drückend bedankte er sich bei seinem Retter. »Herr Meininger, Leopold, ich darf doch Leopold sagen, jetzt, wo wir sozusagen Komplizen sind, nicht?«

Der Pfarrer zog die Brauen zusammen und musste fest gegen den Drang ankämpfen, seine Hand aus dem Klammergriff zu reißen. »Ich meine natürlich, Komplizen im Sinne der guten Sache, der besten Sache sozusagen. Was könnte es Edleres geben, als für die Liebe zu kämpfen? Leopold, ich danke dir. Das werde ich dir nie vergessen. Du rettest eine arme Seele.«

Unklar, wen genau der Franz jetzt damit meinte. Sich selbst oder die arme Maria, die überhaupt keine Ahnung hatte, in was sie das teuflische Internetz da hineingeklickt hatte. Am Ende aber auch egal, weil der Leopold, der wusste ganz genau, für welche Seele er hier mitmachte. Aber was genau er nun eigentlich helfen sollte, im Krieg gegen die übermächtige Verbrecherbande, das war ihm immer noch nicht so ganz klar. So wie er den Franz einschätzte, war es mit einem besonders dringlichen Gebet an seinen Chef nicht getan.

»Und was haben Sie nun vor?«, fragte er den Franz skeptisch. »Sollten wir nicht lieber zur Polizei mit dieser Geschichte?«

»Wenn ich zur Polizei gehe, dann muss ich meine ganze Geschichte erzählen, das war's dann mit meinem neuen Leben, dann geh ich vermutlich erst mal hinter Gitter. Und dabei hab ich das alles doch überhaupt nicht gewollt, ich bin unschuldig, Leopold, unschuldig. Und stell dir nur mal vor, der Maria, der würde das Herz brechen. Erst gestern hat sie zu mir gesagt, dass sie endlich wieder ein Leben hat, endlich wieder glücklich ist, als hätte ich sie aus einem Dornröschenschlaf wach geküsst.«

Dem Leopold brach das Herz in tausend Stücke. Endlich wieder glücklich? Endlich wieder am Leben? War sie wirklich all die Jahre bei ihm unglücklich gewesen? Sein Magen krampfte sich fürchterlich zusammen.

Seit die Maria in sein Leben getreten war, hatte sich sein bis dahin sehr einsames Pfarrersdasein fast zu einer Art Familienleben gewandelt. Aber freilich, für ihn, den ewigen Junggesellen, war das schon eine Verbesserung. Für die Maria, die viele Jahre zuvor Mann und Kind verloren hatte, musste sich das alles angefühlt haben wie ein bitterer Trost. Kein Vergleich zu einer echten Partnerschaft, einer richtigen Familie mit Kinderlachen. Wie sehr musste sie die Zärtlichkeiten und Vertrautheit einer Liebesbeziehung vermissen.

Dem Leopold fiel es plötzlich schwer zu atmen, so groß war der Kloß in seinem Hals. Wie egoistisch und eigensüchtig war er nur gewesen, das alles nie zu bemerken? Und jetzt, wo das Glück sozusagen an ihre Haustür geklopft hatte, wer war er, ihr dies ein weiteres Mal zu verwehren?

Ja, mochte sein, dass der Franz ein Hallodri war, ein wilder Hund und zwischendurch einmal auf die schiefe Bahn geraten war, aber jetzt, wo er reumütig an seinem Tisch saß und wenn es wirklich das war, was die Maria wollte, dann musste der Leopold alles in seiner Macht Stehende tun, dass die beiden glücklich werden konnten. Der wahren Liebe durfte man nicht im Wege stehen.

Falls es die wahre Liebe war?

Wie der Blitz fiel es dem Leopold plötzlich ein, dass es da vorher noch eine Sache zu klären gab.

»Und die Annemarie? Was ist mit der Annemarie?«

Ha, jetzt hatte er den Franz doch noch eiskalt erwischt, so verdutzt sah der sein Gegenüber plötzlich an. Tja, wenn hier einer nur das Beste für die Maria wollte, dann war das doch wohl Hochwürden Leopold Meininger.

Der Franz runzelte die Stirn. Verwirrt blinzelte er ein paar Mal mit den Lidern, schob sein Bierglas hin und her. Dann plötzlich glätteten sich die Falten, und er lächelte müde.

»Ich wusste doch, dass ich bei dir an der richtigen Adresse bin. Du bist ja schon halb drin in meinem Plan. Also, pass auf …«

Und dann erklärte der Franz seinem neuen Komplizen im Flüsterton und furchtbar verschwörerisch, was er eigentlich vorhatte. Weil die Annemarie, die war sozusagen der Kern des Ganzen und hatte den Franz erst auf die Idee gebracht, wie man die Russen endlich dingfest machen könnte.

Seit dem Tod vom Marc hatte sich der Flüchtling den Kopf zermartert, wie er aus der Nummer wieder rauskommen würde, ohne dass noch jemand zu Schaden käme oder, Gott bewahre, ein weiterer Mord passieren würde. Aber nichts war ihm eingefallen. Zu gefährlich die Bösewichte und zu wichtig seine Tarnung, weil eben die Gefühle für die Maria wurden immer größer. Und dann, wie aus dem Nichts, als er schon bangen musste, dass das nächste Messer für ihn bestimmt wäre, da meldete sich im Internet diese Annemarie mit einer dicken Drogenbestellung. Vielleicht, so der Franz, war die ja genauso von Gott gesandt wie jetzt der Leopold als Helfer, weil da war ihm dann eingefallen, wie man die Russen endlich schnappen könnte. Drum hat er, natürlich nur im Internet, erst mal so getan, als wäre er sehr an einem Treffen mit der fremden Dame interessiert, und sich gleich mit ihr in einem Klub in Salzburg verabredet. Zum Kennenlernen und Spaßhaben. Das jedenfalls denkt die Annemarie, er hätte da etwas ganz anderes vor. Er wollte sich tatsächlich bei den Russen melden, volles Risiko, so tun, als bereue er die Flucht und den Austritt ganz fürchterlich und sozusagen als Wiedergutmachung einen großen Deal in Salzburg in Aussicht stellen. Damit man ihn vielleicht nicht gleich abstechen würde, sondern erst mal wieder für die Arbeit einsetzen mochte. Nicht in die Hand mit dem Futter beißen und so weiter. Weil der Franz aber natürlich überhaupt nicht wieder zurück, sondern lebendig raus wollte aus der ganzen Sache, müsste man dafür sorgen, dass die Russen ihre Lektion lernen und ein für alle Mal verschwinden würden.

Jetzt war der Franz aber eben kein Hollywoodheld und kein Action Hero und konnte alleine nicht die ganze Mafia besiegen. Darum brauchte er Hilfe. Vom Leopold und durch den Leopold auch von der Polizei. Weil, so sein Plan, die Russen würden ihn sicher nicht allein so eine große Nummer durchziehen lassen. Nicht, nachdem er gerade erst wieder eingefangen war. Der Deal würde unter Begleitung stattfinden. Und schicken würde man sicher den Mörder vom Marc, wer auch immer das war. Weil der musste ja eh schon hier irgendwo herumlungern.

Perfekte Möglichkeit für die Gesetzeshüter, endlich ein paar international gesuchte Personen in flagranti festzunehmen. Sichere Sache. Riesenermittlungserfolg. Alle Probleme gelöst. Und da kam jetzt auch der Pfarrer Meininger ins Spiel. Denn der Franz konnte ja nicht selbst Auskunft geben über seinen Plan, das musste eine Vertrauensperson erledigen, jemand, der schon von Berufs wegen nicht lügen und schwindeln konnte. Und wer eignete sich da besser als ein Pfarrer? Jetzt konnte also der Leopold der Polizei von dem geplanten Handel erzählen und dafür sorgen, dass die zur richtigen Zeit am richtigen Ort waren. Bei der Festnahme würde der Franz dann zusammen mit den echten Bösewichten erst mal eingehen, um nicht unter Verdacht zu stehen, doch ein Verräter zu sein. Der Leopold könnte dann schön alles aufklären, nämlich nur dank dem Franz überhaupt eine Festnahme und darum Freispruch. Der Russe, nicht nur Drogendealer, sondern auch Mörder, ab ins Zuchthaus und ein Happy End für alle. So schön passte das alles zusammen, dass die Maria davon überhaupt gar nix wissen musste, weil zu viele unnötige Sorgen brauchte man sich gar nicht zu machen. War ja alles bestens geplant, und wenn der Leopold seine Rolle spielen würde, dann konnte ja auch überhaupt nichts schiefgehen. Oder?

Der Leopold, der sich brav alles angehört und nicht einmal dazwischengefragt hatte, blieb stumm.

»Oder?«, fragte der Franz ein zweites Mal.

Jetzt fielen dem Pfarrer ungefähr unendlich viele Sachen ein, die bei diesem Plan schiefgehen konnten, aber eine bessere Idee, die hatte er so auf die Schnelle und mit der Russenmafia im Nacken auch nicht. Hauptsache, der Maria würde nichts passieren in dem ganzen kriminellen Durcheinander, und sie würde am Ende glücklich werden. Das war das Einzige, was ihn im Moment wirklich interessierte. Wenn das der Preis war, den er bezahlen musste, sie aufzugeben und dem Franz bei seinem wilden Showdown zu helfen, dann war das eben so. Was hatte sein Gegenüber gesagt, für die Liebe lohnte es sich zu kämpfen? Damit hatte er wahrlich recht, der verlorene Sohn Eichenbergs. Und wenn auch die Maria nie erfahren würde, was der Leopold am Ende zu ihrem Glück beigetragen hatte, dann war das auch egal. Nur das Ergebnis zählte.

Und so vereinbarten die beiden Männer in dieser Nacht am Küchentisch ihren Pakt und schlossen, für das Wohl der Köchin als Freundschaft getarnt, einen Waffenstillstand zwischen Konkurrenten. Weil, auch wenn der Meininger mit seiner Kutte eigentlich außer Konkurrenz lief, das wusste der Franz freilich ganz genau, dass die Gefühle vom Pfarrer alles andere als katholisch waren. Und darum konnte er sich auch drauf verlassen, dass dieser seinen Teil ihres Plans einhalten würde. Komme, was da wolle.

Während der Franz auf Verbrecherseite alles für den großen Deal in der Salzburger Partymaus einfädeln würde, sollte der Leopold sozusagen als glaubwürdiger Mittler den starken Arm der Justiz auf die richtige Fährte lenken. So hatte sich der bekehrte Sünder das überlegt. Nicht wissend, dass der Leopold und der Dorfpolizist ohnehin die Drahtzieher hinter dem ganzen Deal waren und ihren Auftritt in Salzburg planten, wollte der Franz genau das. Mit einem Großaufgebot an Polizei sollten die in die Falle gelockten Mafiosi ertappt und gestellt werden.

»Der Hirsch vertraut dir doch?«, fragte der Franz sicherheitshalber und nickte nach Bestätigung durch den Leopold. »Eben, wenn du dem die richtigen Informationen fütterst, dann läuft das von allein. Der lässt sich so eine Chance nicht entgehen. Der wird dann alles Weitere in Gang setzen, und du bist dann auch erst mal raus. Deine Hilfe brauch ich nur, wenn die Bullen mich ins Verhör nehmen. Dann musst du bezeugen, dass ich tatsächlich von Anfang an auch nur ein unschuldiger Lockvogel war, um die Bande festzunehmen. Dass wir beide uns das ausgedacht haben, um die Mörder vom Schlewin zu schnappen, und es gar keine andere Möglichkeit gab. Das wird auch der Hirsch am

Ende verstehen, keine Sorge. Der ist vielleicht ein wenig eingeschnappt, dass er nicht von Anfang an eingeweiht war, aber lass den erst mal eine fette Beförderung einstreichen, und dann ist das alles Schnee von gestern.« Der Franz wurde plötzlich sehr ernst. »Hauptsache, es erfährt vorher keiner was davon, von unserem Plan. Gell, Leopold, kein Wort zu niemandem. Bei den Russen weiß man nie, wo die ihre Spitzel versteckt haben. Wer weiß, wie die mich hier überhaupt gefunden haben. Am Ende sitzt ein Verräter mitten unter uns.«

Ein Spitzel der Russenmafia hier in Eichenberg? Das fand der Leopold nun schon ein klein wenig übertrieben. Das wäre ja wirklich der entspannteste Job der Welt. Beamtenleben dagegen eher Vollstress.

Nun saß er also da, mittendrin zwischen den verschiedenen Wahrheiten und wusste nicht so recht, wem er glauben und was er wem erzählen oder lieber nicht weitersagen sollte. Am liebsten hätte er jetzt gern selber irgendwo gebeichtet. Dass er das alles nur wegen der Maria machte. Dass er doch nur ihr Glück wollte und ja, vielleicht ein wenig zu sehr wünschte, er selbst könnte dieses Glück sein. Aber war das schon eine Sünde? Doch diese Frage würde ihm sein Chef ebenso wenig beantworten wie die, wem er jetzt glauben und was er als Nächstes machen sollte. Dafür arbeitete der Leopold schon zu lange für die himmlischen Mächte, in solchen Momenten hüllte man sich oben gern in elegantes Schweigen und berief sich auf den freien Willen im Menschen. Wundern brauchte man sich dann aber nicht, dass dabei immer ein rechtes Schlamassel rauskam und der Beichtstuhl hinterher um einiges voller war, als wenn man vielleicht vorher mal eine Antwort oder einen guten Rat gegeben hätte. Darum ging er jetzt erst einmal ins Bett. Kurz vor Morgengrauen fiel einem nur selten was Gescheites ein, und vielleicht kam die Erleuchtung, wenn schon nicht von oben, dann vielleicht im Schlaf. Die Hoffnung jedenfalls, die starb wie immer zuletzt.

Am Freitagmorgen war der Meininger nur leider immer noch nicht schlauer. Weder der liebe Gott noch die wilden Träume hatten Ordnung in sein Hirn-Durcheinander gebracht. Und dabei wäre es allerhöchste Eisenbahn gewesen, weil gleich sollte er sich auf den Weg machen zum Hirsch-Büro, um die letzten Details für den morgigen Einsatz durchzusprechen. Innerlich kämpften wieder einmal sein Engelchen und Teufelchen, ob es nun besser wäre, diesmal den Simeon gleich einzuweihen oder lieber nix zu sagen und erst mal abzuwarten, was passieren würde. Wie gerne hätte er die Maria gefragt, die doch immer auf alles die richtige Antwort parat hatte. Aber in diesem Fall war auch hier leider nichts zu holen. Der Leopold war völlig auf sich allein gestellt. Das ewige Priesterschicksal, wie sehr es ihm langsam zum Hals raushing. Aber wenigstens einen Kaffee konnte er sich von der, schon fleißig Teig knetenden, Köchin für alle bevorstehenden Abenteuer und Gefahren noch erbetteln.

Dass die Maria dann ganz besonders nett zu ihm gewesen war und ihm neben einem wunderbaren Kaffee auch noch eine dicke Scheibe Bauernbrot mit Honig geschmiert hatte, das machte die Sache für den Leopold jetzt auch nicht leichter. Weil, ihm war zwar auf einmal noch viel mehr daran gelegen, seinen Engel endlich wieder glücklich zu sehen, aber sie herzugeben, das zwickte ihn auch mehr und mehr in der Leber und irgendwo links oben in der Brust. Immerhin, es hatte ihm dabei geholfen, einen Entschluss zu fassen. Obwohl er seinem Partner erst vor ein paar Tagen genau das Gegenteil versprochen hatte, würde er dem Simeon erst einmal nichts sagen. So viel Ehrgeiz, wie der junge Polizist in dieser Sache an den Tag legte, der würde postwendend in Wien anrufen und gleich ausplaudern, dass sie einen noch viel dickeren Fisch am Haken hatten. Gegen die russische Mafia, da waren die VeMeats ja wirklich armselige Würstchen. Du bist, was du isst, dachte sich der Meininger. Und wenn erst einmal die österreichischen Kriminaler eingeweiht waren, dann konnte sich der Franz seinen feinen Plan vom Bösewichte-Hinhängen und selber mit den eigenen blauen Augen Davonkommen, gleich vergessen. Dann würde das alles ganz offizielle Wege gehen, und da wusste man ja, was dann am Ende dabei herauskam. In der Regel nämlich gar nichts. Und dann gäbe es kein Happy End für die Maria, sondern wahrscheinlich den nächsten Toten. Und sosehr der Meininger den Rivalen auch vom Hals gehabt hätte, ins kalte Russengrab konnte er ihn doch nicht hineinwünschen. Zu viel Pfarrer und zu wenig Egoismus in seiner Seele.

Darum, erst einmal den Mund halten und den Simeon brav vom eigenen Plan erzählen lassen. Vielleicht, am Ende, war man ja gar nicht so weit voneinander entfernt, und der Leopold konnte mit ein wenig göttlichem Beistand allen zu einem guten Ende verhelfen?

»Ich hoffe, du bist bereit für den großen Einsatz?«, fragte der Simeon schon voller Vorfreude, dass er endlich einmal richtig Polizei spielen konnte und nicht immer nur Strafzettel an die

Gehwägen von alten Männern kleben musste. »Das wird eine ganz große Sache und entscheidend für meine weitere Laufbahn. Da darf nichts schiefgehen, morgen Nacht.«

Gleich direkt neben der Maria-Sehnsucht zwickte den Leopold jetzt das schlechte Gewissen in Magen und Nieren und wo es sonst noch überall zwicken könnte. Gerade wollte er es sich noch einmal anders überlegen und dem Simeon vielleicht doch ein bisschen was über den reuigen Franz erzählen.

»Die Wiener, die haben schon alles vorbereitet. Internationale Haftbefehle für alle unsere Verdächtigen, Videoüberwachung in der Partymaus, Mikrofonverkabelung, das ganz große Kino. Damit uns auch keiner entwischt im letzten Augenblick. Perfekt vorbereitet, die Falle, jetzt müssen unsere Herrschaften nur noch hineinspazieren und dann. BÄMMM!!!« Der Polizist schlug mit der flachen Hand auf den Tisch, dass es nur so krachte. »Dann haben wir sie!«

Bei so viel Vorfreude aufs Zuschlagen hielt der Meininger doch erst mal lieber den Mund, sicher war sicher, und lauschte, was sich die Polizei so ausgedacht hatte für den großen Samstags-Coup. Wie geplant würde sich die österreichische Kommissarin Andrea Spatzinger als Annemarie ausgeben und zur verabredeten Zeit in der Partymaus auf den Franz warten. Um sein Vertrauen zu gewinnen, sollte sie dann an der Flirtfront alles geben, was Frau so zu bieten hatte. Der Simeon versicherte dem Leopold ungefragt, dass das bei so einem heißen Feger wie der Spatzingerin sicher kein Problem darstellen sollte.

Jetzt war das schon die erste Situation, wo dem Pfarrer der Kopf brummte vor lauter doppelter Information. Weil eigentlich hätte es ihn ja auch brennend interessiert, wie der Franz so auf die fremden Flirtereien reagieren würde, aber jetzt wusste er ja, dass auch der vermeintliche Verdächtige sich nur auf das Spiel einlassen würde, um umgekehrt die Annemarie beziehungsweise die Andrea als Köder für die Russen zu gewinnen. Und dass die Andrea-Annemarie eigentlich nicht nur Köder, sondern schon halbe Einsatztruppe war, das wusste wiederum der Franz nicht. Dem Meininger wurde schwindelig. Vor lauter Wer-weiß-eigentlich-Was und Bloß-niemandem-was-Falsches-Verraten beschloss er, lieber so weit möglich die Klappe zu halten. Überhaupt nix sagen und lieber einfach brav nicken. Gott sei Dank war der Simeon so in Fahrt, dass ein schweigsamer Pfarrer überhaupt nicht groß auffiel.

»Ich sag's dir, diese Andrea. Also wenn ich nicht mit der Sandra … also, da könnte man fast …«

Der Hirsch geriet richtig ins Schwärmen über die hübsche Kollegin jenseits der Grenze, die er eigentlich nur vom Telefon und aus dem Internet kannte. Dieses furchtbare Internet. Selbst den braven Dorfpolizisten, mit eh viel zu hübscher Freundin für seine Verhältnisse, lockte es in die Falle. Innerlich versprach sich der Leopold fest, das Teufelsding von Computer schnellstmöglich wieder aus seinem Haus zu verbannen, samt Internetz-Falle hintendran.

Jetzt aber galt es erst einmal, das anstehende Verhaftungschaos in den Griff zu bekommen. Geplant war nämlich, dem Franz, sobald er der getarnten Andrea die große Drogenlieferung versprochen hätte, die Handschellen anzulegen. Einbuchten, ausfragen und überführen. Am besten wegen allen auf der Liste stehenden Verbrechen, inklusive Mord am Berliner. Und natürlich, die Handlanger alle gleich mit ans Messer liefern, bis hin zur

Claudia Hofbauer. Jetzt konnte der Leopold leider nicht sagen, »Stopp, halt, das sind die Falschen, der dicke Fisch kommt erst noch!«, sondern musste sich selbst überlegen, wie das alles am Ende zusammenpassen konnte. Damit die Richtigen die Handschellen und die Falschen die Maria, oder umgekehrt. Sein Schädel brummte immer mehr. Und obwohl er noch ein paar Stunden Zeit hatte, um sich etwas einfallen zu lassen, war nun guter Rat wirklich teuer und dringend notwendig. Und darum, als der Kollege Hirsch endlich siegessicher verstummt war, machte sich der Leopold auf. An den einzigen Ort, an dem er sich jetzt noch Hoffnung auf Gehör und Hilfe versprach.

Irgendwann taten ihm vom vielen Knien die Beine weh, und die Finger waren eiskalt um die kleinen Perlen vom Rosenkranz. Mindestens fünf Runden hatte er sich jetzt schon durch das Vaterunser und das Ave-Maria gebetet und von oben noch immer keine Antwort und keine göttlichen Sturmtruppen geschickt bekommen. Aber innen drin, in der Einsamkeit des Pfarrershirns, hatte sich langsam ein Plan geformt. Der Maria zuliebe würde er den Hirsch verraten an den Franz und von der falschen Annemarie erzählen. Das war zwar nicht nett dem Simeon gegenüber, aber wie hatte der Franz gesagt, wenn am Ende erst mal der richtig dicke Fisch am Haken hing, dann würde es der Polizist schon verstehen. Hoffentlich.

Hoffentlich, das dachte sich der Meininger immer noch, als er dann am Samstagabend im Polizei-Mercedes Richtung Salzburg neben dem Simeon hockte. Ausnahmsweise in dunkle Stoffhose und schwarzen Wollpullover gekleidet, ganz ohne Talar, fühlte sich der Pfarrer recht ungewohnt und seltsam schutzlos. Das ganze Heimlichtun und Schwindeln drückte zusätzlich auf die zivilen Schultern. Der Blick, mit dem ihn die Maria vom Kopf bis Fuß gemustert hatte, als er ein paar Stunden nach dem Franz aufgebrochen war, gab ihm immer noch zu denken. Gar nicht überrascht von seinem selten weltlichen Aufzug, sondern eher nachdenklich, fast traurig hatte sie ihn lange angeschaut, aber kein Wort gesagt. Und auch der Leopold, der langsam im Nichts-Sagen immer besser wurde, hatte nur geschwiegen. Zu viel türmte sich mittlerweile unausgesprochen zwischen ihnen, als dass man noch drüber hinwegsehen konnte. Und so waren sie wortlos auseinandergegangen. Die Maria auf einmal männerlos zum Gläserpolieren zurück in die Küche, der Leopold auf in die Höhle des Löwen, die Partymaus. Keiner wissend, was bis zum Morgen alles passieren würde.

Und im Nachhinein wäre es den beiden vielleicht lieber gewesen, sie hätten vorher ein wenig mehr geredet und wären ein wenig ehrlicher miteinander gewesen, weil, als sie es dann endlich wollten, das mit dem Wahrheitsagen, da war es dann – wie so oft – einfach zu spät.

Als der Meininger hinter dem Simeon Hirsch die Salzburger Partymaus betrat, da war er dann heilfroh, dass er die Priesterkutte gegen Hose und Pullover getauscht hatte, weil auf einmal, da fühlte er sich wieder wie Anfang zwanzig.

Das musste aber eher an der lauten Musik und der Zigarettenrauch-verhangenen Luft liegen, denn das Publikum in der österreichischen Diskothek, das hatte die Zwanziger mindestens so lange wie der Pfarrer selbst hinter sich gelassen. Aber vieleicht genau darum dröhnten die schönsten Schlager aus den Boxen, extra laut, damit es auch ein jedes Hörgerät gut übersetzen konnte für die alten Ohrwaschel, die sich gleich wieder an die Jugend zurückerinnert fühlten.

Die Partymaus war wirklich ein Paradies für alle Junggebliebenen einer längst erwachsenen Generation. Eine Reise in die Vergangenheit mit allem, was dazugehörte. Die bunten Lichter der Discoorgel tanzten zusammen mit ein paar einsamen Seelen über die fast leere Tanzfläche. Foxtrott linksherum, dann wieder rechtsherum. Überall füllten sich die Bartische und Sitzecken aus schlammgrünem Kunstleder langsam mit partywütigen Mäusen und Katern.

Die Damen so aufgebrezelt und angemalt im Gesicht, dass man im schummrigen Halbdunkel auf den ersten Blick einen Haufen jugendlicher Schönheiten vermuten mochte. Erst bei genauem Hinsehen aus der Nähe enthüllte sich einem die grausige Wahrheit tiefer Augenringe, schlecht gefärbter Haare und vom vielen Rauchen gelber Zähne. Die männlichen Gäste gaben sich wesentlich weniger Mühe beim Verputz der Außenfassade. Dicke Bierbäuche zwickten durch viel zu enge Hemden oder lugten neugierig unterm T-Shirt-Bund heraus. Lichte Häupter und Halbglatzen glänzten unter den bunten Scheinwerfern, und nur vereinzelt stach ein aalglatt in Anzug oder Jackett gekleideter Casanova mit öligem Haar aus der Menge heraus.

Absolute Resterampe, dachte sich der Meininger und war ausnahmsweise einmal sehr erleichtert, dass er nicht mitmachen musste beim harten Kampf an der Partnerfront. Hier trafen sich die Übriggebliebenen, die Nicht-mehr-Vermittelbaren und die in zweiter bis vierter Runde Neu-Suchenden zu einer verzweifelten Auslese, die wirklich nur der Alkohol einigermaßen erträglich machte. Der Leopold wäre am liebsten rückwärts wieder hinaus aus dem Schrottplatz, der sich Disco schimpfte. Es fiel ihm dann aber doch noch ein, dass er ja gar nicht zum Partner-Aussuchen hier war, sondern zum Mörder-Fangen.

Den Blick suchend über die Tanzfläche und Bar schweifen lassend, griff er ganz automatisch nach dem Bier, das ihm der Simeon vor die Nase gestellt hatte.

»Zur Tarnung, nicht zum Trinken«, hatte sein Kollege ihm eingebläut. »Kein Alkohol im Dienst. Aber wir wollen ja auch nicht auffallen.« Und ganz braver Polizist, hatte der Hirsch sein Bier bisher auch nicht angerührt. Randvoll und überhaupt kein Schaum mehr obendrauf. Passte zum restlichen armseligen Ambiente, dachte sich der Pfarrer und trank noch mal vom eigenen Bier. Im Grunde war er ja nur Begleitwerk und gar kein Polizist, die Dienstregel konnte er also vielleicht ein bisschen freier interpretieren. Und überhaupt, ein Bier, das hatte noch nie geschadet, schon gar nicht, wenn man sich in so einer Kaschemme die Nacht um die Ohren schlagen musste. Außerdem war im Moment weder vom Franz noch vom österreichischen Lockvogel oder irgendwelchen wilden Russen etwas zu sehen. Da konnte man sich die Wartezeit auch etwas angenehmer gestalten.

»Hallo, ihr zwei Hübschen. Seid ihr öfter hier? Ich hab euch noch nie gesehen.«

Der Leopold hätte vor Schreck beinahe sein Bier umgestoßen, so kalt war die fremde Hand, die sich wie aus dem Nichts in seinen Nacken schob. Lange, krallenartige Nägel kraulten ihn hinter dem Ohr, eine rauchige Stimme schnurrte weiter in dasselbige. »So jemand wie du, der wäre mir gleich aufgefallen. Da kannst du Gift drauf nehmen.«

Nichts Gutes ahnend, drehte sich der Leopold langsam zu Hand und Stimme um. Herr im Himmel, steh mir bei, flehte er. Aber sein Chef hatte wie immer mindestens ein paar wichtigere Sachen zu tun und ließ seinen braven Diener allein im Kampf gegen die Venus aus der Hölle. Weil, nichts anderes hätte die Dame, die sich dem Leopold gerade so vertraut näherte, besser beschreiben können. Wie direkt aus einem Albtraum entsprungen sah es aus, das aufdringliche Weibsstück. Weißblond leuchtende Locken türmten sich, steif und fest vor lauter Haarlack, auf dem Kopf. Drei-Wetter-Taft? Eher Gewitter-bis-Orkan-Taft! Ein Schwarm bunt glitzernder Plastikschmetterlinge, die man eher auf einem Kinderkopf vermutet hätte, hielt das Gebilde mehr oder weniger in Form. Der kindische Haarschmuck sollte vermutlich darüber hinwegtäuschen, dass es unter dem Haaransatz uralt weiterging. Gelang aber nicht, da war schon zu viel Wasser den Bach runter, da halfen auch die zentimeterdicken Betonschichten an Schminke nicht mehr. Ganz im Gegenteil, machten alles nur noch viel schlimmer. Obwohl das Clownsgesicht auf Partnersuche sich einige Mühe gegeben hatte beim Rausputzen. Dunkelrot bemalte Lippen versuchten beim Lachen die gelben Nikotinzähne zu verdecken, lange falsche Wimpern klebten über den vom Alkohol schon etwas schiefen Augen und machten jeden Lidaufschlag zur Schwerstarbeit. Ein schwarzes Netzoberteil spannte sich über solarium-orange knochige Arme und lenkte den verschreckten Pfarrersblick direkt auf ein grausam nach oben geschnürtes Faltendekolleté. Busen-Misshandlung vom Allerfeinsten, dachte sich der Meininger und unterdrückte krampfhaft ein Schütteln. Sein ganzer Körper war in Alarmbereitschaft, alles wollte flüchten. Bloß weg hier, bevor die Schwarze Witwe ihn bei lebendigem Leibe verspeisen würde.

»Wollen wir was trinken? Magst du mir einen ausgeben? Ich hätt schon gut Durst«, krächzte die blonde Hexe, und ihre Hand samt Krallennägeln wanderte vom Meininger-Nacken den Meininger-Arm hinab.

»Ähm, also, ähm, also eigentlich hab ich hier noch ein volles Bier stehen«, versuchte der Meininger verzweifelt, sich aus der Venusfalle zu befreien.

»Ach was, das ist ja schon so gut wie leer! Komm, wir gehen zur Bar. Dann geht die erste Runde halt auf mich.«

Oje, die Hexe meinte es wirklich ernst. So leicht würde er ihrem Ofen nicht entwischen.

»Aber, aber, aber ich bin nicht allein hier.« Panik stieg ihm den Wollpulli hoch, und vieles hätte er jetzt gerade für den oft ungeliebten Talar gegeben.

»Ich weiß schon«, grinste die Schmetterlingslocke und zeigte die schiefen Zähen. »Aber um deinen Freund musst du dir keine Sorgen machen, um den kümmert sich die Gabi.«

Sie nickte in Richtung vom Simeon, und der Leopold folgte ihrem Blick. Wäre er nicht gerade selbst in der Falle gesessen, er hätte sich das schadenfrohe Lachen nur mit Müh und Not verkneifen können. Weil auch der Simeon Hirsch, ganz in Zivil, war Opfer einer ähnlich grausigen Wetterhexe geworden. Zwar konnte der Meininger nicht hören, was da drüben zwischen der schwarz gelockten Sirene und dem Polizisten gesprochen wurde, aber der verzweifelte Blick vom Hirsch sprach Bände. Auch dort wurde vermutlich gerade ein gemeinsamer Ausflug an die Bar verhandelt.

»Ich bin übrigens die Angelika, und wie heißt du?«

»Leopold«, erwiderte der Meininger geistesabwesend. Immer wieder warf er suchende Blicke über die Tanzfläche zu den verschiedenen Bartresen, die im Raum verteilt waren. Aber nirgends konnte er ein bekanntes Gesicht entdecken. Immer noch kein Franz und keine Andrea Spatzinger. An dieser Front herrschte verdächtige Ruhe, während man hier in schnellen Schritten zum Nahkampf überging.

Unbemerkt war die Angelika bedrohlich nah an den Meininger herangerutscht. Der gut gestützte Faltenbusen berührte beinah schon seine Brust. Beim verzweifelten Versuch, einen Schritt zurückzuweichen und wieder etwas mehr Sicherheitsabstand zwischen ihn und die aufdringliche Dame zu bringen, klemmte der Pfarrer schnell zwischen zwei unbeweglichen Stehtischen. Kein Entkommen. Fluchtweg versperrt.

»Aber du bist ja ein ganz Schüchterner.« Die Angelika zwinkerte mit den langen schwarzen Wimpern. Eigentlich hätte sie vor lauter Anstrengung schon dabei umfallen müssen, aber sie war geübt im Krähenfüße-Heben und -Senken. Vollprofi sozusagen. Ihre Krallenfinger spazierten von Pfarrerbauchnabel über die Brust bis hoch zu seinem Kinn. »Keine Angst, ich steh auf solche wie dich.«

Mittlerweile war sie so nah an seinem Gesicht, dass ihn ihre Schnapsfahne Gott sei Dank regelrecht betäubte.

»Ich werd dir schon zeigen, wie man ein bisschen Spaß haben kann«, flüsterte sie direkt neben seinem Ohr.

Der Meininger war kurz davor, in seiner Tischfalle eingeklemmt, in Todesstarre zu verfallen, als sich plötzlich eine warmfeuchte Zunge in sein Ohr schob. Was zu viel war, war zu viel. Sein Gehörgang mochte ja einiges aushalten, vom schlimmsten Alt-Weiber-Jammern bis hin zu den Saubären-Sünden der Feuerwehrmänner, aber dieser fremde Fleischlappen, der hatte da nichts zu suchen, überhaupt gar nichts. Wild zappelnd befreite er sich aus der Todesumarmung und schob die aufdringliche Angelika bestimmt von sich.

»Verehrte Dame, ich muss Sie leider enttäuschen, für solche Vergnügungen stehe ich nicht zur Verfügung.« Zur Bekräftigung seiner Worte und gleichzeitigen Personenabwehr verschränkte er demonstrativ die Arme vor der Brust.

Aber zu seinem Schrecken spornte seine Abfuhr die Angelika nur noch mehr an. Ein wildes Blitzen hatte sich in ihre Augen geschlichen. Sie grinste dem Meininger frech zu.

»Verehrte Dame? Na, du bist wohl einer von der ganz feinen Sorte? Ich krieg dich schon, das verspreche ich dir. Ohne dich geh ich heut Nacht nicht heim …«, stimmte sie zum Entsetzten vom Meininger plötzlich singend an und wiegte einladend abschreckend die Hüften.

Der Leopold wollte jetzt wirklich fluchtartig das Weite suchen, als neben ihm, wie aus dem Boden geschossen, der Simeon auftauchte, am Arm untergehakt niemand anders als die grausige Gabi.

»Leopold, ich seh, ihr habt euch schon angefreundet, die Angelika und du. Das trifft sich ja hervorragend! Die Gabi und ich wollten euch gerade abholen und eine Runde das Tanzbein schwingen. Auf geht's!«

Hatte der Hirsch den Verstand verloren? Oder ihm die geile Gabi am Ende Drogen ins Bier gemischt? Aber nein, das Glas vom Simeon stand immer noch völlig unberührt, einsam und verlassen am Bartisch. Was war denn da los mit dem Polizisten? Der Leopold riss die Augen auf und versuchte mit wildem Starren, den Kollegen an ihren Auftrag und den Sinn und Zweck des Discobesuches zu erinnern.

Als Antwort rollte der Hirsch ebenfalls mit den Augen, wild von links nach rechts. Hatte er einen Schlaganfall oder am Ende Epilepsie? Jetzt war wirklich keine Zeit für schlechte Scherze. Der Leopold starrte noch wilder und böser zurück und grunzte bedeutungsvoll.

»Gnnnnn, mmmphhh, gnnnnh!«

Aber nicht, dass er den Simeon damit zur Ruhe gebracht hätte, ganz im Gegenteil, auch der fing noch irrer zu spinnen an, drehte die Augen in den Hinterkopf, dass nur noch das Weiße zu sehen war, und zuckte mit dem Schädel, als würde Strom durch seinen Körper fließen.

»Gnahhhh. Gnahhhh. Daaaaa!«

Von dem ganzen Zappeln, Schnaufen und Raunen nun doch etwas irritiert, warfen sich auch die beiden Weiber fragende Blicke zu. Was hatten sie denn da bloß aufgerissen?

»Jetzt komm schon, gehen wir tanzen, Leeeeoooopppooold«, drängte der Polizist. »Da hinten, daaaaa hiiiiinten!«

Und wieder zuckte er mit dem Kopf Richtung Tanzfläche. Der Meininger folgte seinem Blick in die Raummitte zu den armseligen Schwofern. Und gerade als er wirklich am Verstand seines Freundes zu zweifeln begann, da endlich entdeckte er sie. Alle beide. Die Andrea und den Franz, hinten im letzten Eck der

Disco, am Rande der Tanzfläche, tief im Gespräch. Furchtbar verschwörerisch sah das aus, sogar aus der Entfernung. Und endlich kapierte auch der Meininger. Bevor es sich die beiden Tanzdamen noch anders überlegen konnten, schnappte er sich seine Angelika und schleifte sie in Richtung musikalisches Parkett.

»Auf geht's, lasst uns die Hufe schwingen!«

Ohne zu zögern folgten der Hirsch mit der Gabi, und beide Paare mischten sich unter die Discofoxtrottel, die sich gerade zu Helene Fischers »Von hier bis unendlich« um Kopf und Kragen tanzten.

Jetzt war der letzte Tanzausflug vom Meininger natürlich schon so lange her, dass der sich kaum noch an irgendetwas erinnern konnte, außer dass es insgesamt eine furchtbar unangenehme Sache gewesen war. Das erste Mal so eng an einen Frauen- damals eher Mädchenkörper gedrückt und sich dann auf tausend andere Sachen inklusive eigene und fremde Füße konzentrieren müssen. Zum Scheitern verurteilt, von vornherein. Drum war der Leopold damals schon kein guter Tänzer gewesen und heute, viele Jahre später, völlig ohne zwischendrin mal üben, man will eigentlich gar nicht drüber reden. Gott sei Dank übte die Angelika scheinbar viel, Profi-Partymaus, wenn man so wollte. Die hatte gleich erkannt, was für einen tollpatschigen Partner sie sich da geangelt hatte, und übernahm sportlich die Führung. Den dürren Körper mit dem gut gepolsterten Vorbau fest an den Pfarrer gepresst, schob sie ihren Tanzbären mit überraschend kräftigem Armdruck von links nach rechts. Der Leopold hätte eigentlich nur noch ein wenig aufpassen müssen, dass er ihr nicht bei jedem zweiten Schritt auf die Füße stampfte. Aber selbst das gelang ihm kaum, weil in Kopf- und Augenhöhe musste er sich gleich auf mehrere Dinge gleichzeitig konzentrieren. Bei jeder Drehung kamen die roten Lippen von der Angelika so nah an sein Gesicht gerutscht, dass er höllisch aufpassen musste, nicht aus Versehen einen Kuss abzubekommen. Außerdem hatte seine Tanzpartnerin die linke Hand fest in seinen Nacken gegraben und versuchte, seinen Kopf immer näher an den ihren zu drücken. Dabei dann noch das eigentliche Observierungsziel, den Franz, im Blick zu behalten und nicht vor lauter Im-Kreis-Drehen gleich auf die Angelika draufzuspeiben, das war ganz schön viel verlangt. Für die trampelnden Füße blieb da einfach kein Hirn mehr übrig.

Am Tanzen selbst hatte sich in all den Jahren also eigentlich gar nicht viel geändert. Der umgeschlungene Frauenkörper störte so sehr im System, dass an rhythmische Schrittfolge kaum zu denken war. Wie ein angeschossener Tanzbär auf Droge taumelte der Leopold im eisernen Griff seiner liebestollen Partnerin von links nach rechts, reckte und streckte den Kopf verzweifelt abwechselnd weg von den kusswilligen Lippen und hin zum Drogendealer und seiner Falle.

Ein Hilfe suchender Blick in Richtung seines Leidensgenossen Hirsch ließ ihn dann beinahe noch komplett über die eigenen Füße stolpern, so überraschte ihn der Anblick. Denn im Gegenteil zum tollpatschigen Meininger schwebte der Polizist nahezu über die Tanzfläche. Die dicke Gabi hatte er elegant in die Armbeuge geklemmt und drehte sie im Takt zur Musik, als hätte er sein Leben lang nichts anderes gemacht.

»Aua! Jetzt pass doch mal auf!«, schimpfte die Angelika und zwickte den Meininger mit zwei spitzen Fingern in die Seite.

»Andauernd trampelst du mir auf den Füßen herum. Wenn du dich im Bett auch so anstellst, na dann prost Mahlzeit.«

Der Meininger hatte jetzt leider überhaupt keine Zeit, der Angelika zu erklären, was er im Bett so alles nicht anstellte und dass sie das eh niemals herausfinden würde, weil der Simeon, der näherte sich gerade sehr unauffällig, aber zielsicher ihrem Observierungspaar an.

Verzweifelt versuchte der Leopold zwischen Nicht-Küssen, Nicht-Trampeln, Nicht-Umfallen und Nicht-Halsauskugeln ebenfalls irgendwie in die Nähe der anderen zu gelangen, aber außer einem verdrehten Hals, gefährlich anmutenden Nackenschmerzen und immer böseren Zwickereien seiner Tanzpartnerin kam dabei nichts heraus. Als hätte sie der Teufel persönlich geschickt, hielt ihn die Angelika eisern im Griff und weit weg vom Ort des Geschehens. Das vierte Lied nun schon drehten sich die beiden in ihrem Todesstrudel, und dem Leopold wurde langsam recht schwindelig und ein wenig schlecht.

»Wollen wir eine kleine Pause machen?«, fragte die Angelika, und gerade als der Meininger erleichtert nicken wollte, vielleicht würde sich ja in der Pause die Chance zur Flucht ergeben, wanderte die Krallenhand, die eben noch in seinem Nacken gelegen hatte, den katholischen Oberschenkel hinauf. »Wir können die Zeit auch anders rumkriegen als nur hier mit Trockenübungen«, zwinkerte sie ihm zu, und ein eiskalter Schauer lief ihm den Buckel hinab.

»Na, ist grad so schön«, stöhnte er verzweifelt. »Ein bisserl können wir doch noch tanzen, ich tanz doch so gern.« Um seinen Worten Nachdruck zu verleihen, wiegte sich der Leopold von links nach rechts und wieder zurück.

Skeptisch zog das Lockenmonster eine dünn gezupfte Augenbraue nach oben. »Ach ja? Dafür trampelst du aber ganz schön dumm herum.«

Bevor der Meininger sich verteidigen konnte, glitt plötzlich der Hirsch im Kreis um ihn herum, als wäre er auf unsichtbaren Schlittschuhen unterwegs.

»Gleich geht's los!«, zischte er dem Pfarrer ins Ohr, drehte seine Tanzpartnerin einmal am Arm um sich herum und war wieder am Meininger-Ohr. »Komm schon mit rüber. Was machst denn hier die ganze Zeit? Die Spatzinger geht in die Vollen. Gleich haben wir ihn.«

Und weg war der Kollege. Der Disco-Fuchs.

Mitkommen? Das war leichter gesagt als getan, mit dieser Bleikugel am Bein würde das sicher nichts werden, nie im Leben. Einen entschuldigenden Blick nach oben werfend, startete der Leopold Plan B. Dann musste eben wieder einmal in der Not geschwindelt werden.

»Jetzt, wo du's sagst.« Der Leopold zwang sich, die Angelika möglichst vielversprechend anzulächeln. »Eigentlich kann ich gar nicht tanzen.« Entschuldigend zuckte er mit den Schultern. »Hab ich nur für dich gemacht. Ich würd auch viel lieber irgendwohin verschwinden, wo wir ein wenig mehr unter uns sind.«

Die Angelika strahlte von einem Ohr zum anderen.

»Schatzi, mein Auto steht gleich draußen vor der Tür.« Die frisch motivierte Hand wanderte noch ein Stück nach oben, und der Leopold schluckte. »Komm, lass uns abhauen!«

»Gleich, gleich.« Der Pfarrer packte die Hand und küsste die roten Nägel. »Ich will nur noch kurz auf die Toilette.« Er schüttelte verlegen den Kopf. »Und …«

»Brauchst nichts zu sagen«, fiel ihm die Angelika ins Wort. »Ich sollte vielleicht auch noch ein bisschen aufräumen da unten. Wir treffen uns draußen, in fünf Minuten.«

Und während der Pfarrer noch fieberhaft überlegte, was um Himmels willen sie mit »aufräumen« meinte, drückte sie ihm einen dicken Kuss auf die Lippen und verschwand.

Innerlich Purzelbäume schlagend vor Erleichterung, verschwendete der Leopold keine Sekunde. Vorsichtig nach links und rechts schielend, schob er sich durch die mittlerweile gut gefüllte Partymaus in Richtung Franz und Kommissarin. Zwischen den ziemlich abgehalfterten Gästen der Disco vermutete er einige Polizisten der österreichischen Kripo. U 50, gut gekleidet und vor allem nüchtern waren sie für Eingeweihte nicht wirklich schwer vom Rest der Besucher zu unterscheiden. Dem Leopold gab das ein Gefühl von Sicherheit, schien wirklich alles nach Plan zu laufen.

Die Frage war nur, nach wessen Plan? Denn sosehr er auch durch die Gegend schielte, von fiesen Russen-Mafiosi war weit und breit keine Spur.

Gut versteckt zwischen zwei dickbäuchigen, Lederkutten tragenden Schnauzbärten war der Pfarrer mittlerweile fast bis an die beiden Turteltäubchen herangeschlichen. Von der Annemarie-Andrea konnte er nur den Rücken und den blonden Pferdeschwanz erkennen, den Franz aber wunderbar frontal von vorne sehen. Das war's dann aber auch schon mit Spionageerfolg, weil der Schlagerwahnsinn, der übertönte tatsächlich jedes Gespräch. Unterhalten, das ging fast nur Mund an Ohr. Keine Chance, auf die Entfernung irgendetwas zu verstehen, wenn man nicht gerade supergut im Lippenlesen war.

War der Meininger nicht. Aber im Mimik-Deuten, da war er vielleicht wenigstens nicht der Schlechteste. Und so finster, wie der Franz dreinschaute, dazu noch wild mit den Händen gestikulierte und immer wieder gehetzt über beide Schultern schielte, das sah überhaupt nicht danach aus, als würde er auf eine Freisprache zusteuern. Ganz und gar nicht.

Vorsichtig schob sich der Meininger näher. Aus dem Augenwinkel sah er, wie auch der Hirsch die dicke Gabi immer näher an den beiden Diskutierenden vorbeifoxte. Obwohl aus den Lautsprechern gerade von Joana, die anscheinend nur geboren war, um Liebe zu geben, gesungen wurde, versuchte der Hirsch möglichst langsam zu tanzen, um das Ziel nicht zu schnell wieder aus den Augen zu verlieren. Völlig am Takt vorbei schieberte das seltsame Paar zwischen den restlichen Tanzpaaren. Der Gabi war das egal, total taktlos begrapschte sie freudig ihr abgelenktes, wehrloses Opfer. Selbst Joana wäre es bei diesem Anblick schlecht geworden.

Trotz aller Bemühungen von beiden Seiten, weder der Hirsch noch der Meininger konnten recht viel mehr erkennen, als dass sich der Franz und die Kommissarin alles andere als einig waren. Die Polizistin war mittlerweile sogar aufgestanden, alles sah danach aus, als wollte sie das Gespräch und den Deal platzen lassen und gehen. Auch der Franz sprang vom Hocker und packte die falsche Annemarie am Arm.

Ein junger Kerl in lässigem Jeanshemd neben dem Leopold an der Bar wurde ziemlich nervös, lauschte auf ein tiefes Murmeln in seinem Ohr und verharrte erst mal an seiner Position. Die Polizei war noch nicht zum Eingriff bereit, der Leopold aber schon. Der wollte jetzt unbedingt wissen, was da gerade schieflief, immerhin hatte er sich für die Maria auf dieses Spiel eingelassen. Auf keinen Fall mochte er am Ende mit dem ganzen Ärger und ohne Happy End dastehen.

Vorsichtig schob er sich immer weiter nach vorne. Etwa zwei Meter trennten ihn noch von den beiden mittlerweile sichtlich streitenden Hauptakteuren, als sich plötzlich ein steinharter Gegenstand zwischen seine Rippen bohrte und eine Hand fest seine Schulter umschloss.

»Juten Abend, Herr Pfarrer. Wat für ene nette Überraschung«, zischte der Würstel-Rene in sein Ohr. »Wer hätte dat jedacht? Dat selbst der Pfaffe mit drinhängt in dieser Verschwörung?« Der Druck zwischen den Rippen wurde stärker. »Euch Bayern ist wohl doch nichts heilig, wat?«

Der Leopold richtete den Blick nach unten auf die Waffe, die sich auf Herzhöhe in den Wollpullover presste. Kalter Schweiß bildete sich auf seiner Stirn.

»Det habt ihr euch so jedacht, wat? Ihr scheiß Bauern? Den doofen Berliner austricksen, so einfach. Aber nicht mit dem Rene, det sag ich euch. Nicht mit mir. Da müsst ihr schon früher aufstehen.«

Der Meininger verstand nur Bahnhof. Gefährlicher Bahnhof, das ja, aber eben Bahnhof. Er wollte sich zum Rene umdrehen und erst mal die Sache klarstellen, aber der drückte einfach noch fester in Schulter und Seite. Eisenharter Griff.

»Jetze kene falsche Bewegung, Herr Pfarrer. Sonst muss ich leider von meinem Freund Gebrauch machen. Und enen Pfaffen durchlöchern, dat will ich nicht und Sie auch nicht. Kapiert?«

Der Meininger nickte. Was sollte er auch sagen. Ihm lag auch nicht besonders viel an einer Kugel zwischen den Rippen.

»Na siehste. Verstehste ja doch, wat ich will. Und jetze schaun wir mal bei den beden Turteltauben vorbei. Dachte der Edi, er könnte mich so einfach loswerden, dieser miese Verräter? Der wird mich jetzt mal kennenlernen. Also, vorwärts, Pfaffe. Aber langsam, immer enen Schritt nach dem anderen, verstanden, sonst knallt's.«

Der Leopold hatte verstanden. Vorsichtig setzte er sich in Bewegung. Wie in Zeitlupe schoben sich die beiden eng aneinandergepresst in Richtung Franz, die Waffe zwischen ihren Körpern versteckt.

Fieberhaft überlegte der Meininger, was er tun könnte, wie er dem Simeon ein Zeichen geben könnte oder vielleicht den in der Disco verteilten Polizisten? Aber die wussten ja nicht einmal von seiner Anwesenheit, wie sollten die bloß etwas merken. Die Lage schien gerade wirklich ziemlich düster und aussichtslos.

»LEOPOLD! Wo bleibst du denn? Ich steh mir da draußen in der Kälte die Beine in den Bauch. Einmal heiß machen und dann fallen lassen? Oder was?«

Wie aus dem Nichts türmte sich plötzlich der giftig blonde Lockenberg der Angelika vor ihnen auf. Die Hände in die Hüften gestemmt, den Busen bedrohlich nach vorne gestreckt und die roten Lippen beleidigt zusammengepresst, sah sie gar nicht nach Spaß aus. »Eine Dame so einfach zu versetzen, macht man so was? Ha? Macht man so was?«

Jetzt auch wenn der Leopold nicht an Liebesspielchen mit der Hexe interessiert war, in Gefahr bringen wollte er sie auf keinen Fall, und so begann er wieder wild mit den Augen zu rollen. Hoffentlich würde sie sich aus dem Staub machen, bevor es zu spät war. Bevor der Rene sie auch noch in seine Fänge bekam.

»Was hast du denn immer mit den Augen?«, fragte die Angelika böse. »Bist du krank oder bescheuert? Oder beides? Glaub aber ja nicht, dass ich dich deswegen einfach davonkommen lasse.«

Sie packte ihn am Ärmel und wollte ihn zu sich ziehen.

»Verschwinde!«, schnauzte der Rene. »Det hier geht dich nichts an!«

»Und wer bist jetzt du?«, keifte die Angelika aufgebracht. »Was heißt hier ›geht mich nichts an‹? Der hier, der gehört zu mir, der geht mit mir nach Hause, oder seid ihr am Ende zwei warme Brüder?«

Sie zerrte noch wilder am Ärmel vom Meininger, als wäre ihr selbst das total wurst. Nur leider hatte jetzt auch der Rene begriffen, dass die Dame nicht so einfach abzuschütteln war, und vermutete wohl, sie gehörte irgendwie dazu, zum restlichen Verschwörer-Team.

»Halt die Fresse!«, presste er zwischen den Lippen hervor und hob für eine Sekunde die Waffe ans Kinn der Angelika. »Oder du bist die Erste, die heute Nacht dran glauben muss!«

Kreidebleich, trotz der dicken Schminke, wich sie zwei Schritte zurück, doch der Rene war schneller und packte auch sie blitzschnell am Arm. Links und rechts hakte er sich bei seinen beiden Geiseln ein. Die Waffe nun aufs schwache Geschlecht gerichtet. »So, jetze ist Schluss mit den Faxen. Ihr bede macht jetzt brav, wat ich euch sage, wenn euch euer Leben lieb ist.«

Der Meininger dachte an den aufgespießten Marc und war sich ziemlich sicher, dass der Rene es todernst meinte. Wieder warf er der Angelika vielsagende Blicke zu, sie solle jetzt bloß keinen Fehler machen. Aber die hatte ihre angstweiten Augen fest auf den Boden gerichtet und bekam überhaupt nichts mit.

Stocksteif ließ sie sich vom Rene durch die Menschenmenge bugsieren. Dem Meininger blieb nichts anders übrig, als lammfromm nebenherzulatschen, um bloß niemanden in Gefahr zu bringen. Vielleicht, so hoffte er insgeheim, würde die Kommissarin zur Rettung beitragen.

Der kreiselnde Simeon warf dem Leopold einen entsetzten Blick zu, als die Dreiergruppe plötzlich zwischen den beiden Streithähnen auftauchte. Abwehrend fuchtelte er mit den Armen. Und auch der Franz und die Angelika verstummten mitten im Satz.

»Hab ich es nicht gesagt? Hab ich es nicht gesagt?«, wand sich der falsche Edi triumphierend an die Spatzinger. Jetzt, wo der Meininger das Gesprochene endlich verstehen konnte, weil so nah dran, da wäre er plötzlich viel lieber wieder weit weg gewesen und hätte sich den skeptischen Blick der Kommissarin aus der Ferne angesehen.

»Da ist er, der Drahtzieher der Russen.« Mit ausgestrecktem Arm zeigte der Franz auf den Rene. »Er hat das Kommando und alles in der Hand. Augen, Ohren und ausführende Hand. Er ist unser Mann.« Und plötzlich rollte der Franz verschwörerisch mit den Augen. »Das ist der, den du willst.«

Die Andrea wiederum zwickte ihre Augen zu zwei misstrauischen Schlitzen zusammen und sah fragend in die Runde. Ihr Blick wanderte vom steifen Pfarrer zur verschreckten Disco-Hexe.

»Und wer sind die anderen alle?«

Doch an einer kurzen Vorstellungsrunde war der Rene überhaupt nicht interessiert. Recht unhöflich kam er gleich zur Sache.

»Ick weiß ja nicht, wat der Kerl dir versprochen hat. Aber enes, det sag ick dir, ohne den Rene, ohne den läuft hier gar nichts.«

Ein interessierter Funke blitzte plötzlich im geübten Kommissarinnen-Auge auf.

»Ach ja?«, fragte sie ganz unschuldig. »Und was könnte denn mit dem Rene so laufen?«

Sie rückte unmerklich vom Franz ab in Richtung der neuen Bekanntschaft. »Das würde mich schon brennend interessieren. Mein Interesse ist nämlich wirklich grooooß …« Sie zog das O vielsagend in die Länge.

Gerade als sich ein paar der Zornesfalten auf der Stirn vom Rene ausbügelten und dieser antworten wollte, kreischte die Angelika wie von Sinnen.

»ACHTUNG! ER HAT EINE KANONE! ACHTUNG! DER BRINGT UNS ALLE UM! ACHTUNG!«

Wie ein Fisch an der Angel begann sie im Arm vom Rene zu zappeln und versuchte sich zu befreien, als ging es um ihr Leben. Jetzt ging es irgendwie ja genau darum, und deswegen spürte natürlich auch die Kommissarin, dass der schöne Plan langsam nicht ganz aufging.

Und während ganz automatisch die Hand der Spatzingerin in die Jacke zum Pistolengurt wanderte, der Leopold noch immer in Schockstarre überlegte, was er bloß anstellen sollte, und endlich auch der Rene kapierte, dass hier viel mehr faul war als nur der falsche Drogendeal, da passierte dann plötzlich alles auf einmal, und die Katastrophe nahm ihren Lauf.

Vor lauter Zappelei gelang es der Angelika tatsächlich, sich aus dem Griff ihres Geiselnehmers zu befreien. Wie am Spieß kreischend stolperte sie in Richtung Meininger. Der konnte gar nicht anders, als die schreiende Sirene in seinen Armen aufzufangen, wo sie sich auch gleich festkrallte wie der talentierteste Klammeraffe.

In dem ganzen Durcheinander fuchtelte der Rene wild mit seiner Waffe herum. Auf wen nur sollte man eine einzige Mündung richten, wenn sich so viel bewegte?

Sicherheitshalber entschied er sich für den Franz, woraufhin die Kommissarin ebenfalls einen Revolver zückte und damit auf den Rene zielte. Als wäre das nicht schon genug Action Movie, um eine halbe Disco in Panik zu versetzen, kamen plötzlich aus allen Richtungen die getarnten Polizisten angerannt, und selbst der Simeon hatte seine Tanzmelone von sich gestoßen, um mit ins Geschehen einzugreifen. In alle Himmelsrichtungen flüchteten panisch die Disco-Mäuse. Betrunkene torkelten von links nach rechts, andere warfen sich hinter Bartresen und Tische. Wer konnte, stürmte Richtung Ausgang. Der Lärm war ohrenbetäubend, und über alles hinweg schmetterte Rex Guildo munter seine »Fiesta Mexicana«, während ein gutes Dutzend Pistolen gezückt wurden.

»WAFFE RUNTER! POLIZEI!«, donnerte es gleichzeitig aus mehreren Kehlen, aber vor lauter Durcheinander fühlte sich gerade niemand so wirklich angesprochen. Die Dienstwaffen waren allesamt auf den Rene gerichtet, der immer noch auf den Franz zielte. Der Leopold hielt die zitternde Angelika im Arm und traute sich sonst kaum zu atmen, um nicht unnötig aufzufallen oder am Ende in irgendein Visier zu geraten.

Langsam hob der Franz beide Hände nach oben, die Unschuld in Person. Mit ruhiger Stimme wandte er sich an den Berliner.

»Gib auf, Rene.«

Wie immer schien er die gesamte ausweglose Situation im Griff zu haben.

»Du siehst doch selbst. Du bist umstellt, geliefert. Es hat keinen Zweck. Du bist aufgeflogen. Ergib dich, bevor ein Unglück geschieht.«

Er streckte die Arme noch weiter in die Luft über den Kopf.

»Unglück? Det einzige Unglück hier bist du!«, presste der Rene zwischen den Zähnen hervor. Plötzlich zitterten seine Hände an der Waffe. »Niemals hätte ick mich auf dich einlassen dürfen. Du miese Ratte. Umbringen hätte ich dich sollen, vergiften, ertränken. Wat man eben macht mit den Ratten.« Nackter Hass war in den Berliner Augen zu sehen, und der Leopold wünschte sich beinahe ins Bett von der Angelika, so dringend wollte er hier weg.

»Rene, so kann wirklich nur ein Mörder sprechen.« Die Stimme vom Franz war immer noch ganz entspannt. Der restliche Raum hielt den Atem an. »Aber es ist vorbei. Du wurdest überführt. Sei gscheid, gesteh den Mord am Marc, den Drogendeal und mach dem Ganzen ein Ende. Lass nicht andere für deine Taten büßen.«

»So wie du?«

Die Stimme kam aus dem Nichts, dem Leopold aber klingelten die Ohren. Ungläubig drehte er den Kopf und um ein Haar hätte er die Angelika zu Boden fallen lassen vor lauter Schreck. Zwischen den Polizisten und der Kommissarin Spatzinger stand niemand anderes als die Claudia Hofbauer. Und, jetzt rutschte dem Leopold das Herz wirklich in die Hose, seine Maria direkt daneben. Was um Himmels willen …?

»So wie du!«, betonte die Claudia noch einmal, diesmal laut und fest.

Der Franz tippelte von einem Fuß auf den anderen, schaute von der Claudia zur Maria, zur Spatzinger und wieder zurück. Sein Blick war gehetzt.

»Claudia? Was machst du denn hier? Ähm, ich, ich weiß überhaupt nicht, von was du sprichst. Was willst du überhaupt hier?« An die Spatzingerin gewandt, erklärte er. »Das ist die Freundin vom Rene, die steckt mit ihm unter einer Decke, von Anfang an, die …«

»Sei endlich still.« Eisig schnitt die Stimme von der Maria durch den Raum, und der Leopold zuckte zusammen. So bitter hatte er sie noch nie sprechen gehört, so viel kalter Zorn, Enttäuschung und Trauer schwang in dem einen Satz, dass es dem Leopold gleich ganz anders wurde vor Mitgefühl. »Sei endlich still, wir haben alles rausgefunden. Alles.«

Der Franz setzte zu einer Antwort an, stockte, setzte noch mal an und verstummte schließlich. Die Augen von der Maria ließen keinen Zweifel zu. Was auch immer die beiden rausgefunden hatten, es war die Wahrheit. Das wusste der Franz.

Gerade wollte der Leopold aufatmen und hoffen, dass sich jetzt alles endlich zum Guten wenden würde, als ihn plötzlich eine ganz ungute Vorahnung beschlich. Wie ferngesteuert wanderte sein Blick zum Franz, in dessen Augen plötzlich die pure Verzweiflung zu lesen war. Und während alle anderen immer noch den Rene mit seiner Pistole fixierten, zog unbemerkt plötzlich auch der Franz eine Waffe aus seiner Jacke. Nur der Leopold sah den irren Gesichtsausdruck vom Franz, als dieser plötzlich lauthals losschrie: »ACHTUNG, DER RENE! DER RENE! ACHTUNG! DER SCHIESST! ALLE RUNTER!«

Und dann brach er los, der Donnerschlag des Kugelhagels aus einem halben Dutzend Waffen. Ohrenbetäubend krachte und knallte es um den Pfarrer herum, und panische Schreie aus unzähligen Kehlen übertönten sogar die schrecklichen Schlager.

Ohne auch nur eine Sekunde abzuwarten, schubste der Leopold mit dem ersten Knall die Angelika von sich und stürzte durch den Kugelhagel. Während alle Polizisten geschlossen auf den Berliner feuerten, sprang der Pfarrer mit einem Satz in die andere Richtung am Franz vorbei, auf die Maria zu und riss sie mit sich zu Boden. Und noch im Flug wusste er, dass er richtig gehandelt hatte. Der brennend stechende Schmerz in seiner Brust war der kugelsichere Beweis dafür.

Die Waffe vom Franz hatte ihr Ziel getroffen. Oder besser gesagt: hätte. Sie hätte getroffen, wenn nicht der Meininger seinen breiten Pfarrerskörper dazwischengeworfen hätte. Woher er gewusst hatte, dass der Franz seine Jugendliebe erschießen würde? Keine Ahnung. Göttliche Eingebung? Oder einfach in größter Gefahr retten wollen, was man am meisten liebte auf der Welt? Vielleicht ein bisschen von beidem. Aber war ja auch am Ende egal. Erklären hätte er es eh nicht mehr gekonnt, weil eben die Maria gerettet, der Leopold nicht. So wie er es sich gedacht hatte beim Losspringen.

Nur das mit der Liebe, das hätte er der Maria schon gerne noch gesagt. Weil es war eben einfach die Wahrheit. Nur die erkennt man leider oft erst viel zu spät. Und mit der Kugel in der Brust war es für den Leopold zum Sprechen schon viel zu spät, als dem Pfarrer vor Schmerz schwarz vor Augen wurde und er das Bewusstsein verlor.

X

Vergissmeinnicht

Jetzt ist das mit dem Sterben ja so eine Sache, ein jeder erlebt es nur ein einziges Mal. Wer es noch vor sich hat, der weiß nicht, wie es geht und was passiert, und wer es schon hinter sich hat, mei, den kann man halt schwer fragen, wie es war.

Freilich, solang man noch lebt, kann man dazu viel suchen und viel forschen. Da kann man sich zum Beispiel traurige Filme anschauen oder Romane lesen. Man kann auch in der Musik bei Rockern und Schlagersängern hineinhören, was die so meinen. Wenn man jetzt ein wenig mehr auf Nummer sicher gehen will, dann kann man bei den verschiedenen Religionen und Sekten nachschauen, ob vielleicht da was dabei ist, was einem gefällt. Wiedergeburt, es also gleich noch einmal versuchen, vielleicht als Viech oder als Pflanze? Ein paar Jungfrauen? Nirwana? Abholen lassen von einem UFO? Eigentlich ist für jeden was dabei. Der Klassiker wäre jetzt gerade hierzulande dann aber doch immer noch Himmel und Hölle, vielleicht noch mit einem kleinen Fegefeuer dazwischen, für alle, die nicht ganz so brav waren von Montag bis Samstag. Und wer dazu sich ein bisschen informieren möchte, bevor es vielleicht zu spät ist, weil, am Ende noch das ein oder andere ändern, der geht einfach zum Pfarrer seines Vertrauens, weil der, der muss es ja wissen.

Da vergisst man dann schnell, dass auch ein noch so gscheiter Pfarrer noch nie gestorben ist und selber meist nicht so recht weiß, wie das genau geht. Und dass am Ende auch ein Pfarrer erst einmal schaun muss, was da eigentlich passiert.

So wie jetzt zum Beispiel der Leopold. Sozusagen noch ganz frisch tot, wusste der gar nicht genau, was da jetzt auf ihn zukommen würde. Dass er genügend brav gewesen war für oben und nicht unten, da war er sich eigentlich sicher. Freilich, die hundert Prozent, die würde er nicht schaffen, aber wer war schon perfekt? Der nehme den ersten Stein und so weiter und so fort. Also gerechnet hatte er eigentlich schon mit weißen Wolken und einem großen goldenen Tor, das sich recht schnell für ihn auftun würde.

Jetzt tatsächlich war aber alles eher grau, immer wieder schwarz, fast wie schlafen und nicht richtig aufwachen. Gefangen in einer undurchsichtigen Wolke, einsam und allein. Nicht besonders heiß, was gegen das Höllenfeuer sprach. Vielleicht doch eine Art Fegefeuer für die ganzen kleinen Schwindeleien im Kirchenalltag. Ein und dieselbe Predigt zwei Wochen lang halten, zum Beispiel, weil hört eh keiner zu. Oder mal ein Fuchzgerl aus dem Klingelbeutel für eine Butterbrezn nehmen und einfach vergessen, es zurückzuzahlen. Einschlafen beim Beichteabnehmen oder einfach nur nicht gscheit hinhören, wenn der Chef Anweisungen durchgab. Konnte also schon sein. Aber Fegefeuer mit Tendenz nach oben. Weil, da war sich der Meininger ziemlich sicher, irgendwo hinter dem Grau, da wartete die Maria, das konnte er spüren, mit jeder Faser seines Körpers. Und die Maria, das bedeutete eindeutig Himmel, daran gab es jetzt keinen Zweifel. Aber, vielleicht Einbildung, vielleicht Traum, irgendwie schien auch der Hirsch sich immer wieder am Rand von dem grauen Schleier herumzutreiben. Und der Hirsch, der war im Meininger-Himmel sicher nicht vorgesehen.

Völlig ohne Gefühl für Raum und Zeit schwebte der Leopold so vor sich hin und hoffte fest, dass es bald nach oben ging. Zum goldenen Tor und zur Maria.

Und eines Tages war es dann plötzlich so weit. Das Grau verschwand. Der Leopold öffnete die Augen, und warmes, goldenes Licht umhüllte ihn von Kopf bis Fuß.

»Hochwürden Meininger, wie schön. Wie geht es Ihnen?«, fragte eine angenehme Frauenstimme von irgendwo hinter dem Licht.

Der Leopold wollte gerade die Arme nach dem weiß bekleideten Engel ausstrecken, dessen Umrisse er langsam immer besser erkennen konnte, als er bestürzt merkte, dass das nicht möglich war. Weder Arme noch Bein konnte er bewegen, ein fürchterlicher Schmerz breitete sich plötzlich in seinem ganzen Körper aus. Ächzend versuchte er sich an die Brust zu greifen, dahin, wo es am meisten wehtat.

»Langsam, langsam, Herr Meininger. Immer mit der Ruhe.« Der Engel berührte sanft seine Arme. »Jetzt werden Sie erst einmal wach. Kommen Sie in aller Ruhe zu sich. Ich geb Ihnen gleich was gegen die Schmerzen.«

Wach werden? Schmerzen?

Das hatte sich der Leopold wirklich anders vorgestellt. Und

jetzt so auf die Schnelle fiel ihm auch keine einzige Weltreligion ein, in der man nach dem Tod Schmerzen hatte, einem aber geholfen wurde. Das war ja wie im Krankenhaus hier …

»Krrrr… Krrraaa… Krannnk?«, krächzte der Meininger mit ausgetrocknetem Hals.

»Ja, ganz genau«, lobte der Engel und streichelte weiter die Arme. »Im Krankenhaus sind Sie. Bei uns in den besten Händen. Wir kümmern uns um Sie, gell!«

Zwei Stunden und ungefähr fünf Liter Wasser später war sich der Leopold immer noch nicht sicher, ob er jetzt erleichtert sein sollte, dass das hier noch nicht das Jenseits war, oder vielleicht enttäuscht, den Himmel wieder einmal verpasst zu haben.

»Mei, ewig schad, die arme Frau Huber. Seit fünf Tagen sitzt sie rund um die Uhr an Ihrem Bett und jetzt, wo Sie endlich aufwachen, da ist sie grad vor ein paar Minuten heim.«

Die Maria! Auf jeden Fall war er jetzt auf einmal erleichtert, noch am Leben zu sein!

»Aber keine Sorge, der nette Polizist, Hirsch oder wie der heißt, der ist nur schnell was essen, der ist gleich wieder da.«

Oder vielleicht doch traurig, weil immer noch am Leben, zusammen mit dem Simeon. Der Meininger war hin- und hergerissen. Am Ende trotz furchtbarer Schmerzen aber doch froh, weil ein bisschen neugierig war er natürlich schon, was eigentlich passiert war, nachdem bei ihm die Lichter ausgegangen waren. Und da war es vielleicht gar nicht so schlecht, dass der Hirsch frisch gestärkt ins Zimmer stürmte, weil der konnte wahrscheinlich am besten Auskunft geben über alle Fakten des Horrorabends.

»Leopold! Mensch, Leopold, was hast du uns für einen Schrecken eingejagt?« Der Polizist stürzte ans Krankenbett und schubste vor lauter Wiedersehensfreude gleich ein paar Vasen samt Blumen vom Kastl. War ihm aber total egal, so froh war er darüber, dass der Pfarrer eben nicht vor der goldenen Pforte stand, sondern hier auf der harten Krankenhausmatratze lag. Egoistischer Hirsch, egoistischer.

»Das war ja eine richtige Heldentat, die du da vollbracht hast!«, plärrte der Polizist neben seinem Ohr und packte die schlaffe Meininger-Hand. »Mei, was wird sich die Maria freuen, dass du am Leben bist. Und wach noch dazu! So ein Glück! So ein Glück!«

Jetzt wenn auch kaum mehr was von dem wilden Abend in der wilden Partymaus gespeichert war im Meininger-Schädel, daran konnte er sich noch sehr gut erinnern. Dass ihm der liebe Gott plötzlich ganz deutlich eingeflüstert hatte, auf wen der Franz im Kugelhagel schießen würde und dass ihm alles egal gewesen war. Hauptsache, der Maria würde nichts passieren. Selbst wenn es ihn das Leben kosten sollte. So war das eben mit der Liebe. Da ist der andere auf einmal viel, viel wichtiger als man selbst.

»Die Maria?«, fragte der Meininger drum mit rauer Stimme. »Der geht's gut?«

»Bestens, bestens!«, versicherte der Polizist. »Aber das hat sie allein dir zu verdanken. Dir und deinem todesmutigen Einsatz! Mensch, ich will gar nicht dran denken, was da alles hätte passieren können! Nur dank dir hat die Maria überlebt! Und nur deswegen konnten wir sie auch alle schnappen. Sitzen alle hinter Gitter. Haben alle gestanden. Ende gut, alles gut!«

Der Hirsch klopfte dem Meininger lobend auf die Schulter, dass der vor Schmerz zusammenzuckte. Sein todesmutiger Einsatz tat noch ganz schön weh.

»Alle festgenommen? Auch die Russen?« Er konnte sich gar nicht mehr daran erinnern, wann denn die Mafia dann noch aufgetaucht war. Aber wenn der Hirsch so siegessicher …

»Welche Russen?«

»Na, die Mafia. Die den Marc Schlewin erstochen hat und hinter dem Franz her war?«

»Aber geh, Leopold, da spinnst dir jetzt was Wildes zusammen.« Der Hirsch tätschelte mitleidig die schlaffe Hand. »Das hast geträumt in deinem Koma. Die Russenmafia, ach geh, was einem Hirn nicht alles einfällt, wenn man es für ein paar Wochen ausschaltet, gell?«

Koma? Alles nur geträumt? Wochen?

Dem Leopold brummte der Schädel gleich so sehr, am liebsten hätte er die Augen wieder zugemacht, so müde war er. Aber das mit der Mafia, das hatte er nicht geträumt, das hatte der Franz gebeichtet. Bierernst. Und weil der Franz mit dem Schuss auf die Maria jetzt auch jedes Anrecht auf ein Beichtgeheimnis verwirkt hatte, drum wollte der Leopold jetzt endlich auch dem Simeon die ganze Wahrheit erzählen. Obwohl ihm der Hals wirklich furchtbar wehtat beim Reden und der Leopold saumüde war, berichtete er dem Simeon jetzt trotzdem bis ins letzte Detail, was der Franz geplant hatte.

Der Simeon hörte schweigend zu, bekam immer größere Augen und immer schmalere Lippen. Am Ende hatte er auch noch eine dicke Zornesfalte mitten auf der Stirn.

»Leopold, also wenn du nicht eh gestraft genug wärst, ich

würd dich glatt grün und blau prügeln.« Der Polizist raufte sich die Haare vor lauter Unglaube, wie dumm so ein Pfarrer eigentlich sein konnte. »Wie dumm kann man eigentlich sein?«, fragte er drum sicherheitshalber noch hinterher. Und weil der Leopold darauf auch keine Antwort parat hatte, schimpfte der Simeon einfach weiter. »Der hat dich sauber an der Nase herumgeführt, der Franz! Der wusste doch von Anfang an, dass du eigentlich Hals über Kopf in die Maria verliebt bist.«

Kurz machte der Simeon Pause, aber nur zum Luftholen und nicht dass der Leopold vielleicht hätte protestieren können. Weil dass der Simeon recht hatte mit der Liebe, dass das die Wahrheit war, das wussten sie ja beide.

»Und du, Hirsch …«, brüllte der Hirsch. »… du bist ihm mitten hineingetappt in die Falle. Russenmafia, dass ich nicht lache. So ein Schmarrn. Wir sind doch hier nicht im Kino!«

Da hätte der Leopold jetzt gern protestiert, weil der Kugelhagel in der Disco, der war schon filmreif gewesen. Aber lieber blieb er jetzt erst mal still und ließ jemand anders predigen.

»Herrschaftszeiten, hättest halt früher mit mir geredet! Wir hatten doch ausgemacht, dass wir uns alles erzählen.« Der Leopold nickte schuldbewusst. »Wie richtige Partner, oder nicht?« Wieder nickte der Pfarrer und schämte sich über die eigene Dummheit. »Also, eben, aber nein, der Herr Pfarrer, der meint, er wüsste wie immer alles besser und könne allein alles regeln. Und was kommt am Ende dabei raus? Eine Massenschießerei und ein fast toter Zivilist, was für eine Scheiße!«

Jetzt wollte der Meininger schon ganz erschrocken nachfragen, wer denn der fast tote Zivilist war, an dessen Schicksal er schuld sein sollte, bis ihm dann einfiel, dass er das ja selber sein musste. Erleichtert atmete er aus. Wenigstens hatte er sonst niemanden in Gefahr gebracht.

»Du kannst von Glück sagen, dass du die Maria hast!« Der Simeon schüttelte immer noch den Kopf vor lauter Enttäuschung und wegen so viel Dummheit und Dusel. »Am End habt ihr euch beide gegenseitig gerettet, weil die, die hat mal wieder den ganzen Fall aufgeklärt. Schämen sollten wir uns. Hättst mit mir geredet, dann hätt es gar nicht erst so weit kommen müssen!«

Die Maria? Den Fall aufgeklärt? Aber die hatte doch dieses Mal gar nicht geholfen, die war doch in Urlaub gewesen, auf Wolke sieben? Zusammen mit dem Schurken.

»Die Maria?«

»Ja, die Maria. Die ist als Einzige dem Franz nicht auf den Leim gegangen.«

»Aber die war doch so verliebt in ihn? Die wollte ein neues Leben mit ihm anfangen. Die wollt mich verlassen.«

»Ja, das hat sie uns alle glauben lassen, vor allem aber den Franz. Und währenddessen hat sie schon längst gegen ihn gearbeitet. Ohne dass es irgendjemand mitbekommen hat, so wie es sich gehört für richtige Ermittler. Noch mal, schämen sollten wir uns. Alle beide. Die Maria, die ist allein gleich fünfmal so gut wie wir zwei zusammen.«

Das wiederum, das glaubte der Leopold sofort. Kein Zweifel. Die Maria, die war vermutlich sogar zehn-, vielleicht sogar hundertmal besser als der Pfarrer und der Polizist. Aber wann, wie und vor allem warum nur hatte sie gegen den Franz ermittelt, ohne den Leopold und den Simeon ins Vertrauen zu ziehen?

»Ich glaub, sie hat sich einfach geschämt«, erklärte der Hirsch. »Am Anfang war sie nämlich schon ein bisschen verliebt. Und als sie dann die ganze Wahrheit rausgefunden hat, da wollte sie wohl nicht, dass wir sie für naiv halten. Zumindest kam es mir so vor, als sie zusammen mit der Claudia ihre Aussage gemacht hat.«

»Claudia? Welche Claudia?«

»Na die Hofbauer Claudia.« Der Simeon sah ihn an, als würde er ein wenig zweifeln, ob das Meininger-Hirn schon wieder voll funktionstüchtig wäre. »Wer denn sonst?«

Ja, wer denn sonst?

»Aber die Claudia, die gehört doch mit zu den Drogendealern?«

»Ja, schon. Aber sie hat eine Aussage gegen den Rene und den Franz gemacht. Das sollte sich strafmildernd auswirken. Mehr kann ich im Moment auch noch nicht sagen.«

Immerhin, komplett falsch hatte der Meininger also auch nicht gelegen mit seinem Verdacht.

»Und die Russen?«

»Noch mal, Leopold, es gibt keine Russen. Die gab es nie. Das war alles erstunken und erlogen. Vom Franz. Und auch vom Rene. Saublöd eigentlich, wenn man drüber nachdenkt.«, sagte der Hirsch.

»Vom Rene?«

Der Leopold kapierte überhaupt nichts mehr. Keine Russen? Alles Erfindung? Und die Maria wieder mal mittendrin, obwohl total unsichtbar die ganze Zeit?

Zum Glück waren auch dem Simeon die blöden Fragen langsam zu dumm, und er erzählte endlich von Anfang an, was passiert war. Und dann schon wieder interessant, dass es eigentlich doch der Leopold gewesen war, der um fünf Ecken zur Aufklärung des Falls beigetragen hatte. Weil am Ende war es nämlich sein Besuch bei der Stroblinger Theres gewesen, der alle Steine ins Rollen gebracht hatte …

»Es war von Anfang an ein abgekartetes Spiel«, begann der Simeon, und dem Meininger verschlug es mit jedem Wort mehr die Sprache bei der unglaublichen Geschichte. »Alles, die Heimkehr von der Claudia, die wiedergefundene Liebe im Internet, der Franz, der VeMeat-Wagen zum Dorffest. Alles von langer Hand geplant und eingefädelt. Von wegen Zufall und glückliche Fügung. Ein ganz mieses Spiel haben die mit uns getrieben. Und nicht nur mit uns.« Die Zornesfalte auf der Polizistenstirn war zurück, tiefer und furchiger als je zuvor. »Die machen das seit Jahren so, diese Halunken. Ich will gar nicht wissen, wie oft und wo überall die damit durchgekommen sind. So eine Saubande, eine dreckige.«

»Wer sind die?«, fragte der Pfarrer heiser.

»Na, der Franz, der Rene und die VeMeat-Truppe.« Für den Polizisten brauchte das scheinbar keine Erklärung, aber der fragende Blick des Kranken stimmte ihn gnädig.

»Ach so, ja genau, die gehören zusammen«, erklärte er. »Die kennen sich seit Jahren, seit der Franz aus Hamburg weg ist. Da war er nämlich schon, früher, lang ist es her. Aber irgendwann ist er auf die schiefe Bahn geraten. Das hat die Maria von seiner Tante erfahren.«

Der Meininger zog überrascht die Augenbrauen hoch.

»Ja, ja«, bestätigte der Hirsch. »Die hat das schlauer angestellt als wir. Die hat nämlich nicht bei den Behörden angefragt, sondern ist gleich persönlich geworden. Hat die Verwandtschaft ausfindig gemacht und ausgefragt, was da früher los war und warum der Franz nie geschrieben hat.«

Der Meininger spitzte anerkennend die Lippen. Ja, da hätte man auch mal draufkommen können. Aber warum hatte die Maria überhaupt angefangen, in der Vergangenheit von dem neuen, alten Liebhaber zu schnüffeln?

»Die Stroblinger Wirtin«, berichtete der Hirsch weiter. »Die hat die Maria gewarnt. Nicht jetzt vor den Berlinern oder den Drogen oder so, aber vor dem Franz. Ich weiß ja nicht, was du mit der besprochen oder ihr erzählt hast, jedenfalls, nachdem du bei ihr warst, da hat sie sich ein Herz gefasst und der Maria die ganze Geschichte erzählt. Von dem Ferdinand und wie der Franz sich damals verhalten hat und warum er eigentlich auf und davon ist. Und dass sie diesem Halunken kein Wort glauben würde an der Maria ihrer Stelle, nicht eines. Und dass sie lieber mal ein wenig nachforschen sollte, ob das überhaupt alles stimmte mit den Briefen, die angeblich nie angekommen sind und so weiter. Tja, und das hat die Maria dann auch gemacht. Uns hat sie nichts gesagt, weil wir nur alles verraten würden, hat sie gemeint. ›Ihr könnt doch nie ein Geheimnis für euch behalten und hättets euch nur wieder saudumm angestellt.‹ Das hat sie zu mir gesagt.«

Der Leopold verdrehte die Augen.

»Ja, genau«, bestätigte der Hirsch. »Wann hätten wir uns schon mal dumm angestellt. Eine Gemeinheit, so was.«

»Und was hat sie rausgefunden?«, fragte der Leopold, weil zu den Dummheiten wollte er jetzt lieber nichts sagen.

»Ach ja. Zu den Briefen hat sie nichts rausgefunden, aber der Rest, der war schon interessant genug. Weil auch in Hamburg hat der Franz eine Frau mit Kind sitzen lassen. Auf und davon ist er, nach Berlin. Ein paar Jahre, da hatte die Tante noch ab und zu von ihm gehört. Immer wenn er Geld gebraucht hat oder sonst wie Hilfe. Eine Adresse oder so was aber, das hat sie nie gehabt, weil da hätte man ihn ja belangen können wegen Vaterpflichten und so fort. Irgendwann war der Kontakt dann abgerissen, kein Ton, kein Wort, keine Zeile. Und weil er ja eh nicht ihr Kind war und ihr auch nie wirklich ans Herz gewachsen ist, hat sie da auch gar nicht lange gesucht oder hinterhergeweint. War er halt weg. Eh besser so.«

Der Hirsch seufzte. »Das wäre ja jetzt alles noch kein Verbrechen, aber der Maria hat das gereicht, um weiter zu suchen, im Internet und auch so im echten Leben. Irgendwann hat sie dann auch mit der Claudia darüber gesprochen, und weil die Maria eine wirklich gute Detektivin ist und überhaupt eine recht gute Menschenkenntnis hat, ist ihr gleich aufgefallen, dass das Mädel ganz komisch reagiert hat. Sie musste dann auch gar nicht lange bohren, bis die Claudia in Tränen aufgelöst ausgepackt hat. Dass es nämlich überhaupt kein Zufall gewesen war, dass die Maria den Franz im Internet wiedergefunden hat, sondern die Claudia das alles mit Absicht eingefädelt hat. Weil der Franz und der Rene, die kennen sich schon seit vielen Jahren. Und seit fast genauso lang verkaufen die beiden gemeinsam Drogen. Jetzt nicht im ganz großen Stil, also nicht wie zum Beispiel die Russenmafia, aber immerhin so, dass man immer wieder, auch mal recht plötzlich, alle Zelte abbrechen muss und lieber ein Häusel weiterzieht, bevor es zu heiß wird, da, wo man gerade ist. In Berlin waren auch die Claudia und die anderen Burschen mit in den Strudel geraten. Erst eher aus Spaß über Partys und mal den ein oder anderen Verkauf im Freundeskreis, was man halt so macht. ›Macht doch jeder.‹ Das hat die Claudia der Maria erzählt.«

Der Hirsch nahm einen Schluck Wasser aus dem Becher, der eigentlich für den Leopold reserviert war, so viel erzählte er da am Stück. Dann ratterte er gleich weiter.

»Also wirklich, macht doch jeder? Wo leben die denn?« Er war sichtlich empört über die Alltags-Dealerei. »Irgendwann wurde es der Claudia und ihren Freunden zu viel, sie wollten lieber wieder aufhören mit dem Verkaufen, auch wenn es noch so harmlos war. Da haben der Franz und der Rene dann erzählt, dass die Mafia ihnen auf der Spur sei, die Russen. Und dass man jetzt nicht aussteigen könne, sondern ganz dringend flüchten müsse. Es ginge um Leben und Tod.«

Aha, also doch die Russen, dachte sich der Meininger. War er also doch nicht der Depp vom Dienst, der alles glaubte.

»War aber natürlich alles erstunken und erlogen«, zerstörte der Hirsch gleich wieder die Hoffnung aufs Rechthaben. »Das haben sich die zwei Kleinganoven nur ausgedacht, um ihre Handlanger auf Spur zu halten. Und hat auch super funktioniert. Vor lauter Angst haben die anstandslos ihre Siebensachen gepackt, und die ganze Bagage ist auf und davon, nach …?«, fragte der Hirsch. »Na? Nach?«

»Wien?«, vermutete der Leopold.

»Exakt! Nach Wien. Samt dem Würstel-Wagen und dem ganzen Koks. Und da haben sie dann munter weitergemacht mit dem Verkaufen. Verbotene Substanzen und verboten grausige Hotdogs.« Der Hirsch verzog angewidert das Gesicht. »Nur leider, leider ist ihnen da irgendwann die Spatzinger samt Kripo auf die Spur gekommen. Da haben sie es halt ein wenig übertrieben. Und drum mussten sie schnell wieder weg, furchtbar schnell, weil die Spatzinger, die hatte da bereits Kontakt aufgenommen. Jetzt rate, zu wem?«

»Ähm?«

»Na?«

»Keine Ahnung.«

»Na zu unserer Leiche. Zum Marc!«

»Ah.«

»Ja, genau. Ah. Das haben die beiden Anführer wohl irgendwie rausgefunden und sind mit der ganzen Truppe davon. Eichenberg, das war die Idee vom Franz. Der dachte, am Land, wo eh keiner hinfindet, da könnte man sich erst mal gut niederlassen. Keine Polizei, keiner, der groß aufpasst, aber alle närrisch wild auf ein bisschen guten Stoff.«

Na, dann war wenigstens ein kleiner Teil der nächtlichen Beichte in der Meininger-Küche wahr gewesen. Eichenberg, das Loch in der Landkarte, wo man sich super verstecken konnte.

»Aber da hat er die Rechnung ohne mich gemacht.« Der Hirsch schob die Brust raus und reckte den Hals. »Von wegen, keine Polizei. Hier herrscht Recht und Ordnung, und wie!« Er schlug mit der Hand auf das Eisengestell vom Krankenbett, dass es den Leopold nur so rüttelte.

»Und dann?«

»Dann, dann wurde das alles dem Marc doch ein wenig zu bunt. War ihm wohl nicht genug los, hier bei uns. Jedenfalls, so die Claudia, hat er den beiden Dealern gedroht, er würde jetzt alles auffliegen lassen, Mafia hin oder her. Die Claudia selbst und die anderen zwei Angsthasen hatten das wohl auch schon öfter unter sich besprochen, sich aber am Ende nie getraut. Der Marc aber, der hatte es diesmal ernst gemeint. Der hatte noch versucht, die Claudia zu überreden, ihn zur Polizei zu begleiten und ebenfalls eine Aussage zu machen. Die war aber in letzter Sekunde umgekippt. Der Rene war ja schließlich ihr Freund. Die hatte Panik bekommen und den Marc verraten. Und was dann passiert ist, das weißt du ja ...«

»Tot«, kommentierte der Leopold trocken.

»Ganz genau«, bestätigte der Hirsch. »Tot. Erstochen. Aber nicht von der Mafia, sondern vom Franz und dem Rene. Der Rest war einfach nur Show, um uns auf die falsche Fährte zu lenken und um der Claudia, dem Schuhmann und dem Birkenstein wieder Angst zu machen. Die Claudia, die hat da aber den Braten schon gerochen, sie hat nur nicht gewusst, mit wem sie darüber reden soll.«

»Bis die Maria kam.«

»Exakt. Bis die Maria kam. Der hat sie dann das Herz ausgeschüttet und alles erzählt. Und ab da haben die beiden gemeinsame Sache gemacht. Die Claudia hat für die Maria beim Franz und ihrem Rene spioniert, und die Maria, die hat uns hinterhergeschnüffelt.«

»Uns?« Der Leopold schnappte nach Luft. Dieses Weib. Und nix hatte er davon mitbekommen, überhaupt nichts.

»Ja, uns.« Der Simeon musste sich auch ein bisschen dafür schämen, weil er ganz rote Backen bekam beim Weitererzählen. »Und ich muss sagen, wir haben uns wirklich ganz schön in die Karten schauen lassen, wir Deppen.«

Fragend zog der Meininger die Augenbrauen hoch, und der Simeon erklärte.

»Die Maria und die Claudia haben einfach unsere Computer-Historie aufgerufen. Bei dir im Büro. Wir haben uns nicht mal ausgeloggt, wir Anfänger. Da haben sie alles gelesen zur falschen Annemarie und zum Franz, der sich gleich mit ihr verabredet hat. Da wussten die sofort, was Sache war. Außerdem ...« Er wischte sich verlegen über die Augen. »Außerdem hat der Franz eh alles gewusst. Der hat uns belauscht im Büro. Von wegen Wohnsitz anmelden in Eichenberg. Der Franz? Der sich nirgends erwischen lässt? Der war einzig und allein bei der alten Sekretärsratschen, um uns hinterherzuspionieren. Und wir haben auch noch schön laut alles erzählt. Der wusste von der falschen Annemarie. Wie dumm kann man bloß sein?«

Die falsche Annemarie! Siedend heiß fiel es dem Leopold plötzlich ein, dass er sich ja auch noch doppelt verraten hatte, als er den Franz auf die Annemarie angesprochen hatte. Das müde Pfarrershirn, so wenig Kommissar, wie ein Huhn fliegen konnte. Aber bevor er hier doppelt Schuld bekennen konnte, erzählte der Hirsch schon weiter.

»Gott sei Dank konnte die Claudia den Franz belauschen, wie er dem Rene von einem großen Deal erzählt hat. Ein Deal, der sie alle endlich von hier verschwinden lassen würde. Nur irgendetwas, das war faul an der ganzen Geschichte. Die Claudia, die wusste ja, wann der Franz die falsche Annemarie treffen wollte, dem Rene aber nannte er als Datum den Samstag eine Woche später. Und dann, dann kam alles noch komischer, weil der Franz tatsächlich einen Zettel im Kühlwagen liegen ließ, auf dem das richtige Datum vermerkt war.« Der Simeon kratzte sich am Kopf. »Das hat der Franz wirklich ganz schlau eingefädelt. Jetzt dachte der Rene, der Franz wolle ihn übers Ohr hauen, und war natürlich bis an die Zähne bewaffnet, furchtbar wütend und unvorsichtig in die Partymaus gekommen. Genau, wie es der Franz gewollt hatte, um den Rene an seiner statt den Österreichern als Dealer und Mörder auszuliefern. Das jedenfalls kam irgendwann im Kreuzverhör bei der Spatzinger dann doch noch raus, als man den Berliner, mit vier Kugeln schnell wieder herausoperiert aus den Haxen, ausgefragt hat. Der Rene, der sollte das Bauernopfer in dem ganzen Clou vom Franz werden. Er selbst würde sich dann geschickt als unschuldiger Strippenzieher aus der Affäre ziehen. Nur mit der Maria, mit der hat er nicht gerechnet.«

Nein, mit der Maria hatte niemand gerechnet, das musste auch der Leopold zugeben. Die hatte ihnen mal wieder den Arsch gerettet. Aber wenigstens hatte er sich diesmal im Umkehrschluss erkenntlich zeigen können.

»Die Maria und die Claudia, die haben erst noch versucht, mich zu erreichen, aber ich hab das Telefon gleich auf stumm geschaltet, weil sonst nur immer die Sandra … na ja, Sie wissen ja.« Er grinste verlegen.

Der Meininger nickte.

»Dann haben die beiden aber gleich bei der Polizei angerufen und irgendwann rausgefunden, dass der Einsatz schon in vollem Gange ist. Die sind nix wie los, damit auch ja der Franz nicht am Ende noch durchkommt mit seinen Münchhausen-Geschichten. Weil danach, da wäre dann wieder alles zu spät gewesen. Konnt ja keiner ahnen, dass es so herum beinah für dich oder die Maria zu spät gewesen wäre. Ich muss schon sagen, einerseits recht mutig von euch beiden, aber auch recht dumm. So wie ihr es halt immer anstellt, gell?«

Dazu sagte der Leopold jetzt nichts und sonst auch nicht mehr wirklich viel, weil es war langsam spät geworden und er sehr, sehr müde. So eine fehlende Kugel in der frisch operierten Brust, die schaffte halt Platz für recht viel Erschöpfung. Aber auch der Hirsch war vom vielen Sprechen schon fast so heiser wie der Meininger vom vielen Schlafen. Viel gab es auch nicht mehr zu erzählen.

Ja, der Leopold hatte im Eifer des Gefechtes als Einziger genau gemerkt, was los war. Der Franz, der wollte vor lauter Panik die Kronzeugin loswerden, das hatte er nicht einmal gestehen müssen, das haben alle, die dabei waren, dann schon erkannt. Der Leopold hatte sich schützend zwischen Kugel und Herzensdame geworfen und die eigene Brust geopfert. Gott sei Dank hatte so ein Pfarrer gleich einen ganzen Haufen Schutzengel, mindestens so viele, wie Polizisten in der Partymaus unterwegs gewesen waren, weil die Kugel, die war wirklich nur haarscharf am Herz vorbei zwischen den Rippen in den Rücken. Jetzt nicht im ersten Moment gleich tödlich, aber doch so kompliziert zum Wiederherausschneiden, dass der Pfarrer gleich zwei Wochen schlafen hatte müssen, um sich davon wieder zu erholen. Koma-Patient. Derweil hatte die Gerettete fast Tag und Nacht an seinem Bett ausgeharrt und war ihm nicht von der Seite gewichen. Maximal vielleicht einmal zur schnellen Katzenwäsche nach Hause, sonst aber treu bis dorthinaus.

Vorbildlich hatte das tapfere Krankenhauspersonal die Armada der Eichenberger in Schach gehalten, nur Blumen, die durfte man abgeben. Derweil hatten die Polizei und der Simeon an der Verbrecherfront aufgeräumt. Und da wusste der Leopold jetzt auch nicht, was anstrengender war. Den Eichenberger Frauenbund vom Pfarreranschauen abhalten oder den internationalen Drogendealern ein Geständnis entlocken. Wie gut, dass er das alles verschlafen hatte.

Am Ende war die Andrea Spatzinger aber genauso erfolgreich gewesen wie die Oberschwester im Krankenhaus. Kein Besuch für den Meininger und die ganze Wahrheit für die Akte. Was genau der Franz sich bei seinem wilden Plan gedacht hatte, das wusste der Meininger auch nicht. Weil da hätte es gleich noch zehnmal so viele Engel und göttliche Fügung gebraucht, damit das am Ende gut gegangen wäre. Aber in der Verzweiflung, da hört der Mensch halt gern auch mal auf mit dem Denken, und der freie Wille, der geht mit ihm durch. Dass da der liebe Gott auch nicht immer Zeit hat zum Lenken, das muss man verstehen als Sterblicher.

Jedenfalls war auch dem Franz irgendwann alles über den Kopf gewachsen, die widerspenstige Bande, die mehr Arbeit machte, als dass sie half, der Rene, mit dem er einen jeden Euro hatte teilen müssen, und überhaupt das ständige Auf und Davon, wenn man es sich gerade einmal gemütlich gemacht hatte. Allein, so hatte er dann irgendwann zugegeben, müde und hungrig auf dem Revier, da war er halt immer besser über die Runden gekommen. Und weil es eh gerade alles furchtbar kompliziert war mit dem Marc und mit dem Rene, da hatte er sich gedacht, in Eichenberg, da könnte er alle auf einen Schlag loswerden. Heimvorteil sozusagen.

Jetzt mit dem Mord, mit dem war es eine kompliziertere Sache, weil den wollten die beiden Hauptverdächtigen gern jeder dem anderen in die Schuhe schieben. Ich war's nicht, ich hab maximal zugeschaut und nicht geholfen. Das behaupteten sowohl der Franz wie auch der Rene, und da konnten dann erst Klaus und Claus aus dem Totengräber-Keller wirklich weiterhelfen und beweisen, dass es am Ende doch der Franz gewesen war. Weil bei fünf Messern, da hatte er glatt einen letzten Fingerabdruck vergessen zum Wegputzen. Und der hatte dann auch gereicht, um den Mörder endlich zum Zugeben zu bringen.

Sie hatten den Marc erstochen und die Botschaft an die Wand geschmiert, damit der Tote nicht petzt und die anderen wieder spuren. Den Rene, den wollte der Franz dann aber gern auch gleich loswerden, weil der als Zeuge vom Mord einfach nicht mehr gepasst hat als Partner auf Augenhöhe. Und so hatte sich der Franz überlegt, man könnte die ganze Geschichte mit der Mafia ja gleich auch noch weiterspielen. Den gutgläubigen netten Pfarrer einweihen und alles so drehen, dass er am Ende den Rene als angeblichen Mittelsmann der Russen hinhängen könnte. Alleiniger Mörder, Erpresser, Dealer und so weiter. Der Franz, den Armen, in seinem Heimatdorf, wo man ihn eh schon ewig kannte, den tragischen Pechvogel, den würde man laufen lassen. Maximal verwarnen, dass er sich zukünftig seine Freunde ein wenig besser aussuchen sollte. So jedenfalls war es gedacht gewesen. Aber Gott sei Dank, Gott sei Dank, hatte sich Eichenberg gegen den armen Vogel gewandt, und die Wahrheit war ans Licht gekommen. Dank der Maria.

»Die Maria?«, fragte der Meininger leise, als der Simeon dann endlich zur Tür raus wollte, um den müden Pfarrer schlafen zu lassen. »Die Maria?«

»Keine Sorge«, lächelte der Hirsch. »Die kommt sicher als Allererstes gleich morgen in der Früh. Die war wirklich kaum von deinem Bett wegzubekommen. Ich hab sie noch nie so gesehen.«

Er schüttelte den Kopf. »Die war völlig außer sich, als nicht sicher war, ob du es schaffst. Komplett aufgelöst.«

Ein warmes Gefühl strömte plötzlich durch den ganzen Pfarrerskörper, und auf einmal fühlte sich der Meininger schon wieder fast komplett gesund, so herrlich war plötzlich alles.

»Aber Leopold, eins sag ich dir …« Der Simeon war plötzlich recht ernst. »Überleg dir gut, was du ihr erzählst und wie es weitergehen soll. Und …« Er hob drohend den Finger. »… vermassel es diesmal nicht wieder. Das ist keine Kirche und kein Orden wert. Das sag ich dir.«

Und damit war er draußen zur Tür und der Leopold wieder allein. Aber, was heißt allein? Weil allein war er nicht. Sicher über tausend Gedanken hatten sich gerade in seinem Schädel versammelt, um dort ein richtig schönes Durcheinander zu verursachen.

Die ganze Nacht war er immer wieder schweißgebadet aufgewacht, seine Träume ließen ihn einfach nicht zur Ruhe kommen. Einmal, da war er zu spät, die Kugel war schneller gewesen, die Maria lag tot am Boden, als er über ihr zusammenbrach. Ein andermal, da war sie tatsächlich auf und davon mit dem Franz. Drogenkönigin in Berlin wollte sie werden, das hatte sie dem Meininger noch zugerufen, bevor sie in den Sportwagen gehüpft war. Und wieder ein andermal, da war er aus dem Krankenhaus nach Hause gekommen und die Pfarrersküche leer. Keine Maria mehr, keine Spur von ihr, nur eine große Leere und tiefe Einsamkeit war geblieben für den Leopold.

So jagte ein Albtraum den nächsten, und in jedem, da verlor er seine Köchin aufs Neue, bis er sich gar nicht mehr traute, wieder einzuschlafen vor lauter Angst. Nein, diesmal durfte er es wirklich nicht vermasseln! Da hatte der Simeon recht. Lieber Gott hin oder her, der Leopold würde der Maria die Wahrheit sagen. Immerhin war es doch irgendwie göttliche Fügung gewesen, die den Pfarrer zwischen Kugel und Köchin geschubst hatte, vielleicht fand der Herr im Himmel es ja gar nicht so schlimm, dass der Meininger hier ein bisschen mehr als nur Nächstenliebe entwickelt hatte? Egal, in jedem Fall würde er seine Liebe gestehen, allen katholischen Regeln zum Trotz. Und mit diesem Vorsatz im Hirn schlief er endlich ein. Und diesmal, diesmal war es kein Albtraum, der auf ihn wartete, sondern wirklich fast ein bisschen Himmel.

Als die Sonne endlich durch das Fenster hereinblitzte, im Pfarrerzimmer, da träumte der Leopold, dass sich die Maria schon in aller Herrgottsfrühe noch vor der ersten Schwester in sein Zimmer geschlichen hatte. Leise und ohne einen Laut trat sie an sein Bett und blickte ihn so liebevoll an, dass ihm ganz anders wurde im Herz und im OP-Kittel. Gerne wollte er gleich die Hände nach ihr ausstrecken, aber er war einfach noch viel zu müde, um auch nur eine Hand zu bewegen. Gott sei Dank aber brauchte er sich gar nicht zu recken, weil die Maria, die strich ihm ganz von allein sanft die Wange.

»Leopold«, flüsterte sie. »Mei, Leopold. Was soll ich denn bloß machen?«

Bei mir bleiben, dachte sich der Meininger. Bei mir bleiben, weiterstreicheln und vielleicht sogar noch ein wenig mehr? Und jetzt war das ja das Schönste an den guten Träumen, dass da fast immer passierte, was man sich wünschte. Die Maria beugte sich tatsächlich über den Leopold und, wie ein Wunder, drückte ihre weichen Lippen auf den Pfarrersmund. So warm und so wunderbar weich waren die, besser noch als jeder Traum. Und dem Meininger explodierte beinah das Herz in der geflickten Brust vor lauter Glück. Bis in die letzte Faser seines Körpers spürte er die Haut und atmete den wunderbaren Duft seiner Köchin ein. Niemals sollte bitte dieser Moment vergehen, niemals mehr wollte er aufwachen.

»Mei, Leopold«, hörte er noch mal ihre Stimme, jetzt ganz nah an seinem Ohr. »Wenn es doch nur einen Weg gäbe. Wenn du doch bloß kein Pfarrer wärst«, flüsterte sie, und warme Tränen tropften plötzlich auf sein Gesicht.

Langsam, fast in Zeitlupe, tauchte er aus seinem Dämmerzustand der Glückseligkeit auf, und das Pfarrershirn kapierte, dass er überhaupt nicht mehr geschlafen hatte. Das war überhaupt kein Traum, das war alles echt. Realität, die echte Maria war hier und hatte ihm einen echten Kuss aufgedrückt. Und weinte echte Tränen.

»Ich werd dich nie vergessen, Leopold. Leb wohl!«

Leb wohl? Vergessen? Wieso sollte sie ihn denn vergessen? Sie wohnte doch bei ihm? Sie liebte ihn, das war ganz klar nach diesem Kuss. Und er sie auch! Scheiß aufs Pfarrersein, Maria! Wollte er laut rufen und endlich riss er die Augen auf und war wach.

Und jetzt auf einmal war das Wachsein fast wie ein Albtraum, weil von der Maria überhaupt keine Spur, nirgends. Nur die Zimmertür, die stand noch einen Spaltbreit offen, ein letzter Hauch ihres Parfums lag in der Luft, und zwei salzige Tropfen auf der Wange vom Meininger waren der Beweis, dass sie wirklich hier gewesen war.

Nein, das konnte nicht sein, das durfte nicht sein. Weit war sie bisher bestimmt nicht gekommen, er musste ihr nur schnell hinterher. Aber jetzt war so eine kleine Kugel wirklich was recht Hinterfotziges, weil, selbst Tage nachdem sie schon wieder draußen war aus dem Körper, lähmte sie einen immer noch und verhinderte jedes Vorwärtskommen. Erschöpft sank der Meininger in seine Kissen, von unsichtbaren Fesseln gehalten, konnte er der Maria nicht hinterher. Verzweifelt wanderte sein Blick von links nach rechts, nach dem Schalter für die Schwester, musste halt die …

Und eben, als er gerade laut losrufen wollte, da fiel sein Blick auf ein kleines Blumensträußchen, das neu dazugekommen war zwischen den ganzen Vasen auf seinem Nachttisch. Frisch gepflückt und mit einem roten Band zusammengebunden, eine Handvoll blauer Vergissmeinnicht. Genauso, wie sie im Garten vom Meininger seit vielen Jahren wuchsen. Die Maria hatte sie dort gepflanzt. Im ersten Jahr, als sie zu ihm gekommen war, als Andenken an ihr verlorenes Kind und den toten Mann. Damit man nie vergisst, wen man am liebsten hat. Hatte sie damals gesagt. Und jetzt lag das Sträußchen bei ihm am Bett. Noch ganz nass vom Morgentau. Vorsichtig griff der Leopold nach dem kleinen Brief, der zwischen den Blüten steckte. Mit zitternden Fingern öffnete er den Umschlag und begann zu lesen. Vier Seiten, ganz dicht beschrieben mit der eleganten Handschrift von der Maria. Die las er von vorne bis zum Ende. Und dann noch einmal und noch einmal. Immer wieder, ein jedes Wort, bis er fast alles auswendig konnte. Aber was soll man sagen, das Herz wurd ihm mit jedem Mal ein wenig schwerer.

»Guten Morgen Herr Meininger. Zeit wäre es fürs Frühstück.«

Hektisch wischte sich der Leopold übers Gesicht, damit die Schwester jetzt nicht auch noch seine Krokodilstränen sehen konnte, und versteckte den Brief unterm Kissen. Wortlos starrte er aus dem Fenster, während vor ihm die trockene Kaisersemmel und Plastikpackerl mit Marmelade und Honig aufgetischt wurden. Erst als er wieder allein war, nahm er einen tiefen Schluck vom schwarzen Spülwasser-Kaffee und schob dann das Tablett von sich weg. Ächzend und steif vor Schmerzen stemmte er sich aus dem Bett und kniete sich auf den Boden. Dann faltete er die Hände vor der Brust und richtete den Blick nach oben.

»Lieber Herrgott, ich bitt dich nur um eine Sache. Bitte lass mich die Maria finden, damit ich antworten kann auf ihren Brief. Was auch immer du dafür von mir haben willst, sollst du bekommen. Nur ein einziges Mal will ich noch die Chance haben, mit ihr zu sprechen. Mehr verlange ich nicht. Amen.«

Wie es sich gehörte, bekreuzigte sich Hochwürden Leopold Meininger vor der Brust, kletterte zurück in sein Bett und begann zu frühstücken. Weil, das war ihm schon klar, um seine Köchin aufzuspüren, musste er schnellstens gesund werden und brauchte alle seine Kräfte beieinander. Denn einfach, einfach würde es ihm die Maria sicher nicht machen, sie zu finden, so viel stand fest. Aber es steckte dann halt doch immer noch genügend Pfarrer im verliebten Leopold, um an ein Wunder zu glauben.

* ENDE *

Lesen Sie auch >>

LESEPROBE

Eine eingeschworene Dorfgemeinde und jede Menge Leichen im Keller

Hauptbrandmeister Wimmer wird tot im Wald aufgefunden – aufgespießt von einem Hirschgeweih. Die Bewohner der kleinen Gemeinde Eichenberg fallen beinahe vom Glauben ab: ein Mörder in den eigenen Reihen? Das kann nicht sein! Dumm nur, dass die sturen Dörfler den ermittelnden Polizisten aus dem fernen München nicht leiden können. Der sieht nur einen Weg, den Fall zu lösen: Er braucht göttliche Unterstützung – und zwar in Form vom beliebten Dorfpfarrer Leopold Meininger und seiner Köchin Maria. Denn die kennen ihre Schäfchen schließlich am besten. Auch die schwarzen …

1
Brunftzeit

Glauben würde einem das keiner, würde man die Geschichte einfach so weitererzählen, so von Mund zu Mund und von Ohr zu Ohr. Also wirklich nicht. Gott sei Dank aber hatten der Fritzi Hinterbichler und sein Klassenkamerad Bertl Murner ihre Handys immer griffbereit und konnten sofort fleißig Fotos schießen vom Bild des Grauens. Weil, wirklich, man musste es tatsächlich mit eigenen Augen gesehen haben. Oder wenigstens auf dem Telefon hergezeigt bekommen.

Ihr Schulweg, der führte die beiden vierzehnjährigen Burschen tagtäglich zweimal direkt am Eichenberger Wäldchen vorbei. Einmal in der Früh und einmal am Nachmittag, dann nämlich, wenn die Schule aus war. Seit den Sommerferien nutzten sie den Schutz der Bäume regelmäßig für die ein oder andere geteilte Zigarette – obwohl es ihnen noch sehr schwerfiel und auch furchtbar grauslich schmeckte. Aber immerhin waren sie jetzt in der neunten Klasse, und da sollte man sich schon ein bisschen Mühe geben mit der Coolness und so.

Abwechselnd stibitzten sie das Rauchwerk entweder bei Bertls Vater, dem Reinhard Murner, gern auch zu später Stunde beim Hinterbichler in der Wirtsstube am Stammtisch. Früher oder später wurde da eh immer gestritten, und die Gemüter waren entweder so erhitzt oder so biermüde, dass es überhaupt nicht auffiel, wenn beim Willibecher-Abräumen auch mal eine fast leere Marlboro-Schachtel mit verschwand. Der Fritzi, bester Hilfskellner im väterlichen Betrieb, hatte beim Zigarettenklau jedenfalls um Längen die Nase vorn. Aber unter besten Freunden war das eh total wurscht, da rechnete man nicht auf.

An diesem Wochenende hatte beim Hinterbichler-Wirt mal wieder die Jahrestagung samt anschließendem Festschmaus der Feuerwehr von Obereichenberg stattgefunden. Das Vereins-Highlight in jedem Oktober.

Immer dann, wenn sich im Eichenberger Wäldchen die Blätter färbten, es draußen kälter und feucht wurde und einfach nicht mehr so viel brennen wollte, dann hatten auch die Helden des Dorfes einmal Zeit, die Beine von sich und die Hand zum Glas zu strecken.

Abwechselnd tagte man dann entweder beim Vater vom Fritzi oder aber im zweiten Eichenberger Wirtshaus, beim Stroblinger. Soweit sich die ältesten Eichenberger zurückerinnern konnten, gab es die beiden gleichermaßen beliebten Bierschänken im Ort und den zugehörigen Wechselrhythmus. Weil, ein bisserl Abwechslung beim Trinkgenuss braucht selbst der gemütlichste Stammtisch.

Und zu diesem Anlass konnte der Fritzi so reiche Beute machen, es hätte locker zu einer eigenen Packung für jeden gereicht. Aber so erfahren waren die Teenagerjungen noch nicht. Heimlich waren sie beide froh über den geteilten Schmauch und ein bisschen weniger Hustenmüssen. Das Rauchtraining gehörte aber einfach dazu zum Erwachsenwerden, und so bogen sie am Montag in der Früh, wie immer, gleich hinter dem kleinen Marienaltar am Eichenberg rechts in den Wald ab. Ein paar Hundert Meter den Kiesweg entlang und dann ab ins Unterholz. Auf halbem Weg Luftlinie zum Max-Rainer-Gymnasium thronte da, seit Jahren verlassen, der alte Hochsitz vom Leitner-Jäger. Karl Leitner hatte sich längst etwas Bequemeres und Moderneres weiter oben im Revier aufgestellt. Aber das morsche Relikt faulte immer noch ungenutzt und einsam vor sich hin, und außer dem Fritzi und dem Bertl verirrte sich schon lange keine Menschenseele mehr dorthin. Bis zu diesem Montagmorgen …

Oder besser gesagt, bis irgendwann kurz vor diesem Montagmorgen. Denn das, was den beiden dann plötzlich um sechs Uhr dreißig im Dämmerlicht das Blut in den Adern gefrieren ließ, hatte sich schon seit längerer Zeit nicht mehr bewegt.

Dem Fritzi fiel vor lauter Schreck die Kippenschachtel samt Feuerzeug aus der Hand, und der Bertl hat gleich den ganzen Nutella-Toast vom Frühstück wieder ausgespieben, so grausig war das Bild, das sich ihnen da am Jagersitz bot.

Noch im feinsten Uniformszwirn und mit der Feuerwehrmütze schief auf dem Schädel lehnte Hauptbrandmeister Ludwig Wimmer an der Leiter, die zur Kanzel hochführte. Mit den dicken Wurstfingern seiner rechten Hand hielt er sich an der selbigen fest, der linke Arm hing steif und leblos nach unten. Steif und leblos, das beschrieb auch den Rest vom Wimmer Ludwig ziemlich genau. Sein schwerer Quadratschädel hing quer zwischen zwei Sprossen, die Augen waren weit aufgerissen und stierten glasig ins Leere. Aus dem Mund, in den zu Lebzeiten zu jeder sich bietenden Gelegenheit einbahnstraßig Bier und Schweinsbraten gewandert waren, quoll fleischig schwarz-blau die Zunge.

Was oben reingeht, muss irgendwann unten raus, selbst beim fettesten Wanst. Und scheinbar waren die Speicher vom Feuerwehrhauptmann kurz vor seinem Tod randvoll gewesen, denn die persönliche Entleerung war sozusagen seine letzte Amtshandlung gewesen. Die wollgraue Anzughose hing ihm zwischen den Beinen am Waldboden, ebenso die lang schon nicht mehr weiße Unterhose mit den deutlich sichtbaren gelben Spuren aus dem finalen Einsatz vom Wimmer-Schlauch. Der war Gott sei Dank gut unter der enormen Wampe und den Hemdszipfeln versteckt, und sein Anblick blieb den Buben erspart. Aber wer weiß, vielleicht wäre der Feuerwehrzipfel ihnen sogar lieber gewesen als das, was es sonst noch zu sehen gab im Morgengrauen des Waldes.

Der Wimmer war nämlich nicht allein gewesen in seinen letzten Minuten. Der König des Waldes hatte ihm beim Ableben Gesellschaft und, so wie es aussah, sogar ein wenig Hilfe geleistet. Was den fetten Hauptbrandmeister nämlich so stabil an der Leiter hielt, war das stolze Geweih eines ausgewachsenen Zwölfenders, welches sich fest und blutig durch den Janker in seinen Rücken gebohrt hatte. Das mittlerweile getrocknete Blut hatte die Anzugjacke rund um das Horn dunkel gefärbt. Die spitzen Enden verschwanden tief im Männerrücken. Von einem Mordsdrum-Hirsch war der Wimmer von hinten durch die Brust aufgespießt worden, so was hatten die beiden Burschen wirklich noch nie gesehen.

Wie dem Wimmer so hing auch dem Viech die todesdunkle Zunge aus dem Maul, und die großen braunen Augen starrten auf das gleiche Nichts. Der Hirsch war so tot wie der Wimmer, das sah man nicht nur am starren Blick, sondern eindeutig an der schrotzerfetzten blutigen Flanke, an der sich schon fleißig die Fliegen versammelten. Trotz kühler Oktoberluft war der Gestank bestialisch, Fäkal-Geruch von Tier und Mensch, das rostige Blut dazu – kein Wunder, dass das Bertl-Frühstück nach oben gedrängt hatte.

»Der Wimmer …«, mit dem Ärmel wischte sich der Bertl die Spucke aus dem Gesicht.

»… beim Pissen vom Hirsch erstochen«, flüsterte der Fritzi, ohne den Blick von der Todesszenerie zu wenden. »Gibts des?«

»Ich hab gar nicht gewusst, dass die so was können …« Der Bertl schluckte einmal tief. »Ich dachte, das sind Fluchttiere.« Fragend sah er den Fritzi an, der wusste doch eh immer alles ein wenig besser.

»Was hatte der überhaupt hier zu suchen?«, murmelte der Fritzi mehr zu sich selbst als zum Bertl.

»Der Hirsch?«

»Nein, du Depp, der Wimmer. Schau, der hat immer noch die Uniform an, vom Samstag. Vom Feuerwehrfest. War der die ganze Zeit hier im Wald?«

»In *Bambi*, da sind die alle voll lieb. Da tun die keinem was.«

Ein bisserl irritiert sah der Fritzi über die Schulter zu seinem Freund, der offenbar gerade mit seiner Vorstellung vom Tierleben zu kämpfen hatte. Kein Wunder, dass der letztes Jahr sitzen geblieben war, der Hellste war er wirklich nicht.

»Aber ...« Der Bertl kratzte sich den Kopf und kniff angestrengt die Augen zusammen. »... der Hirsch ist ja total tot. Wie kann der denn den Wimmer aufspießen? Und der tote Wimmer kann ja nicht den Hirsch erschießen, oder? Wie soll das denn gehn? Das passt doch überhaupt nicht zam. Das kann ja eigentlich so gar nicht sein ...« Er sah aus, als würde ihm gleich der Kopf platzen vor lauter angestrengtem Ums-Eck-Denken. Aber der Bertl hatte ausnahmsweise mal recht, musste selbst der Fritzi zugeben. Der mausetote Wimmer beim Pissen aufgespießt von einem toten – falsch –, von einem erschossenen Hirsch, das sah nicht nur ziemlich unglaublich aus, das war auch rein logisch eine Sackgasse.

»Wer hat den Hirsch erschossen? Ha? Was meinst?« Der Bertl zupfte an Fritzis Jackenärmel. »Hm? Wer war das?«

»Bertl, keine Ahnung! Woher soll ich das wissen? Aber wer auch immer das war, der kann uns sicher erklären, warum des Viech kein Fluchttier war und was der Wimmer seit Samstagnacht im Wald getrieben hat. Und jetzt geh her und mach ein Foto, des glaubt uns sonst nämlich kein Mensch«, sprach der Fritzi und zückte sein Handy. »Und dann nix wie weg, sonst denkt am End nur wieder einer, wir wären schuld an der Sache.«

IV

Lämmerschweigen

Die Nacht hatte der Meininger so schlecht geschlafen wie schon seit seiner Priesterprüfung nicht mehr. Aber kein Wunder, das Mordfoto hatte sich tief in sein Hirn eingebrannt. Im Traum verfolgten ihn abwechselnd der blutrünstige Hirsch mit seinem spitzen Geweih, der zündelnde Teenager Xaver und der tote Wimmer senior, dem immer noch die schwarze Zunge aus dem Mund und die vollgepieselte Hose zwischen den Beinen hing. Darum war der vermutlich der Langsamste von allen. Der Pfarrer flüchtete durch das Eichenberger Wäldchen, den heißen Hirschatem im Nacken. Immer wieder stolperte er über Wurzeln und umgestürzte Bäume. Keuchend und schnaufend rannte er um sein Leben, die teuflische Bande dicht auf den Fersen.

Schweißgebadet und nach Luft schnappend, wachte er um sechs Uhr in der Früh endlich auf. Das lange Nachthemd klebte ihm nass am Körper. Und wieder fragte er sich, wie er da nur hineingerutscht war. Mord und Totschlag kannte er bisher lediglich aus der Bibel, und vom Ermitteln hatte er doch überhaupt keine Ahnung. Sein depperter Kompagnon, der Simeon Hirsch, erst recht nicht, das hatte man ja gesehen.

Gott sei Dank – das musste er beim Frühstück dann mal wieder feststellen – hatte er die Maria. Denn die, die hatte vom Ermitteln und der Spioniererei sehr wohl eine Ahnung. Überall im Pfarrhaus stapelten sich ihre Kriminalromane bis unter die Decke, und was der Köchin am Sonntag heiliger war, der Gottesdienst oder der *Tatort* in der ARD, das wollte der Meininger lieber gar nicht erst wissen. Sonntag um Viertel nach acht jedenfalls, da brauchte keiner mit irgendwelchen Sonderwünschen anzukommen, nicht einmal Hochwürden selbst, und vermutlich täte sich sogar der Heilige Vater schwer. Denn ohne Krimi, da ging die Maria nie ins Bett. Und von diesem schier unendlichen Erfahrungsschatz aller mehr oder weniger talentierter TV-Ermittler plus noch eine Extraportion Agatha Christie und Co. obendrauf, konnten der Meininger und sein Polizist jetzt profitieren. Aus dem Vollen schöpfen sozusagen.

»Als Allererstes müssen Sie mit der Familie des Opfers sprechen. Das ist doch ganz klar.« Wie ausgewechselt war die Maria an diesem Morgen. Normalerweise standen der Kaffee und sein Frühstück, zwei Scheiben Schwarzbrot mit Käse und Bierschinken und eine Nudel zum In-die-Tasse-Wecken, schon bereit, wenn er sich gegen neun in die Küche bequemte. Die Dame des Hauses, recht wortkarg, war dann immer schon beschäftigt mit irgendwelchen Dingen, die er wieder mal dreckig gemacht hatte. Wäsche, Geschirr, Fenster …

Heute musste die Maria noch weit vor ihm wach gewesen sein, denn als er um halb sieben in die Küche watschelte, um den Albtraumschreck mit einem warmen Kaffee zu vertreiben, da war sie schon ganz fleißig am Herd beschäftigt. Pfannkuchen! Er konnte sein Glück kaum fassen. Da wünschte man sich ja fast jeden Tag einen Mord ins Dorf.

Noch im Nachthemd pflanzte er sich an den Küchentisch, um bei einer ordentlichen Portion Mehlspeise dem Polizeinachhilfeunterricht zu lauschen. Vielleicht sollte er auch gleich den Simeon Hirsch einbestellen. Schaden könnte es nicht.

»Das ist einerseits wichtig, weil die nächsten Verwandten müssen ja über das Unglück in Kenntnis gesetzt werden.« Kriminalerin Maria Huber lud dem Meininger unter wohlwollenden Blicken die noch warmen Pfannkuchen auf den Teller und reichte ihm ein Glas Marmelade.

»Und dann ist das natürlich die perfekte Gelegenheit, um gleich einmal rauszufragen, ob der Tote in der letzten Zeit mit irgendjemand ins Streiten geraten ist. Wobei das in diesem Fall wahrscheinlich nicht viel bringt. Gestritten hat der Wimmer ja fast mit jedem.« Sie legte die Stirn in Falten und dachte angestrengt nach. »Na ja, egal, wichtig ist, dass Sie ganz genau auf jedes verdächtige Verhalten der Angehörigen achten. Und nach den familiären Verhältnissen fragen. Also zum Beispiel, ob es Geldprobleme gab oder Spielsucht in der Familie oder Drogen oder gar eine Liebesaffäre.«

Der Pfarrer dachte an das letzte Bild vom Wimmer, wie er mit seinen dreiundsechzig Jahren, dem fetten Wanst und den nackerten Haxen, am Hochsitz gelehnt war, und auch an die nur ein paar Jahre jüngere Kreszenz Wimmer, die tagein, tagaus dieselbe verwaschene Kittelschürze trug, die fettigen grauen Haare streng zum Dutt, das selten in der Öffentlichkeit gesehene Gesicht in tiefe Sorgenfalten gelegt. Liebesaffären konnte man in beiden Fällen vermutlich ausschließen. Da musste man nicht unbedingt Sherlock Holmes heißen.

Mei, waren diese Pfannkuchen gut. Er könnte glatt noch einen Teller verdrücken. Aber, aus der Traum. Scheinbar reichte in Marias Augen diese erste Stärkung, um ihn ermittlungstüchtig zu machen. Sie schnappte sich den bis auf den letzten Krümel leer gegessenen Teller und zog ihn am Hemdsärmel vom Bankerl.

»Also, Sie fahren jetzt dann gleich mit dem Herrn Simeon zum Wimmer-Hof rauf. Schon schön Fragen stellen, aber, Herr Pfarrer, ganz wichtig, auch viel reden lassen die Verdächtigen.«

Aha, jetzt waren das schon Verdächtige. So schnell konnte das also gehen.

»Das machen die immer im *Tatort*, und der Peter Ustinov macht das auch so. Weil nämlich, die Leut erzählen viel mehr, wenn man *nicht* fragt. Dann reden die sich immer um Kopf und Kragen. Dann erzählen die früher oder später ganz von allein, dass sies waren. Weil am Ende muss es einfach raus.« Sie schob den Meininger durch die Küchentür, nahm ihm im Gehen noch die Tasse aus der Hand, und das wars dann. Frühstück vorbei, kein Aufschieben mehr möglich. Auch er musste am Ende einfach raus.

Nur eine Stunde später saß der Meininger dann schon neben dem frisch uniformierten Simeon Hirsch im uralten Eichenberger Polizei-Mercedes. Direkte Einbahnstraße in Richtung Wimmer-Befragung. Denn scheinbar hatte der Herr Simeon ähnliche Lehrbücher wie die Maria gewälzt und auch den Wimmer-Hof als erste Adresse auf seiner Ermittlungsliste stehen. Komplikationen vom Vortag hin oder her. Daran erinnerte auch nur noch das gelb-grün geschwollene Auge im Polizistengesicht. Ansonsten war der Jungspund wieder völlig hergestellt und ähnlich aufgeregt wie die Maria.

»Nach dem Alibi müssen wir fragen, das ist das Allerwichtigste«, erklärte er seinem Beifahrer, der versuchte, die vielen Anweisungen seiner beiden Profis im Kopf zu sortieren.

»Über achtzig Prozent aller Gewaltverbrechen passieren im engsten Familienkreis. Das ist statistisch bewiesen.« In jedem Fall wahrscheinlicher als die Theorie mit der Liebesaffäre, dachte der Meininger, sparte sich aber erst einmal alle Kommentare zur Sachlage. Wurde ja schon genug spekuliert, auch ohne ihn.

»Die Spurensicherung hat den Leichnam noch gestern nach Passau überstellt«, berichtete der Hirsch von seinem

Telefonat mit der maladen Kripo. »Der Hirsch wird in diesen Stunden von einem Amtstierarzt obduziert. Bisher nichts Ungewöhnliches, außer natürlich die Munition.«

Der Meininger sah ihn fragend an.

»Es ist verboten, auf Wild dieser Größe mit Schrot zu schießen. Das wird lediglich zum Bejagen von Kleintieren eingesetzt. Am Tatort selbst konnten leider sonst keine weiteren Auffälligkeiten festgestellt werden. Im Moment sind wir also erst einmal auf uns selbst gestellt.«

Na, Prost Mahlzeit.

Sie bogen auf die Zufahrt zum Wimmer-Hof ein, und wieder einmal konnte der Meininger gut verstehen, dass der ein oder andere Eichenberger ein wenig eiferte auf das viele Geld und den Großbesitz der Wimmers. Ein paar Minuten mit dem Auto musste man für einen Besuch bei der Herrscherfamilie in Kauf nehmen. Aber dann: bilderbuchidyllisch gelegen am höchsten Hügel von Obereichenberg, der stattliche Vierseithof. Kuh- und Pferdestall, Heuschober, Fuhrparkgarage, alles feinst säuberlich und postkartentauglich rausgeputzt. Mit Blick auf den großen Ententeich und ganz Eichenberg zu Füßen thronte vorn dran das dreistöckige Bauernhaus. Ein jeder Balkon mit Blumenkörben geschmückt, wo im Sommer die bunten Geranien blühten, die Holzläden vor den Fenstern und alle Balken verziert mit aufwendigster Schnitzarbeit. Bei so viel paradiesischem Panorama mochte man gar nicht glauben, dass es drin Anlass für dieses viele greisliche Gerede geben konnte. Aber vielleicht war es am Ende eben auch hier so außen hui und innen pfui.

Der erste Beweis für das Pfui kam ihnen auch postwendend und furchtbar kläffend entgegengeschossen. Der Alois war wirklich ein ausgezeichneter Hofhund. In ganz Eichenberg und über die Grenzen hinaus verschrien für seine gemeingefährliche Bösartigkeit. Bissig und bellend wie sonst noch was und fürchterlich wachsam, dem entging rein gar nix. Wie es sich eben so gehört für einen anständigen Kettenhund. Nur leider hielten es die Wimmer-Männer nicht für nötig, das Viech, auch wie es sich gehört, an die Kette zu legen. Könnte ja am Ende doch mal ein unschuldiger Postbote oder ein armer Besucher lebendig bis zur Haustür vordringen, wenn der Hund festgebunden wäre. Also Freiheit für den Zerberus. Wie ein tollwütiger Gummiball sprang der Schäferhund kläffend und zähnefletschend am Auto auf und ab, während sie im Schritttempo auf das Haus zurollten.

Eines musste man dem Simeon Hirsch lassen, er war lernfähig. Einmal blutige Wade war aber auch mehr als genug. Mit einem verschwörerischen Blick zog er aus einem kleinen Plastiktüterl ein recht verrunzeltes und arg riechendes rotes Würstel. Du meine Güte, die Sauwurzen vom Hofbauer-Metzger. Und das in einem geschlossenen Auto. Der Meininger hielt sofort die Luft an. Die Sauwurzen waren eine ganz besondere Delikatesse, die der Hofbauer selbst erfunden und über Jahre hinweg so perfektioniert hatte, dass sie am Ende wirklich fast überhaupt keiner mehr sehen oder riechen konnte. Der Hauptbestandteil dieser gefährlich rot ausschauenden Würstel war eine betriebseigene Mischung aus Wildschweinbrät und allen möglichen Fleischereirestln. Dazu kamen Knoblauch, Zwiebel und in jedem Fall ein Haufen Paprika. Was sonst noch drin war, das wusste wahrscheinlich nicht einmal der liebe Gott. Elendig lang geräuchert und getrocknet waren die Dinger am Ende so zäh, dass man sie kaum mehr beißen, aber ewig aufheben konnte. Und das war auch gut so, weil essen wollte die nämlich keiner.

Oder doch, einer: Mit einem kräftigen Kieferknacken biss der Polizist ein Stückerl von der wilden Kabanossi ab und kurbelte das Fenster runter.

»Wirklich schade um die gute Wurst …«, meinte er mit einem bedauernden Blick auf das runzelige Ding in seiner Hand, »… aber der Zweck heiligt die Mittel, stimmt doch, Hochwürden?«

So gut es die enge Fahrerkabine zuließ, holte er aus und schleuderte den Wurzen durchs Fenster in hohem Bogen über den wilden Alois weg in die Hofeinfahrt. Scheinbar war der narrische Hund das zweite Mitglied im Sauwurzen-Delikatessen-Klub, weil in der Sekunde, in der die Wurst über seinen Kopf sauste, hatte der jegliches Interesse an den Eindringlingen verloren. Wie der Blitz rannte er hinter dem Leckerli her und verschwand mit der Beute im Maul schnurstracks auf Nimmerwiedersehen hinterm Haus. Stolz wie ein Gockel grinste der Hirsch den Pfarrer an, von einem Ohr zum andern. Fast ein bisserl sympathisch sah er plötzlich aus, der Polizist.

»Bahn frei.«

Leider war der zottelige Zerberus nur die erste Hürde und ein Vorgeschmack auf die nun folgenden Feindseligkeiten dieses ambitionierten Abenteuers gewesen. Wie der Herr, so das Gescherr. Denn die Wimmerin sah wirklich aus, als würd sie gleich zubeißen, wie sie da so ganz und gar nicht erfreut in ihrer Haustür stand. Arme vor der Brust verschränkt, ein Kopftuch über dem streng nach hinten gebundenen grauen Haar, die Stirn in tiefe Zornesfalten gelegt. Und noch bevor der Pfarrer die Hand zum Friedensgruß heben konnte, drehte die Kreszenz sich um und verschwand zurück ins Haus. Tür zu, Bahn überhaupt nicht frei.

»Und jetzt?«, fragte der Meininger ratlos. Aber so ein paar kleine Anfangsschwierigkeiten hielten einen Simeon Hirsch noch lange nicht auf. Er zückte den Dienstausweis und marschierte strammen Schrittes auf die Haustür zu. Der Pfarrer raffte den Talar und folgte auf dem Fuß, wer wusste schon, wie lang ein halber Sauwurz so einen ganzen Schäferhund beschäftigen würde. Sie klopften und klopften, und erst als der Hirsch vorsichtig in Richtung Dienstwaffe zu schielen begann, öffnete sich endlich die Tür.